매일 아침
cool한
미인이 되자 1

BEAUTY BIBLE

매일 아침 cool한 미인이 되자 1

아름다운 여자가 365일 아름다운 이유

사이토 가오루 지음 | 민성원 옮김

김기연(충청대학 피부미용과 교수) 감수

종문화사

조금 더 예뻐지기, 조금 더 행복해지기, 조금 더 현명해지기

화장품을 보여 주고 '이것이 좋다. 저것이 뛰어나다'라며 화장품을 사도록 은근히 부추기고, 메이크업 테크닉을 제시하고 '이렇게 하면 눈이 커 보인다. 저렇게 하면 코가 오뚝해 보인다'라며 모두 비슷비슷하게 생긴 미녀가 되도록 속삭이는 것이 아닌 미용 이야기, 그리고 아름다움에 관한 이야기를 써보자고 한 여성 잡지의 편집장과 의기투합한 데에서 이 글들은 시작되었다.

『뱅상캉 (25ans)』의 미용 페이지 담당 편집자가 된 것이 벌써 20여 년 전의 일이다. 그리고 프리랜서가 되고 나서도 나는 '미용'과 헤어지지 못하고 여러 잡지와 책, 강의 등에서 미용과 여성의 아름다움에 관해 이러쿵저러쿵 떠들어 왔다.

그러나 정작 나 자신은 이러다가 바보가 되어 버릴 것 같다는 불안감에 휩싸였다. 어느 날 문득 정신을 차리고 주변을 둘러보니, 세상은 온통 화장품과 화장품이 자신을 아름답게 만들어 줄 거라고 굳게 믿는 여자들로 넘쳐 나고 있었으며 나는 거기에 편승하는 기사를 쓰고 있었다. 또한 진실이 아니라는 것을 알고 있지만 '아름다워지는 것 = 화장품을 사용하는 것'이라는 원칙을 증명하는 데에 열을 올리고 있었다.

바로 이 무렵 이 글 속의 천재들과 만났다. 그리고 어떤 화장품 소개보다, 어떤 메이크업 테크닉 소개보다 내가 만난 아름다움의 천재들, 미용의 천재들에 관한 이야기를 하는 것이 아름다워지기를 간절하게 소망하는 여자들에게 가장 필요한 일이라는 사실을 깨달았다. 이런 과정을 거쳐 이 책은 태어나게 되었다. 그리고

이 책을 읽고 나면 깨어 있는 시간만이 아니라
잠들어 있는 시간조차 아름다워질 수 있으며,
한 사람의 여자로서 아름다워지고 현명해지고 행복해지는 길이 보인다

이 책은 여성의 아름다움을 바라보는 나의 시야에 변화를 가져왔다.

이 책은 화장품을 사용해도 아무 소용이 없음을 증명하려는 것이 아니다. 화장품이 중요한 것은 사실이지만 그보다는 화장품을 어떻게 사용하느냐가 더욱 중요하며, 화장품을 열심히 바르는 한편 일상생활에서 무엇을 어떻게 해야 하느냐는 더 더욱 중요하며, 여자에게는 화장품을 사용하지 않는 모든 시간이 아름다워질 수 있는 시간임을 아는 것이 무엇보다 중요하다는 점을 알리고 싶을 뿐이다. 다시 말하자면 어제보다 조금 더 예뻐지고, 어제보다 조금 더 행복해지고, 어제보다 조금 더 나은 사람이 되고, 어제보다 조금 더 현명해지는 여자야말로 진정으로 아름다운 여자다.

이 글을 쓰는 동안 깨달은 사실이 또 하나 있다. 아름다운 여자가 되는 데에 도움이 되는 방법은 우리 주위와 일상생활에 무한하게 존재한다는 점이다. 이 책은 독자 여러분이 그 방법을 찾을 수 있도록 이끌어 주는 매뉴얼이다. 그리고 이 책을 끝까지 읽고 나면 깨어 있는 시간만이 아니라 잠들어 있는 시간조차 아름다워질 수 있다는 것을 이해하고, 한 사람의 여자로서 아니 한 사람의 인간으로서 아름다워지고 현명해지고 행복해지고 성장하는 길이 눈앞에 선명하게 보일 것이다. 그렇게 된다면 더없이 행복하겠다.

사이토 가오루

차례

지은이의 말

1 아름다운 여자는 누구일까?
2 화장 고치기
3 여자가 반하는 여자
4 피아노 선생님
5 레이스 뜨기
6 마니아의 비극
7 아름다워지는 것은 여자의 의무
8 만나는 사람마다 포로로 만드는 여자
9 아름다움에 관한 신기한 이야기
10 화내지 않는 미용
11 전철 속의 여자
12 화장은 소꿉놀이
13 디즈니랜드에서 배우는 아름다움
14 주름이 싫어
15 사랑이라는 이름의 새로운 성분
16 화장품이 주는 작은 흥분
17 손수건과 티슈
18 완벽 허물기
19 시선이 마주치는 감동
20 좋은 가게를 찾아내기

21 효과가 좋은 손님, 좋지 않은 손님
22 사물에도 마음이 있다
23 영혼이 담긴 얼굴
24 스타킹과 립라이너
25 점과 미용
26 나는 예쁘다
27 나만 예쁘다
28 질투
29 하와이의 산들바람
30 구두
31 충동구매와 낭비
32 시간도 돈도 들지 않는 다이어트법
33 화려함의 승리
34 그칠 줄 모르는 정열
35 물수건
36 천재의 성형 화장
37 발렌타인데이
38 미녀 네일 아티스트
39 불륜과 바람
40 섹시함의 정체
41 다이어트 성공 후의 인상
42 여자의 계산
43 남자의 아름다움
44 남자의 눈물은 피
45 양복과 괜찮은 남자
46 프로의 가르침
47 지름길 미용
48 미녀는 게으름뱅이
49 향기는 숨길 것
50 모두를 얻느냐, 모두를 잃느냐

51 심플과 타이트
52 파리의 남자
53 선물의 천재
54 여자는 대접받는 존재?
55 행복 드라이클리닝
56 마스카라의 속임수
57 예쁜 남자들
58 여자는 대단해
59 속눈썹의 표현
60 전신 코르셋 아오자이
61 호텔 리츠에서 만난 여자
62 좋은 남자는 꼭 있다!
63 남자의 섹시함
64 화장품의 효과
65 천재 한 사람만 있으면 된다
66 아름다운 어머니
67 아름다운 숙모
68 순백의 머리
69 헤어밴드
70 역사에 남을 명품은?
71 피부와 파운데이션
72 감동하자!
73 코스메스티컬
74 소극적 표정, 적극적 표정
75 마음까지 청결한 사람
76 아름다움의 전염
77 요리와 미용은 애정
78 피부는 자신의 역사
79 멋진 몸매가 되는 새로운 방법
80 제멋대로 다이어트법

81 비타민을 먹는 여자,
　　먹지 않는 여자
82 진짜 숙녀
83 아름다운 사람이 가는 찻집
84 예쁜데 매력이 없는 여자
85 나만의 스킨케어 비법
86 아침 식사와 여자
87 화장은 주문이다
88 지적인 눈
89 자연은 천재
90 한다면 한다
91 감촉의 화장품
92 미간의 주름
93 우아한 손
94 쌍꺼풀 없는 당신의 시대
95 '이거, 발라도 될까?'
96 볼터치의 위력
97 연애 미용법
98 향기의 변덕
99 한마디의 기적
100 멋진 동작의 완성
101 빗나간 관심
102 스릴을 즐기는 남자들
103 다큐멘터리 미용
104 가발의 마술
105 "저렇게 예쁜데 성격까지 좋다니"
106 눈의 표정
107 미용은 떳떳한 일
108 예기치 못한 효과
109 하얀 다리의 여자

110 마스카라는 소중하다!
111 천재의 눈썹 그리기
112 청결이란?
113 누구도 흉내내지 못하는 것
114 청결 메이크업 입문
115 아름다운 노화
116 아름다운 남자 천재
117 결국은 외모
118 "예쁘고 봐야 해"
119 외모의 힘
120 화장품도 외모?
121 색깔의 거짓말 1
122 색깔의 거짓말 2
123 색깔의 거짓말 3
124 색깔의 거짓말 4
125 향기는 곧 나
126 향기의 사랑
127 향기를 데리고 갈까,
　　향기가 따라올까
128 향기를 입자
129 향기의 추억
130 향기의 파트너
131 미인의 향기
132 공존의 미
133 불을 끄고……
134 직감과 진짜 향기
135 향기의 빈틈
136 행복 마니아
137 시간이 흐를수록 좋아지는 것
138 웃는 천재

139 놀라운 피부의 비밀
140 불면증과 황홀한 기분
141 구두쇠 미인
142 전업 주부 대 일하는 주부
143 태양의 향기 1
144 태양의 향기 2
145 커버마크와 감동
146 양산의 부활
147 분위기 있는 몸매
148 꽃과 더불어 지내기
149 여자는 마흔부터
150 희어야 할까, 검어야 할까?
151 우리는 너무 일찍 태어났다
152 평판이 좋은 여자 되기
153 여자의 값어치
154 눈썹과 속마음
155 섹시한 피부
156 최고의 천재
157 보이지 않는 화살표
158 바람둥이와 천재
159 쇼핑의 요령
160 신이 만든 룰
161 '안녕하세요'
162 거울의 힘
163 물도 효과가 있네
164 무의식 추녀와 우연한 추녀
165 위력을 발휘하는 아름다움
166 립스틱색의 나이에 대해
167 향수에 관한 오해
168 레이스 장갑

169 거짓 칭찬
170 '괜찮겠지'의 비극
171 살을 빼는 게 왜 어려워?
172 네일아트
173 당신은 미인?
174 연인이 없으면 외롭고
    있으면 괴롭다!
175 아름다운 친구
176 체육 점수
177 적게 먹자
178 남자 하나, 여자 둘
179 사랑받는 아우라
180 단단 체조
181 아우디와 향수
182 연인의 찬사
183 소리 높여 울자
184 그저 돈만 많은 여자
185 음식을 먹을 때마다 아름다워진다
186 아무나 입을 수 없는 옷
187 남자의 손
188 아름다워서 맛보는 괴로움
189 먹었더니 살이 빠졌다!
190 연한 핑크빛 여자
191 멋있는 여자, 멋있는 사람
192 머리를 만져 주는 손길
193 메모광
194 얼굴은 만드는 것
195 실루엣이 황홀한 여자
196 아름다운 글씨
197 여배우의 기적

198 감동 체질
199 콤플렉스
200 유니폼을 입은 여자
201 "당신은 자신의 옆얼굴을
    알고 계십니까?"
202 화장의 의미
203 현명한 여자라면?
204 강아지와 세 살 난 아기
205 어둠과 남자의 목소리
206 보기만 해도 알 수 있다!
207 거울의 거짓말
208 어차피 볼 거울이라면
209 보물 세 가지
210 바비 인형
211 서른 살
212 계절마다 꽃피는 여자
213 시계
214 클레오파트라의 욕실
215 무서운 젊음
216 연인의 눈
217 파운데이션 혁명
218 실크 엑스터시
219 남자와 여자가
    서로 속고 속이는 것
220 분위기 미인
221 3초 동안 분위기 만들기
222 분위기에 나이는 없다
223 "당신의 피부에는 향기가 나나요?"
224 분위기는 무슨 색일까?
225 분위기의 소리

226 분위기는 헤어스타일에 산다
227 분위기와 브랜드
228 분위기 미인의 조건
229 분위기는 어디에서 올까?
230 분위기는 배경이다?
231 작은 얼굴 열망
232 큰 귀고리의 교훈
233 작은 얼굴 전설 1
234 작은 얼굴 전설 2
235 작은 얼굴 전설 3
236 작은 얼굴 전설 4
237 작은 얼굴 전설 5
238 실연 미용
239 '넌 얼굴이 예쁜 게 아니야'
240 몸짓과 두뇌
241 일하는 여성이 동경하는 전업 주부
242 여자의 운명의 갈림길
243 여자가 본받아야 할 여자
244 실패하자!
245 아름다운 프로
246 문화 차이로 보는 편집자
247 "여자로 태어나
    행복하지 않으세요?"
248 좇으면 도망간다
249 맨 얼굴에 대한 오해
250 아름다움의 시침질
251 천재의 돈 씀씀이
252 미인과 천재의 차이
253 메이크업의 힘
254 천재와 유행

255 행복해질 수 없을지도……

256 직장 여성을 꿈꾸는 모델

257 내레이터 모델

258 아름다운 50대가 많아진다!

259 안내 데스크

260 매일 행복을 파는 여자

261 비쌀수록 효과 있는 시대

262 아침과 밤의 명암

263 순수하고 넓은 마음

264 여자와 육상 선수의 공통점

265 어떤 여성의 기적

266 "남자들은 왜 저 여자를
좋아할까?"

267 현대인의 휴식

268 벌거벗은 몸과 미니스커트

269 향기로 거짓말을 하자

270 어렴풋한 향기

271 내 안에 여자가 들어온다

272 향수의 체온, 향수의 습기

273 공기 속 향기

274 머리카락은 유혹한다

275 향기 나는 얼굴

276 향수의 달인

277 향기와 더불어 살아가는 여자

278 '들어가라, 들어가라'

279 얼굴에 힘을!

280 스킨케어는 게임이다

281 백과 여자는 한 몸

282 자신만의 컵

283 절약 정신과 스타킹

284 생리 추녀

285 몸짓 미인

286 역시 헤어스타일!

287 여자끼리 하는 이야기 1

288 웃는 얼굴 만들기

289 여자끼리 하는 이야기 2

290 빨간색 공포

291 글로스와 남자의 영혼

292 여자들이여, 수영복을 입자

293 '여보세요'

294 파운데이션의 변화

295 아름다움의 연쇄 반응

296 라면 전문가

297 눈이 나쁜 여자들에게!

298 천박함의 발견

299 이상형 남자와 파자마

300 아름다운 사람

301 화장하지 않는 화장

302 흰색의 위력

303 손끝의 표정

304 손톱의 마법

305 맛있는 색

306 아첨쟁이 거울

307 효과적인 수면법

308 여자의 적

309 천재 아저씨

310 메이커의 불행은 여자의 행복

311 거리로 나가자

312 팔레트 립스틱

313 그러나 여자는 더욱 강하다

314 천재들의 또 다른 습관

315 와인과 미용

316 헤어스타일과 성격

317 피부가 안 돼면 안 돼

318 화장솜인가, 손인가

319 용기 있는 여자가 아름답다

320 아름다움의 정체

321 핑크색

322 완벽한 패배

323 화장 = 바꾸고 치장하는 기술

324 고상한 피부색

325 얼굴이 하야면
결점 일곱 가지는 감춘다

326 결점 감추기

327 혼자 걷는 여자

328 1년에 단 하루
혼자 있고 싶지 않은 날

329 램프와 쿠션이 주는 힌트

330 청결한 마음

331 미완성의 행복

332 여자는 꿈꾸어야 한다

333 하루도 같은 날이 없는 1년

334 누구보다 빛나는 사람
추천의 말
옮긴이의 말

 ＊는 옮긴이 주 표시임.

아름다운 여자는 누구일까?

마음을 움직이고 감동시키고 잊을 수 없게 만드는 것이 아름다운 여자다

대단한 여성을 만날 때가 더러 있다. 같은 여자의 눈에든 남성의 눈에든 대단해 보일 게 분명하다. 아름다운 건 사실이지만, 내가 놀라는 까닭은 아름다움보다 좀 더 차원 높은 무엇 때문이다. 쉽게 아름다움을 뛰어넘어 버리는 대단한 것, 그게 무얼까 늘 생각했다. 그리고 지금까지 깨달은 사실 하나는 그녀들이 진정으로 '아름다운 여자'라는 것이다.

내가 여자의 일이자 의무라고 생각해 온 아름다움과는 수준이 다른 아름다움이다. 그렇지만 그녀들 역시 우리와 같은 인간인 이상 얼굴 생김생김이 다른 건 아니다. 다른 것은 그녀들의 아름다움은 결과가 아니라는 점이다. 그녀들의 아름다움은 다른 사람의 마음을 움직이고 때로는 감동시키고 때로는 잊을 수 없게 만든다. 사람이 사람에 대해 이런 생각까지 하게 만드니 아름다움의 천재라고 하지 않을 수 없다.

이제는 알았다. 여자가 목표로 해야 하는 것은 사람의 마음을 움직이는 아름다움이지 가만히 있는 아름다움이 아니라는 사실을 말이다. 움직이지 않는 아름다움은 아무짝에도 쓸모가 없다. 그런데 우리는 미용에 지나치게 몰두한 나머지 그것을 깨닫지 못했다. 아름다움의 천재들은 미용은 하지만 무작정 빠져들지 않는다. 그렇기에 천재인 것이다.

그럼 평범한 사람은 어떻게 해야 할까? 대답은 하나다. 아름다움의 천재, 미용의 천재가 되면 된다. 미용은 어디까지나 수단이니 얼마든지 흉내낼 수 있다. 흉내내다 보면 사람을 움직이는 아름다움의 정체를 알게 될 것이다. 아름다운 여자가 되는 천재의 미용을 지금 당장 시작하자!

화장 고치기

"어머, 정말 아름다우시네요?"

곰곰이 생각하면 이런 바보 같은 말은 없다. '어머니에게 물려받았어요' 하는 대꾸를 들으면 더럭 겁이 난다. 그래도 무심결에 이런 말을 뱉고 만다.

"어머, 정말 아름다우시네요?"

한 여배우와 인터뷰할 때도 그만 이 말이 튀어나오고 말았다. 인터뷰어로서 최악의 대사다. 하지만 그녀에게서 의외의 대답이 돌아왔다.

"전에 어떤 프로듀서가 계속 여배우로 남고 싶다면 스튜디오에 들어선 순간, 그곳에 있는 모든 사람의 시선이 일제히 집중될 정도가 되어야 한다는 말을 해줬어요. 그래서 그렇게 되도록 노력하고 있어요."

나는 가벼운 흥분을 느끼며 물었다.

"어떤 노력을 하시는데요?"

"투명한 피부가 가장 효과적이죠."

"어머, 정말 아름다우시네요?"

어리석은 이 말은 때로 전혀 생각지 못했던 아름다움의 진실을 이끌어 낸다.

"전부 화장 덕분이에요. 언제나 화장이 완벽해야 하고 늘 거울을 보고 얼굴이 흐트러져 있지 않은지 봐야 하죠. 젊은 여자가 화장이 흐트러진 채 태연하게 다니는 걸 보면 화가 난다니까요."

이것이 정답이다. 두려울 정도로 엄연한 진실이다. 실제로 그녀는 화장을 고치려고 한 시간에 두 번이나 일어섰다. 엉망이 된 화장을 내버려 두고 있던 나는 핑계를 갖다 붙이기 전에 우선 화장을 고쳐야겠다고 생각했다.

여자가 반하는 여자

상대에게 눈길을 떼지 않는 따스하고 풍요로운 마음이 있어야 한다

그녀는 하던 이야기를 멈추지 않고 내 앞에 놓인 커피잔에 눈길을 주며 '크림을 넣을까요?' 하고 확인하면서 별일 아니라는 듯 크림을 알맞게 넣어 주었다. 만난 순간부터 심상찮은 분위기가 감돌던 이 사람의 직업은 비서다. 오랫동안 사장 비서로서 일해 온 그녀에게는 여느 여자와는 다른 무언가가 있다고 생각하고 있었는데, 그 수수께끼가 풀리는 순간이었다.

함께 차를 마시는 것만으로 소중한 사람으로 대접받고 있는 느낌이 들었으며, 그것이 어디에서 오는지 알 것 같은 기분이었다.

비서로서 유능한 사람일수록 한 번에 여러 가지 일을 한다. 입으로는 회사 소개를 하면서 마음의 눈은 상대의 마음이 다음 순간 어디로 갈지, 다음 순간 무엇을 하고 싶어할지를 주시하고 있으니 이야기를 끊지 않고도 얼마든지 다른 일을 할 수 있다. 그렇다고 이야기에 마음을 담고 있지 않은 건 아니다. 아마 이야기에 사용하는 마음과 상대에게서 결코 눈길을 떼지 않는 마음, 이 두 가지를 부족함 없이 지니고 있나 보다. 그러므로 그녀는 따스하고 깊이가 있고 풍요롭고 온화하며, 어떤 의미에서는 강하지만 전혀 위압감을 주지 않는다.

나는 그녀가 그저 유능한 여성으로 보이지 않고 사람으로서 정말 좋아졌다.

전부터 사랑을 하고 있는 여성이 가장 행복한 이유는 자신에게서 결코 눈을 떼지 않는 연인이 있기 때문이라고 생각해 왔지만, 어쩌면 그녀에게서 사랑스러운 연인과 같은 점을 보았을지 모른다. 차를 마셨을 뿐인데 나는 그녀에게 마음을 빼앗겼다. 여자가 반하는 여자. 그런 여자가 되어야 한다.

피아노 선생님

청초한 아름다움이 있는 피아노 선생님은 기품 있고 우아한 태도를 가르친다

시내에 있는 악기 매장의 악보 코너에 무언가를 찾고 있는 여자가 있었다. 긴 머리에 마르고 고상한 외모. 피아노 선생님일 거라고 짐작했다. 피아노 선생님이 된 고등학교 시절 친구가 몇 명 있는데, 모두 이런 타입이어서 의심의 여지가 없었다.

청초한 미인. 지금은 이런 표현을 그다지 사용하지 않지만, 피아노 선생님에게는 청초한 아름다움이 있다.

나는 어린 시절 피아노를 배웠는데, 피아노 선생님은 태어나서 처음으로 대하는 청초한 미인이었다. 그리고 기품 있고 우아한 태도와 조심스러운 말씨가 아름답다는 사실을 알게 된 것 또한 피아노 선생님 덕분이었다. 피아노 선생님은 다른 어떤 여교사보다 여성의 기품을 소중하게 끝까지 지키며 어린아이의 마음에 아로새긴다. 손등을 찰싹 때리는 행동마저 단호한 태도에 깃드는 아름다움을 어린아이의 마음에 아로새긴다. 그리고 그것들은 아름답고 우아한 피아노 소리의 옷을 입고 작은 계집아이의 가슴속 깊이 스며든다. 그녀들을 가르친 피아노 선생님도, 그리고 그 선생님을 가르쳤던 피아노 선생님도 바이엘이나 소나티네와 함께 청초함을 가르친 것이다.

나에게 피아노 연습은 어린 시절의 우울함의 상징과 같은 것이었으나, 이제 돌이켜 보면 커다란 수확이 있었다는 느낌이 든다. 피아노뿐 아니라 여자가 익혀야 할 것, 즉 '여성'을 배운 시간이었다.

레이스 뜨기

시어머니께서 손수 짠 테이블센터를 보내왔다. 요즘 젊은 여성은 '레이스 뜨기가 뭐예요?' 할 것이다. 그러나 내가 어렸을 때만 해도 어머니에게 배워야 할 가정교육 가운데 레이스 뜨기가 끼어 있었다. 제대로 된 가정의 어머니는 오후 두 시 무렵이면 부드러운 햇살이 들어오는 창가에 앉아 하얀 레이스 실과 가느다란 레이스 바늘을 들고 뜨개질을 했고, 그 모습을 보며 자란 딸은 결혼을 하면 자신도 그렇게 오후 시간을 보낼 거라고 생각했다.

나는 레이스 뜨기를 못한다. 레이스 뜨기가 딸에게 가르쳐야 하는 가정교육의 하나이던 시절은 끝나고 거실에서 레이스 뜨기가 사라진 지 오래다. 하지만 정말 오랜만에 손수 짠 테이블센터를 손에 들었을 때, 시대의 흐름과 함께 버렸던 아름다움의 근원을 발견한 기분이 되었다.

섬세하고 따스한 감촉, 기품이 감도는 무늬, 쉽게 더러워진다는 이유로 살림살이 중에서 자취를 감추어 버린 순백색. 모든 것이 올바른 가정교육을 이야기해 주며, 예전에는 가정이 '여성의 아름다움'을 성장시키는 장소였음을 말해 주고 있다.

더 이상 어머니에게서 딸에게로 레이스 뜨기가 전해지는 모습은 찾아볼 수 없을 것이다. 그러니 어머니나 할머니가 오후의 햇살이 잘 드는 곳에서 레이스 뜨기를 하고 있다면 그 아름다운 모습을 뇌리에 또렷하게 새겨 두어야 한다. 그리고 당신의 가정에는 여성을 아름답게 성장시키는 공기가 여전히 흐르고 있을 테니 지금 당장 그 공기를 마음껏 들이마시자.

마니아의 비극

줄곧 신경 쓰이는 걱정거리가 하나 있다. 미용 마니아는 미용에 아무리 많은 시간과 노력을 들여도, 또 아무리 돈을 쏟아 부어도 마니아가 아닌 사람과 거의 구분되지 않는다는 사실이다. 미용 마니아는 얼굴에 매달고 다니는 것이 아니니 티가 나지 않는 편이 오히려 좋다고 할 것이다. 그런 노력과 지출은 겉으로 표시 나지 않는 게 훨씬 품위 있는 일임에 분명하다.

하지만 이건 속옷처럼 보이지 않는 곳에 돈을 들이는 것과는 약간 다르다. 속옷에 투자하는 것은 정신의 우아함이며 겉으로는 드러내지 않는 법이다. 돈을 들이면 다른 곳을 통해 속옷에 제법 투자하는 모양이라는 표시가 나게 마련이고, 책을 많이 읽는 것 역시 겉으로는 드러나지 않지만 어떤 순간에 나타나게 마련이다. 한편 옷에 돈을 들이거나 멋을 내는 것은 자기를 돋보이게 하기 위한 일이어서 원치 않아도 100퍼센트 알아챌 수 있다. 그러나 유감스럽게 미용 마니아만은 드러나지 않는다.

전에 만난 20대 후반의 여성은 아름답고 기품이 있는 데다가 피부는 눈부시고 화장 솜씨가 보통이 아니었다. 게다가 헤어스타일은 나무랄 곳 없고 손톱에는 깔끔하게 매니큐어가 칠해져 있길래 미용 마니아인 줄 알았더니 이런 말을 했다.

"저는 화장품에 대해 잘 몰라서 아무거나 좋아해요."

약간 충격이었다. 사실 미용 마니아는 아니지만 흠잡을 데 없이 아름다운 사람이 얼마든지 있다. 많은 시간과 돈을 쏟아 붓는 미용 마니아로서는 참 허무한 노릇이 아닐 수 없다.

아름다워지는 것은 여자의 의무

시간과 정열을 미용이 아닌 다른 것에 쏟는다면 누구나 아름다워진다

아름다워지는 것은 여성의 일이다. 나는 늘 그렇게 생각해 왔다. 여자로 태어난 이상 아름다워야 유리한 일이 많다고 생각하거나 반대로 아름다워지기를 거부하는 여자를 보면 '아름다워지는 것은 여자의 의무예요!' 하고 질타와 격려를 하고 싶어진다.

나는 여성지 편집자로서 아름다워지기 위한 정보의 제공자가 된 후 모든 사람이 이에 대해 얼마나 진지한가를 알게 되었다. 정말 사소한 정보에조차 엄청난 반응이 돌아와 기쁘기도 했다. 한편 그런 반응이 지나친 것 같아 마음 한구석이 불안했다. '아름다워지는 것' 또는 '미용'이 나아가야 할 방향을 미처 깨닫지 못하고 있는 사이 본질로부터 멀어지는 것은 아닐까 싶어서다.

앞에서 소개한 아름다운 여성은 "저는 화장품에 대해 잘 몰라서 아무거나 좋아해요"라고 말했으나 화장이면 화장, 헤어스타일이면 헤어스타일이 감탄할 정도로 손질이 잘되어 있어 자연스러우면서 시선을 끄는 충격이 있었다. 어쨌든 최소한의 화장품은 사용하고 있을 터이며, 그것들이 하나하나 제 역할을 다해 120퍼센트 효과를 올리고 있는 게 분명했다. 그런데 그녀는 그림을 좋아한다며 화장품에 관한 이야기를 하는 대신 그림 이야기를 했다. 그녀는 미용 마니아가 아니라 그림 마니아이자 미용의 천재였다. 매우 멋있는 여자다.

미용에 관한 정보의 제공자로서 어쩐지 늘 석연찮던 부분이 이때 풀렸다. 미용에 투자하는 시간과 노력과 정열을 다른 무언가에 쏟는다면 누구나 아름다움의 천재가 될 수 있음을 그녀가 보여 주었던 것이다.

만나는 사람마다 포로로 만드는 여자

"대화를 나눌 때 몸은 어디를 향하십니까?"

이번에는 다른 사람과 대화할 때의 몸의 방향이 여자의 운명을 적잖이 좌우한다는 이야기를 해야겠다.

한번 대화를 나누었다 하면 남자는 모조리 포로가 되고 만다는 소문이 자자한 여자가 있었다. 절세의 미인도 애교가 넘치는 타입도 아니었다. 대체 그 심상찮은 인기의 비밀은 어디에 있을까? 증거는 없지만, 나는 그녀의 몸의 방향에 있다고 생각한다. 그녀는 다른 사람과 이야기를 나눌 때 언제나 상대의 정면을 향한다. 나란히 앉아 있는 경우에도 상반신은 상대를 똑바로 향하고 있다. 눈은 상대를 똑바로 바라보는 것이 그녀에게는 예의다. 그렇다면 상대와 마주보는 자리에서는 어떨까? 그녀는 상반신을 쑥 내밀어 가능한 한 가까이에서 상대를 정면으로 보려고 한다. '고작 그것뿐이야?' 하고 생각할 테지만, 상대에게는 온몸을 다해 집중하는 모습이 전달된다.

가끔 그녀와 같이 강의를 듣고는 했다. 나는 등받이에 기댄 채 멍하니 듣고 있었는데, 그녀는 몸을 앞으로 내밀고 완전히 빠져 있었다. 눈은 강사의 눈을 응시하고 때로 가볍게 고개를 끄덕이며 강의를 듣는 그녀의 모습은 100명이나 되는 수강자 중 유난히 빛나고 있었을 것이다. 강의가 끝난 후 복도에서 스쳐 지나간 초로의 대학 교수는 그녀를 금방 알아보았다. 상대의 마음을 사로잡는 데에 말은 필요 없다. 상대를 정면으로 바라보고 시선은 가까이에서 응시하면 된다. 그녀에게는 예의에 불과하지만 상대는 그녀의 집중력에 완전히 매료당한다.

몸의 방향은 곧 마음의 방향이라는 사실을 기억해 두자.

아름다움에 관한 신기한 이야기

자신감을 가지면 숱이 많아질 만큼 여자의 몸에는 놀라운 일이 일어난다

머리카락의 변화가 사람을 늙게 한다고 절실하게 느낀 것은 60대 후반인 큰어머니에게 일어난 놀라운 사건을 목격한 때였다.

오랜만에 만난 큰어머니는 부쩍 연세가 들어 보여 안타까운 마음이 밀려들었다. 자세히 보니 단정한 생김새는 변함없는데 그대로 두면 맥없이 끌려 가버릴 것 같은 노화의 거센 기운이 느껴졌다. 그 원인이 숱이 적어진 머리카락에 있는 게 분명해 큰어머니에게 과감히 부분 가발을 권했다. 이런 경우에 처한 여자는 모두 순진한 법이어서 큰어머니는 곧장 가발을 구입했다. 처음에는 좀처럼 자리가 잡히지 않는 모양이었으나, 다음에 만났을 때 큰어머니는 아름답고 젊은 큰어머니로 돌아와 있었다. 할머니 대열에 들어선 것처럼 보이던 인상의 나이는 단숨에 스무 살 가까이나 젊어져 50대 초반으로 껑충 뛰어 있었다.

그런데 진짜 놀라운 일은 그 뒤에 벌어졌다. 약 1년 후 다시 큰어머니를 만났더니 전처럼 젊고 머리 숱도 많아 멋졌다. 게다가 볼륨 있는 새까만 머리카락이 제 머리라는 것이었다.

"나도 깜짝 놀랐지 뭐니. 그때부터 점점 숱이 많아지더니 이제 가발 따위는 필요 없을 정도야. 대체 어떻게 된 건지……."

나 또한 대체 어떻게 된 참인지 알고 싶다. 나로서는 정수리에 부분 가발을 써 머리카락을 약간 보탬으로써 '나는 아직 이렇게 젊고 이렇게 예쁘다'라는 자신감을 되찾았고 그로 인해 여성 호르몬의 분비가 증가해 숱이 많아졌다고밖에 설명할 길이 없다. 다시 말하자면, 머리카락은 늙은 자신을 보면 더 빠지고 젊은 자신을 보면 다시 난다는 것이다. 다시 한 번 말해 두지만 이 일은 실화다.

10

화내지 않는 미용

마음은 얼굴이 만든다

 툭하면 화를 내는 어린이가 많아진 것은 식생활의 변화 탓이라는 의견이 있다. 더욱이 패스트푸드가 주된 원인이므로 미국에서는 화를 자주 내는 어린이가 한층 증가했다는 주장까지 등장했다. 여기에서 그 존재가 분명해진 것이 '화내는 호르몬'이다. 그리고 남성이 여성화해 가는 환경 호르몬이 문제가 되고 있는데, 이 지경이 되고 보니 결국 인간을 지배하는 것은 호르몬이 아닐까 하는 생각을 하지 않을 수 없다. 어쩌면 사악한 호르몬과 한판 전쟁이라도 벌여야 할지 모를 일이다.

 우리가 지금 싸워야 하는 것은 화내는 호르몬이다. 그러면 미용의 테마 역시 '화내지 않는 미용'으로 바뀌어야 하지 않을까? 당장 실천할 수 있는 화내지 않는 미용은 언제나 입꼬리를 위로 끌어올리는 것 등이 일반적이지만, 현재 직장 여성이 받는 스트레스는 그 정도로 해결되지 않는 수준에 이르고 있다. 그러나 마음은 얼굴이 만드는 것이므로 참기 어려울 만큼 화가 나도 먼저 웃음을 지으면 심한 말이 나오지 않는다. 하지만 입꼬리를 끌어올리는 데에는 상당한 노력이 필요하며, 현대인은 어린 시절부터 타인과 관계를 맺는 데 익숙지 않아 입꼬리가 올라가기 어렵다는 말이 있다.

 어떤 사람은 화내는 순간 사진에 찍히는 자신을 상상하는 것이 가장 나은 방법이라고 말했다. 화가 날 때조차 카메라를 들이대면 만면에 웃음 띤 표정을 지을 만큼 현대인은 자의식이 강하다. 조금 슬픈 일이기는 하지만, 인간관계를 원만하게 만드는 방법이라면 그것도 좋다. 얼굴이 웃음을 지으면 마음은 자연히 누그러진다. 잘 웃지 않는 시대의 최신 미용법으로 제안하고 싶다.

전철 속의 여자

여자가 정직하게 있는 그대로 드러날 때는 전철에 서 있을 때다

전철에서 어떤 여자가 아름다운가를 화제 거리로 이야기를 나누게 되었다. 여자들은 그다지 의식하지 않는 문제다. 하지만 남자들은 좁은 공간인 만큼 평소에는 관심이 가지 않던 것을 보고 느낀다는 사실을 이때 처음 알았다.

그 자리에 있던 한 남자가 재미있는 사실을 말했다.

"내가 전철 속에서 예쁘다고 생각하는 여자는 서 있는 여자죠. 아무리 예쁜 여자라도 앉아 있으면 이상하게 흥미가 안 가요."

참 희한하다고 생각했는데 다음 순간 굉장한 진리가 숨겨져 있음을 느꼈다. 앉아 있는 모습에서는 '그 사람'이 보이지 않는다. 전철이라는 공공 장소에서는 자신을 죽이고 앉아 있을 수밖에 없으므로 어지간한 일이 벌어지지 않는 한 '그 여자'는 나오지 않는다. 하지만 서 있는 여성은 무방비 상태여서 자신이 어떤 여자인지 무심결에 보이고 만다. 넘어지지 않으려고 자신을 지탱하는 여자, 골똘히 생각에 빠져 있는 여자, 연애중인지 황홀한 표정을 짓는 여자, 걱정거리를 안고 있는 여자, 행복해 보이는 여자, 그리고 그다지 행복해 보이지 않는 여자. 남자들은 그 모습을 본다.

"전철문에 상반신을 온통 맡기고 밖을 내다보고 있는 여자가 있었어요. 옆모습을 언뜻 보았는데 결혼하고 싶다는 생각이 들 정도였다니까요."

몹시 혼잡한 차 속에서 태평하게 앉아 있는 여성은 뻔뻔해 보일 때가 있다. 그리고 전철 속에서는 안내 데스크의 여자처럼 얌전을 빼고 서 있을 수는 없으며 누군가 자신을 관찰하리라고는 꿈도 꾸지 못한다. 그렇기 때문에 사람들은 여자가 가장 정직하게 있는 그대로 여자를 드러내는 그때를 보는 것이다.

12 화장은 소꿉놀이

인간, 특히 여성의 가치관은 눈 깜짝할 사이에 바뀌는 것 같다. 불과 얼마 전까지 빠른 건조와 오래가는 지속성의 양립이야말로 매니큐어의 생명이라고 떠들던 내가 이번에는 IPSA*(일본의 화장품 메이커)의 새로운 매니큐어에 빠졌다. 늦바람이 나면 무섭다는 말을 흔히 하지만, 여고생에게 지고 싶지 않은 마음이 들 정도니 확실히 무섭긴 무섭다.

여자가 화장품을 갖고 노는 것은 소꿉놀이와 같다. 요즘 아이들의 소꿉놀이는 짐짓 엄마인 척하며 인형에게 화장을 해주거나 머리를 땋아 주는 것이다. 그리고 무대는 옛날처럼 부엌이 아니라 거울 앞이다. 소꿉놀이를 하듯이 화장품을 만지작거리는 것은 여자가 평생 동안 맛볼 수 있는 하나의 쾌락이다.

어떤 메이컵 아티스트가 이런 말을 했다.

"화장은 놀이임을 느끼고 나서가 진짜다."

그리고 그는 필사적으로 노력하면 예쁜 얼굴을 만들 수 있으나 아름다움에 여유가 없을 뿐 아니라 힘들여 만든 느낌이 고스란히 전해지기 때문에 보는 사람마저 불편하게 만든다는 말을 덧붙였다.

'놀 여유'가 생긴 순간 무엇이 태어날까? 신비로움이다.

'아름답기는 한데 어디가, 왜 아름다운 걸까?'

상대가 이런 고민을 하게 만드는 불가해성이 곧 신비스러움으로 이어진다. 화장은 놀이임을 느끼고 나서부터가 진짜라는 말이 진실일지 모르겠다.

디즈니랜드에서 배우는 아름다움

먼저 주위를 깨끗이 한 다음 어지르지 않는다.
자신을 깨끗하게 하는 기본 중의 기본이다

디즈니랜드에서는 쓰레기가 바닥에 떨어져 있는 것을 본 적이 없다. 완벽하게 떨어져 있지 않다. 미국의 디즈니랜드에서 함께 수입해 온 '쓰레기 줍기 슈퍼매뉴얼' 대로 전 직원이 휴지를 줍는 모양이다. 디즈니랜드에는 상상한 것보다 훨씬 많은 사람이 일정한 간격을 두고 배치되어 있다. 그리고 직원들은 주위를 두리번거리며 살펴보지 않고 일정한 방향만 쳐다보고 있다가 자기가 보고 있는 방향에서 쓰레기가 떨어지면 즉시 줍는다. 단순하지만 참으로 효율적인 시스템이다.

그럼 쓰레기를 발견하지 못하는 까닭은 전적으로 매뉴얼 덕분일까? 그렇지 않다. 떨어져 있지 않기 때문에 버리지 않는 것이다.

인간의 모든 감각은 환경에 금방 익숙해진다고 한다. 예를 들어 길거리에서는 절대로 휴지를 버리지 않는 도덕적이고 성실한 사람이 여기저기 쓰레기가 널려 있는 곳에 있다고 하자. 그는 처음에는 주우려고 하지만, 이윽고 환경에 익숙해져 휴지를 버리고 곧 그 자리를 떠난다고 한다. 하지만 반대로 종잇조각 하나 떨어져 있지 않은 곳에서는 아무리 매너가 나쁜 사람이라도 쓰레기를 버리는 최초의 사람이 되고 싶지 않기 때문에 버리지 않는다.

깨끗한 방은 어질러지지 않는다. 그러나 조금 지저분해지면 금세 어질러진다. 시작은 똑같은데 이렇게 차이가 난다. 이런 식의 차이가 쌓이고 쌓이면 아름다움에는 마침내 엄청난 차이가 생기고 만다. 깨끗한 방은 더럽혀지지 않는다. 깨끗한 옷은 더럽혀지지 않는다. 깨끗한 생활은 더럽혀지지 않는다. 그러므로 먼저 주위를 깨끗하게 만든다. 자신을 영원히 깨끗하게 지키는 기본 중의 기본이다.

14 주름이 싫어

다리미질을 아주 좋아하는 친구가 있다. 손수건을 다리는 솜씨는 프로급이어서 교제하고 있는 남자가 세탁했다가 마른 손수건을 갖고 와 다리미질을 부탁할 정도다. 이야기가 나온 김에 한마디 덧붙이자면 그녀는 티셔츠까지 다리미질을 해서 입는다. 그 정도가 되면 다림질 마니아에 들어갈 테지만, 그녀는 이렇게 말했다.

"나는 주름이 싫을 뿐이야. 주름을 용서할 수가 없어."

주름이 싫다. 어쩐지 낯선 느낌이 들지만, 분명히 그녀에게는 주름이 없다. 입고 있는 옷에 구김살이 있는 걸 한 번도 보지 못했다. 보통 하루 동안 같은 옷을 입고 있으면 치마 뒤나 바지의 허벅지 부분에는 구김이 가는 법인데 그런 모습을 본 게 생각나지 않는다. 그녀의 옷은 떠오르는데 주름은 전혀 생각나지 않는다. 문득 청결한 여자는 옷에 구김이 없는 여자가 아닐까 하는 생각이 스쳐갔다.

청결한 여자란 대체 어떤 여자일까? 답하기가 간단할 것 같아 보이지만 어려운 질문이다. 하지만 이 이야기는 틀림없이 답 가운데 하나가 될 수 있다.

누군가 상대가 입은 옷을 보고 '좀 구겨졌군' 하고 생각하는 순간, 그 사람의 몸에서는 청결감이 빠져나간다. 내 옷은 자주 구겨져 있다. 그러니 나는 우선 옷의 주름부터 처치해야 하는 여자다.

사랑이라는 이름의 새로운 성분

연애라는 스킨케어만큼 효과가 좋은 것은 없다

'연애는 아름다움을 살찌운다'라고 자신 있게 말하는 여자들이 늘고 있다. 그래서 사랑에 빠지기보다 아름다워지는 일에 더욱 열심이다. 조금이라도 더 아름다운 자신을 사랑하는 사람에게 보여 주겠다는 확고한 목적을 가진 스킨케어는 강력한 효과가 있다. 좋은 것이라면 닥치는 대로 마구 사용하며 미용에 열중하는 사람보다 몇 배나 큰 효과를 보니 말이다.

이를테면 매일 아침 열심히 팩을 한다. 처음 연애를 시작할 때에는 매일 데이트하기 때문에 그날 화장이 잘 먹게 하고 윤기 도는 피부에 목숨을 건다. 그러므로 바쁜 아침 시간 메이크업을 하기 전에 팩을 한다. 이런 경우, 팩이란 매일 하는 게 아니라고 충고해서는 안 된다. 할 때 집중적으로 한다! 때로 최고의 미용법이 될 수 있다. 특히 집중 팩은 좋다. 팩의 밀봉력과 성분의 침투력, 거기에 연애 호르몬까지 더해져 훌륭한 효과를 낳는다.

이보다 막강한 스킨케어가 있을 리 없다. 한 꺼풀 허물을 벗은 듯한 피부가 되고 밤낮없이 이어지는 데이트에도 불구하고 믿기 어려울 만큼 피부가 아름답다. '나도 사랑을 하면 이렇게 아름다워질 수 있다'는 발견이 연인과 헤어진 다음 여전히 용기를 준다. 이것이 올바른 연애다.

화장품이 주는 작은 흥분

알맹이가 있어야 외모의 아름다움이 살아난다는 것은 세상만사가 모두 같다

편집자 시절부터 미용에 관계한 것이 어느새 20여 년이다. 정직하게 말해 화장품 자체에 싫증이 난 지 오래다. 하지만 나는 어차피 여자다. 눈이 휘둥그레질 만한 화장품과 만나면 지조 없이 들떠서 그것을 사용해 보고 기사를 쓰는 일에 기쁨을 느낀다. 그러나 이제 그 만성적인 반복에 종말을 고할 때가 된 듯하다.

헬레나 루빈스타인의 포스C크림의 뚜껑을 열고 랑콤의 스틱형 글로스를 손에 쥘 때, 으레 작은 흥분을 느낀다. 그것은 마법의 상자를 여는 순간의 설레임이다. 상자를 열면 근사한 일이 벌어질 거라는 반짝이는 기대감이 있다. 포스C크림의 눈이 번쩍 뜨일 것 같은 오렌지 향기도, 글로스의 스틱 모양도 말하자면 화려한 장식이다. 이렇게 매력적으로 꾸미는 것이 화장품에 미지의 힘을 준다. 존재하는 것만으로 아름다워질 수 있는 화장품이란 바로 이런 것들이다.

여자에게는 이치나 논리와 상관없이 화장품이 사랑스러워질 때가 있는데, 최근의 화장품들은 무척 사랑스럽다. 화려한 치장이 잠들어 있던 화장품에 대한 사랑에 다시 불을 붙였다.

왜 화장품이 화려하게 치장하기 시작했을까? 바야흐로 21세기를 맞이하면서 화장품은 지금까지의 답보 상태를 한번에 만회하듯 커다란 기술적 진보를 이루었다. 그래서 갑자기 여유를 갖게 된 것이다.

'이제 내용물은 자신 있다. 제대로 효과가 있으니 외관을 장식하여 눈길을 끌자.'

이런 여유가 생긴 것이다. 어딘가 사람과 비슷하다. 알맹이가 꽉 차 있어야 비로소 외모의 아름다움이 살아난다. 세상만사가 모두 그렇다.

손수건과 티슈

어쩌다 필요하지만 없는 경우 이것들만큼 한심하게 여겨지는 물건은 없다

유사시 가방에 들어 있지 않아 이렇게까지 한심하게 생각되는 물건이 또 있을까? 회식 자리에서 동료가 술잔을 엎질러 모두 허둥댈 때 가방을 탈탈 뒤져도 들어 있지 않은 손수건이 나올 리 없다. 게다가 데이트를 하다가 그가 "티슈 있으면 좀 줘" 하는데 갖고 있지 않았을 때의 거북함이란…….

이때 불현듯 초등학교 시절의 소지품 검사가 떠올랐다. 어린 마음에 왜 이런 쓸데없는 것을 할까 하고 의아하게 여겼던 사람은 아마 지금도 만일의 경우에 필요한 손수건이나 티슈가 없을 터이고 여자로서 보이고 싶지 않은 모습을 보이기 십상이다.

주름 하나 없는 하얀 손수건 한 장, 그날의 의상에 맞는 손수건 또 한 장, 반드시 이렇게 두 장의 손수건을 갖고 다니며 같이 있는 상대와 상황에 맞게 적절히 사용한다는 천재가 있다.

"남 앞에서 손수건을 꺼내는 것은 속옷을 남에게 보이는 것과 똑같은 일이죠. 주름이 있는 손수건을 갖고 있는 사람은 속옷도 분명히 깔끔하지 못할 거예요."

그날 차를 마시며 케이크를 먹을 때 그녀가 무릎에 펼친 것은 흰 손수건이었고 저녁을 먹는 자리에서 꺼낸 것은 의상과 꼭 어울리는 무늬 없는 오렌지색 손수건이었다. 그리고 티슈는 광고용이 아니라 호사스럽지 않은 새틴으로 된 케이스에 들어 있는 것이었다. 아름답고 청결한 생활을 하고 있는 사람이라는 생각이 들었다. 손수건과 티슈, 그리고 소지품 검사. 그것은 여자에게 예절 교육의 원점이다. 나는 아침마다 스스로 소지품 검사를 시작했다. 자신을 정화하고 청결하게 지켜 주는 기분이 들어 즐거워진다.

완벽 허물기

미인인 데다 두뇌가 명석하고 변호사이며 부자이고 심지어 사람까지 좋다. 더 이상 바랄 것이 없다. 그러나 하나만 더 그녀에게 바란다면 주위 사람들을 웃음짓게 하는 실수나 소탈함을 꼽고 싶다. 그리고 한 여자 변호사는 나의 희망을 보기 좋게 이루어 주었다. 일 때문에 어디로 가던 중인 택시 안에서 편의점에서 파는 주먹밥을 볼이 미어져라 우적우적 먹던 사건은 아는 사람들 사이에서 크게 화제 가 되었다. 이 사건이 없었다면 그녀가 그토록 멋져 보이지는 않았을 것이다.

완벽한 여성이, 아니 완벽해 보이는 여성이 전혀 어울리지 않는 행동을 할 때 주변 사람들은 곧 안심하고 매혹당한다.

아직 신참 편집자이던 시절 권위 있는 모 브랜드의 극동 대표라는 직함을 가 진 아름다운 여성과 자리를 같이했다. 그녀는 일에 관한 이야기를 하다가 갑자 기 이렇게 말하는 거였다.

"어떻게 생각해요? 좀 있다 절에 가야 하는데, 이 빨간색은 곤란하겠죠? 다른 색으로 다시 칠해야 할 것 같은데 어쩌지……."

그러며 새빨간색이 칠해진 손톱을 내게 내밀었다. 몹시 긴장해서 얼어 있던 내 기분을 풀어 주려는 배려였음에 틀림없다.

여성이 더 이상 바랄 게 없을 정도로 완벽할 때 한쪽을 무너뜨리는 것이 필요 하다. 어딘가에 바람구멍을 내는 일 말이다. 빨간 손톱 사건은 15년도 더 된 이 야기지만, 나는 이때 느낀 작은 감동과 마음이 편안해지던 기분을 아직껏 잊지 못하고 있다. 그것은 그녀의 매력을 누군가의 마음에 새기는 소중한 바람구멍 이었던 셈이다.

시선이 마주치는 감동

"사람이 많이 있는데도 계속해서 나를 보며 이야기하는 거예요. 그게 참 신기해요."

자만심에 찬 이야기도 고민도 아니다. 어떤 여자가 점쟁이와 마주하고 있는 것 같다고 하여 그 이유를 물었더니 내놓은 대답이었다. 왜 느닷없이 점쟁이 이야기가 나오는지 도무지 납득이 가지 않았다. 어쨌거나 많은 사람이 있는 가운데 유독 어떤 특정한 사람을 쳐다보게 되는 일은 흔히 있다. 나 역시 강연을 할 때 똑같은 경험을 하기 때문에 잘 이해한다. 순전히 무의식적이지만, 한 사람을 보고 또 보게 된다. 물론 다른 사람들을 보고는 있다. 하지만 멀리 떨어져 앉아 있는 사람들을 보는 것이기 때문에 초점 없이 멍하니 바라볼 수밖에 없다. 그런데 까닭은 모르지만 특정한 몇 사람과는 초점이 딱 마주친다.

시선을 받는 사람은 이야기를 놓치지 않고 들으려고 애쓸 뿐만 아니라 이야기하는 사람에게 빠져 들어간다. 다시 말해 이야기하는 사람의 입장에서 보면, 아무리 멀리에 있어도 자신에게 열중하는 사람하고는 초점이 마주치는 것이다.

아무튼 초점이 맞는 사람은 시선에 인력을 갖고 있다. 그런데 이 인력은 사람을 자신에게 끌어당기려고 한다고 해서 생겨나는 것이 아니다. 그보다는 상대에게 몰두하여 그 순간만이라도 그 사람을 완전히 알고 싶다는 마음이 상대를 잡아끄는 것이다. 시선에 인력을 불어넣자. 많은 사람 중에서 서로 시선이 마주치는 것은 작은 감동이니까.

좋은 가게 찾아내기

자신을 아름답게 만들어 주는 화장품 가게 찾기

"똑같은 화장품을 산다면 어떤 가게에서 사고 싶습니까?"

'1엔'(우리 돈으로 약 10원)이라도 싼 곳' '점원이 상냥한 곳' '샘플을 많이 주는 곳' '자꾸 이것저것 권해 난처하게 하지 않는 곳', 대부분 이런 곳을 꼽을 것이다. 하지만 1엔 싼 가게보다, 샘플을 많이 주는 가게보다 훨씬 득이 되는 가게가 있다.

그 업계에 몸담고 있는 사람에게서 들은 이야기인데, 화장품 가게에는 두 종류가 있다고 한다. 하나는 매상이 점점 신장하는 가게이고, 다른 하나는 마음으로부터 손님이 아름다워지기를 바라는 가게다. 전자는 장사를 잘하는 가게고, 후자는 손님을 기쁘게 하는 가게다. 설마 손님이 아름다워지기를 바라지 않는 화장품 가게가 있을까 하고 생각하겠지만, 건성으로 그렇게 생각하는 가게와 진심으로 그렇게 생각하는 가게가 있다는 뜻이다.

그것을 구분하는 방법은 간단하다. 손님의 얼굴과 이름을 단번에 기억해 내는 가게가 아름다워질 수 있는 곳이다. 손님의 얼굴과 피부와 화장품을 묶어서 기억하고 있지 않으면 '지난번에 오셨을 때보다 피부에 탄력이 있네요. 그 제품을 권해서 다행이었네요' 하고 말할 수 없기 때문이다. 또 하나 '피부가 고와지셨어요'라고 자주 칭찬하는 가게 또한 진심으로 손님이 아름다워지기를 바라는 곳이다. 칭찬받으면 한결 아름다워지는 피부의 신비를 잘 알고 있는 곳이기 때문이다.

하지만 최근에는 돈을 버는 가게와 고객의 아름다움을 진정으로 소망하는 가게가 일치하게 되었다. 고객의 아름다움은 뒷전이고 오직 이익만 추구하는 곳은 결국 장사가 잘 안 된다. 그러니 그저 사람들로 붐비는 가게만 찾으면 된다.

효과가 좋은 손님, 좋지 않은 손님

어떤 화장품으로도 효과가 없는 여자는 누구일까?

　어떤 화장품 가게 주인이 이런 이야기를 들려주며 손님은 정말 가지각색이라고 했다. 어느 날 한 젊은 여성이 미용 비누를 보고는 "어머, 여기에 있었네"라고 하더란다. 그래서 당연히 그것을 살 줄 알았더니 그녀는 이런 말을 하며 다른 비누를 사는 거였다.

　"저 가게에 구해 달라고 부탁해서 1주일 후에 오기로 했거든요. 여기에서 사면 미안하니까 그냥 이걸로 주세요."

　화장품 가게 주인은 이 이야기를 하며 그런 손님은 아름답게 만들어 주고 싶은 마음이 절로 든다는 말을 했다. 그럼 같은 경우 손님이 어떻게 하면 아름다워지기를 바라지 않게 되느냐는 좀 심술궂은 질문을 던져 보았다. 그러자 그는 선뜻 이렇게 대꾸했다.

　"이쪽 가게에 마침 떨어진 물건을 다른 가게에서 찾아내고는 일부러 '저쪽 가게에는 있었어요. 물건 좀 제대로 갖춰 놓으세요'라는 말을 던지고 가는 손님이 더러 있기는 해요. 그래도 말이죠, 우리는 아름다워지지 않았으면 좋겠다는 생각은 하지 않아요. 왜냐하면 그런 사람에게는 천하에 없는 화장품이라도 효과가 없는 법이니까 그런 생각을 할 필요가 없거든요."

사물에도 마음이 있다

모든 사물에는 사용하는 사람의 마음이 보이는 거울이 있다

화장품 가게 사람이 '한번 써보세요' 하는 말을 하면 써봐야만 직성이 풀리는 사람, 사이즈를 재보겠다는 말을 들으면 냉큼 자기 입으로 말해 버리는 사람, '손님, 혹시 피부가 건조하지 않으세요?' 하는 질문을 받으면 고개를 끄덕이는 사람, 그리고 이렇게 되면 반드시 무언가 사들고 돌아가는 사람은 내 이야기를 잘 듣기 바란다.

좀 생각해 보겠다거나 오늘은 안 되겠다는 한마디를 하지 못해 시간을 끌면 끌수록 거절의 말을 할 수 없게 되며, 마침내 도저히 빈손으로 돌아갈 수 없다는 생각이 들어 물건을 사고 만다. 이렇게 되면 꼭 사야 한다는 일종의 의무감을 느끼게 되어 몹시 갖고 싶어하던 물건이었는데도 필요 없는 것을 괜스레 샀다고 여기게 된다. 이미 판단력을 잃어버린 것이다.

하지만 그런 식으로 사게 된 물건의 좋은 점을 두고두고 알게 되는 경우가 있는데, 그게 참 신기하다. 사용하다 보면 어쩐지 점차 좋아진다.

곰곰이 그 까닭을 생각해 보았다. 원래 무엇이든 싫어하는 것은 어울리지 않고 좋아하는 것은 어울리는 법이다. '좋아하려는 기분' '무언가 도움이 되기를 바라는 마음'은 사물에게 충분히 전해진다. 물건은 소중하게 다루면 사람에게 보답하고, 소홀하게 다루면 사람에게 반항한다. 설마 그럴까 하고 생각할 테지만 정말이다. 사물에는 거울이 달려 있어 사용하는 사람이 사랑스럽다고 여기는 마음을 품으면 그대로 보이는 모양이다.

뿌리치지 못하고 당장 쓸모가 없는 물건을 사고 마는 사람은 다정한 사람이다. 그리고 그런 사람일수록 쇼핑을 잘하고 결과적으로 손해를 보지 않는다.

영혼이 담긴 얼굴

최후의 최후에 아름다움을 지키지 못하는 사람이 있다. 누군가와 만날 때 최초의 한순간, 그 몇 초가 얼마나 중요한지를 모르기 때문이다. 아름다움의 천재는 이때 얼굴에 영혼을 담는다.

모델로 활동했던 어떤 여성은 이런 말을 했다.

"사람을 만날 때 아름다워 보이는 표정을 짓는 버릇이 아예 붙어 버렸어요."

오디션을 볼 때 의식적으로 만드는 표정을 말하는 눈치였다. 눈은 예쁘게 뜨고, 입가는 힘이 들어가지 않도록 주의하면서 가장 아름다운 모양을 만든다. 그다음은 상대에게 100퍼센트 집중하는 것이다.

실제로 모델 오디션에 심사위원으로 참여해 보면 심사위원들을 향할 때 순간적으로 표정이 바뀐다. '일을 하나 끝내 피곤한데 사무실에서는 또 일을 시키려고 하는군' 하는 듯한 마지못한 표정을 지으며 기다리고 있다가도 심사위원들을 바라보는 순간에는 온화하고 화사하며 상냥하게 웃는 얼굴이 된다. 과연 프로는 프로다. 얼굴에 아름다움의 영혼이 순간적으로 스며들어 1초 전의 표정은 거짓말처럼 사라지고 마음씨 곱고 아름다운 사람이 되어 있는 것이다.

어렵지 않은 일이라고 생각한다면 오늘부터 당장 실천해 보자. 영혼이 담긴 얼굴과 그렇지 않은 얼굴로 대할 경우, 상대의 반응이 얼마나 달라지는지 그 변화를 놓치지 말자. 다행히 이렇게 하는 데에는 돈이 한푼도 들지 않는다.

스타킹과 립라이너

대외용 자신과 평상시의 자신. 두 개의 자신을 분명하게 나누는 경계선이 무엇이냐고 묻는다면, 나는 스타킹이라고 대답할 것이다. 스타킹은 남성에게 있어 넥타이과 같은 것으로, 남자가 거울 앞에서 넥타이를 매고 단단히 죄듯 나는 탄력이 뛰어난 스타킹을 발꿈치, 발목, 종아리, 허벅지로 올라오며 바싹 끌어올려 남들에게 보여 주는 대외용 자신을 만들어 간다. 스타킹을 신는 이 의식을 30년이 넘도록 계속하고 있는 나는 스타킹을 신지 않는 것이 유행하든 다리용 파운데이션이 기세를 떨치든 스타킹이 없어지지 않는 한 그만두지 않을 것이다.

그리고 몇 년 사이에 또 하나의 의식이 생겨났다. 바로 립라이너. 최근에는 립스틱처럼 매끄럽게 그릴 수 있는 굵은 크레용 타입의 라이너나 리퀴드 타입 라이너를 바르는 모습이 눈에 띄는데, 의식을 위한 립라이너는 그리고 나면 입술이 약간 얼얼해지는 단단한 펜슬 타입이어야 한다.

이것으로 팽팽하게 라인을 그리면 얼굴이 긴장되는 기분이 들며, 립라이너를 사용하지 않고 립스틱을 바르면 얼굴뿐 아니라 온몸이 흐리멍덩한 느낌이 든다. 물론 눈썹을 선명하게 그릴 때 역시 온몸이 짜릿해지지만, 립라인에는 당하지 못한다. 입가는 모든 감정과 의지를 직접 표현해 내기 때문이다. 거기에 제동을 걸고 적당하게 조절하는 것이 립라인이다.

입술 윤곽을 또렷하게 그린 날 자연스럽게 이성이 작용하는 것은 신기할 정도다. 식사를 하느라 윤곽이 흐트러지면 마음이 어수선하고 안정되지 않는 것 또한 사리 분별력이 어지러워지기 때문이라고 생각된다. 그러니 세상과 만나는 대외용 자신을 만들 때에는 립라인을 긴장감이 느껴지도록 팽팽하게 그리자.

점과 미용

여자에게 점(占)이란 무엇일까? 더러는 '오늘의 행운색'을 몸에 지니고 외출하는 것이 버릇이 되어 이윽고 그것에 구속되는 사람이 있다는 이야기를 들었다. 또 무슨 일을 할 때든 점쟁이에게 묻지 않으면 아무것도 결정하지 못하는 사람이 있다. 운세가 나쁜 날은 어쩐지 안색이 좋지 않고 운세가 좋은 날에는 반대로 생기가 돈다. 혹 점괘에 맞추고 있는 건 아니냐고 하자, 흥분하며 이렇게 말한 사람이 있었다.

"절대 그렇지 않아. 문득 정신을 차리고 보면 얼굴이 점괘대로 되어 있는걸."

어느 쪽이 먼저인지 알 수 없지만, 아름다움은 점에 의해서 선후가 바뀌는 모양이다. 그것이 사실이라면 차라리 점을 미용에 이용하자.

어디까지나 개인적인 생각인데 점은 최악의 상황에서 자신을 구해 낼 때야말로 도움이 되는 것이다. 그렇기 때문에 점을 함부로 보아서는 안 된다. 사랑하는 사람과 헤어졌거나 실낱같은 희망조차 보이지 않을 때, 이 두 경우에는 당장 점을 보러 가자. 사람에게는 현재와는 전혀 다른 세계에 자신을 통째로 맡겨야 할 때가 있으며, 눈앞이 캄캄한 어두움뿐인 사람은 길을 만들어야 한다.

다시 말해 미래로 눈을 돌리는 데 필요한 힘을 점에게서 빌리는 것이다. 그렇게 하면 멈추어 서기 시작한 태엽을 다시 감을 수 있다. 이것이 여자에게는 아주 중요하다. 어떤 답이 나올지 자신의 미래를 보고 싶어졌을 때, 풀 죽은 얼굴에 빛이 스며든다. 점은 용기와 표정의 빛을 되찾기 위해 이용한다. 아름다워지는 사람은 점까지도 적절하게 이용할 줄 안다.

나는 예쁘다

"뭐 별로 더 예뻐지고 싶은 생각이 없는데요."

이렇게 말한 젊은 여성이 있다. 본인이 만족스러우면 그만이다. 하지만 그렇게 생각하는 이유를 물어 보았더니 너무나 뜻밖의 대답이 튀어나왔다.

"저는 어렸을 때부터 언제나 엄마에게서 '너는 참 예쁜 아이란다'라는 말을 들으며 자랐어요. 그리고 솔직히 저도 제가 그런대로 괜찮은 편이라고 생각하고요."

이런 대답이 나오리라고 누가 감히 상상했겠는가. 설사 그렇게 생각하고 있더라도 자기 입으로 '나는 예쁘다'라고 말할 수 있는 사람은 얼마 안 되며, 부모에게 예쁘다는 말을 들어 왔다고 자랑하는 사람 또한 얼마 안 된다. 이 이상의 자부심은 없다. 세상이 정말 변하고 있는 건지, 오만한 건지, 아니면 어리석은 건지……. 하지만 그 이외의 대화는 아주 평범하고 느낌이 좋아 좀 이상한 사람이라고 결론짓기에는 아까운 여자였다. 그래서 나는 다소 억지스럽지만 이렇게 생각해 보았다.

그녀는 늘 부모에게 '너는 참 예쁜 아이란다'라는 말을 들음으로써 자신을 누구와도 비교하지 않게 되었다. 비교하지 않았기 때문에 '나는 예쁘다'라고 생각한다. 그리고 태연하게 남들에게 그렇게 말하는 것 역시 그녀 속에 비교의 발상이 없어서이다. 즉 계산이 없으면 우쭐함도 거짓도 없다. 매우 순진한 사람이라는 데에 생각이 미치자, 돌연 그녀가 멋있어 보였다.

물론 지나친 비교는 위태로운 가치관을 갖게 만들 위험이 있다. 그리고 비교가 없다면 말다툼도 질투도 없다. 나는 웃음짓는 그녀의 얼굴에서 맑음을 보았다. 모든 사람이 서로 비교하지 않는다면 세상은 아주 평화로울 것이다.

나만 예쁘다

나만 예뻐지려고 해서는 안 된다는 것이 아름다움의 새로운 정의다

화장품 개발을 하는 여성에게 좋은 화장품을 만드는 비결을 물었다.

"화장품을 너무 좋아하지 않는 거예요. 그리고 너무 여자가 되어서는 안 되죠."

이 대답은 화장품을 사용하는 사람에게도 해당하는 이야기다. 화장품에 너무 빠져 들면 잘 써야 한다는 사실을 잊어버리기 때문에 안 된다. 그리고 너무 여자가 되면 남자의 눈을 고려하지 않게 되어 아름다움이 한쪽으로 치우치기 때문에 안 된다. 나는 재미있어져서 또 없느냐고 물었다.

"가장 중요한 것은 자기만 예뻐지려고 하지 않는 거예요."

나는 이 말을 듣자, 오래 전부터 줄곧 품어 오던 의문 하나가 풀리는 느낌이었다. 세상에는 여자가 보고 호감이 가는 미인과 도저히 좋아할 수 없는 미인이 있다. 좋고 싫고를 나누는 기준은 얼굴의 타입이 아니라 본능적으로 적인가 아군인가를 느끼는 의식이다. 그렇다면 여자가 적과 아군을 한눈에 구별하는 포인트는 무엇일까? 그것이 여전히 의문이다.

하지만 이때 여자들이 싫어하는 것은 자기만 예뻐지려고 하는 미인이라는 사실을 깨달았다. 여자는 그것을 단번에 알 수 있다.

"자기만 예뻐지려고 하는 여자는 결과적으로 전혀 예뻐 보이지 않죠. 화장품을 만드는 사람 또한 마찬가지예요. 이러이러한 화장품이 있으면 좋겠다고 바라던 걸 마침내 개발해 내어 그걸로 모든 여자를 예쁘게 만들어 주고 싶다고 진심으로 생각하지 않으면 절대로 좋은 제품을 만들 수가 없어요."

나만 예뻐지려고 해서는 안 된다. 이것은 아름다움의 새로운 정의다.

질투

나는 좋은 여자라거나 멋있는 여자라는 말을 들으면 동시에 머릿속으로 '질투가 많지 않은 여자'라고 해석한다. 질투가 없는 여자는 단연코 멋있다. 게다가 외모가 출중하여 아름다우면 여자로서 위대하다고까지 생각한다.

그리고 언제나 「바람과 함께 사라지다」의 두 여인을 떠올린다. 격렬한 기질과 정열과 화려한 외모의 소유자 스칼렛과 다정하고 총명하며 아름다운 박애주의자 멜라니. 대조적인 두 여인은 깊은 우정으로 묶여 있으나, 한편으로는 숙명의 라이벌이다. 스칼렛은 친구 멜라니를 사랑하는 사람을 사랑하고 마침내 두 사람이 결혼을 했으나 그녀는 구애를 멈추지 않는다. 일반적으로 생각하면 우정은 산산조각이 나고 서로 미워하며 질투의 화신이 되어야 한다.

하지만 스칼렛은 멜라니에게는 눈곱만큼도 미움을 갖지 않는다. 마치 멜라니가 없는 것처럼 불륜의 사랑을 간절하게 원하며, 멜라니는 멜라니대로 그런 스칼렛을 염려한다. 이런 일이 있을 수 있을까?

「바람과 함께 사라지다」를 보며 나는 영화 속에서는 거의 부각되지 않는 질투 없는 두 여자에게 이상하게 마음이 움직였다. 자존심 세고 지기 싫어하며 제멋대로 구는 데다가 이기적인 스칼렛은 멜라니를 미워하지 않으며, 불행한 현실을 증오한다. 현실은 원망할망정 사람은 결코 원망하지 않음으로써 구원받는 것은 다름 아닌 자기 자신이다. 이를테면 여자의 이름과 전화번호가 씌어 있는 메모를 발견했을 때, '이 여자, 누구야?' 하고 소리지르지 말고 메모지를 구겨버리면서 그저 메모지만 미워하는 여자는 정말 사랑스럽고 아름답다.

하와이의 산들바람

"아, 꼭 하와이 같아."

5월 초순, 맑음. 아침나절의 아오야마*(고급 부티크가 모여 있는 도쿄의 거리). 그곳에서 살짝 얼굴을 어루만지고 지나간 바람은 하와이의 산들바람과 똑같았다. 하와이에는 어지간해서는 만날 수 없는 상쾌한 바람이 가득하다. 매일 얼마든지 쓰다듬어 준다. 살랑살랑 하는 소리가 나고 꽃향기마저 머금고 있다.

일하던 중 아오야마에서 만난 그 바람에 잠깐이나마 취했고 분주함 때문에 마음속에 잔뜩 돋아 있던 가시들을 말끔하게 걷어 냈다.

처음 하와이에 갔을 때 신기하게 생각한 것이 하나 있다. 호놀룰루 공항에서 큰소리를 지르고 있는 관광 가이드 아줌마, 촌스러운 택시 운전사 아저씨, 해변에서 핫도그를 팔고 있는 통통한 계집아이, 면세점에서 괴상한 일본어를 하는 화장이 짙은 아가씨. 모두가 기분이 좋아 보였다. 내가 그때까지 보아 온 사람들은 뭐가 그리 재미없는지 불쾌한 얼굴로 물건을 팔거나 커피를 내놓거나 택시 운전을 하고 있었는데 말이다. 하와이는 완전히 반대다. 일이 즐거워 어쩔 줄 모르겠다는 사람뿐이다. 그것이 신기했다.

그런데 두 번째로 하와이에 갔을 때 수수께끼가 풀렸다. 바람 때문이다. 바람이 살랑살랑 소리를 내고 향긋한 내음을 풍기며 피부를 만져 주면 사람들은 공연히 행복해지는 것이다. 인생으로 하여금 빛을 발하게 한다. 좋은 날씨가 좋은 사람을 만드는 것은 틀림없는 사실인가 보다.

구두

"구두를 보면 그 사람이 진짜 멋쟁이인지 아닌지를 알 수 있다."

오래 전부터 들어 오던 말인데, 이제는 귀담아듣는 사람이 많지 않다. 예전에 비해 구두가 매우 좋아져 낡아 빠진 초라한 검은색 펌프스나 윤기라고는 하나도 없는 가죽 부츠를 신고 있는 사람을 좀처럼 찾아볼 수 없다.

대신 구두의 모양 때문에 손해를 보는 사람이 급증하고 있다. 요즘은 전에 없이 구두가 개성화하고 있다. 평범한 모양의 구두는 찾기가 힘들고 12센티미터 힐이나 자기 발보다 커 털썩거리는 구두가 유행하여 구두의 위엄이 사라졌다. 그것이 시대의 흐름이라는 것일 테지만, 요상한 구두를 열심히 신고 다니는 여자를 보면 나도 모르게 그만 안타까운 마음이 든다.

구두는 가방과 다르다. 발에 딱 들러붙어 있기 때문에 몸의 일부가 되어 버린 느낌이 더욱 강하다. 그러므로 내게는 구두가 그 사람의 몸처럼, 또 하나의 얼굴처럼 보일 때마저 있다. 헤어스타일도 걸치고 있는 옷도 세련되었는데 구두가 이상하면 다른 모든 것을 엉망으로 만든다. 그리고 심지어 체형까지 무너뜨린다. 그런데 최근 들어 그런 여성이 자주 눈에 띈다. 그럴 때마다 한마디 하고 싶어진다.

구두를 살 때 전신 거울에 비추어 보지 않고 결정하는 여성이 늘어나고 있다고 한다. 뒤꿈치나 발끝이 아주 조금 이상해도 발모양은 말할 것 없고 체형까지 달라 보인다. 그런데 전신을 거울에 비추어 보지 않고 구두를 사다니.

구두는 물건이면서 물건이 아니다. 구두를 사는 것은 몸의 일부를 사는 것이다. 발에 신은 순간, 자신의 몸이 된다는 사실을 명심하자.

충동구매와 낭비

화장품을 잘 선택하고 잘 산다는 것은 바꾸어 말하면 낭비를 하지 않는다는 뜻이다. 그러나 낭비를 한 적이 없는 천재는 없을 것이다.

"낭비를 하고 나면 낭비라는 걸 금방 깨닫는 것이 중요하죠."

어떤 천재의 말이다. 낭비였음을 깨닫고 낭비를 하지 않는다. 사실 낭비를 해 보아야 정작 자신이 사야 할 게 무엇인지를 명확하게 알게 된다. 이건 행운의 스킨케어다.

"내가 사야 할 화장품은 저편에서 다가온다"라고 말한 천재가 있었다. 화장품 매장을 죽 둘러보고 있노라면 반드시 저편에서 '나를 사줘. 나를 사라니까' 하고 말을 걸어 오는 화장품이 있다는 것이다. 그리고 이런 말을 덧붙였다.

"옛날에는 멋 부리는 데에 미쳐 있었어요. 화장품들을 사고 실패하다 보면 매장에서 주력하는 것이 무엇인지, 어느 메이커가 어떤 상품을 내놓았는지를 알게 되고 그러다 보면 사야 할지 말지를 대충 판단할 수 있어요. 명품은 냄새가 나거든요."

천재는 쇼핑을 할 때 헤매는 일이 없는 대신 충동구매하는 경우가 많다. 명품은 확실히 냄새가 난다. 그렇기 때문에 때때로 가게 앞에 '경이의 ○○'라는 광고 문구가 붙은 조금은 미덥잖은 숨겨진 명품을 충동구매하게 된다. 꼼꼼하게 잘 살펴보면 당신에게도 냄새가 느껴질 것이다.

낭비를 하고 충동구매를 한다. 꽤 과격한 천재의 쇼핑이다. 하지만 예상치 못한 화장품이야말로 예상치 못한 아름다움을 낳는다. 그것이 화장품 쇼핑의 재미다.

시간도 돈도 들지 않는 다이어트법

생각하지 않고 궁리하지 않는 사람은 살이 빠지지 않는다

몇 달 사이에 3킬로그램이나 살이 쪘다. 이윽고 중년의 몸불기가 찾아왔나 하는 불안한 마음에 다이어트를 결심했다. 하지만 나는 원래 계획적인 다이어트는 성격적으로 맞지 않는 데다가 지금까지 얻은 결론은 '모든 다이어트는 요요 현상이 있거나 사람을 못쓰게 만든다'는 것이어서 정통적인 다이어트는 하지 않는다.

그래서 시작한 다이어트법이 식사를 할 때 탄산가스가 든 미네럴워터를 마시는 것이다. 미네럴워터는 발포하는 물이기 때문에 맥주처럼 살이 찌지 않으면서 포만감을 가져다 주며, 식사는 맛있는데 식욕이 나지 않아 적게 먹게 해준다. 또 하나의 결정적인 방법은 매일 사용하는 밥공기를 작은 그릇으로 바꾸는 것이다. 처음 이틀 정도는 한 공기를 더 먹고 싶어지겠지만 곧 익숙해진다.

부작용은 없고 자신도 모르는 사이에 살이 빠진다. 결과를 말하자면 무리 없이 원상태로 돌아가 있을 뿐 아니라 그다지 애쓰지 않고 살이 빠졌다는 쾌감을 덤으로 맛볼 수 있어 몸과 마음에 퍽 좋다. 그후 수고도 시간도 돈도 끈기도 크게 요구하지 않는 갖가지 다이어트법을 일상 속에서 발견했다. 굽이 달린 실내화, 배변이 좋아지는 아침의 커피, 목욕을 오래 하고 싶어지는 욕조용 베개……

온갖 다이어트법을 시도하고 있는데 살이 빠질 생각은커녕 꿈쩍하지 않는 사람의 최대 실수는 생각하지 않는 것이다. 세상에 널리 알려진 다이어트법 말고 살을 빼는 방법은 매일의 생활 속에 무한하게 있다. 그리고 스스로 궁리해 내는 방법은 유명한 어떤 다이어트법보다 확실한 효과가 있다. 그런데 이것은 생각이 가져다 주는 성과다. 생각을 하면 몸은 그것에 따라가게 마련이다. 살을 빼는 방법은 얼마든지 있다. 우선 그렇게 생각하는 것부터 시작하자.

화려함의 승리

보기만 해도 효과를 발휘하는 화장품이 있다. 사실 화장품에도 드디어 외모가 중요한 시대가 도래한 것이다. 예전에는 미용액에 좁쌀 같은 것이나 나선형 코일이 들어 있으면 그것만으로 효과가 있는 느낌이 들었으며, 스포이드로 한두 방울씩 떨어뜨려 쓰는 미용액은 실제로 효과가 있었다. 엘리자베스 아덴의 세라마이드 캡슐은 톡 하고 터뜨리면 순식간에 피부가 고와지는 것 같았다. 모두 스킨케어 제품이라고는 생각하지 못할 만큼 겉포장이 화려했다. 속아 넘어가서는 안 된다고 잔뜩 긴장한 사람이 있을 것이다.

화려한 겉포장은 새로운 스킨케어 제품임을 말해 주고 있다. '자, 어때' 하고 뽐내는 듯한 자신감이 화려함으로 표현된다. 그것을 처음 사용할 때 우리의 가슴이 두근거리지 않을 리 없으며, 피부에 효과를 발휘하도록 하겠다는 의욕이 솟지 않을 수가 없다. 그래서 어느 틈엔가 화려함으로 스킨케어 화장품을 선택하게 되었다. 그리고 적중률이 한층 높아지고 있다.

가끔은 물건에 누구도 흉내내지 못할 고상한 분위기와 광채인 아우라가 깃든다. 정성을 들여 만들거나 마음을 담아 사용하는 물건에 사람의 영혼이 스며들어 있는 것은 당연하다. 그것이 아우라가 되는 것이다. 화장품 역시 만든 사람의 마음이 간절할 때 그것이 아우라를 지닌다고 한들 이상할 것이 없다. 그것이 화려함을 낳는 것이다.

지금은 겉포장이 효과를 말해 주는 시대다. 눈길이 끌려 충동구매를 해도 후회하는 일이 없다. 화장품의 세계에 은밀하게 일어나고 있는 하나의 이변이다.

그칠 줄 모르는 정열

요즘은 슬림 화장품*(지방이 쌓이는 것을 제어하거나 지방 분해 작용을 한다는 기능성 화장품)이 붐을 일으키고 있어 주위의 반응을 분석해 보니 또렷한 경향 하나를 발견할 수 있었다.

그것이 '효과가 있었다'는 사람은 반드시 어떤 동기와 목적을 지닌 사람인 반면, '전혀 효과가 없었다'는 사람은 모두가 사용하고 있어서 발라 보았다거나 시험삼아 써보았다는 사람이라는 사실이다. '하와이에 갈 때까지 뱃살을 없애고 싶다' '샌들을 신었을 때 발등으로 살이 올라오지 않도록 하고 싶다' '짝 달라붙는 바지를 입고 싶다' '새 연인이 마른 여자를 좋아한다' '싫어하는 동료에게서 살을 빼라는 소리를 들어 기분이 몹시 상했다' 따위의 명확한 동기를 가진 사람은 얼마간 효과를 보고 있다.

새로 구입한 노출이 심한 검은색 선드레스를 입기 위해 발리에 가서 새카맣게 선탠을 하고 왔다는 친구가 있다. 선드레스는 4만 엔이고 발리에 가는 데에는 20만 엔이 든다. 목표 달성을 위해 다섯 배나 되는 돈을 들이는 대단한 투자다. 이것이 효과를 본 것인지 그녀는 예쁘게 태웠을 뿐 아니라 보기 좋게 늘씬해진 몸으로 돌아왔다. 목표에 대한 그칠 줄 모르는 정열. 이 이상 강한 것은 없다.

인체에 해가 없다면 미용은 목표를 달성하기 위해 열중하는 사람들의 승리다.

물수건

손을 깨끗이 하는 것은 본능이 요구하는 미용이다

여럿이서 레스토랑에 가면 나오는 포장된 물수건을 모으는 친구가 있었다. 데이트할 때 극장에서 팝콘을 먹은 뒤, 드라이브를 하다가 뭔가를 먹고 마신 뒤 남자 친구에게 건네기 위해서 모으는 것이다. 가게에서 파는 물휴지는 안 된다고 하길래 그 이유를 물었더니 레스토랑에서 나오는 1회용 물수건이 아니면 마음이 전해지지 않는다고 대답했다.

이것을 단순히 여자의 얕은 지혜쯤으로 보아 넘겨서는 안 된다. 남자들은 뭔가 먹기 전이나 후에 수건을 건네받으면 여자에게 감동한다는 이야기를 들은 적이 있다. 친구는 아무 일 아니라는 듯 "급소를 살짝 건드리는 거지" 하고 말했다.

손을 닦는 행위에는 몸을 깨끗이 한다는 의미가 있어서인지 사람들은 손을 깨끗이 하면 온몸의 더러움을 씻어 낸 것처럼 느낀다. 남자는 비누 냄새가 나는 여자보다 그런 상쾌함을 만들어 내는 여자가 더욱더 청결해 보이고 본능적으로 함께 있고 싶다는 생각을 하는 모양이다. 손 닦으라는 잔소리를 하던 어린 시절의 어머니를 연상하는 것인지는 알 수 없지만, 남자는 손을 언제나 깨끗이 해야 한다는 생각을 갖고 있는 여자를 좋아한다. 심지어 무슨 일이든 시작하기 전에 '잠깐만요, 손 좀 닦고 올게요' 하며 자리에서 일어서는 여자가 좋다고 말한 남성이 있다.

손은 몸에서 가장 성스러운 곳이다. 그런 손을 항상 깨끗하게 하려는 마음은 본능이 요구하는 미용이다. 물수건을 모으는 친구는 그 본능을 잘 이해하는 천재였다.

천재의 성형 화장

천재는 맨 얼굴을 만드는 메이크업과 진짜 메이크업, 두 가지를 한다

미용의 천재들의 메이크업에는 어딘가 다른 구석이 있다. 어느 천재는 아이라인을 그릴 때 눈꼬리의 올라가는 부분을 끝이 갈라진 머리카락처럼 둘로 나누어 그리고 아래의 라인은 초록색 펜슬로 그려야 한다고 한다. 또 어떤 천재는 요즘에는 아무도 바르지 않는 붉은 기가 도는 핑크색 립스틱을 일단 입술 전체에 바른 다음 닦아 내고 나서 정말로 바르려고 하는 립스틱을 바른다.

이런 테크닉은 평범한 사람이 보면 이해할 수 없는 행동으로 비치지만, 천재는 이런 희한한 기술로 얼굴을 만든다. 다른 사람과 똑같이 해도 남들보다 아름다워지는 것이 천재들인데, 더욱이 일반적이지 않은 테크닉까지 자유자재로 고안해 낸다. 핑계가 대단하다. 끝이 갈라진 아이라인은 눈꼬리 부분의 눈썹을 강조하는 것이고, 초록색 펜슬은 아이라인이 없어 보이는 기술이고, 일단 핑크색 립스틱을 칠하는 것은 안색이 나쁜 피부에 갈색 계열 립스틱을 바를 때 좋은 방법이다. 더구나 이 기술들은 단순히 화장에 그치지 않는다. 끝이 갈리지는 아이라인은 위험 부담이 크지만, 그만큼 눈매가 날카롭고 커 보이는 절대적인 위력을 가졌다. 이 지경이 되면 완전히 성형의 영역이다.

네이비블루색 펜슬로 위아래 모두 아이라인을 그리는 천재는 이것을 하지 않고는 화장을 한 것 같지 않다고 했다. 그녀는 위 속눈썹의 바깥쪽에 가는 라인을 하나 더 그려 넣는다. 그런데 라인이 이중으로 보이지 않는다. 그녀에게 아이라인은 얼굴 자체가 되어 버린 것이다. 천재는 맨 얼굴을 만드는 메이크업과 진짜 메이크업, 이 두 가지로 얼굴을 만든다.

발렌타인데이

몇 년 사이에 갑자기 발렌타인데이가 조용해졌다. 불경기인 탓에 형식적으로 오가던 초콜릿이 줄어든 것은 얼른 짐작이 간다. 그런데 가장 가능성 있고 유력한 사랑의 후보가 될 사람에게 주는 초콜릿에 대한 열의까지 식어 가고 있는 까닭은 알 수가 없다.

발렌타인데이는 당연히 여자가 남자에게 사랑을 고백하는 날이다. 하긴 요즘에는 여자가 남자에게 사랑을 고백하는 일은 다반사다. 그래서 '진짜 사랑의 고백'이 발렌타인데이에만 이루어지는 건 아니다. 초콜릿을 받는 남자 쪽도 마찬가지다. 그런데 향수에 관한 취재를 하던 중 우연히 이런 이야기를 만났다.

입사 이래 줄곧 짝사랑하던 남자에게 드디어 3년 만에 사랑을 전하기로 결심하고 발렌타인데이를 기다려 초콜릿을 주었다. 예상대로 갖가지 초콜릿에 붙은 가짜 메시지 속에 슬프게 파묻혀 그녀의 마음은 전해지지 않았다. 그녀는 또다시 1년을 기다려 이번에는 향수 아쿠아디지오를 준비하고 편지를 썼다.

"이건 진심이 담긴 고백이에요. 사랑합니다. 하지만 이미 때를 놓친 것 같군요. 그래서 이름은 밝히지 못하지만, 저도 같은 향수를 사용합니다. 만약 지금 사귀고 있는 사람이 없다면 저를 찾아 주세요. 그리고 제 마음을 받아 들인다면 당신이 먼저 말을 걸어 주세요."

이 편지를 붙여 몰래 그 남자의 책상 서랍 속에 넣었다. 남자는 권태감에 빠져 있던 연인과 헤어지고 그 여자를 찾아 말을 걸어 왔다.

"아쿠아디지오를 쓰시죠? 저도 아쿠아디지오를 쓰는데요."

이런 드라마가 피어나는 발렌타인데이라면 영원히 계속되었으면 한다.

38 미녀 네일 아티스트

아름다움을 몸소 보여 주는 여자를 만나자

「마이 페어 레이디」나 「니키타」에는 야생마 같은 여주인공이 여러 달에 걸쳐 아름다운 숙녀로 변신하는 이야기가 있다. 이런 종류의 이야기에 빠지지 않고 등장하는 인물이 다름 아닌 여주인공을 바꾸어 놓는 교육 담당이다. 교육 담당 이란 한 여자를 예쁘게 만들어 주는 데에서 나아가 화장법을 가르치고 센스와 우아함이 몸에 배게 하고 지성과 교양을 전수하는 사람이다. 물론 본인이 모든 것을 갖추고 있는 완전무결한 여자이어야 한다. 여자에게 여자를 가르치는 여 자, 멋있지 않은가.

나는 그런 교육 담당에 딱 어울리는 여자를 발견했다. 그녀는 어느 네일살롱 의 아티스트이고 당연히 미인이다. 이미 한 분야의 전문가인데 왜 그런 생각을 했는지 궁금할 것이다. 그녀는 내 손을 잡고 손톱을 손질하면서 네일케어에 관 한 나의 질문에 세심하고 상냥하게 대꾸해 주었다.

그녀의 손은 무척 아름다웠고 나는 그녀의 몸놀림과 목소리, 뛰어난 솜씨에 끌렸다. 아름다운 여성은 얼마든지 있지만, 사실 아름다움을 몸소 보여 주는 여 성에게서 아름다움을 배운 적이 그다지 없었음을 깨달았다. 하여튼 이때 그녀 의 손이 내 손을 잡고 있었다는 사실이 정말 중요한데, 「니키타」에서 교육 담당 이 니키타의 손을 몇 번이나 꼬옥 쥐던 장면이 무심코 떠올랐다. 손과 손이 마 주 닿을수록 아름다움이 여자에게서 여자에게로 옮겨 간다.

잡지를 읽는다고 아름다워지는 것이 아니다. 당장 살아 있는 아름다움을 만 나고, 그리고 접촉해야 한다. 그러니 미녀 네일 아티스트를 찾아가자.

불륜과 바람

어떤 배우가 '남몰래 하는 사랑이 좋다'라며 불륜에 대한 대담한 발언을 해서 비난이 들끓은 적이 있다. 그는 동년배에 비해 젊어 보였다. 한편 평범한 사람 가운데 바람을 피우느라 바쁜 아저씨들은 또래의 다른 남성보다 젊고 화려하다. 불륜을 저지르고 있기 때문에 젊은 것일까? 젊기 때문에 불륜을 저지르는 것일까?

연인이 있는데 한눈을 파는 경우 또한 마찬가지다. 아무튼 평생 동안 불륜을 저지르거나 한눈을 팔지 않는 타입의 사람보다 그들은 보기만 해도 에너지가 넘친다. 그런 아저씨들은 외모에서부터 남성 호르몬이 과잉 분비되고 있는 것처럼 보이는 경우가 많다. 그리고 불륜에 빠지면 한층 더 에너지와 남성 호르몬이 필요해져 몸 속의 세포가 활성화한다. 물론 여성 역시 이런 경우 익숙해진 남자에게서는 느낄 수 없는 두근거림과 스릴이 여성 호르몬의 분비를 자극하기 때문에 그냥 내버려 두어도 아름다워진다.

게다가 바람을 피우는 사람에게는 어차피 불륜이고 어차피 외도라는 무책임함이 있기 때문에 서로에 대한 기대가 크지 않고 배반의 상처가 그다지 깊지 않아 부정적이 되지 않으며 여자는 적극적이 된다.

이런 좋은 점투성이인 불륜과 바람을 한 번쯤 겪어 보지 않고 넘어가기란 어렵다. 어디까지나 아름다움과 젊음을 유지하는 미용법으로서 말이다. 인생이 비참해지지 않는다고 보장할 수는 없지만……

섹시함의 정체

보고 싶은 마음이 아니라 상상력을 부추기는 것이 섹시한 여자다

소위 프렌치립*(일본의 패션에서 말하는 프렌치 스타일은 수수하지만 세련된다)이 붐을 이루기 훨씬 전부터 진한 색 립라이너로 윤곽을 잡은 다음 색이 거의 없는 글로스로 마무리하는 입술 화장을 하던 사람이 몇 있었는데, 그녀들은 이것이 매력적인 입술을 만드는 가장 손쉬운 방법이라는 사실을 알고 있었을 것이다.

어떤 색깔의 립스틱보다 아무것도 바르지 않은 입술에서 섹시함을 느낀다는 남자가 있었다. 다른 부분은 세심하게 화장하고 있는데 입술만은 굳이 아무것도 바르지 않는다. 이것은 고도로 계산된 메이크업으로, 간단히 말해 맨 입술은 침대 속의 여자를 상상하게 한다. 프렌치립은 남자들의 상상력에 부채질을 하는 화장이라고 한다. 말하자면 진한 색 립라인은 빈틈없이 칠해진 립스틱이 지워지고 윤곽만 남아 버린 입술을 연상시키고, 색이 없는 글로스는 얼굴의 세미누드를 연상케 한다. 이 이중의 착각이 빈틈투성이의 여자를 느끼게 한다.

프렌치립이 크게 유행하던 때, 프렌치립으로 화장한 여직원에게 "대낮부터 너무한 거 아니야?"라고 핀잔을 준 상사가 있었다고 한다. 필시 중년 남성의 말도 안 되는 상상 때문에 이런 말을 했을 것이다.

섹시한 여자란 상상력을 부추기는 여자라고 말할 수 있다. 말하자면 보고 싶은 마음이 아니라 상상하고 싶은 기분을 부추기는 것이 곧 섹시함의 정체다.

다이어트 성공 후의 인상

살을 빼는 데 성공하는 사람에는 두 타입이 있으며 서로 다른 길을 걷는다

．

　살이 빠지면 몰라보게 얼굴이 달라지는 것은 당연하지만, 갑자기 살을 뺀 사람에게는 얼굴이 아닌 다른 변화가 분명히 있다. 10년쯤 훌쩍 지나가 버린 것처럼 인상이 달라지는 것이다. 여자란 몸과 마음에 변화가 있으면 얼굴에 그 흔적이 고스란히 새겨지는 동물이기 때문에 인상이 바뀌는 것은 말하나마나 한 일이다.

　그리고 갑자기 살을 빼는 데 성공한 후의 인상에는 공통점이 있다. 하나는 크게 웃는 얼굴이 매우 화사하다는 점이다. 또 하나는 크게 웃는 데에도 불구하고 웃는 얼굴이 차갑다는 점이다. 본디 다이어트에 성공하는 사람에는 두 부류가 있는데, 하나는 어처구니가 없을 정도로 정직한 사람이고 또 하나는 순진하지만 신경질적인 사람이다. 이러한 특성을 가진 타입의 사람만이 몇 킬로그램 내지는 몇십 킬로그램 감량의 다이어트를 이겨 낸다. 전자를 크게 활짝 웃는 얼굴 타입, 후자를 냉정하게 웃는 얼굴 타입이라고 하자.

　살을 빼는 짧은 기간에 다이어트를 하는 사람은 만족과 좌절, 희망과 절망 등 평온한 생활에서는 경험할 수 없는 절박한 감정을 한꺼번에 맛본다. 다이어트에 성공한 결과 웃는 얼굴이 되는 건 두 타입 모두 같다. 하지만 크게 웃는 얼굴 뒤에 냉정함이 묻어난다. 다시 말해 선선하고 싱거운 성격과 신경질적인 성격이 둘 다 동시에 나타났다 숨었다 하는 것이다. 그러나 두 타입은 다른 운명을 걷는 경우가 많다. 싱거운 성격의 사람은 다시 살이 찌기가 쉽고, 신경질적인 사람은 더욱 마르기가 쉽다.

여자의 계산

예전에 남자의 인생은 어디에 취직하느냐로 거의 결정지어졌다. 그런데 요즘 남성들은 마흔다섯 살에 자신의 인생이 결정된다고 생각한다. 그 이유 가운데 하나는 구조조정이 예삿일이 된 지금, 책상을 지키고 있는 자리조차 주어지리라는 보장이 없어 마흔다섯 살에 유용하게 쓰이지 않으면 자신의 위치가 위태롭다고 여기기 때문인 것 같다. 또 하나는 거품 경제의 맛을 보고 만 30대 남성이 자신은 결코 이런 초라한 샐러리맨으로 끝내지 않을 남자라며, 마흔다섯 살 정도에 크게 성공하겠다는 꿈을 꾸기 때문이다.

남성과는 반대로 최근 여성의 인생은 직업을 결정한 순간 결정된다. 요즘은 여자가 야무진 꿈을 안고 있고 그것을 실현하려는 의욕 또한 남자보다 훨씬 강하기 때문이다. 나쁘게 말하자면 여자가 남자보다 계산적이다. 여자는 학교에 들어갈 때든 졸업하고 나서든 무의식중에 끊임없이 계산을 한다. 어떻게 하면 자신의 능력을 비싼 값에 팔 수 있을지를 말이다.

그러므로 직업을 결정한 순간에는 벌써 계산이 끝나 답이 나와 있다. 이제 남은 일은 완전히 '그 직업의 여성'이 되는 것뿐이다. 완벽하게 그렇게 되는 데에 별 어려움은 없다. 이윽고 그 직업이 몸 구석구석까지 배어들어 꿈꾸던 여성이 된다. 이런 의미에서 대졸 여성을 채용하지 않는 기업은 인식이 부족하다고밖에 말할 수 없다. 이제 여자들은 직업에 인생을 걸고 남자보다 열심히 일하는데 말이다.

남자의 아름다움

미녀는 세상에서 흔히 일컫듯 사흘만 지나면 질리지만 미남은 싫증나지 않는다고 말한 사람이 있다. 남자의 경우 그냥 미남은 '별볼일 없는 남자'라는 억지 트집을 잡힐 게 뻔해 대부분 외모가 그다지 도움이 되지 않지만, 일단 잘생긴 외모를 하나의 상품으로 만들고 나면 미인을 쉽게 제치는 막강한 힘을 가진다.

다무라 마사카즈*(데뷔 이후 정통파 미남 배우의 대명사로 군림하고 있는 연기자)에서 기무라 다쿠야*(인기 그룹 SMAP의 멤버. 한 여성 잡지의 '좋아하는 남자'를 묻는 앙케트에서 9년 연속 1위를 차지할 정도로 일본 최고의 인기를 누리는 가수이자 연기자)로 이어지는 흐름. 그들에게는 사람을 압도하는 화려함이 있다. 여기에서 중요한 점은 남자는 화장을 하지 않는다는 사실이다. 그렇기 때문에 그들에게는 천성적으로 보는 사람으로 하여금 싫증나지 않게 하는 무언가가 필요하다. 다무라 마사카즈에서 기무라 다쿠야로 이어지는 명맥을 보면 그것은 바로 수려한 외모다. 무슨 말을 하든, 무슨 행동을 하든 정신이 아득할 만큼 멋지다. 그들은 그 멋스러움으로 맹공격을 해온다. 그리고 그들이 지닌 화려함은 만들어지는 것이기도 하다.

결국 화려함은 자신의 외모와 그에 어울리는 행동과 말투로 주위에 기쁨을 주려는 강한 의지와 서비스 정신에서 생겨나는 것이다. 아무튼 외모의 아름다움에 의존하지 않으려는 노력이 자칫하면 걸림돌이 될 남자의 아름다움을 한결 돋보이게 해주는 것이다. 여자들도 보고 배워야 한다.

남자의 눈물은 피

눈물을 흘릴 수 있는 남자만이 마음으로부터 여자를 사랑한다

나는 우는 남자를 좋아한다. 물론 언제나 훌쩍거리는 남자가 아니라 울 수 있는 남자가 좋다는 뜻이다. 그리고 절박한 때에 그들이 눈물을 보이면 질식할 것처럼 감동한다.

페루의 일본 대사관저 점거 사건의 종결을 '뜻밖의 결말'이라며 오열하던 루이스 치프리아니 대주교의 눈물에서는 신에게 가까운 존재를 느끼고 가슴이 몹시 아팠으며, 일부러 꾸민 행동이라는 소문이 있지만 후지모리 대통령이 연설을 하던 중에 흘린 눈물에서는 전쟁의 승리자로서의 처절함이 느껴져 마음이 무거웠다.

결혼식은 시시해서 절대로 가지 않는다고 호언장담하던 잡지사 편집장에게 그 이유를 꼬치꼬치 캐물으니 사실은 울어 버리기 때문이라고 털어놓았다. 마지못해 참석한 결혼식의 분위기가 절정에 이르렀을 때, 배경 음악으로 「엔드리스 러브」가 나오자 "미치겠네"라고 중얼거리며 눈물 고인 눈으로 웃는 모습을 보고 참 선한 사람이라고 생각했다.

여자의 눈물은 땀에 가깝지만, 남자의 눈물은 피에 가깝다. 여자는 눈물을 이용해 감정을 고조시키거나 더러는 나쁜 감정을 표현하지만, 남자는 대부분 아름다운 감정이 한껏 복받쳐 억제하지 못할 때 그만 눈물을 흘린다. 더구나 많은 경우, 자신이 아닌 다른 사람을 위해 흘리는 눈물이기 때문에 감동하지 않을 수 없다. 그런 뜨거운 감정을 갖고 있는 남자만이 여자를 마음으로부터 사랑할 수 있다. 이렇게 결론짓는 이유는 눈물에 의한 좋은 남자 구별법은 퍽 성공률이 높기 때문이다.

양복과 괜찮은 남자

여자는 자신의 화장을, 남자는 자신의 양복을 책임져야 한다

　요즘 들어 몇몇 기업에서 1주일에 하루는 평상복, 즉 캐주얼 차림의 출근을 허용하고 있다. 그러면서부터 누가 센스 있는지 없는지를 알게 되어 인기 있는 남자 직원의 판세가 바뀌기 시작했다. 그렇다고 유행하는 옷을 입으라는 말도, 멋을 내는 데에 정신을 팔라는 말도 아니다. 그저 매일 입는 양복 한 벌조차 근사하게 입을 수 없어서야 선진국의 남성으로서 시시하지 않겠느냐는 뜻이다.

　내게 새로 생긴 취미는 바로 『멘스 엑스트라』라는 잡지에서 멋있는 아저씨를 구경하는 것이다. 이 남성 잡지에는 아마추어가 많이 등장한다. 잡지를 보노라면 남자의 경우에는 한 인간으로서의 이력과 품위와 심지어 인격까지 입고 있는 옷에 고스란히 드러난다는 사실을 알 수 있고 사람과 옷을 매치해 보는 것이 아주 재미있다.

　'서른 살이 지나면 자신의 얼굴에 책임을 져야 한다'는 말이 있지만, 여성은 자신의 화장에도 책임을 져야 하며 남성은 최소한 자신의 양복에도 책임을 져야 한다.

　우리는 마침내 옷차림으로 남성을 판단하는 시대를 맞이했으니 괜찮은 남자를 구분할 수 있는 방법이 하나 더 생긴 셈이다. 아름다운 양복 매무새를 가진 남자를 찾아내자.

프로의 가르침

메이크업을 할 때 가능한 한 최대의 시간을 투자한다

1990년대 후반 화장계에 아티스트 선풍이 불어닥친 것이 내게는 경고 같은 느낌이 들었다. 잡지란 잡지에는 세계적인 아티스트가 제시하는 고도의 테크닉을 요하는 메이크업이 가득 실려 있었다. 우리는 거기에서 무엇을 배워야 했을까? 어떤 여성이 이렇게 말했다.

"흉내를 내려 해도 흉내조차 낼 수 없어요."

지당하신 말씀이다. 멋진 화장을 많이 보는 것이 좋은 일이지만, 많은 보통 여자들이 프로와의 차이를 새삼 확인하고는 한숨을 쉬었을 것이다. 하지만 천하의 아티스트들에게 정말로 배워야 하는 것은 마술에 가까운 테크닉도 예술성도 아닌 메이크업을 하는 데 들이는 시간이다.

메이크업 촬영을 할 때 아티스트는 짧으면 한 시간, 길면 두 시간이나 시간을 투자한다. 프로의 솜씨로 두 시간을 들이니 완성도야 할 말이 없을 지경이다. 그런데 솜씨가 없는 우리가 고작 10분 남짓한 시간으로 대체 무엇을 한다는 걸까? 그 분명한 차이야말로 영원히 메워지지 않을 프로와 아마추어의 차이라는 사실을 당장 깨달아야 한다.

우선 파운데이션을 바르기 전에 기미나 여드름 자국을 감춰 주는 컨실러를 꼼꼼하게 바른다. 그리고 아이섀도는 아주 조금씩 끈기 있게 색을 더해 간다. 도중에 여러 번 거울을 보며 완성되어 가는 모습을 점검한다. 정면에서, 비스듬히에서, 옆에서, 그리고 멀리에서, 가까이에서 확인하기를 되풀이한다. 이렇게 하다 보면 한 시간쯤은 금방 흘러간다. 하여튼 투자할 수 있는 만큼 최대한 시간을 들이자. 그 완성도에 깜짝 놀랄 것이다. 이거야말로 프로의 가르침이다.

지름길 미용

아름다움의 천재는 미용 솜씨가 훌륭하다. 손재주가 있는 게 아니라 지름길을 선택하는 것이다.

예를 들어 머리 드라이가 그렇다. 퍼머 머리를 프로처럼 자르르하고 윤기 나게 드라이하려면 굉장한 수고가 필요하다. 끈기와 체력과 시간을 요구하는 것이다. 그러나 천재라면 융통성 없이 끈기와 체력과 시간을 고스란히 바치지 않는다. 머리카락은 열기를 가하지 않으면 윤기가 나지 않고 부스스해지고 만다. 그러므로 우선 헤어롤의 커다란 롤로 전체를 만다. 열기가 식기 전에 롤을 풀고 드라이어로 펴면 끝이다. 열심히 드라이할 때의 약 반 정도의 시간으로 프로급 머리가 된다. 이 지름길 테크닉은 프로의 솜씨가 아니어도 누구나 할 수 있다는 것을 보여 준다.

천재는 갖가지 지름길을 이용한다. 화장에 있어서 가장 어려운 건 아이섀도 바르기. 1990년대 후반에는 눈두덩 전체에 옅은 색 아이섀도를 골고루 펴 바르기만 했기 때문에 테크닉이 거의 필요하지 않았지만, 눈가에 입체감을 살리기 시작하자 진한 색을 사용하는 경우가 늘어났고 실패 또한 많아졌다. 천재는 색을 덧바르는 것은 위험한 일이라고 생각한다. 그래서 먼저 진한 색을 바르고 나서 반대로 그 색을 지워 가는 방법을 택한다. 과연 천재다운 지혜다.

아마추어에게는 아마추어의 길이 있다는 사실을 깨달으면 미용은 간단하고 쉬워진다. 천재란 뛰어난 기술을 가지기보다 자신의 수준을 이해한 다음 방법을 찾아내는 영리한 사람이다.

미녀는 게으름뱅이

미용의 천재는 대부분 게으름뱅이들이다. 게으름뱅이들이기 때문에 어떻게든 쉽게 아름다워지려고 한다. 부지런함에 관한 관점은 조금 별나서 수고를 들여야 하는 데에는 집요하다 싶을 정도로 시간과 노력을 투자하지만 들이지 않아도 되는 부분은 그냥 지나치는 것이 미용의 천재들의 특징이다.

"급하면 돌아가라."

다시 말해 이것이다.

1주일에 한 번 20분 동안 오일마사지를 하는 습관이 몸에 밴 사람이 있었다. 피곤하지 않느냐고 물었더니 매일매일 이것저것 손질하는 사람이 더 피곤하지 않겠느냐고 되묻는 것이었다. 피부 속 노폐물을 나오게 하는 오일마사지를 하면 피부는 이상적인 컨디션이 되어 다른 날은 화장수만 발라도 만사 오케이라며 그녀는 자기는 게으름뱅이라고 자처했다.

지금까지 실수 없이 완벽한 미용을 해온 사람은 먼저 좀 더 편안해지도록 하자. 실수가 없으면 궁리를 하지 않는다. 궁리를 하지 않으면 남들과 같은 성과밖에 얻을 수 없다. 그리고 그 같은 평균적인 성과밖에 얻을 수 없으면 놀라운 아름다움은 태어나지 않는다. 그러므로 자기는 천성적으로 게으름뱅이가 아니라고 생각하더라도 머리를 짜고 궁리하여 앞으로는 느긋하고 편안해지도록 하자. 그렇게 느긋하고 편안해진 덕분에 절약한 시간은 다른 일에 쓰자. 그렇게 할 수 없으면 남들보다 아름다워질 수 없다.

향기는 숨길 것

향수는 눈에 보이지 않는 곳에 뿌려 숨겨야 그윽한 향기가 난다

구태여 남들의 눈에 보이지 않는 부분, 이를테면 가을과 겨울이라면 코트의 안감이나 정장의 안감 그리고 속옷과 스타킹 같은 곳에 향수를 뿌리는 사람이 있었다. 굳이 그렇게 하는 이유를 물었더니 이런 대답이 돌아왔다.

"코트나 재킷을 벗는 순간이야말로 향긋한 향기를 풍겨야 할 때니까요."

그러면서 곰곰이 생각해 보면 언제나 그윽한 향기를 풍기는 것은 부자연스러운 일이며 자신이 바람을 일으키듯 공기가 움직일 때 향기가 감도는 것이 가장 자연스럽다는 설명을 덧붙였다. 정말 맞는 말이다. 확실히 속옷이나 스타킹을 벗을 때 곁에 누군가가 있든 없든 달콤한 향기가 난다면, 그것은 여자의 향기가 가장 아름다운 순간이다.

'여자가 아름다워 보일 때는 언제입니까?' 하고 남자들에게 물으면, 거의 모든 남자가 요리하고 있는 모습이나 열심히 복사하고 있는 모습 등을 꼽는다. 말하자면 혼자 무언가를 하고 있을 때 아름다워 보인다는 것이다. 다른 사람의 시선을 전혀 의식하지 않고 무언가를 하고 있는 여성에게 진정한 아름다움이 깃든다는 사실을 증명해 주는 셈이다. 그런 순간 향기가 은은하게 감돈다면 가만히 지켜보는 사람은 감동하지 않고는 못 배길 것이다. 무언가를 할 때 향기로운 바람을 낳는다. 향기의 극치다.

여자는 움직여야 아름답다는 것을 깨닫고 나서는 향수를 뿌리는 곳이 크게 달라졌다. 향기를 안쪽에 몰래 숨겨 두면 움직일 때만 그윽하게 향기가 난다. 말하자면 향기를 보이지 않는 곳에 뿌려 숨겨 두는 일에 신경을 쓰고 있다.

모두를 얻느냐, 모두를 잃느냐

윤기 있는 머리결이 아니라면, 헤어스타일에
자신이 없다면 갈색 머리로 버티자

남들과 같으면 참지 못하는 사람들은 벌써 꽤 오래 전에 검은색 머리로 돌아갔다. 거리를 온통 물들인 갈색 머리 현상은 슬슬 끝나 가고 있다. 갈색으로 버틸까? 검은색으로 돌아갈까? 서양인에게 물으면 이렇게 대답할 것이 뻔하다.

"오, 왜 그렇게 아름다운 검은색 머리를 굳이 물들이는 겁니까?"

하지만 결론부터 말하자면 지금은 갈색 머리로 버텨야 할 때다. 이유는 간단하다. 윤기가 흐르는 검은색 머리는 아름답다. 그러나 윤기가 없는 검은색 머리는 피부색이 아름다워 보이지 않을 뿐 아니라 오히려 단점이 많다는 게 첫 번째 이유다. 또 다른 이유는 검은색 머리가 가장 잘 어울리는 것은 고전적 헤어스타일이므로 지금의 우리가 지향하는 헤어스타일에 검은색 머리는 숙명적으로 어울리지 않는다는 사실이다.

어제까지는 촌스럽던 사람이 머리 색깔을 갈색으로 바꾸었을 뿐인데 갑자기 딴사람이 되어 세련된 미인으로 보인 경우가 헤아릴 수 없을 만큼 많다. 이렇게 엄청난 갈색 머리 효과를 뛰어넘을 수 있는 센스를 갖고 있지 않은 한, 또는 과거의 헤어스타일이 크게 유행하지 않는 한 진짜 검은색 머리 시대는 돌아오지 않을지 모른다.

원래 검은색은 절대색이라고 일컬어지듯 최강의 색이다. 최강의 색은 참으로 쉽지 않은 색이다. 그런 까닭에 빨간 립스틱은 정성들여 바르지 않으면 위험하다. 번지거나 하면 사람을 추하게 만들어 버리는 무서운 색이다. 흐트러짐이나 대충을 허용하지 않는 점은 검은색 머리와 똑같다. 모두를 얻느냐, 모두를 잃느냐. 검은색 머리로 돌아간다면 둘 중 하나는 각오해야 할 것이다.

심플과 타이트

남자는 심플하고 타이트한 정장을 입고 머리를 묶은 여자를 좋아한다

인기 최고의 그룹 SMAP의 멤버 각자가 생각하는 '크리스마스 이브에 그녀에게 입히고 싶은 옷'을 실제로 모델이 입고 등장하는 텔레비전 프로그램이 있었다. 모델이 나올 때마다 우레와 같은 갈채가 쏟아지거나 야유가 일어났다.

차이나 드레스에 머리를 뒤로 묶은 스타일이 전원의 지지를 받은 것은 의외였다. 차이나 드레스는 검은색이나 감색 같은 진한 색에 허벅다리가 몽땅 보이는 옆트임이 있는 것이 멋있다고 한다. 이런 아시안 민속풍 섹시함에 남자들이 약하다는 사실을 익히 알고는 있었다. 다음으로 인기를 모은 것은 게스트가 고른 특별할 것 없는 검정색 타이트 투피스를 입고 머리는 하나로 높이 묶은 스타일이었다. 요컨대 모든 남자는 비록 스튜어디스를 아내로 삼지 못할망정 스튜어디스 유니폼처럼 심플하고 수수한 투피스를 깔끔하게 차려입은 여자를 좋아한다.

그건 그렇고 절찬을 받은 스타일은 기무라 다쿠야가 고른 것으로, 심플한 빨간색 타이트 원피스에 노 액세서리였다. 역시 옆트임이 들어가 있고 딱 붙는 검정색 부츠에 머리는 자연스러운 업스타일이다. 하지만 차에서 내리는 순간 머리를 단숨에 풀어헤쳐 늘어뜨리는 가벼운 변신을 해야 한다는 게 그의 주문이었다. 그럼 이제 질문 하나를 하겠다.

"이 스타일들에 공통 요소가 있다는 사실을 눈치챘습니까?"

스타일리스트가 아닌 남성들이 재미삼아 완성한 스타일이지만, 심플하고 타이트한 검정색 혹은 빨간색 옷과 뒤로 묶은 머리를 선호한다는 공통점이 있다. 결국 지나치게 꾸미지 않은 섹시함이 포인트다. 남자들에게 인기를 끄는 게 목적이라면 여자의 멋내기는 훨씬 편하고 돈이 덜 들 것 같다.

파리의 남자

그들은 낯선 여자조차 아름다워지기를 바란다

파리 출장중 혼자 한 부티크에 들렀는데, 마음에 쏙 드는 코트가 둘 있어 두 벌을 번갈아 걸쳐 보면서 어느 쪽이 나을지 망설이고 있었다. 그때 초로의 신사가 다가오더니 느닷없이 심플한 쪽 코트를 가리키며 진지한 눈길로 '이쪽이 더 아름다워요' 하고 말하는 것이었다. 대체 누굴까 싶어 주위를 둘러보니 그의 부인으로 보이는 여자가 나를 바라보며 생글생글 미소짓고 있었다. 그리고 '당신 말이 맞아요' 하는 듯한 표정으로 크게 몇 번이나 고개를 끄덕여 보였다. 그 부티크 안에 있던 모두가 내 코트 선택에 참여하고 있었던 것이다.

파리의 여자들이 아름다운 까닭은 아주 오래 전부터 이 초로의 신사 같은 남성이 많이 있었기 때문일 거라는 생각이 들었다.

그는 그저 심심풀이로 장난삼아 내게 조언을 한 게 아니었다. 아마 그쪽이 멋있다는 사실을 꼭 전하고 싶었던 모양이다. 여행자일망정 파리의 거리를 걷는 여자가 조금이라도 세련되기를 마음으로부터 바랐던 것이다. 만약 일본에서 그런 일이 있었다면 '쓸데없는 짓 하지 말아요' 하고 남편을 힐난했을 텐데, 파리의 아내는 남편과 같이 나의 옷 고르기에 진심으로 참여해 왔다.

물론 나는 그 부부가 추천한 심플한 코트로 정하고 추워지기 시작한 11월의 파리 거리를 걸었다. 파리의 드라마틱한 건물들이 늘어선 거리에는 그 코트가 가장 어울린다고 확신하면서. 그리고 이미 10년이나 된 그 코트를 여전히 입고 있다. 수명이 이렇게 긴 코트는 처음이다. 생판 모르는 낯선 여자조차 아름답게 만들고 싶어하는 파리의 남자의 마음이 코트를 입을 때마다 느껴져 가슴이 따스해져 온다.

선물의 천재

의외성이 있는 물건, 생활의 폭을 넓혀 주는 물건,
눈이 빛나게 만드는 물건이 좋은 선물이다

선물을 알뜰하게 할 수 있는 사람은 정말 멋있는 사람이라고 생각하지만, 선물이란 반드시 받는 사람이 있으니 어려움이 따른다는 사실을 알아 두어야 한다.

좋아하지도 않는 여자에게서 손수 짠 스웨터를 받았는데 어쩐지 그녀의 머리카락으로 짠 것처럼 여겨져 도저히 입을 수 없다는 한 남자의 고백을 들은 적이 있다. 우선 일방적인 마음이 담긴 영문 모를 선물은 선물을 받는 사람의 입장에서는 꺼림칙하게 느낄 수 있다는 점을 염두에 두어야 한다.

그럼 '나는 이렇게 귀중하고 굉장한 물건을 선뜻 줄 수 있는 대단한 사람'이라고 말하는 듯한 선물은 어떨까? 상대를 무시하고 자신의 우월감을 만족시키는 물건은 결과적으로 불쾌감만 안겨 준다. 값비싼 물건, 전통 있는 상점의 물건, 브랜드 물건을 무조건 삼가야 한다는 말이 아니다. 상대에게 맞추고 배려해야 한다는 뜻이다.

그렇다면 이번에는 받는 사람의 생활을 세심하게 고려하여 지나치게 실용적인 물건을 선물하는 것은 어떨까? 명절이나 연말연시의 단골 메뉴인 비누는 '당신은 지저분하니까 잘 씻으세요' 하는 의미로 받아들여지는 나라도 있다고 한다.

선물 포장을 뜯은 순간 눈이 휘둥그레지고 빛나는 것이 아니라면 그 선물은 시시하다. 그 사람의 생활을 평소에 잘 관찰하여 취향을 반영하면서 자그마한 의외성이 있는 물건, 생활의 폭을 조금 넓혀 주는 물건, 그리고 좀처럼 살 수 없는 물건이 눈을 빛나게 만드는 선물이다. 어떤 선물의 천재에게서 받는 선물들은 과연 모두 근사한데, 단순히 실용품에 그치는 게 아니라 생활의 수준을 올려 주는 것들이다. 한마디로 말해 선물을 잘하는 사람은 마음을 담는 천재다.

여자는 대접받는 존재?

"여자는 대접받는 존재라고 생각하십니까?"

그렇다고 대답하는 사람이 많을 것이다.

여자에게는 절대로 돈을 내게 하지 않는다고 큰소리치는 어떤 남자가 대접받는 게 당연하다는 얼굴을 하는 여자와는 세 번 이상 식사하지 않는다고 말했다. 그는 문제는 여자의 표정이라는 말을 덧붙였다. 이런 유의 남자에게 겁 없이 '제가 낼게요' 하고 덤비는 것과 '맛있게 잘 먹었어요' 하는 표정을 짓지 않는 것은 금기 사항이다. 대접을 받고 당연하다는 표정과 한턱내 주어서 기쁘다는 표정. 돈을 치를 순간 남자는 이 두 가지 표정의 차이를 확실하게 구별하는 모양이다.

언제나 둔감한 편인 그가 왜 그 순간만은 신경이 곤두서는지 좀 슬픈 일이긴 하지만, 이런 때 마음에서 우러나 고맙다고 하는 여자인지 아닌지를 알아보고 싶어하는 남자의 마음을 이해하지 못하는 것은 아니다. 아무리 쌀쌀맞게 굴었더라도 그 순간 다소곳한 표정을 지으며 고맙다고 인사하는 여자는 사랑받는다. 그런 법이다. 정작 중요한 것은 이제부터다. 인기 여자 아나운서를 취재했을 때의 일이다. 차값을 취재 측이 지불하는 것은 당연한 일인데, 사실 이런 때 어떻게 행동해야 할지 난처하다. 상대가 내겠다고 나설 경우 자칫하면 무례해지기 때문이다. 그런데 그 아나운서는 이렇게 말했다.

"저, 저도 내고 싶은데요."

전혀 불쾌감을 주지 않는 훌륭한 대처였다. '저도 내고 싶은데요'라는 말 한 마디에 나와의 대화가 즐거웠다는 마음과 차를 잘 마셨다는 감사의 마음이 그대로 담겨 있었다. 아름답고 기분 좋고 다정하게 대접받는 여자가 되고 싶다.

행복 드라이클리닝

하루 종일 상쾌한 기분으로 있을 수 있는 날과 그렇지 않은 날이 있다. 누구와 만나도 자신 있게 상대의 눈을 똑바로 바라볼 수 있는 날과 가능하면 아무도 만나고 싶지 않은 날이 있다. 아무튼 곧장 집으로 가고 싶지 않은 날과 냉큼 집으로 돌아가고 싶은 날이 있다는 말이다. 그런 두 날은 누구에게나 있을 것이다. 무엇이 하루의 명암을 이렇게 명확하게 가르는 것일까?

뜻밖이지만 화장이 잘되었다거나 잘되지 않았다거나 하는 것은 그다지 관계없다. 헤어스타일이 괜찮다, 마음에 안 든다 하는 것은 하루의 운명에 영향을 미치지만, 그것들은 도중에 대책을 세울 수 있다. 얼굴도 머리 모양도 꾸미려고 생각하면 방법이야 얼마든지 있다. 그러므로 그런 건 관계없다. 자신의 날씨가 좋고 나쁨을 결정하는 무언가가 있는 것이다.

나는 그것을 알고 있다. 옷이다. 어울리는 옷이냐 아니냐를 말하는 게 아니다. 어울리는 옷을 입은 날 행복하다는 건 말할 나위 없다. 사람은 옷의 지배를 받는다. '입을 만한 옷이 없어' 하며 머리를 쥐어뜯고 싶어지는 아침의 공포는 번번이 겪는 일이다. 별수 없이 내리 며칠을 입었던 옷은 또다시 입는 날, 나는 그런 날은 누구도 만나고 싶지 않다. 옷은 하루 입으면 지친다. 그 느낌이 얼굴에까지 드러나 온몸이 완전히 지쳐 보인다. 팔꿈치나 무릎, 엉덩이를 감싸고 있는 천에 긴장감이 사라진 옷을 입었을 때 덩달아 깔끔하지 못해 보인다. 반대로 말하면 막 입기 시작한 새옷이 주는 긴장감은 사람까지 긴장하게 만든다.

두툼한 겨울옷을 한번 입고 나면 드라이클리닝하는 것이 멋내기 비결이라고 하던 한 여성이 생각난다. 드라이클리닝이야말로 하루의 명암을 가르는 열쇠다.

56

마스카라의 속임수

길어 보이는 것보다 진해 보이는 것이 효과적인 마스카라다

모든 마스카라가 속눈썹을 짙고 길어 보이게 해준다는 똑같은 주장을 한다. 하지만 실제로 이 두 가지를 양립시켜 주는 마스카라는 몇 안 된다. 결국 어느 쪽이든 하나를 포기하지 않을 수 없다. 사실 말이지 마스카라를 만들어 내는 당사자들 역시 양립의 어려움은 진작부터 알고 있었다. 그래서 최근에는 볼륨 타입과 롱래시 타입으로 나뉘어 어느 한쪽은 포기한 채 경쟁하게 되었다. 진한 것이냐, 긴 것이냐 가운데 어느 쪽을 선택해야 할까? 통계적으로 보면 진한 속눈썹보다 긴 속눈썹을 추구하는 경향이 있다. 섬세한 것을 좋아해 두툼해 보인다면 차라리 마스카라를 하지 않는다는 사람도 많다. 결론부터 말하자면 이것은 잘못이다.

나는 길어지는 마스카라와 진해지는 마스카라 중 어느 쪽이 더 효과적인지 실험을 해보았다. 여기에서 말하는 효과적이란 다른 사람이 볼 때 어느 편이 눈이 크고 예뻐 보이느냐 하는 것을 말한다. 중요한 것은 '다른 사람이 볼 때'라는 점이다. 자기만 예쁘다고 생각해선 소용없다. 의외로 길고 가는 속눈썹은 그다지 시선을 끌지 못한다. 그런데 두툼해진 진한 속눈썹은 예상보다 훨씬 크고 사랑스러운 눈으로 만들어 준다. 그 이유는 무엇일까?

속눈썹이 단 1밀리미터라도 길어지면 하늘에 오른 듯한 기분이 된다. 그러나 그것은 거울을 가까이에서 본 순간에만 얻어지는 자기 만족이다. 다른 사람과 이야기하는 거리에서는 알아볼 수 없다. 가늘고 긴 속눈썹은 쉽게 말해 다른 사람에게는 눈에 띄지 않는다. 그러나 두툼한 속눈썹은 속눈썹의 존재를 다른 사람에게 알리고 눈을 커 보이게 한다. 약간 뭉쳐 있어도 다른 사람은 잘 모른다. 긴 속눈썹보다 진한 속눈썹이다. 마스카라의 속임수를 빨리 깨닫자.

예쁜 남자들

남녀의 역할이 역전하고 고운 피부와
유연한 몸을 가진 예쁜 남자들이 많아지고 있다

여자들 사이에서는 최근에 수염이 진해졌다거나 목소리가 굵어진 것 같다는 대화가 오가고 있다. 사실 나도 같은 변화를 몇 년 전부터 어슴푸레 느끼고 있었다. 생각컨대 이것은 여자가 가정에만 머물기는커녕 남성 못잖게 일하고 있어 그 결과 남성 호르몬의 분비가 많아져 일어난 일임에 틀림없다. 전문가에게 이 억지 가설을 내밀어 보았으나 아니나다를까 보기 좋게 일축당하고 말았다.

그러나 내 생각을 바꾸고 싶지 않다. 젊은 남성은 체모가 적어지거나 피부가 고와지고 있다. 연인에게 뭐든지 사서 바치는 남자에서부터 몸종처럼 따라다니는 남자까지 이들의 몸 속에는 남성 호르몬이 감소하고 여성 호르몬이 증가하고 있다고 해도 이상할 것이 없다.

그래서 그런지 예쁜 남자들이 많아지고 있고 그 가운데 몇몇은 고운 피부와 사랑스러운 목소리, 유연한 몸으로 여성을 능가하는 시대가 온 것이다. 그런 남자들을 솜씨 좋게 끌어 모으는 자니즈*(남성 스타 그룹을 히트시켜 온 일본의 연예 프로덕션. '자니즈계' 라는 말은 자니즈에 소속된 SMAP, 긴키키즈 등 인기 연예인을 가리키는 말일 뿐 아니라 잘생긴 남자나 소년을 지칭하는 말로도 쓰인다)의 대두를 보면 내 생각을 확신하게 된다.

나아가 남녀의 역할이 역전하고 있는 젊은 커플을 보면, 또 남편이 부엌일과 집안일을 웃는 얼굴로 해치운다는 젊은 부부의 이야기를 들어 보면 호르몬의 교환 현상은 점차 진전되고 있는 것 같다.

"저 남자, 괜찮지 않니?"

여자가 남자를 눈으로 농락하는 시대가 성큼 다가와 있다.

여자는 대단해

우리 여자는 남자가 여자보다 낫다고 굳게 믿으려고 하는 데에도 불구하고 이렇게 단언하는 남자가 있다.

"여자가 훨씬 나아요. 남자는 무엇을 하든 여자에게 당해 내지 못하거든요. 남자가 힘이 센 건 신이 딱하게 여겨 그거나마 준 덕분이에요."

이 말을 한 사람은 큰 성공을 거두고 있는 유명한 카메라맨이다. 그는 여자가 한 수 위라고 말했는데 오히려 우리 여자들은 그의 말에 흔쾌히 동의하지 않는다. 정말 대단한 사람이라고 오히려 그를 존경하게 된다.

사실 몇 달 동안 비슷한 내용의 말을 하는 세 명의 남성을 만났다. 한 사람은 대기업의 관리직에 몸담고 있고, 다른 두 사람은 성공한 사업가들이었다. 일류 남성은 여자가 위라고 깨끗하게 인정하고 있는 것이다. 좋은 의미에서의 자신감이다. 사회적 지위가 있고 인생을 살아갈 에너지가 있기 때문에 남성은 할 수 없는 일, 여자가 뛰어난 부분, 그리고 여자가 있기 때문에 남성이 존재하고 분발할 수 있음을 솔직하게 인정하는 것이다. 이 네 남성의 공통점은 남녀 모두에게 인기 있다는 것이다. 요즘 시대에 남자다운 남자란 남자임을 내세우지 않는 남자다. 여자가 약하기 때문이 아니라 대단한 존재여서 소중하게 대하는 남자를 가리킨다.

분명히 여자는 힘을 키우고 있다. 아니, 원래 능력이 있었으나 억압당해 왔다. 하지만 이제부터는 눈치 보지 않고 마음껏 재능을 발휘할 수 있는 시대다. 여기에서 생각할 점은 그러므로 여자는 대단하다고 말해 주는 대단한 남자를 선택해야 한다는 사실이다. 여자만 대단해지면 남자도 여자도 불행해진다. 새로운 시대의 여자의 행복은 대단한 남자를 만나느냐 못 만나느냐에 달려 있다.

마스카라의 생명은 속눈썹의 방향에 있다

어떤 천재는 마스카라를 충분히 바르지만 뷰러는 절대 사용하지 않는다. 그뿐 아니라 밑에서 속눈썹을 들어올리듯이 칠하는 기본적인 테크닉은 결코 사용하지 않고 위에서 속눈썹을 누르는 듯한 요령으로 마스카라를 바른다. 그리고 그녀는 이런 말을 했다.

"몇 년 전까지는 줄곧 컬을 강하게 넣었는데, 깔끔한 눈화장이 유행하기 시작한 무렵부터는 컬을 그만두고 아래로 향하는 눈썹으로 하고 있어요."

내가 아는 한 영화배우도 뷰러를 전혀 사용하지 않는다. 살포시 내리깐 속눈썹에 덮인 눈이 매력 포인트다. 속눈썹이 굳이 위를 향하고 있어야 할 이유는 없다.

이렇게 말하는 나는 화장을 고칠 때 콤팩트보다 뷰러를 먼저 찾는 편이다. 마스카라를 이용해 속눈썹이 길어 보이게 완성했다 하더라도 그것만으로는 아무 의미가 없다. 속눈썹 끝이 정면에서 또렷하게 보이지 않으면 메이크업 효과는 나타나지 않는다고 믿기 때문에 길게 만든 속눈썹의 끝을 들어올리지 않으면 나의 화장은 끝나지 않는다. 속눈썹을 한껏 들어올리는 것은 굉장히 고생스럽지만, 이 한 가지는 도저히 양보할 수 없다.

물론 아래로 향하는 속눈썹에 매달리는 것 또한 똑같은 이유에서다. 정면에서 속눈썹 끝이 시원스럽게 보이도록 하는 배려다. 속눈썹이 아래로 내리깔리면서 눈이 커 보이는 까닭은 바로 이 속눈썹 끝 덕분이다.

아래로 향하는 속눈썹은 보이시하고 격식에 매이지 않은 표현이다. 반대로 위로 향하는 속눈썹은 여자답고 화려하고 멋스러운 표현이다. 인상은 반대인데, 효과는 하나다. 속눈썹의 방향이야말로 마스카라 메이크업의 생명이다.

전신 코르셋 아오자이

몸이 느슨해지는 집에서 배를 집어넣고 죄는 옷을 입는다

세계에서 가장 아름다운 여성은 베트남 여성이라는 말들을 한다. 그 단단한 몸과 사랑스러운 작은 얼굴은 확실히 남자들이 좋아할 만하다. 하지만 세계 제일이라고 일컬어지는 이유는 무엇일까?

하나는 메이크업이다. 빨간색 립스틱과 검은색 아이라인, 이것이 베트남 여성의 단골 화장으로 누구의 얼굴에나 감칠맛 나게 그려진다. 빨간색 립스틱과 검은색 아이라인은 메이크업의 원형이다. 거기에서 언제까지나 여자이고자 하는 의지가 느껴진다. 실제 그녀들은 얼굴 생김새는 천진난만한데 빨간색과 검은색을 잘 이용하여 묘하게 여성스러워 보인다. 또 하나는 아오자이이다. 베트남 여성이 지금도 일상적으로 입는 이 옷은 스무 곳이 넘을 정도로 온몸의 사이즈를 재 소맷부리에서 복사뼈까지 한 치의 여유도 허용하지 않는 것이 특징이다. 이 옷에 몸을 담는 것 자체가 강력한 다이어트다. 더욱이 그녀들은 일을 할 때조차 아오자이를 입는다.

베트남에서는 남편은 빈둥빈둥 놀고 아내가 일하여 생활을 꾸려 가는데, 어머니는 딸에게 아무리 어려운 때라도 여자다움을 잊지 않도록 아오자이를 입고 일하라고 가르친다. 몸에 '여자의 체형'을 각인시키는 교육이다. 그녀들의 유연하고 가냘픈 몸은 아오자이라는 전신 코르셋이 만든 완성품이다. 여성의 지위가 아직은 낮기 때문에 여성의 아름다움을 지킬 수 있는 것일까?

여기에서 갑자기 떠오른 생각이 하나 있다. 느슨해지기 쉬운 집에서 입는 옷으로 몸을 죄고 마냥 편하지 않은 옷을 골라 보면 어떨까? 느긋하게 쉬고 있을 때 배를 집어넣고 청소할 때 가슴을 쫙 편다? 그런 긴장감은 퍽 상쾌할 텐데…….

호텔 리츠에서 만난 여자

여왕 같은 자태와 천박한 인상은 종이 한 장 차이다

다이아나비의 사망 사고로 엄청난 충격을 받았던 파리의 명문 호텔 리츠에 일 때문에 며칠 머문 적이 있는데, 이곳의 레스토랑에서 매일 아침 한 여자를 만났다. 프랑스 사람인지, 이탈리아 사람인지, 아니면 미국 사람인지는 알 도리가 없었다. 언제나 몇 명의 남자를 거느리고 있는 모습에서부터 분위기와 몸짓에 이르기까지 여왕 그 자체였으며, 그곳에 있는 모든 사람이 돌아본 채 움직이지 못할 정도로 빛을 발하고 있었다.

아침 일찍부터 미용실에서 손질한 흐트러짐 없는 완벽한 업스타일의 헤어스타일과 여배우 같은 메이크업, 그리고 호화로운 의상. 무엇보다 눈길을 끈 것은 당당한 몸가짐이었다. 우리 일행의 두 남자도 매일 아침 식사를 하면서 무심결에 그쪽을 쳐다보곤 했다. 그리고 그들은 이런 말을 내뱉었다.

"진짜 아니꼽군."

아니꼽다? 화가 난다는 말이지만, 여자는 이 말의 뉘앙스를 이해하기 힘들다. 화를 내는 것이 아니라 아름다운 여자가 몸짓까지 멋있으니 신경이 쓰이는데, 신경을 쓰는 자신들이 한심하게 여겨져 그것을 상대의 탓으로 돌리는 것이다. 그리고 우리가 아무리 관심을 보여도 그녀는 우리 따위는 전혀 안중에 없는 모양이니 그것이 또 아니꼽다는 뜻이다.

만약 그녀가 우리의 시선이나 관심을 인정하고 어쩌다 한 번씩 우리를 보거나 의식했다면 어땠을까? 그녀의 여왕 같은 자태나 행동거지는 순식간에 변두리의 천박한 인상으로 곤두박질쳤을 게다. 뭐라 비유할 수 없을 만큼 아름다운 여자는 아니꼽다는 말을 듣든 무슨 말을 듣든 주위의 시선에 아랑곳하지 말아야 한다.

좋은 남자는 꼭 있다!

남자를 존경하고 사랑받고자 하는 마음이 여자를 빛나게 한다

남자들은 아마 모를 테지만 여자가 둘만 모여도 괜찮은 남자가 없다는 이야기를 한다. 얼마 전까지는 '괜찮은 남자 없어?' 하는 식으로 일단 물어 보던 여자들이 요즘은 아예 없다는 것을 서로 확인한다. 당신도 지난 1주일 동안 최소한 번쯤은 그런 말을 입에 올렸을 것이다.

하지만 그런 말이 여자의 아름다움을 망가뜨린다.

'여자는 사랑을 하면 아름다워진다'는 말을 '여자는 실연을 하면 아름다워진다'라고 고쳐 썼더니 어떤 여자가 반론을 폈다. 실연에는 두 종류가 있으며 남자라면 지긋지긋하다고 생각하는 타입의 실연이라면 반대로 추녀가 된다는 말이었다. 정말 그렇다. 요컨대 정색을 하고 '남자는 나빠. 남자는 모두 똑같아'라는 말을 하며 홀로서기를 시도하면 남자에 대한 일종의 존경심을 잃어버리고 다시는 아름다워지지 못한다.

텔레비전의 맞선 프로그램에 뼈아픈 실연 또는 이혼을 경험한 여자들이 출연한 적이 있다. 남자에 대해서는 실망하지 않고 여전히 결혼을 꿈꾸는 그녀들은 모두 한결같이 나이보다 젊고 예뻤다. 그때 결국 여자를 빛나게 하는 것은 남자에 대한 존경과 남자에게 사랑받고 싶어하는 마음이라고 가슴속 깊이에서 느껴졌다.

그러므로 자신을 위해서라도 남자는 대단한 존재이며, 어딘가에 괜찮은 남자가 반드시 있을 거라고 생각하자. 남자는 얼마든지 있다고 생각하지 말고 주위에 있는 남자를 다시 한 번 살펴보자. 효과 만점의 미용법이다.

남자의 섹시함

좋아하는 배우에 대한 이야기가 화제 거리가 되면 반드시 이름이 오르는 사람이 앤디 가르시아와 안토니오 반데라스다. 어떤 여자들의 모임이든 이 두 사람의 이름을 꼽는 여자가 반드시 있다는 사실이 무척 흥미롭다. 두 사람 모두 라틴계다. 눈과 머리카락은 검은색이고 피부는 가무잡잡하다. 어리석은 남자는 약간 태우기만 하면 되지 않느냐고 생각하겠지만, 우리 여자들이 이끌리는 것은 그들에게서 희미하게 보이는 라틴의 피다.

여자는 남자를 볼 때 무의식적으로 피를 보는 것이다. 심지어 이런 말을 하는 여자를 본 적이 있다.

"나는 피가 묽은 것 같은 남자는 싫어."

나도 그렇다. 언제나 자못 진한 피냄새가 나는 남자에게 끌리고 만다. 라틴계 같은 피를 가진 사람이라고 해서 뭐 춤을 잘 춘다거나 쓸데없이 쾌활한 남자를 가리키는 것이 아니다. 감정을 억누르고 있어 고요함이 감돌고 있는데 몸 속에 흐르고 있는 피는 진할 것 같은, 앤디 가르시아를 꼭 닮은 남자. 잠재된 에너지와 사람에 대한 열정과 집요함이 진한 피에서 용솟음치는 남자. 이것이다. 레오나르도 디카프리오의 인기가 급상승하는 것도 얼굴은 맑고 시원하게 생겼으면서 진한 피를 가졌을 것만 같은 로미오 역할을 맡아 호연했기 때문이다.

진한 피에서 여자가 느끼는 것은 섹시함이다. '여자의 섹시함은 촉촉함'이라고 쓴 적이 있는데, 남자의 경우 진한 피에 섹시함이 머문다.

화장품의 효과

'정말 화장품으로 기미를 없앨 수 있을까?'에서 시작하여 '정말 화장품으로 얼굴이 작아질 수 있을까?'에 이르기까지 '정말 …… 할까?' 하는 의문으로 머릿속이 어지러운 사람이 많이 있다.

결론부터 말하자면 정말 효과가 있는 화장품은 꽤 많다. 사실 화이트닝 화장품은 내 주위에서도 여덟 명 중 일곱 명이 거짓말처럼 피부가 하얘졌다고 야단이며, 로스터롯트*(페이스 슬리밍 시장을 창출하고 폭발적인 히트를 친 미용액)는 1년에 무려 150만 개 판매되었을 뿐더러 설마 싶었는데 턱이 갸름해졌다는 사람이 있을 정도다.

바로 얼마 전까지는 상당히 효과가 있는 느낌이 드는 화장품이 많아졌다고 기사를 쓰던 나는 '효과가 있는 느낌'이 아니라 '효과가 있는'으로 정정하는 마당이다.

단 전부 효과가 있는 것은 아니다. 이를테면 화이트닝에서는 없애기 어려운 종류의 기미는 여전히 잘 안 없어지고 있으며 효과에 개인차가 있는 것이 사실이다. 거무칙칙한 색의 원인 자체가 복잡하지만 앞으로 한층 좋아질 것으로 믿는다. 나아가 표피층의 세포가 새로 태어나는 사이클을 앞당김으로써 잔주름이 많은 눈 주위의 아이케어는 몇 년 사이에 퍽 효과를 보게 되었다. 그리고 마지막으로 남은 난제는 피부 탄력 문제다. 이전에 비하면 분명 나아지기는 했지만, 이 분야는 아직 갈 길이 먼 것 같다. 하지만 피부가 팽팽하게 탄력을 유지할 날이 반드시 와 지금의 30대는 아무 문제없이 이런 혜택을 누릴 수 있는 시대를 맞이할 것이다. 이날을 학수고대하자.

천재 한 사람만 있으면 된다

이례적으로 히트를 기록하고 있는 화장품의 개발 과정부터 관여할 수 있는 행운을 얻었다. 솔직히 말해 나는 좋다, 나쁘다는 말을 하며 구경꾼 겸 모니터 역할을 했을 뿐 거의 모든 것은 한 사람의 여성 개발자의 손에 의해 만들어져 갔다. 그녀는 내게 "이러이러한 화장품을 꼭 갖고 싶어요. 어떻게 생각하세요?" 라며 일단 의견을 구했지만, 그녀의 머릿속에는 다른 사람의 의견을 받아들일 틈이 없을 만큼 상품은 기획 단계에 이미 120퍼센트 완성되어 있었다. 그때부터는 모든 과정이 집념 자체. 연구소를 끈질기게 다그쳤을 게 틀림없다. 시작품이 나와 내게 건네줄 때 득의만면하던 그녀의 얼굴은 어느새 자신감이 넘치고 있었다.

한편 여러 사람이 참여해 대형 프로젝트를 계획하고 결론이 나지 않는 격론을 벌이며 여러 해에 걸려 완성되는 상품이 있다. 그것은 확실하고 위험성이 적을 게 명백하다. 하지만 나는 단 한 사람이 자신이 갖고 싶어하는 절실한 마음을 듬뿍 담아 만든 화장품에 더욱 끌린다. 다만 한 가지 까다로운 조건이 충족되어야 한다. 그 한 사람이 평범한 사람이 아닌 천재이어야 한다는 사실이다.

"우리는 마케팅을 하지 않는다. 천재가 한 사람만 있으면 된다."

샤넬의 말인데 과연 샤넬에는 천재가 여러 명 있어 세계의 유행을 이끌고 있다.

마음에 드는 화장품을 한번 떠올려 보자. 거기에는 누군가의 마음이 담겨 있을 것이다. 우리는 누군가의 집념이 느껴지는 화장품을 선택해야 한다.

아름다운 어머니

남자를 큰 인물로 만드는 것은 호쾌한 어머니고, 여자를 아름답고 멋있게 만드는 것은 한결같이 올바른 어머니라는 느낌이 든다. 참 멋있다고 생각되는 여성과의 대화 속에는 어김없이 어머니가 등장한다. 늘 센스 있는 셔츠를 깔끔하게 입는 여자에게 왜 셔츠를 입느냐고 묻자 이런 대답을 했다.

"엄마가 늘 셔츠가 가장 잘 어울린다고 말씀하신 바람에 나도 모르는 사이에 셔츠만 입게 되었어요."

그 순간 한 번도 만나 본 적이 없는 그녀의 어머니의 모습이 선명하게 떠오르는 듯한 기분이 되었다. 어머니의 안목을 믿고, 그리고 그 말에 따르는 딸. 딸에게 영향력을 갖고 있는데도 '입지 말아라'가 아닌 '가장 잘 어울린다'는 말을 하는 어머니. 밀접한 두 사람이 무척 부러웠다. 그리고 어머니의 올바름과 뛰어난 미의식이 딸에게 이어진 모녀가 매우 아름답게 여겨졌다.

어머니에 관한 이런 이야기도 있다. 가끔 집에 놀러 오는 딸의 친구들이 모두 딸보다 예쁜 아이들이었다. 그러자 어머니는 이렇게 말했다.

"저렇게 예쁜 아이들과는 어울리지 마. 네가 손해를 보잖니."

실제 그럴 수 있으며 부모로서 가슴 아픈 것은 당연하다. 그렇지만 딸에게 그런 말을 해서는 안 된다. 그러나 딸은 어머니의 말을 웃어넘기며 여지껏 미인 친구들과 어울리고 있다. 어머니는 화려한 패션파이고 딸은 수수한 평범파다. 그리고 지금은 어머니가 딸에게 성형 수술을 하라고 성화를 하고 딸은 부모님에게 물려받은 얼굴이 좋다고 버티고 있다고 한다.

아름다운 숙모

아름다운 숙모는 여자가 처음 만나는 아름다움의 천재다

여덟 살이나 되었을까? 카트린느 드느브가 나오는 영화를 보고 빨간색과 흰색이 들어간 체크 테이블클로스가 있는 레스토랑에서 치킨바스켓*(오렌지 주스, 간장, 소금, 후추 등으로 간을 해서 튀긴 닭요리)을 먹고 나서 디저트로는 평생 못 잊을 만큼 맛있는 아이스크림을 먹었다.

비록 단편적이지만, 그날 하루의 세련된 모든 순간을 아직까지 어제 일처럼 기억하고 있다. 그때 나를 데리고 있던 사람은 내가 아주 좋아하는 숙모다. 지금 돌이켜 보아도 이런 멋쟁이가 있을까 싶을 정도로 머리끝부터 발끝까지 재클린 스타일*(재클린은 미국의 대통령을 지낸 존 F. 케네디의 부인. 뛰어난 패션 감각으로 대중을 사로잡았는데 민소매 원피스와 천으로 감싼 단추가 달린 부드러운 느낌의 정장, 모자 등을 재클린 스타일이라고 한다)로 꾸미고 있었다. 숙모의 구두굽이 너무 가늘어 부러질까 봐 가슴이 조마조마했고, 달콤새콤한 향수 냄새를 맡느라 코를 벌름거렸고, 숙모가 토마토 주스를 토메이토 주스라고 발음하는 것을 흉내냈다.

내게 그 외출은 첫 번째 외국 여행과 같은 것이었으며, 숙모는 『보그』의 모델과 같았다. 그런데 그 기억은 내 속에서 힘차게 자라고 있었던 모양인지 가끔씩 세련되고 고상한 취향이란 무엇인가를 무의식적인 영상으로 암시해 준다.

어머니나 언니가 아닌 연상의 여자. 함께 생활하지 않기 때문에 적당히 거리가 있는 존재여서 치장을 한 모습만 본다. 그러므로 아름다운 숙모야말로 여자가 처음으로 만나는 아름다움의 천재다. 숙모가 아름다우면 아름다울수록 여자는 아름다워진다. 내게는 여대생이 되는 조카가 있다. 그런데 그 아이는 그런 시선으로 나를 바라보지 않는 눈치다. 아름다운 숙모가 되는 것은 여자의 의무다.

순백의 머리

그것은 강렬한 충격과 청결한 아름다움을 지녔다

숨이 멈출 정도로 새빨간 원피스가 인상적인 60대 여성에게 한참 동안 눈을 떼지 못한 경험이 있다. 머리는 순백색이었다. 깜짝 놀랄 만한 빨간색 원피스와 흰머리의 대조를 한번 머릿속으로 그려 보기 바란다. 이때 내게 가장 아름다운 헤어스타일을 묻는다면 주저하지 않고 순백의 머리라고 말하겠다고 생각했다. 뭔가 엄청나게 크고 새로운 목표를 발견한 기분이 들어 흥분마저 느꼈다.

여자는 한 올이라도 흰머리를 발견하면 풀이 죽는다. 하루에 두세 올 발견할 라치면 마침내 올 것이 왔다고 생각한다. 그때부터는 가속도가 붙기 때문에 흰머리를 눈에 띄지 않게 하는 것이 습관이 된다. 그러다 이윽고 반백을 맞이한다. 이 무렵이 여자에게는 어느 때보다 힘든 시기다. 평소에 자신에게 많은 노력을 기울이지 않으면 단번에 늙는다. 하지만 이때 무언가를 말끔히 떨쳐 버리면 여자는 또다시 빛을 발할 수 있다. '에잇. 이제 흰머리로 가자'라고 각오하는 순간, 흰머리가 강렬한 충격과 청결한 아름다움을 갖고 있음을 깨닫기 때문이다.

더욱이 몇 올 안 될 때에는 떡 하니 버티고 서던 흰머리가 약간 수고를 들이면 검은 머리로는 좀처럼 만들어 낼 수 없는 스타일리시한 머리가 된다. 그 경지에 이른 사람은 우아한 순백의 머리를 빈틈없이 손질하고 빨간색 옷을 코디네이트할 수 있다.

나는 그 여성을 보았을 때부터 나이를 먹는 것이 더 이상 두렵지 않게 되었다. 어느 날이 될지는 모르지만, 나도 순백의 머리를 우아하게 세팅한 다음 빨간색이나 파란색, 노란색, 초록색 같은 아무나 걸칠 수 없는 색의 옷을 입겠다. 그럴 수 있는 마음을 갖는다면 여자에게 절정기는 다시 온다.

헤어밴드

까닭 없이 얼굴이 마음에 들지 않는 날, 그리고 얼굴에 생기가 없고 지쳐 보이는 날이 있다. 이럴 때 나는 마지막 방법으로 헤어밴드를 하고 외출한다. '마지막 방법으로'라고 말한 이유는 생기가 없는 얼굴을 밝게 보이려 립스틱을 발라 보거나 볼터치를 하는 등 갖가지 방법을 써보지만, 마침내 얼굴을 주무르기를 포기하고 최후의 수단이라고 할 수 있는 물건에 의지한다는 뜻이다.

얼굴이든 머리든 무언가 물건을 달면 시선이 그쪽으로 쏠리기 때문에 주의를 돌릴 수 있다. 선글라스나 모자도 좋지만, 모자는 옷과 코디네이트하기가 쉽지 않아 손대기 어려우며, 선글라스는 자칫하면 더욱 생기 없어 보이게 할 위험이 있고 장소의 구애를 받기 때문에 마냥 편리한 소품은 결코 아니다. 그 점에서 헤어밴드는 고맙기까지 하다. 충분히 주의를 돌릴 수 있는 데다가 왜 그런지 청결감마저 감돌게 해주기 때문이다.

마음에 들지 않거나 지쳐 보이는 날은 사실 얼굴에서 청결감이 자취를 감추는 날이다. 피부가 거무칙칙하거나 얼굴이 부어 보이는 것이 원인이지만, 이런 얼굴에는 아무리 메이크업을 한들 역효과만 난다. 그러니 여기에 천성적으로 청결감과 단정함을 갖춘 헤어밴드를 하여 그쪽으로 시선을 돌리는 것이 훌륭한 방법이 된다.

왜 헤어밴드가 청결해 보일까? 간호사나 스튜어디스가 머리에 작은 캡을 쓰는 것과 같은 원리다. 규칙에 따라 일하고 있다는 증거이자 머리를 단정하게 해주는 도구인 캡을 축소한 것이 헤어밴드다. 그 때문에 촌스러워 보이는 경우가 더러 있기는 하지만, 얼굴에 청결감이 없는 날 헤어밴드는 이용할 만한 미용법이다.

역사에 남을 명품은?

최근의 화장품 가운데 역사에 길이길이 남을 성공적인 화장품이라고 하면 비오레의 모공팩이다. 모공을 꽉 막고 있는 피지를 제거하기가 까다로웠는데 코에 물을 묻히고 마스크를 찰싹 붙이고 잠깐 기다리기만 하면 끝이다. 사용법이 간편하고 저렴한 것이 크게 히트 친 이유다.

처음에는 기술력이 있으니까 가능한 거라고 가볍게 넘겼는데, 여기에는 대단히 감동적이 실화가 있다. 찰싹 붙였다가 떼어 내기만 하는 것은 이상적이지만, 이것으로는 깨끗하게 제거할 수가 없다. 그렇다고 다른 미용액을 바르고 나서 사용한다면 기존의 상품과 차별화가 안 된다. 이때 '그래, 물을 묻히면 될 거야' 라고 외친 사람이 있었을 테고 나는 그 사람을 만나고 싶다.

그런 사람의 번득임이야말로 걸작을 탄생시키는 힘이라고 생각되어 대단히 감동했다. 최첨단 테크놀러지로 해결하지 못하는 일을 서민적이면서도 뛰어난 발상으로 해냈다. 역시 화장품은 사람의 손으로 만들어야 즐겁게 사용할 수 있다. 반대로 사람이 하는 일이기 때문에 실패가 있는 법인데, 대부분의 경우 예측이 빗나가는 것이 원인이며 이 또한 사람이기 때문에 있을 수 있는 일이다.

흔히 사운을 걸었다는 말을 하는 것일수록 실패가 많다고 한다. 지나친 목표 설정과 너무 앞서 간 생각이 비극을 낳는 것이다. 물건은 훌륭하지만 어딘가 사람을 끌어당기는 힘이 부족해 각광을 받지 못하는 명품은 과보호 속에 성장한 사람이 사회에 발을 내디뎠을 때 조그만 충격에도 이겨 내지 못하는 것과 비슷하다. 어쨌든 효과가 없는 화장품은 없다.

피부와 파운데이션

요즘 젊은 여성이 멋을 내는 방법은 보통이 아니다. 옷의 코디네이트는 말할 것 없고 팔다리는 쭉쭉 뻗고, 메이크업으로 강조할 부분은 강조하고 감출 부분은 감추고, 헤어스타일은 100퍼센트 최신 스타일이다. 그런데 무언가 결정적인 것이 있다.

아직 고등학생이라는 열일곱 살 난 모델을 만났을 때 그 정체를 알게 되었다. 피부였다. 그저 단순히 피부가 곱기 때문이 아니라 팽팽한 데다가 피부색은 황인종의 피부색이 아닌 옅은 베이지색이었다. 우유 과자 같은 피부를 보고 있노라니 '드디어 피부의 대륙화가 시작되었구나' 하는 생각이 들었다. 서양인의 피부와 거리가 있지만, 아무튼 지금까지 보아 온 피부색이 아니다.

우리는 여태껏 피부에 상당한 자부심을 가져왔다. 물론 포인트 메이크업이 썩 잘 어울린다고는 할 수 없고 튀는 색이나 펄이나 메탈릭한 색과는 아무래도 어울리지 않는다. 우리의 피부를 서양식으로 바꾸어 주는 것이 파운데이션이다. 최근 각 화장품 메이커에서는 새로운 색상의 파운데이션을 잇달아 내놓고 있는데 모두 밝은 황토색 계열이다. 서양의 피부색이다. 생기 없는 색, 결이 고운 마무리는 어떤 피부나 세련된 피부로 만들어 준다.

언뜻 같은 것처럼 보여도 파운데이션은 그때그때의 흐름을 주시하고 한 걸음 한 걸음 전진하고 있다. 피부만큼은 시대에 뒤지지 않도록 주의하며 파운데이션을 골라야겠다.

감동하자!

민감하게 반응하는 티 없는 마음과 정열이 없으면 화장품은 소용없다

내가 존경하는 뷰티 사이언티스트는 "화장품이란 반 이상은 암시"라고 말했으며, 과거 여러 개의 히트 상품을 탄생시킨 어떤 화장품 개발의 권위자는 "어떻게 안전하게 효과 있는 느낌을 유지시키느냐가 전부"라고 단언한 적이 있다. 꿈을 깨려는 것이 아니다. 오히려 그 반대다. 화장품은 약이 아닌 이상 꿈을 파는 물건이기 때문에 우리는 꿈을 사고 꿈을 꾸지 않는다면 의미가 없다.

그러므로 어떤 의미에서 볼 때 스킨케어 제품을 눈으로 선택하는 것은 옳다. 언뜻 보고 효과가 있을 것 같다는 느낌이 드는 것은 대부분 적중한다. 어떤 화장품은 시각적으로 호소해 와 금방 포로가 된다. 이름에 사로잡히는 경우도 있다. 오리진스의 피스오브마인드는 사용하기 전부터 평화로운 마음이 되었고, 시세이도의 수면 방향제 굿슬립의 '운전중에는 사용을 피하세요'라는 설명서를 읽었더니 쓰러지듯 잠이 들었고, '비타민 E가 지금까지의 30배 배합된' 랑콤의 프리모디알 덕분에 세포가 살아날 것 같았다.

단순한 사람이라고 비웃을지 모르지만, 화장품에 대해 그 정도로 민감하게 반응하는 티 없는 마음과 감동할 줄 아는 정열이 없으면 화장품은 효과를 발휘하지 못한다.

바꾸어 말하면 여자가 그런 마음을 품도록 만들지 못하는 맛도 냄새도 주장도 없는 화장품은 실격이다. 가능한 한 멋진 꿈을 파는 화장품을 통해 남들보다 훨씬 커다란 꿈을 산다. 이것이 화장품이 효과를 발휘하게 하는 비법 가운데 하나다.

코스메스티컬

"코스메스티컬이라는 말을 들어 보셨나요?"

실제 애용자인 여성 영화감독을 광고 모델로 기용하여 주부층에서 폭발적인 인기를 누리며 시사 주간지에까지 특집으로 다루어진 SK−Ⅱ가 재빨리 코스메스티컬을 선언하여 주목을 받았다. 이것은 코스메틱이 보다 약학적이 된다는 의미로, 요컨대 화장품이 약품과 같은 효과를 띠는 방향으로 나아가고 있음을 여실히 보여 주고 있다. 그렇지만 화장품과 약품의 결정적인 차이를 잊어서는 안 된다. 약품은 어디까지나 치료를 목적으로 사용하는 것이다. 다시 말해 트러블이 개선되었을 때 사용을 중지하지 않으면 유해한 것이 약품이다. 한편 평생이라도 계속 사용할 수 있는 것이 화장품이다. 약품만큼 효과가 있는데 평생 사용할 수 있는 한계선을 노린다는 것은 상당히 벅찬 일이다.

SK−Ⅱ는 모기업인 맥스팩터가 P&G라는 대자본 산하로 들어가 화장품의 범주를 뛰어넘은 개발 기술이 화제가 되고 있으며, 최초로 레티놀을 배합한 화이트닝 화장품으로 주목을 끈 RoC는 존슨앤존슨의 산하로 들어갔다. 엘리자베스 아덴은 유니리버, 이브 생로랑은 사노피라는 제약 회사 산하다. 이렇게 경계선이 무너진 개발력이 코스메스티컬 화장품을 쉴 새 없이 쏟아내고 있다고 생각하면 가슴이 두근거린다.

어쨌든 화장품과 약품은 좋은 의미에서 점차 가까워지고 있다. 그래서 화장품이 아름다워지는 약품이 되어 감기약을 먹듯 보습 스킨케어를 하는 날이 올지도 모를 일이다. 코스메스티컬이라는 말이 등장했으니 그런 날이 이미 가까이 와 있는지 누가 알겠는가.

소극적 표정, 적극적 표정

얼굴을 들어 눈을 크게 뜨고 밝은 표정을 짓자

하루 종일 책상 앞에 앉아 원고를 쓰는 날과 하루 종일 사람을 만나 이야기를 나누는 날이 있다고 하자. 밤에 거울을 보면 한눈에 알아볼 정도로 표정이 다르다. 사람과 만난 날은 긴장감이 있고 이목구비가 또렷해 보이지만, 원고를 쓴 날은 확실히 푸석푸석하고 눈이 부어 있다.

당연하다면 당연한 일이다. 사람과 만나 미소를 띠며 대화를 나누면 얼굴은 상냥한 표정이 되는 동시에 자신을 더욱 아름답게 보이려는 생각이 무의식적으로 작용해 자연스레 유쾌한 변화가 일어난다. 반대로 아무도 만나지 않고 대화도 나누지 않은 채 책상과 마주하고 있다 보면 그런 힘이 전혀 작용하지 않는다. 그런데 너무하다 싶을 만큼 붓는다. 눈의 붓기는 더 한심하다. 내가 생각할 수 있는 이유는 인력이다. 하루 24시간의 반을 아래를 향하고 있으면 만유인력의 법칙대로 살을 아래로 늘어뜨리고 있는 행위 그 자체가 아닐까?

거리를 걸을 때 아래를 내려다보고 걷는 사람의 얼굴은 어딘가 긴장감이 없는데 비해, 턱을 약간 들고 씩씩하게 걷는 사람의 얼굴은 상큼하고 탄력 있으며 긴장감 있어 보인다. 그렇게 단순할 리가 없다고 할지 모르지만, 사람의 몸이란 사실 생각지 못할 정도로 단순하다. 아래를 향하고 있으면 소극적인 표정이 되고 위를 향하고 있으면 적극적인 표정이 된다. 단 하루 만에 그렇게 변화하는데 심지어 매일 그렇게 한다면 마침내 완전히 굳어 버린다고 한들 이상한 일이 아니다.

책상 앞에 앉아 아래를 내려다보며 일하는 일과를 가진 사람, 하루 종일 누구와도 이야기하지 않는 사람은 의식적으로 얼굴을 들어 눈을 크게 뜨고 밝은 표정을 짓자. 아주 소중한 미용법이다.

마음까지 청결한 사람

전에 전철에서 결벽증이 심한 남자를 보았다. 그는 자리에 앉아 신문을 보고 있었는데, 그의 손에는 신문지의 양 끝을 잡고 있는 티슈가 보이는 것이었다. 게다가 티슈는 네 귀퉁이가 맞게 꼭꼭 접혀 있었고 손을 더럽히지 않으려고 신문지를 그 사이에 끼워 넣고 있었다. 두말하면 잔소리라 할 정도로 양복과 머리는 말쑥했고 옷차림은 청결제일주의의 생활을 말해 주고 있었다.

문득 옆으로 시선을 돌리니 마찬가지로 신문을 보고 있는 남자가 또 한 사람 있었다. 그러나 그는 티슈로 신문을 잡고 있지 않았다. 그 대신 신문지를 작게 접어 한 면 한 면 분주하게 뒤집어 가면서 읽고 있었다. 이 두 남자를 보고 손을 더럽히지 않으려고 신문을 티슈로 잡고 읽는 사람보다 손을 더럽히면서 작게 접어 읽는 사람이 훨씬 청결하다고 생각했다.

결벽증이 있는 사람은 때로 아주 오만해진다. 그리고 깨끗하기만 하면 그만 이라고 생각하기 쉽다. 만약 티슈로 끼워 잡은 그 사람이 주위에 폐가 되지 않 도록 신문지를 작게 접고 있었다면 마음까지 청결한 사람으로 보였을 것이다. 어쨌든 그가 펼쳐 든 신문은 분명 옆 사람의 영역까지 침범하고 있었다. 자신의 청결을 지키기 위해 타인을 불쾌하게 만든다는 생각을 미처 하지 않은 것이다. 이래서는 결벽증이 울고 가지 않을까?

청결은 미용의 첫걸음이다. 아름다우냐, 아름답지 못하느냐는 청결로 결정난 다고 보아도 과언이 아니다. 하지만 공공 장소에서 다른 사람에게 불쾌감을 주 면서까지 청결을 지켜 내려고 하면 내면의 청결은 멀리 달아난다.

명심해 두자.

아름다움의 전염

한 달에 한 번 젊은 여성들을 대상으로 여는 세미나에서 나는 정말로 많은 것을 배웠다. 그중 가장 커다란 발견은 '여자를 아름답게 만드는 것은 바로 여자'라는 사실이다. 세미나를 위해 한 달에 한 번 같은 여성들과 얼굴을 마주하는데 그녀들은 첫 번째보다 두 번째가, 두 번째보다 세 번째가 조금씩, 그렇지만 분명히 아름다워져 갔다. 교실을 둘러보면 모두에게서 샘솟는 아름다움이 그전보다, 또 그전보다 커져 가는 게 눈에 보였다.

'아름다움을 기른다' 라는 타이틀을 붙인 세미나니만큼 이 이상 기쁜 일은 없으며, 어느 사이엔가 아름다움이 퍼져 나가는 것을 보고 싶다는 바람 때문에 세미나가 기다려졌다. 물론 내 이야기를 듣고 아름다워졌다면 즐거운 일이다. 하지만 틀렸다. 그녀들이 아름다워진 것은 그녀들 덕분이다. 강의실에 충만한 '아름다워지려는 열기' 속에 그녀들의 온몸이 빠져 들기 때문이다.

어떤 여성이 이런 말을 했다.

"한 달 중에서 여기 올 때가 가장 긴장되죠. 좋은 의미에서 말이에요. 모두 아름답기 때문에 저도 아름다워야 한다고 긴장하게 되니까요."

여자를 아름답게 만드는 것은 아름다움의 긴장감이 만들어 내는 팽팽하면서도 뜨거운 공기, 바로 이것이다. 많은 남성 가운데 있는 홍일점인 여자는 아름다워지지 않는다. 그러나 여자만 있는 집단은 반드시 아름다운 미녀 집단으로 변화해 간다. 그 까닭은 아름다움은 공기로 전염되기 때문이다. 하물며 좁은 강의실의 공기는 전염력이 강력하다. 더욱 아름다워지고 싶은 아름다운 여자가 모이는 공간, 여자를 아름답게 만드는 최고의 장소다.

요리와 미용은 애정

'요리는 애정'이라고는 하지만, 지겨워하며 만든 요리는 맛없고 사랑하는 사람을 위해 부랴부랴 만든 요리는 좀 실패했더라도 어쩐지 맛있는 경우는 얼마든지 있다. 어떤 남성이 이런 이야기를 들려주었다.

"신혼 시절의 아내는 요리 솜씨가 없었는데 언제나 맛있다고 생각했어요. 그런데 몇 년 후 요리 교실에 다니기 시작했고 음식은 맛있어 보이는데도 불구하고 도무지 맛있다고 여겨지지가 않더군요. 아마 그 무렵 이미 우리 부부는 애정이 식어 있었을지 모르죠."

결국 그는 얼마 후 이혼했다. 이혼 이야기가 나오고 나서 음식에 가시라도 돋쳐 있는 것 같아 목이 메이더라고 했다. 그의 마음에 가시가 돋쳐 있었던 게 사실이겠지만, 하여튼 요리는 애정이라는 사실을 증명해 주는 이야기다.

사설이 길었지만 여기에서 하려는 이야기는 요리가 애정이라면 미용 또한 애정이라는 사실이다. 미용은 자신을 위해서 한다. 하지만 본디 미용을 하는 이유는 사랑을 얻기 위해서이며 연애가 배제되어 있는 미용은 균형을 잃게 된다. 하여튼 사랑하는 사람에게서 '당신은 밝은 색 립스틱이 어울려' 하는 말을 들으면 진한 색 립스틱을 밝은 색으로 바꾸는 것이 미용의 올바른 자세다. 그리고 그렇게 하면 틀림없이 아름다워진다. 사랑받고 싶다는 마음이야말로 미용에 있어 첫 번째 동기이기 때문이다.

요리 학원에서 배운 요리보다 비록 서툴망정 신혼 시절 애정이 듬뿍 담긴 요리가 맛있듯이, 고도의 테크닉을 구사한 메이크업보다 사랑에서 비롯된 메이크업이 여자를 훨씬 빛나게 하지 않을까?

피부는 자신의 역사

노화를 앞당기는 것도 늦추는 것도 자신이다

언젠가부터 왼쪽 눈가보다 오른쪽 눈가에 잔주름이 많다는 사실이 걱정이 되고는 있었다. 인간의 얼굴은 원래 좌우가 대칭을 이루지 않는 법이다. 골격도 다르고 살집도 다르기 때문에 표정에 의한 오차가 생기게 마련이어서 당연하고 사소한 일로 여기고 있었다. 하지만 어느 날 퍼뜩 정신이 들었다. 잘 보니 피부 결까지 좌우가 명백하게 다른 것이었다. 주름이 많은 오른쪽이 거칠었다.

한참이나 그 이유에 대해 궁리한 끝에 이것 말고는 달리 있을 리가 없다고 생각해 낸 것이 헤어스타일이다. 나는 오랫동안 머리 모양을 바꾸지 않고 있다. 가르마를 오른쪽에서 왼쪽으로 7대 3으로 나누고 있다. 길이는 거의 똑같으므로 왼쪽 뺨에 늘 머리카락이 걸려 있어 커튼이 쳐져 있는 셈이다.

그렇다면 이 기미도? 맞다. 오른쪽 뺨에는 귀 바로 옆에 줄곧 없어지지 않고 있는 기미가 있다. 오랫동안 자외선을 쐬어 온 역사의 흔적이라는 기미는 오른쪽 가르마의 슬픈 산물이라고나 할까. 자외선 대책에 관한 기사쯤이야 신물날 정도로 써온 나지만, 헤어스타일이 기미와 주름을 만든다는 데에는 생각이 미치지 못했다. 설사 확실하게 자외선 차단을 하고 있어도 일상생활 속에서 모르는 사이에 쐬게 되는 자외선. 그것을 나는 한쪽 뺨으로 계속 받아 온 셈이다. 그것이 10년, 20년 계속되는 동안 이렇게 좌우 뺨의 운명을 바꾸어 놓을 줄이야.

가르마의 위치를 바꾸려고 시도해 보았으나 오랫동안 자리잡고 있던 머리의 흐름은 모공의 형태마저 변형시켰지 도무지 말을 들어주지 않는다.

'노화를 앞당기는 것도 늦추는 것도 자신이다. 피부는 자신의 역사다.'

이렇게 통감하고 있다.

멋진 몸매가 되는 새로운 방법

계절마다 최첨단 스타일의 옷을 입다 보면 몸이 옷에 맞추게 된다

헐렁한 옷은 살이 찌는 원인이 되고 몸의 곡선을 강조하는 옷은 살을 빼는 수단이 된다는 이야기는 수없이 해왔으나, 서양 복식으로 살을 빼는 고급 단계로는 계절마다 최첨단 유행 스타일의 옷을 한 벌 장만하는 것이다. 이 경우, 헐렁하든 꼭 끼든 상관없다. 그 계절의 실루엣, 그 계절의 밸런스를 어떻게든 소화해 내려고 노력하면 된다.

한번은 두툼한 어깨 패드가 돌연 사라지더니 부드러운 어깨의 실루엣이 유행이라는 선언이 들려왔다. 그때 나는 어깨 주위에 꽤나 군살이 붙어 있다는 사실을 깨닫고 서둘러 어깨를 돌리는 체조를 시작했다. 물론 그 유행이 막을 내릴 때까지 군살을 빼지 못해 일단 단념했는데, 어깨선이 부드러운 옷을 입기 시작했더니 신기하게도 어깨 주변이 날씬해지는 것이었다. 그 밖에 초여름보다 한여름에 두 팔이 가늘어지거나 겨울보다 여름이 빗장뼈의 선이 뚜렷해지는 등 몸이 옷에 맞추는 일은 얼마든지 있다.

유행하는 스타일이어야 하는 까닭은 당장 그 옷을 입어야겠다고 결심하고 노력하다 보면 온몸의 신경이 옷에 집중되기 때문이다. 정말 이상한 일이지만, 시대와 상관없는 보수적인 옷이라면 우리의 몸은 마음을 푹 놓고 만다. 몸이 익숙해져 있는 옷은 안 된다. 그러니 열심히 유행을 좇자.

제멋대로 다이어트법

신문을 보다 재미있는 기사를 발견했다. 40~50대 비즈니스맨 가운데 200명을 뽑아 100명에게는 완벽한 건강 관리를 시키고 다른 100명에게는 여느 때처럼 생활하게 하여, 반년 후 '어느 쪽의 건강 상태가 양호한가?'에 관한 데이터를 모아 놓은 것이었다. 결과부터 말하자면 그냥 내버려 둔 쪽 100명의 승리였다. 기사는 이 결과를 면역력과 관련짓고 있었는데, 요는 잡초가 강하고 온실에서 자란 화초가 나약한 것과 같은 이치로 건강에 대해 예민해질수록 건강은 도망간다는 말로 끝맺고 있었다.

세계에서 다이어트에 가장 열을 올리는 사람들은 미국인이지만, 그들은 신경질적이거나 예민하지 않다. 운동을 필사적으로 하면서도 햄버거를 우적우적 먹어 치우는 대담성과 적극성이 있다. 말하자면 성실하고 완벽하게 다이어트를 하려고 들면 그것이 스트레스가 되어 원하는 결과와는 멀어진다.

이왕 다이어트를 할 작정이라면 아무것도 하지 않고 잘 먹는 '제멋대로 작전'을 꼭 한번 실천해 보기 바란다. 다만 이 방법 역시 '아무것도 해선 안 돼' 하는 생각이 머리를 가득 메우는 사람은 이 생각 자체가 스트레스가 되기 때문에 아무 소용이 없다. 될 수 있는 한 체중계에는 올라가지 말라는 말을 듣고는 체중계를 어디다 넣어 버릴까 하고 반나절을 고민하는 사람에게는 쓸모 없다.

한마디 덧붙인다면 여느 때 야무지지 못하고 금방 뜨거워졌다가 금방 식는, 굳이 말하자면 B형 기질을 가진 사람에게 이 '제멋대로 작전'은 최고의 방법이다.

비타민을 먹는 여자, 먹지 않는 여자

매력적이고 아름다운 여자는 자신이 정한 규칙에 철저하다

같이 점심을 먹던 여자가 식사를 마치고 나서 백에서 예쁜 약병을 꺼내는 모습을 보고 혼자 생각했다.

'어, 위가 좋지 않은 건 전혀 몰랐는데.'

그녀가 알약을 입에 머금는 모습은 말할 수 없이 우아했고 마치 규칙적인 생활을 상징하는 것 같았다. 그런데 그것은 비타민이었다.

이때 문득 여자는 비타민을 먹는 여자와 먹지 않는 여자로 나뉘지 않을까 하는 생각이 났다. 비타민을 평생 한 알도 먹지 않는다고 죽는다는 법은 없다. 그러나 매일 정해진 시간에 비타민을 먹는 여자는 자신에게 커다란 관심을 기울이고 노력을 하는 여자임에 틀림없다. 집 안은 언제나 말끔하게 정리되어 있고 꽃이 꽂혀 있으며 청결한 생활을 하고 있을 것 같다. 요컨대 바른 생활 여자다.

그렇다면 비타민을 먹지 않는 여자는 그렇지 않다는 걸까? 비타민을 먹지 않는 여자는 자신에게 그렇게까지 배려하지 않아도 건강한 여자다. 그렇다고 집 안이 지저분하고 꽃도 없고 칠칠맞지 못한 생활을 한다는 말은 아니다. 그런 것에 신경을 쓰지 않는 만큼 다른 일을 하고 있을 뿐이다. 치밀한 걸까, 대범한 걸까?

비타민을 먹는 여자와 먹지 않는 여자는 삶에 있어서 가치관이 크게 다르다. 여기에서 분명하게 잘라 말할 수 있는 것은 여자로서 매력적이고 아름다워질 수 있는 여자는 비타민을 먹는 주의든 먹지 않는 주의든 그것에 상관없이 자신이 정한 규칙에 철저한 여자이지, 다른 사람이 먹기 때문에 먹는 여자가 아니라는 사실이다.

진짜 숙녀

"블랙타이로 오십시오."

"남성은 재킷 착용."

초대장에서 이런 문구를 발견할 때면 여성은 고민에 빠진다. 남성을 기준으로 삼아 정장의 정도를 정하는 것까지는 이해할 수 있는데, 남성이 블랙타이라면 여성은 어떤 옷을 입어야 할까? 재킷 착용이라는 조건에는 어떤 차림을 해서는 안 되는 걸까? 이런 생각을 하며 외출한다.

'여자들에게도 차라리 무엇을 입고 오라고 제시해 주면 좋을 텐데.'

남성의 복장만 꼬집어서 구체적으로 적고 있는 까닭은 무엇일까?

"여자는 어디까지 동반자일 뿐이라는 거죠. 정말 화가 나요."

이렇게 말하는 사람이 있었다. 하지만 나는 다른 여자가 한 말에 동의하며 고개를 끄덕였다.

"그보다 숙녀냐 아니냐를 한눈에 알 수 있기 때문에 복장을 자유롭게 하라는 뜻이 아닐까요? 어떤 옷을 입어도 숙녀는 숙녀죠. 그리고 '숙녀라면 말하지 않아도 알겠지. 말하면 오히려 실례가 될 거야'라는 뜻 같은데요?"

숙녀냐 아니냐를 단번에 알아본다? 두려운 일이다. 옷차림으로는 눈속임을 할 수 없다는 의미며, 그 자리에 걸맞지 않는 옷을 입고 오는 여자는 창피를 당할 거라는 의미기도 하다. 이런 말을 하면 좀 더 고민이 될 테지만, 이것은 공식적인 장소에 참석할 만한 여성이라면 알아서 아름답게 꾸미고 오라는 뜻이 된다. 그러므로 이런 일에 망설이지 않고 고민하지 않게 되었을 때 당신은 진짜 숙녀가 되어 있을 것이다.

아름다운 사람이 가는 찻집

커피 한 잔이라도 품위 있는 곳에서 마셔야 아름다운 여자가 된다

일을 마친 것은 퍽 늦은 시각이었다. 패스트푸드든 무엇이든 먹고 싶은데 문을 연 곳이 없었다. 그런데도 그냥 발길을 돌릴 마음이 들지 않을 때의 이상한 집념. 이 얘기 저 얘기하다가 마침내 발견한 것이 수수한 분위기의 찻집이었다. 클래식 명곡이 흐르고 있을 것 같은 그곳은 천신만고 끝에 찾아낸 오아시스였다. 우리는 코트도 벗지 않고 커피를 주문했다. 그리고 이윽고 한숨을 돌렸을 때, 찻집 안의 죽은 듯 가라앉은 공기를 비로소 느꼈다. 누가 먼저라고 할 것도 없이 서로 쳐다보고 눈으로 대화를 나누었다.

'이런 곳에서 차를 마시면 스무 살은 더 먹을 것 같아.'

그 찻집은 어쩐지 거북하게 느껴졌다. 30여 년 전의 변두리를 연상케 하는 내부. 평소 거리에서는 좀처럼 찾아볼 수 없는 피폐해진 표정의 남녀, 이야기를 나누는 것도 책을 읽는 것도 아니고 그저 아침까지 시간을 보내려는 것처럼 보이는 사람들이 듬성듬성 앉아 있다. 권태감에 잔뜩 찌든 공기는 몇 분이 지나자 우리의 뇌를 침범하기 시작했다.

한층 더 아연실색한 것은 그 공기, 그 광경이 그후 여러 달 동안 뇌리에서 떠나지 않았다는 사실이다. 여자는 아름다운 것만 보면 아름다워진다는 말을 듣기는 했지만, 이 말의 의미가 무엇인지 비로소 이해할 수 있었다. 무리를 해서라도 품위 있는 곳에 가는 것은 일리 있는 일이다.

예쁜데 매력이 없는 여자

84

자기 스스로 예쁘다는 것을 의식하는 여자는 아름다워지지 못한다

여느 때는 온화하던 남자가 핸들을 잡으면 돌변한다는 말을 자주 듣는다. 닫힌 공간을 지배하고 남자의 본능을 노골적으로 드러내게 하는 운전이라는 행위가 남자를 모두 건달로 만든다. 전차(戰車)를 타고 적을 공격하기 위한 유전자가 모든 남자에게 내재되어 있다는 말을 한 사람이 있었는데, 정말 옳은 말이다.

그래서 그 기세로 밖을 걷고 있는 여자를 품평하는 광경을 보면 오싹해진다. 남자는 두 사람만 모이면 '저 여자 제법인데' 하며 떠들어댄다. 좋은 말이든 나쁜 말이든 같은 여자로서 듣고 싶지 않은 이야기뿐이다. 그러나 그들의 평가는 때때로 정확하게 들어맞는다. 물론 아무리 정확한 평가라도 당하는 여자와는 아무 상관없다. 여하튼 조심해야겠다고 생각하게 만드는 지적이 있기는 하다.

"저 여자, 자기를 보는 줄 알고 무지하게 의식하고 있지 않아?"

"저 여자, '나는 괜찮은 여자예요' 하는 것 같지 않아?"

차 속의 두 남자가 이런 대화를 나누는 것을 들은 적이 있다. 그리고 내게도 그렇게 보였다. 그 여자는 차에서 바라보는 시선을 의식하고 있었다. 매우 예쁜 여자인데 매력적으로 보이지 않는 것은 자기가 예쁘다는 것을 의식하고 있는 탓이다. 여자란 정말 난해한 존재라는 생각을 했다. 자기가 보여지고 있다는 사실을 뻔히 알고 있으면서 모르는 척하지 않으면 아름다움이 도망가고 만다.

알고 있어도 모르는 척하는 것이 최선이지만, 그 경지에 이르려면 수많은 사람에게 보여져 시선에 익숙해지고 시선을 이겨 내는 수밖에 별도리가 없다. 여자의 아름다움은 타인의 시선을 의식하지 않게 되어야 완성되는 건가 보다.

나만의 스킨케어 비법

　나는 화장품의 포장 상자를 버리지 않는다. 나와 같은 일을 하고 있는 동료도 버리지 않는다고 한다. 뭐 특별한 의미가 있는 건 아니다. 포장 상자에 넣어 둔다고 화장품의 품질이 더 오래 유지되는 건 아니다. 그저 버릴 마음이 생기지 않을 뿐이다. 유난히 마음에 드는 신제품은 포장 상자를 언제까지나 버리지 않고 사용할 때마다 상자에서 꺼내어 바르고 나면 다시 상자에 넣는다. 귀찮다고 생각하면서도 꺼내고 넣고, 꺼내고 넣고 하기를 되풀이한다.

　왜 그런 성가신 일을 하나 싶을 것이다. 막 사온 화장품의 얇은 셀로판 포장을 뜯고 상자를 개봉한 다음 병을 꺼내 뚜껑을 열어 손바닥에 내용물을 쏟아 보고, 그리고 손끝으로 피부에 바르기까지의 수십 초 동안 이어지는 가슴 설레임을 한번 떠올려 보자. 화장품이 가장 강력한 힘을 발휘하는 순간은 바로 이 수십 초 동안이다. 모든 사람이 마른침을 삼키며 화장품의 숨결을 듣는 시간. 두근거리기도 하고 초초하기도 한다. 어쨌든 화장품에 온 신경을 모은다. 스킨케어에서는 이것이 소중하다. 그렇기 때문에 나는 이 수십 초의 효과를 한 번만으로 끝내고 싶지 않다는 욕심에 포장 상자를 버리지 않고 꺼냈다가 넣었다 하며 그때마다 그 효과를 느끼려는 것이다.

　자연히 효과는 야금야금 잦아들지만, 포장 상자를 열 때마다 화장품과의 첫 만남을 떠올리며 가슴을 설렌다. 상자가 다 낡을 때까지 계속 그렇게 한다. 스킨케어를 하는 동안 효과를 발휘하게 하는 나만의 비법 가운데 하나다.

86 아침 식사와 여자

평일에 먹는 아침 식사는 낮 동안 밖을 돌아다니는 데 지장 없을 만큼만 먹는다. 매일 아침 "오늘도 먹어야 하나" 하고 투덜거리며 토스트를 부지런히 뱃속으로 우겨넣는다. 그리고 매일 아침 이런 생각을 한다.

'풍요로운 아침 식사를 할 수 있는 날이 꼭 오겠지.'

도심의 호텔이든 지방 도시의 호텔이든 아무튼 호텔에 묵을 때 다른 건 다 빼놓더라도 반드시 지키는 게 있다. 아침 식사 시간이다.

이런 날은 룸서비스를 이용해 아침 식사를 한다. 과일 샐러드와 신선한 주스, 그리고 갓 구운 따뜻한 빵으로 테이블을 가득 채운다. 이 음식들을 바보가 된 듯한 느낌으로 나른하게 먹는 것이 가장 중요한 포인트다.

커다란 침대 속에서 하녀가 날라 온 아침 식사를 할 일은 평생 없을 테지만, 여자에게는 그런 분위기가 필요하다. 투명한 하얀 햇살과 건강에 좋은 풍성한 아침 식사. 나는 생활 속에 그런 아침 식사가 있느냐, 없느냐로 여자의 순위가 매겨진다고 생각한다.

신기한 일이지만 여자는 과일을 눈앞에 대하는 것만으로도 자신의 몸 속이 씻겨 나가는 것처럼 느낀다. 미용을 위해서 아침 식사는 매우 중요하다고 말하지만, 정신 건강을 위해서 또 아름다워지는 호르몬 분비를 위해서 화려하고 청결한 아침 식사는 하루의 어떤 시간보다 귀중하다. 그러니 평일의 아침 식사가 빈약하고 한심한 만큼 호텔에서 맞는 아침은 아침 식사에 목숨을 걸고 상쾌한 공기를 듬뿍 마시고 하얀 햇살을 묻히며 느긋하게 천천히 먹어야 한다.

화장은 주문이다

메이크업의 입체감은 다른 사람의 눈에만 보여야 한다

최근 나는 거울에는 보이지 않는 메이크업에 몰두하고 있다. 오래 전부터 있었던 입체감을 살리는 메이크업에 여러 번 도전했으나, 성공을 거둔 적이 없었던 것은 억지로 만든 듯한 입체감이 거울에 분명하게 보였기 때문이다. 그러고 나서야 입체감이란 자신의 눈에 보여서는 안 된다는 사실을 깨달았다. 자신에게는 보이지 않지만 다른 사람에게는 보이는 것이 제대로 된 입체감 있는 메이크업이다.

그러므로 당연히 화장은 주문(呪文)에 불과한 것이 된다. 파우더를 이용하여 투명하면서도 희미하게 그늘이 들어가도록 피부를 어루만질 뿐인데도 멀찍이 떨어져서 보면 눈꺼풀과 뺨이 들어가 보이며 입체감 있는 얼굴이 된다.

프로 아티스트의 메이크업도 그렇다. 코앞에서 보았을 때에는 '대체 어디에 무엇을 바른 거야?' 하고 의심스러울 만큼 도무지 특별한 메이크업을 한 것 같지가 않다. 그런데 사진을 찍어 보면 모든 게 있다. 솜씨가 좋은 프로가 만드는 입체감일수록 눈에 띄지 않는다. 마치 불빛에 비쳐야만 글씨가 나타나는 마술 종이처럼 한 발짝 떨어져야 보이는 것이 아름다운 입체감이다.

한 모임에서 먼 곳에 있던 한 외국 여성이 나를 향해 걸어오고 있었다. 그런데 그녀가 가까이 다가올수록 아는 사람과 닮았다는 생각이 들었고, 그녀가 바로 그 사람이었다. 평소에는 그다지 화장을 하지 않던 사람이 완벽하게 화장을 하니 멀리서 보기에 외국인으로 착각할 정도로 입체감 있는 얼굴이 되었던 것이다. 그러나 가까이에서 본 그녀는 언제나 보던 얼굴이었다. 메이크업의 보이지 않는 매력을 비로소 발견한 느낌이 들었다.

지적인 눈

내가 10대들의 젊음에 충격을 받은 것은 팽팽한 피부나 작은 얼굴, 긴 팔다리 때문이 아니다. 눈망울의 푸르름을 본 순간이다. 우선 우리가 절대로 잊어서는 안 되는 것은 아름다움의 원점이 청결과 맑음에 있다는 사실이다. 그리고 거기에서 크게 벗어난 아름다움은 있을 수 없다는 사실이다. 그러나 이제 다시는 내게 그렇게 맑고 깨끗한 눈은 돌아오지 않는다. 그러므로 10대 소녀의 눈에 커다란 충격을 받은 것이다. 파란색 아이섀도나 흰색 아이라이너는 이 점을 노린 것이다.

무대에 서는 어떤 여배우가 "연기는 검은 눈동자가 아니라 흰자위로 하는 것이다. 배우의 존재감은 흰자위에서 나온다"라는 말을 한 적이 있다.

여성 중에는 삼백안*(보통의 경우 검은 눈동자를 중심으로 좌우에 흰자가 있는 데 비해 위아래에도 흰자가 보이는 눈)을 싫어하는 사람이 있다. 그리고 검은 동자가 큰 눈이 아름답다고 믿어 의심치 않는다. 하지만 검은 동자가 큰 눈은 눈의 표정이 의외로 풍부하지 못해 그다지 지적으로 보이지 않는다. 지적으로 보이는 것은 삼백안이다. 더구나 시원스럽게 큰 눈이 삼백안이라면 신비감마저 더해진다. 눈을 위로 치뜨는 것처럼 보이는 시선이 신비로운 힘을 낳는다. 게다가 흰자위가 창백하고 맑다면 청결감이 더해지므로 최강의 눈이 된다. 한번 보면 잊혀지지 않는 강한 인상을 주게 된다.

이를테면 나카야마 미호*(영화 「러브 레터」의 여주인공 역을 해낸 여배우)의 눈이다. 혹은 우마 서먼의 눈이다. 이제 납득이 갈 것이다. 아이라인을 그릴 때 이 흰자위의 위력을 염두에 두기 바란다. 청결감과 존재감, 이 이상의 아름다움의 근원이 있을 수 없다.

여자가 아름다워지는 데 가장 필요한 것은 자연이다

"자연과 접하지 않으면 인간은 아무짝에도 쓸모 없게 된다."

어떤 질문에든 이 말로 일관하는 인류학 학자가 있다는 이야기를 들은 적이 있다. 그는 몸소 산속에 살며 새가 지저귀는 소리나 강이 흐르는 소리, 흙냄새, 나무들의 숨결 속에서 일을 하고 있다고 한다. 그러나 그 학자를 취재했던 작가의 소감은 누구도 부정할 수 없는 자연과 접해야 한다는 말을 방패삼아 모든 일을 해결하려고 하다니 비겁하기 짝이 없다는 거였다.

과연 그럴까? 중학생이 사람을 죽이는 것도 공무원이 부정을 저지르는 것도 청소년 성매매나 각성제 중독의 저연령화도, 모두 거슬러 가면 최종적으로 그 학자의 대답에 이르지 않을까? 나무에 둘러싸인 레스토랑의 테라스에서 차를 마시고 있노라니 작은 새들이 부지런히 지저귀는 소리가 들려왔다. 아, 이런 때의 청아함은 뭐라고 표현하면 좋을까. 마음이 깨끗하게 씻기는 것 같았다. 그때 옆에서 누군가 "정말 마음이 씻기는 것 같죠" 하는 거였다. 아까부터 옆자리에서 차를 마시고 있던 60대쯤으로 보이는 부인이 마치 혼잣말처럼 그렇게 말을 걸어 왔다. 이런 순간 마음이 한없이 맑아진다.

낯선 사람과 멋을 공유하고 한순간이나마 마음이 통했다는 사실은 틀림없이 자연의 아름다움의 힘이다. 그리고 그 부인의 표정은 아름다웠다. 내 입으로 말하기는 좀 쑥스럽지만 나도 그랬을 거다. 역시 자연의 힘이다.

어쩌면 요즘 여성들이 아름다워지는 데에 가장 필요한 것을 더듬어 가다 보면 자연과 만날 것이다. 자연은 지구 제일의 천재이므로.

한다면 한다

화이트닝의 최대 요령은 끈기다. 그렇다고 '효과가 날 때까지 기다리자'는 식의 무턱대고 발휘하는 끈기는 안 된다.

결혼식을 두 달 앞두고 아무리 생각해도 새하얀 드레스가 어울릴 것 같지 않은 까무잡잡한 피부에 당황한 직장 여성이 선택한 방법은 필사적인 화이트닝이었다. 알부틴*(멜라닌 색소의 생성을 방해함으로써 미백 효과가 있는 물질)을 배합한 시세이도의 화이트닝 제품과 효과 면에서 어깨를 나란히 하는 가오의 약용 화이트닝 제품을 구입하여 아침과 저녁에 필사적으로 사용하는 것이었다. 한쪽이 효력이 없더라도 다른 한쪽은 효과가 있겠지 하는 계산을 한 눈치였다.

얼굴에 바를 때에는 적당히 하는 것이 아니라 꼭꼭 밀어 넣듯 정성을 들이고 또 들였다. 두 번 바르면 효과가 두 배로 날까 하는 의문이 들었지만, 하여튼 두 달 동안 행동에만 그치지 않고 성심성의를 다하여 화이트닝에 힘썼다.

마침내 그녀는 주위 사람들이 놀랄 만큼 하얗고 투명한 하얀 피부가 되었다. 물론 기미가 확실하게 사라진 것은 아니다. 그러나 가무잡잡하게 그을린 피부에서 탈출해 하얀 피부 되찾기에는 성공했다. 그녀는 피부가 매일 새롭게 태어난다는 말이 사실인 모양이라고 했다. 두 달은 하얀 피부 되찾기에는 충분한 시간이다.

더욱이 현재 화이트닝 스킨케어는 비약적으로 발달하여 한 달 만에 하얀 피부를 되찾을 수 있다. 화이트닝에 재미를 붙인 그녀는 검은 피부와 하얀 피부를 번갈아 구사하느라 7월에는 태우고 9월에는 가을옷에 어울리는 하얀 피부 만들기를 식은 죽 먹기처럼 되풀이하고 있다. '한다면 한다' 식의 체면 불고한 필사의 화이트닝이다.

감촉의 화장품

「여인의 향기」라는 영화에서 퇴역 군인이자 맹인으로 분한 알 파치노는 우연히 만난 여성과 말을 한마디만 나누어도 "플로르 드 로카이유군요" 하고 향수 이름을 맞춘다. 그리고 그 여성이 떠나가고 나면 "머리는 블론드에 키는……" 하고 그 여자의 특징을 마치 시를 읊듯 중얼거리는 로맨틱한 장면이 있다.

이 영화를 보았을 때 난생처음 눈이 나쁜 사람과 향기 혹은 화장품과의 관계에 대해 생각해 보았다. 눈이 보이지 않는 사람이 화장품 매장에서 쇼핑하는 모습을 아직 한 번도 보지 못했다. 그런데 바디샵의 입구에 "맹인견도 같이 들어오세요"라는 안내문이 붙어 있다고 한다. 글씨로 씌어 있을 게 아니라 맹인견과 함께 걷는 사람이 알 수 있는 실제적인 배려가 있으면 더욱 좋겠다고 말한 사람이 있었으나, 그 안내문을 본 사람에게 눈이 보이지 않는 사람과 화장품의 관계를 일깨운 것으로 충분히 가치 있는 일이다.

「여인의 향기」에 나오는 퇴역 군인처럼 앞을 보지 못하는 사람의 후각은 보통 사람보다 몇 배는 뛰어나고 예리한 데다가 감성이 매우 풍부하다고 한다. 그리고 촉감 또한 무척 뛰어나다.

'화장품이 좀 더 그런 방면에 눈을 돌려 사람들을 감동시키고 마음으로 효과를 발휘할 수 있으면 좋지 않을까. 시각 장애인이 칭찬을 아끼지 않는 감촉의 화장품을 만들 수 있다면 좋을 텐데. 그리고 그들에게 메이크업을 가르치는 아티스트가 있다면 더할 나위 없을 텐데.'

맹인견을 동반해도 좋다는 안내문은 이런저런 생각들을 하게 해주었으니 시각 장애인은 알 길이 없는 안내문이긴 하지만 헛된 것이 아니다.

미간의 주름

"그렇게 잔뜩 마땅찮은 표정을 지으면 미간에 주름이 생겨."

이런 말을 자주 듣지만, 이 충고는 대부분의 경우 현실로 나타난다.

"나, 미간의 주름을 없앴어요."

수렁과 같던 결혼 생활을 청산하고 심기일전한 새 출발의 징표인 양 그렇게 고백한 여자는 여배우다. 이렇게 생동감 넘치는 드라마가 있는 '사용 전' '사용 후'를 본 것은 처음이었는데, 곰곰이 생각해 보면 미간의 주름이란 단순히 미용 상의 주름만 뜻하는 것은 아니었다.

사람들은 뭔가에 정신을 집중할 때 무심코 미간에 온 신경을 모은다. 눈을 감고 머릿속에서 무언가를 끄집어내려고 할 때 미간에 영상을 떠올리고 생각의 조각을 짜 맞춘다. 그 영상이 보고 싶지 않은 것이거나 어둡고 침체되어 있는 것이라면 자연히 미간을 찌푸리게 된다. 그리고 매일 그렇게 하면 미간에 주름이 생긴다. 언제나 일상적인 표정을 짓는다면 이곳은 주름이 생기지 않을 뿐 아니라 단순한 노화나 손질 부족으로도 늘어지지 않는다.

노화로 인해 자연스럽게 생겨난 것이 아닌 주름은 얼굴뿐 아니라 그 사람의 품성까지 크게 바꾸어 놓는다.

미간의 주름을 없앤 여배우의 밝은 표정이 일에 복귀하겠다는 단순한 전략이 라고는 생각되지 않았다. 그것은 가정 문제를 말끔히 해결한 다음의 후련함과 는 다른, 마음에 변화가 생긴 명랑함이었다. 미간의 주름은 손질로는 바로잡을 수 없다. 주름을 없애고 싶다면 생활을 바꾸거나 수술로 없애는 것, 둘 중 하나 밖에 다른 방도가 없다.

우아한 손

분위기 있는 아름다운 사람이 있었다. 그런데 무엇이, 어떻게, 왜 아름다운지 도무지 뚜렷한 윤곽이 잡히지 않았는데, 언젠가 문득 스치는 생각이 있었다. 그녀의 손은 언제나 쉴 새 없이 나풀나풀 춤추고 있다는 사실을 깨달은 것이다. 마치 리듬 체조의 리본처럼 가만히 있는 법 없이 어느 때는 매끄럽게, 또 어느 때는 발랄하게 흐르듯이 움직였다. 그리고 그 움직임이 그녀의 말투와 썩 잘 어울려 멋진 한마디가 되고 있었다.

주의 깊게 보고 있노라면 그녀의 아름다움의 핵심이 손목에 있음을 알 수 있었다. 손목은 매우 유연하고, 손끝의 움직임은 그다지 화려하지 않지만 손 전체가 너무나 우아하고 멋진 흐름을 만들고 있었다.

손목을 90도로 구부려 턱을 받치는 모습을 넋을 잃고 바라보고 있었더니 다음 순간 손바닥이 유연하게 뒤집히면서 반대 방향으로 손목이 구부러지고 손끝은 이쪽을 향했다. 그때마다 보고 있는 내 마음은 흔들렸다. 마음을 다정하게 어루만져 주는 듯한 상쾌함이 있었다. 사람의 동작에 황홀해지다니 참으로 드문 일이다.

대화에 서툴다면 손목을 적절하게 사용하지 못하기 때문일 것이다. 서양인은 손으로 이야기한다는 말을 듣기는 했지만, 어쨌든 손의 유연한 움직임은 그것만으로도 설득력을 지닌다는 사실을 기억해 두기 바란다.

쌍꺼풀 없는 당신의 시대

쌍꺼풀 있는 커다란 눈은 촌스러운 눈이 되고 말았다

여성지의 미용 담당 편집자 앞으로 오는 독자들의 편지 가운데 "쌍꺼풀이 없어서 고민이에요. 어울리는 화장법을 가르쳐 주세요" 하는 내용이 대단히 많다고 한다. 그녀는 "참, 요즘 같은 시대에 그런 일로 고민하다니 놀라워요. 요즘 유행하는 화장은 쌍꺼풀 없는 눈을 위한 거 아니에요?"라고 했다.

맞다. 잡지의 메이크업 페이지는 작고 산뜻해 보이는 동양인의 눈뿐이다. 외국인 모델은 자취를 감추고 있으며 메이크업 페이지는 아시아 여성의 아름다움에 좌지우지되고 있다. 그리고 속쌍꺼풀이 있는 눈이나 아예 쌍꺼풀이 없는 눈에만 어울릴 것 같은 눈화장법 일색이다.

요즘 같은 때에 쌍꺼풀이 없다고 고민을 하다니 이상하다고 하는 데에는 더 중요한 이유가 하나 있다. 지금 왜 여성지에는 쌍꺼풀 없는 눈이나 눈이 작은 모델밖에 없을까? 그래픽 디자이너에게 들은 이야기인데, 쌍꺼풀 있고 눈매가 시원한 모델로 꾸미면 페이지 자체가 촌스러워진다는 거였다. 최근에는 쌍꺼풀이 있고 커다란 눈은 촌스러움의 상징이 되었으며, 분명히 쌍꺼풀 없는 눈의 시대다.

이것은 아름다움의 기준이 변화하고 있음을 확실하게 대변해 주고 있다. 쌍꺼풀 있는 커다란 눈을 선호하던 것은 서양인 콤플렉스가 남아 있던 시절의 가치관이다. 지금은 새로운 기준이 만들어지고 있다. 남자에 관한 여자의 가치관이 얼마 전부터 버터 냄새가 나는 서양적인 얼굴의 남자로부터 간장 냄새가 나는 동양적인 얼굴 쪽으로 기울더니, 여성을 바라보는 남자의 가치관 역시 동양적인 눈을 좋아하는 방향으로 변화하고 있다. 이제 쌍꺼풀이 없는 당신의 시대다.

'이거, 발라도 될까?'

"우리 남편은 품질 유지 기한이 하루라도 지난 걸 먹으면 죽는 줄 아는지 마구 버려요. 우습죠?"

분명히 그런 사람이 있다. 품질 유지 기한이란 요컨대 맛있게 먹을 수 있는 기간이지 먹으면 죽는 날을 표시하는 것은 아니다. 그런데 신기하게 품질 유지 기한을 하루라도 넘긴 것은 그다지 맛있게 느껴지지 않는다. 품질 유지 기한 그 자체가 애매해서 고민을 하게 만든다. 그 날짜를 며칠 넘기면 상하는 것인지, 그것을 알 도리가 없어 괜찮겠지 하면서도 마음 한구석으로는 품질을 의심하기 시작한다. 독이 있는지 확인하는 듯한 기분이 되어 주뼛거리며 먹기 때문에 맛있을 리가 없다.

"화장품은 얼마나 갖고 계세요? 작년 10월까지 쓰던 여름용 파운데이션을 봄에 다시 써도 될까요?"

이런 질문을 자주 받는다. 본디 화장품에는 명확한 품질 유지 기한이 없다. 어떤 사람은 3년쯤은 문제없다고 하며, 또 어떤 사람은 피부를 위해서는 6개월 정도가 적당하다고 한다. 의견이 제각각이어서 더욱 불안하다. 여기에 착안하여 방부제가 들어 있지 않으므로 1주일 안에 전부 사용하라는 컨셉의 화장품이 등장하여 잘 팔리고 있다.

찜찜한 마음으로 음식을 먹으면 맛을 못 느끼듯 불안해 하며 화장품을 바르면 효과가 없는 건 당연하다. '이거, 발라도 괜찮을까……'라고 생각한 순간, 그 화장품을 의심하는 것이다. 이런 의심이 들면 품질 유지 기한이 이미 끝난 것이라고 생각하자.

볼터치의 위력

누구나 볼터치의 효과는 알고 있다. 하지만 볼터치 하나로 아름다워진 사람의 이야기는 들어 보지 못했다. 어떤 천재는 "한마디로 말해 쓸 만한 볼터치가 없다는 말이지"라고 해석했으나, 나는 이렇게 생각했다.

'너무 제 색이 나는 건 아닐까?'

이런 불만을 안은 여자들이 몰려든 우수한 화장품이 있다. 이미 여러 해 전에 등장한 화장품 메이커 가오 오브의 페이스업 파우더다. 기다리고 기다리던 제 색이 나지 않는 볼터치다. 바르면 피부 자체가 아름다워 보이면서 자연스러운 발그레한 빛이 나 얼굴 전체에 스포트를 받는 것 같은 착각을 일으키는 데다가 이목구비가 또렷해 보인다. 맞다. 좋은 볼터치를 만나면 반가운 덤이 따라오는 법이다.

원래 볼터치는 젊음을 표현하는 붉은색이다. 젊은 여성이 볼터치를 잔뜩 바르면 시골 아이처럼 되는 것은 당연한데, 젊은데 또 젊음을 표현하기 때문이다. 그러니 볼터치를 한 것과 하지 않은 것은 생기가 전혀 다르다.

볼터치를 바른 순간 아이섀도의 색과 립스틱의 색이 20퍼센트는 선명해지는 것은 신기하다. '젊음을 증명하는 색'은 얼굴에 바른 모든 색의 채도를 올리는 위력이 있다. 더불어 젊음을 끄집어내는 인력을 지닌다. 그렇기 때문에 볼터치를 지나치게 발라서는 안 된다. 그리고 제 색이 나오지 않는 것이 안성맞춤이다. 그것을 뒤늦게나마 깨달아 준 볼터치가 고마울 뿐이다. 브러시 한 번의 손길로 다른 곳까지 아름다워 보이게 하는 아이템은 볼터치뿐이다.

연애 미용법

사랑을 하면 아름다워진다는 것은 누구나 아는 상식이지만, 사랑 나름이라는 것은 여자의 상식이다. 사랑받기보다 사랑하는 편이 훨씬 좋다고 우겨대는 여자 또는 언제나 상대가 더 자기를 좋아한다는 여자, 이들은 아무리 사랑을 한들 아름다워질 수 없는 타입이다. 다시 말해 일방적으로 좋는 사랑도 좋김을 당하는 사랑도 안 된다. 사랑으로 인해 아름다워지는 것은 여성 호르몬의 분비가 원활해지기 때문인데, 이 호르몬은 사랑하는 남자가 늘 자신에게서 눈을 떼지 않고 있다는 행복한 황홀감과 함께 솟아난다. 그러나 사랑에서 조금이라도 우위에 서게 되면 호르몬이 역류하기나 하는 것처럼 사랑의 피로감이 얼굴에 묻어난다.

어떤 백전노장 여성의 증언에 따르면 이 차이는 주로 피부색으로 알 수 있다고 한다. 기쁜 사랑은 솜씨 좋게 화이트닝 스킨케어를 한 것과 같은 투명하고 밝은 피부색으로 변화시켜 먼 곳에서 보아도 피부가 빛나지만, 쓰라린 사랑은 거무칙칙한 피부가 된다는 것이다. 더구나 상대의 마음이 오리무중인 초조한 사랑을 계속하면 호르몬 밸런스가 깨져 원인 불명의 여드름 등이 끊이지 않게 된다. 즉 사랑하는 사람과의 관계가 동등하거나 조금만 우위에 서는 것, 이것이 연애를 통해 아름다워지는 최대 비결이다.

그럼 상대에게 우위에 섰을 때 어떻게 할까? 결론부터 말하자면 이런 경우에는 각질 케어를 부지런히 해야 한다. 왜냐하면 힘겨운 사랑은 모세 혈관을 위축시켜 혈액 순환을 좋지 않게 만들고 신진대사를 둔화시키기 때문이다. 이런 때에는 먼저 묵은 때를 제거해야 한다. 각질 케어는 마음의 앙금까지 없애는 힘이 있어 마음까지 개운해진다.

향기의 변덕

향수에 의지해서는 안 된다. 향기는 스스로 만드는 것이다

"저애가 뿌린 향수 뭐야?"

같이 있던 연인이 흥미를 보인 것은 당시 무척 유행하던 향수였다. 그가 섹시하다고 느낀 향수를 그녀는 재빨리 샀다. 그런데 그는 이런 반응을 보였다.

"이거 무슨 향수야? 별론데."

향수가 아닌 여자에게서 섹시함을 느낀 거라는 생각이 들어 그녀는 화를 냈다고 하는데, 유감스럽지만 반은 맞는 이야기다. 또 이런 이야기가 있다. 같은 향수를 뿌렸는데 어느 때는 좋다고 하던 그가 다른 날에는 싫다고 했다. 이 역시 얼마든지 있을 수 있는 이야기다. 새삼 향수의 TPO에 대해 이야기하려는 것은 아니지만, 향수는 그것에 어울리는 사람과 분위기가 없으면 향기가 나지 않으며 누구의 마음도 움직이지 못한다. 유행가가 흐르는 가게에서 마시면 와인조차 그 윽한 맛을 내지 못하는 것과 같다. 향기만큼 상상력을 자극하는 것은 없으며, 향기가 만들어 내는 상상은 너무나 섬세하여 깨지기 쉽다. 그러므로 향수를 뿌리는 사람은 조심해야 한다. 향수를 뿌릴 때에는 신중해야 한다.

연인이 섹시함을 느낀 향수를 사버린 이야기로 돌아가자. 그 향수를 닥치는 대로 뿌리기를 그만두고 여느 때는 다른 향수를 뿌리다가 여행을 가서 다시 도전했다. 마지막 날 저녁, 연인에게 한 번도 보여 준 적이 없는 드레스를 입고 향수로 정성스럽게 마무리를 했다. 아니나다를까 연인은 향기가 좋다고 했다.

장소가 바뀌면 향기는 바뀌는 법이므로 조건이 갖추어지면 향수를 준비한다. 향수가 얼마나 섬세한지, 사람의 후각이 얼마나 시적인 마음을 갖고 있는지를 이해할 수 있을 것이다. 향수에 의지해서는 안 된다. 향기는 스스로 만드는 것이다.

한마디의 기적

어떤 40대 부부에 관한 이야기를 해보겠다. 결혼한 지 벌써 15년이나 되었는데 무척 정다워 언제나 결혼을 앞둔 연인들 같다. 비결을 물었더니 부인이 무언가 말하려는 것을 남편은 쑥스러운지 그만두라며 말렸다. 이런 경우 보통은 각자 다른 대답을 갖고 있어 이러니저러니 하고 서로 말을 주고받는 모습을 보이는데, 이 부부는 달랐다. 두 사람은 똑같은 대답을 갖고 있었다.

괜스레 궁금해져 남편이 잠깐 자리를 비운 사이 때를 보아 다시 물었더니 남편이 하루도 빠뜨리지 않고 해주는 말이 있다는 거였다.

"사랑한다는 말인가요?"

아니라며 한참 멈칫거리던 끝에 말을 꺼냈다.

"우리는 오스트레일리아의 한 성당에서 결혼식을 올렸거든요. 그때 신부님이 남편에게 이런 말씀을 하셨어요. '나에게 한 가지 더 약속하세요. 부인에게 하루도 빠짐없이 아름답다는 말을 하겠다고 말이에요. 다른 소중한 것은 결혼식 때 맹세하지만 이것만은 나에게 맹세하세요.' 남편은 아주 진지하게 그러마고 대답했어요. 그후 매일 그렇게 말해 주고 있죠."

15년 동안 하루도 거르지 않고 아름답다고 말한 남편과 그 말을 들어 온 아내. 어떤 거짓말도 15년 동안 계속할 수는 없다. 두 사람 사이에 긴장감과 서로를 부족함 없이 만족시키고 있다는 안도감이 기적처럼 감돌고 있는 것은 그 때문이다.

'당신은 아름다워.'

이 한마디 말로 값진 행복을 만들 수 있다. 부부란 그런 것이다. 천재 신부님이 가르쳐 준 행복의 천재 기술이다.

멋진 동작의 완성

등을 의식하며 서고 앉고 걸으면 아름다움이 등 뒤에서 따라온다

의외지만, 몸짓의 핵심은 등에 있다. 등이 구부정한 것은 동작이 보기 좋고 나쁘고 이전의 문제다. 걷는 모습도 서 있는 모습도 앉은 모습도 중요한 것은 등이다.

어떤 디자이너는 옷을 항상 등으로 입도록 하면 어떤 옷이든 잘 어울린다는 말을 했다. 등을 몇 센티미터 늘리듯이 꼿꼿하게 서서 거기에 옷을 걸치는 느낌. 이것이 비결이라는 것이다. 이 몇 센티미터 펴는 감각을 알기 시작하면 모든 몸짓이 매우 아름다워진다는 말을 덧붙였다.

등을 펴면서 약간 옆으로 구부린다. 그러면 자연스럽게 팔이 허리에 가고 한쪽 다리가 보기 좋게 적당히 구부러진다. 아름답게 서 있는 모습의 완성이다. 이번에는 앉은 다음 등을 곧게 펴고 몸을 틀어서 한쪽 팔의 팔꿈치를 의자의 등받이에 걸고 자연스럽게 다리를 꼰다. 그러면 흠잡을 데 없이 멋진 앉은 모습이 완성된다. 나아가 등을 쭉 고르게 펴고 약간 젖히는 듯한 기분으로 똑바로 걷는다. 자연스럽게 다리를 똑바로 앞으로 뻗게 되어 완벽하고 멋있는 걸음걸이가 완성된다.

늘 이런 식으로 척추에 신경을 모아 두면 몸의 선이 잡히고 무얼 특별히 하지 않는데 살이 빠지기도 한다. 오늘부터 당장 등을 의식하자. 아름다움이 등 뒤에서 졸졸 따라온다.

빗나간 관심

최근 5~6년 사이에 확실히 미용에 대한 거품이 들끓고 있다. 젊은 여성은 새로운 다이어트법과 화장품이 나오면 그때마다 열광하며 많은 돈과 시간을 투자한다. 모두 메이크업 선수가 되어 있으며 피부는 매끄럽고 군살은 보이지 않는다. 그런데 어떤 이는 미용을 좋아하는 이 현상을 신분 상승 지향이 강한 것으로 분석하며 우려를 나타냈다.

아름다워지면 부유한 집안으로 시집갈 수 있다는 생각으로 이해할 수 있으나, 문제는 좀 더 근본적인 부분에 공통하고 있는 강한 의존심에 있다. 아름다워지겠다는 꿈을 화장품에 의지하는 것은 좋다. 기대하지 않으면 효과는 나지 않는다. 그러나 '저것이라면 반드시 아름다워질 것이다. 아니, 이것이라면 나를 아름답게 만들 수 있다. 이것이야말로 나를 행복하게 만들어 줄 수 있다'라는 화장품에의 의존심이 점차 강해져 자신이 정말로 아름다운지 어떤지를 객관적으로 판단할 힘이 무뎌져서는 곤란하다.

더욱 분명하게 말하겠다. 부지런히 미용을 하지만 아름다워지지 못하고 있을 뿐더러 그것을 깨닫지 못하고 자신이 원래 지니고 있던 아름다움마저 소모해 버리는 사람이 많아지고 있다. 신분 상승에 눈이 먼 나머지 불행의 수렁에 빠지고 마는 여자처럼.

미용이 일대 붐을 일으켜 여성들은 미용에 전적으로 의지하고 있다. 그런 미용의 거품이 아이러니하게도 아름다움을 낭비하게 했다면 슬픈 일이다. 미용에 대한 관심이 이렇게까지 고조되지 않았다면, 아름다움을 기르는 수단이 이렇게까지 다양해지지 않았다면 일어나지 않았을 비극이다.

스릴을 즐기는 남자들

아무리 이러쿵저러쿵하고 정의를 내려 본들 성적 매력은 영원한 수수께끼다. 성적 매력, 즉 섹시함을 느끼는 요소는 그야말로 이루 헤아릴 수 없이 많고 가지각색이다. 그래서 성적 매력이 있는 여자들 사이에 이것이다 하고 명확하게 단언할 수 있는 공통점이 없는 것일지 모른다.

그렇다면 제안을 한 가지 하겠다. 스스로 앙케트를 해보는 것이다. 예를 들어 연인과 차를 마실 때에는 반드시 창가 자리에 앉는다. 그리고 거리를 지나가는 여자들을 보며 연인이 저 여자는 섹시하고, 이 여자는 매력이 없고 하는 식으로 일일이 체크하도록 한다. 혹은 사무실에서 점심 시간에 남자 동료에게 누가 매력이 있는지 모조리 꼽아 보라고 한다. 모든 경우에 어디가 섹시함의 근원인지를 분석하는 것을 잊지 말고 말이다. 이렇게 여러 번 되풀이하다 보면 '성적 매력이란 대체 무엇인가?' 하는 섹시함의 실체를 어렴풋하게나마 알게 된다.

어떤 천재는 연애를 할 때마다 "당신 취향의 여자가 되고 싶다"라며 사귀는 사람에게서 섹시함에 관한 정보를 얻어 낸다. 그런데 그 결과는 그녀가 예상한 것과 완전히 어긋났다. 성적 매력을 내세우는 타입의 여자에게 남성들이 섹시함을 느끼지 못하는 것은 이해할 수 있으나, 그다지 매력적이지 않아 보이는 타입의 여자들을 예로 드는 데에 놀랐다고 한다. 그 의미를 찬찬히 생각해 보았더니 섹시함에는 리얼리티나 친숙함과 더불어 다소의 까다로움이나 성실함이 필요한 것인가 보다 싶었다. 왜냐하면 남자들은 빈틈을 파고드는 스릴을 즐기기 때문이다.

다큐멘터리 미용

감동할 줄 알고 무언가를 발견할 줄 안다면 아름다운 여자다

친구 하나가 다큐멘터리 프로그램에 푹 빠져 있다. 다큐멘터리 프로그램에 출연한 여배우가 무심코 뱉은 말 때문이었다. 그 프로그램은 하다 미치코라는 여배우가 텔레비전도 없는 동유럽의 가정에 머물며 과자 만들기 수업을 하는 내용이었다. 처음에는 매우 외진 곳에 당황하지만 마침내 익숙해지고 마지막에는 안주인이 스태프에게 미치코를 데려가지 말아 달라고 울면서 애원할 정도가 되었다. 하다 미치코는 이때 어린 시절부터 어머니에게 줄곧 들어 온 말을 떠올린다.

"여자는 언제나 맑고 바르고 아름답게 살아야 한다."

보통 사람이라면 흘려들을 만한 대수롭지 않은 말이지만, 청빈한 생활 속에서 들으면 매우 의미심장하다. 친구는 '맑고 바르고 아름답게'라는 말의 한 마디 한 마디를 음미했다. 어쩐지 눈앞을 가리고 있던 부연 막이 걷히듯 순식간에 밝아졌다고 한다. 그리고 지금까지 별로 관심이 없던 그 여배우를 눈부시도록 아름다운 사람으로 생각하게 되었다는 말을 덧붙였다.

같은 프로그램을 보아도 아무것도 느끼지 못하는 사람이 많은데, 그렇게까지 느낄 수 있는 감수성이 있으니 대단하다. 이 친구는 또 다른 다큐멘터리 프로그램을 보고 이번에는 "사람에게 소중한 것은 지식보다 양식이다"라는 말에 빠졌다. 양식? 그녀가 사전을 찾아보았더니 '건전한 판단력'이라고 씌어 있더란다. 그녀는 사람이라면 건전한 판단력을 지니고 있어야 한다며 감동했다.

보통 사람은 이런 대목에서 사전을 찾지 않는다. 친구는 뜻밖에 신념으로 뭉친 화장품 마니아다. 그런데 다큐멘터리에 감동하고 무언가를 발견하고 눈물을 흘린다. 그래서 활기가 넘치고 아름답다. 생각지 못한 의외의 미용법이다.

가발의 마술

부분 가발을 처음 썼을 때, 무언가 모르지만 '아, 나에게 이런 인생이 있었구
나' 하는 생각을 했다. 단 한 번이라도 가발을 써본 적이 있는 사람이라면 그 느
낌을 이해할 것이다. 나는 머리가 긴 편이라 그다지 변화가 없는 긴 부분 가발
을 달았는데도 그랬다. 긴 머리를 싹둑 잘랐을 때와는 또 다른 충격, 그 정체가
대체 무엇인지 궁금했다.

실은 내게는 꽤 오래 전부터 꼭 해보고 싶은데 도저히 할 수가 없는 헤어스타
일이 하나 있었다. 봉긋하게 볼륨이 있고 머리 꼭대기부터 길이가 똑같은 긴 머
리가 고르게 내려오는 헤어스타일이다. 제 머리카락으로는 불가능하다는 사실
을 마침내 깨달았을 무렵, 오랫동안 주저해 온 부분 가발을 사야겠다고 결심했
다. 누구에게 타박을 들은 것이 아닌데 왠지 꺼림칙하여 지금으로서는 상상할
수 없을 정도로 큰 용기가 필요했다.

이렇게 하여 평생 동안 결코 해보지 못할 헤어스타일을 하게 되었는데, 그것
만으로 세계가 달라 보였다. 누구 한 사람 나를 유심히 보고 있지 않은데 세상
사람 모두가 쳐다보고 있는 것 같았다. 오랫동안 꿈꾼 헤어스타일이므로 만족
감은 최고조에 달해 모든 사람이 나를 아름답다고 생각하고 있는 것 같은 기분
좋은 착각에 빠졌다.

이번에는 샤넬 콜렉션에서 본 부분 가발을 사기로 했다. 한번 달기 시작하면
점점 늘어나는 것이 이 방면의 아이템이다. 다시 한 번 아름다운 착각 속에 몸
을 던지고 싶다.

"당신도 가발로 다른 인생을 꿈꾸지 않으시겠어요?"

"저렇게 예쁜데 성격까지 좋다니"

슈퍼모델에게 배울 수 있는 것은 겉모습이나 사용하는 화장품이 다가 아니다. 그녀들에게 완벽한 아름다움과 엄청난 부를 손에 넣은 여자가 어떻게 살아가는지를 배우자. 나는 문득 이런 생각을 했다.

'지금은 좋다. 모든 사람이 추어올려 주고 있으니까. 하지만 슈퍼모델이 유행을 이끄는 시대는 언젠가 끝날 것이다. 그때 그녀들은 어디로 갈까?'

모두 알고 있듯이 모델의 수명은 그리 길지 않다. 그때 그녀들은 어디로 갈까? 괜한 참견이지만, 조금은 걱정이 된다. 예를 들어 카렌 멀더는? 나오미 캠벨은? 이 두 사람을 꼽는 이유는 여러 에피소드를 통해 들기로는 두 사람은 대조적이어서, 카렌 멀더는 "저렇게 예쁜데 성격까지 좋다니" 하는 말을 듣고 나오미 캠벨은 "저렇게 예쁘면 제멋대로 구는 게 당연하지" 하는 말을 듣기 때문이다.

미인은 두 가지 중 어느 한쪽의 말을 듣는 법이다. 어느 쪽이 득일까? 카렌 멀더는 행복한 결혼 생활을 하며 여배우로 활동하고 있으며, 나오미 캠벨은 결혼과 이혼을 되풀이하고 사업을 하고 있지만 고독해 보인다. 그러나 인생이 그렇게 단순하지는 않다. 카렌 멀더는 사람이 지나치게 좋아 여배우로 대성하지 못하고 있고, 나오미 캠벨은 무대에서 눈에 띄기 위해서는 다른 사람도 밀어젖히는 강한 성격과 빠른 계산력을 갖추었으나 결혼과 사업 모두 성공을 거두지 못하고 있다.

나오미 캠벨 계열의 사람은 중상모략의 회오리 속에서 뻔뻔해지고 심지어 미움을 산다. 반대로 카렌 멀더 계열의 사람은 비록 득은 보지 못할망정 누구에게나 호감을 사고 존경받으며 풍요로운 애정에 둘러싸인다. 그리고 그것이 최고라고 여기는 성품이므로 결과적으로 행복한 삶이었다고 생각할 게 분명하다.

눈의 표정

얼굴뿐 아니라 눈에도 표정이 있다. '눈은 마음의 창'이라는 말의 의미는 여기에 있다.

일반 여성이 실천할 수 있는 눈의 표정은 소위 V시선이다. 상대를 우선 3초 정도 물끄러미 바라본다. 이 이상 바라보면 좀 이상한 사람이 되고 불쾌해 하니 다음 1초 동안은 상대의 가슴께로 시선을 떨어뜨린다. 그곳에서 멈추어 버리면 이번에는 상대를 긴장시키게 되므로 다음 1초 동안 시선을 V자 모양으로 다시 들어올렸다가 상대에게서 눈을 뗀다. 마주 볼 때에는 이 V시선을 천천히 반복하는 것이 우아해 보인다. 하지만 이것은 어디까지나 시선의 예의이며, 여자는 한층 더 시선의 힘을 이용해야 한다.

3초 이상의 응시가 금기시되는 것은 눈의 표정에 변화가 없기 때문이다. 오히려 상대를 계속 쳐다보는 대신 눈의 표정을 3초마다 바꾸어 가는 방법을 권하고 싶다. 미소를 띄우고 눈의 힘을 빼기를 반복하는 것이 기본이며 시선은 떼지 않고 몸의 방향을 조금씩 바꾼다.

이것은 어떤 천재에게 들은 시선을 이용한 연애의 기술이다. 다만 그 사랑이 진심인 경우가 아니면 눈이 피곤해진다는 점을 미리 명심해 두기 바란다.

미용은 떳떳한 일

"아름다워지는 게 왠지 모르게 떳떳하지 못한 구석이 있죠?"

나는 순간 이 말의 의미를 몰라 예를 들면 어떤 게 그러냐고 되물었다.

"이를테면 여자끼리 여행 갔을 때 갖가지 화장품을 갖고 가 열심히 손질하는 게 어쩐지 꺼림칙해요. 집에서 쉬는 날 제대로 화장을 하고 있는 것도 그렇고요."

이번에는 무슨 뜻인지 잘 이해할 수 있었다. 확실히 그런 구석이 있기는 하다. 하지만 나는 미용의 세계에 흠뻑 젖어 있어 그런 감정이 싹트고 있음을 그만 잊어버리고 있었다. 아무튼 "대단해. 아침부터 이렇게 화장을 하다니" 같은 말을 자주 듣고 있는데, 이 말로 미용의 떳떳하지 못함을 이해할 수 있다.

이 대단하다는 말은 '아름다워지려고 노력하지 않는 여자'가 '아름다워지려고 노력하는 여자'를 비꼬려고 할 때 하는 말이다. 그래서인지 이 말을 듣는 쪽은 괜스레 기가 죽게 마련이다. 왜 그럴까? 대단하다고 말하는 쪽이나 떳떳치 못한 일로 생각하는 쪽 모두 결국은 스스로 아름다워지는 길을 닫아 버리는 것이다.

여자를 아름답게 만드는 것은 누구일까? 주변의 남자나 부모이기도 하지만, 궁극적으로는 주변의 여성이라고 생각한다. 즉 여자는 여자끼리 서로를 자극하고 격려하여 아름다워져야 한다. 아름다워질 수 있는 환경은 여자들 스스로 만들어 내야 한다. 그러므로 아름다워지고 싶다면 미용하는 사람을 까닭 없이 물고 늘어지지 말아야 한다. 오히려 자신을 아름답게 꾸미고 있는 사람을 만나면 예쁘다고 칭찬해야 한다. 그것이 아름다움이 되어 자신에게 돌아오게 마련이다.

먼저 당신부터 미용은 조금도 떳떳하지 못한 일이 아니라는 환경을 만들기 시작하자.

예기치 못한 효과

미모의 피부과 의사가 개발한 화장품으로 화제를 불러일으킨 필내추런트에 아주 희한한 사용법이 있다. 기미가 있는 사람은 파우더 타입의 세안제에 스킨 오일을 섞어 사용하라는 것이다. 이것을 개발한 의사는 이런 말을 했다.

"사실 이 방법은 피부가 무척 건조하던 한 고객이 세안할 때 오일을 섞어 보았더니 효과가 뛰어났다는 말을 해서 거기에서 힌트를 얻은 것입니다. 즉시 여러 가지로 임상 시험을 해보았더니 기미에 대단히 효과적이라는 사실을 알게 되었죠. 정말 우연이었습니다."

화장품은 결국 사용해 보는 임상이 전부라고 주장하는 이 의사는 사람에 따라, 증상에 따라 화장품 사용법을 약간씩 바꾸어 효과를 발휘하게 하는 시스템에 매달리고 있다. 이 신기한 기미 제거 방법 역시 거기에서 태어난 부산물이다.

섞어 보았더니 미처 예기치 못한 효과가 있는 것이 이 세상에는 아직 얼마든지 숨어 있다. 손대중으로 넣은 조미료나 생각지 못한 재료가 서로 어울려 음식이 맛있어지기도 맛없어지기도 하듯이 화장품도 그렇다. 그리고 이것은 스킨케어 또한 각양각색의 아이디어와 궁리와 탐구심으로 얼마든지 효과를 최대화할 수 있음을 증명해 준다.

피부과 의사가 이토록 유연하게 대처하여 화장품에서 효과를 이끌어 내다니 의외다. 의사든 아마추어든 천재는 모름지기 사고가 유연한 사람들이다.

하얀 다리의 여자

섹시한 맨다리를 물리치는 청초한 맨다리가 주는 충격

스타킹을 신지 않은 다리는 매우 오래 전부터 하나의 사회적 신분의 상징이었다. 맨다리가 부잣집 여자의 표시였던 시절이 있으며, 아름답게 그을리고 근육이 있어 탄력 있어 보이는 맨다리의 여자는 스쳐 지나가는 모든 사람이 다시 돌아볼 만큼 존재감을 가졌다. 이를 몹시 동경하여 피부를 태우고 맨다리를 뽐낸 적이 있으나 근육이 좀처럼 생기지 않아 작년부터는 아예 선탠을 그만두었다.

그래서 걱정이 되는 것이 바로 하얀 다리의 처치다. 나는 원래 여름에 스타킹을 신는 것은 아주 싫어한다. 그렇다고 선탠을 하지 않은 다리를 그대로 드러내는 것은 좀 그렇다. 멍하니 이 생각 저 생각 하고 있을 때, 몇 년 전에 보았던 광경 하나가 선명하게 떠올랐다. 하얀 맨다리의 여자였다. 말로 하면 좀 이상하지만, 그녀는 빛나는 듯한 새하얀 다리에 스타킹을 신지 않고 힐 샌들을 신고 있었다. 생기 없이 새하얀 데다가 촉촉한 피부는 다리의 피부라고는 도저히 생각되지 않을 만큼 아름다웠다.

이 사람이 내 눈길을 빼앗은 진짜 이유는 하얀 맨다리가 아니라 온몸에 감도는 청결한 느낌이었다. 하얀 피부, 하얀 셔츠, 연한 블루의 무릎 길이 타이트스커트. 그뿐이었다. 정말 투명해 보이는 사람이라고 생각했더니 다리가 맨살이었다. 청결한 느낌은 문화적 충격으로 덮쳐 왔다. 청결감과 하얀 맨다리는 어떤 유행보다 강렬한 충격을 갖고 있었다. 섹시하고 매력적인 맨다리보다 깨끗하다 못해 청초한 느낌의 맨다리. 그 청초한 맨다리는 단순히 손질을 하고 가꾸는 것으로는 만들 수 없는, 생활 자체의 깨끗함을 여봐란 듯이 보여 주고 있었다. 어려운 일이라는 건 잘 알고 있지만, 언젠가는 하얀 맨다리의 여자가 되고 싶다.

마스카라는 소중하다!

속눈썹은 과장된 표현이 허락되는 유일한 부분이다

서양인이 메이크업 가운데 마스카라를 중요하게 여기는 것은 속눈썹의 색이 옅기 때문이다. 하지만 우리도 마스카라를 중요하게 여겨야 한다. 나는 좀 이른 나이에 화장을 시작하여 메이크업에서 마스카라가 목숨처럼 소중하다는 사실을 깨달은 것은 화장하지 않은 맨 얼굴인 척하며 맨 얼굴보다 훨씬 귀여워 보일 수 있는 유일한 비결을 마스카라에서 발견했기 때문이다. 우쭐해진 나는 속눈썹의 숱이 많지 않은 친구에게도, 쌍꺼풀이 없는 친구에게도 마스카라를 하라고 성화를 부렸다. 그런데 예상대로 어떤 눈이나 시원하고 크고 믿기지 않을 정도로 예뻐 보여 나는 한때 친구들 사이에서 영웅이 되었다.'

당시 연예인은 모두 속눈썹을 붙이고 있었다. 눈이 작거나 입체감이 없는 얼굴일수록 속눈썹을 붙이는 것이 더욱 큰 효과를 발휘한다. 얼굴 중에서 속눈썹은 아무리 과장되게 표현해도 허락되는 유일한 부분인 것 같다. 골격이나 얼굴의 생김새에 거스르는 것이 아니라 그저 앞으로 앞으로 뻗는 것만으로 모든 눈이 시원해 보이고, 모든 얼굴이 인형처럼 보이는 신비한 체모인 속눈썹은 적극적인 콤플렉스 메이크업이라고 할 수 있다.

그렇지만 '거짓말 마. 마스카라는 원래 짧은 속눈썹에는 효과가 없어'라는 반론이 있을 법하다. 그런 사람은 내 이야기를 좀 더 들어 주기 바란다. 요는 어정쩡하게 바르는 방법이 문제다.

앞에서 이야기한 내 친구들은 모두 대여섯 번 발라 보고는 "나는 안 돼"라며 포기하려고 했다. 하지만 두세 번 더 덧바른 결과 쌍꺼풀이 없는 친구까지 100년 동안의 기나긴 잠에서 깨어난 공주의 얼굴이 되었다.

천재의 눈썹 그리기

눈썹을 예로 들자. 나는 평소에 눈썹 그리기만큼 어려운 것은 없다고 이야기해 왔다. 그런데 미용의 천재에게 물으면 눈썹 그리기가 그렇게 어려우면 대부분의 여성이 상당히 고민하고 있을 거라는 믿기 어려운 대답을 했다.

왜일까? 천재들에게 있어서 눈썹만큼 편리한 것은 없기 때문이다. 얼굴 생김새는 눈썹으로 결정된다. 눈썹 하나로 긴장한 얼굴이 되기도 하고 미녀의 얼굴이 되기도 하며 반대로 뚱해 보이거나 촌스러워진다. 천재는 고작 눈썹 하나가 위력을 갖고 있다는 사실을 누가 가르쳐 주지 않아도 알고 있다. 더욱이 눈썹이 이목구비 가운데에서 자유자재로 만들어 낼 수 있는 유일한 것이므로 이 이상 편리한 것은 없다. 편리하다고 생각하면 문제는 간단하다. 모양이 어떻든 약간 올라가기만 하면 모든 사람이 미인이 된다는 정도는 벌써 알고 있을 것이다.

천재는 테크닉에서도 주저하지 않는다. 경험상 진하게 치덕치덕 그려 넣은 눈썹은 얼굴 전체를 엉망으로 만든다는 사실을 알고 있기 때문에 조심스럽게 그리고 나서 꼼꼼히 메운다. 거울을 너무 가까이 하면 얼굴 전체에서의 균형을 볼 수 없게 되므로 거울을 멀리한다. 대충 이런 식이다.

그러나 이 같은 천재라도 '나머지는 도구의 힘'이라고 입을 모은다. 도구에 의존해야 하는 포인트와 그리는 방법에 좌우되는 포인트를 정확하게 구분하고 있기 때문에 천재는 때로는 과감하게 도구에 의지한다. 예를 들어 손에 쥐기 편한 펜슬이나 브러시를 선택한다. 그러면 적당하게 힘을 조절하여 진하지도 연하지도 않은 눈썹을 그릴 수 있다. 눈썹 그리기에 고민하지 않기 때문에 남는 시간에 다른 무언가를 하는 것, 그것이 천재의 눈썹 그리기다.

청결이란?

손님 가운데 미녀가 많기로 유명한 찻집이 있다. 오늘도 평소와 같이 아름다운 두 여자가 창가에서 오후의 햇살을 스포트라이트처럼 받으며 여유 있게 이야기를 나누고 있다. 언제나 보는 광경이지만, 이날만은 흠뻑 취했다.

'청결. 그래, 맞아. 청결이야.'

이때 마음속에서 이렇게 외쳤을지 모른다. 모두 아름답고 화려하여 그저 예쁘기만 해서는 사람들을 놀라게 할 수 없다. 화려함으로 치장하여 눈에 띄려고 할수록 오히려 파묻히고 마는 지금, 모든 사람을 매료할 수 있는 방법은 무엇일까?

알 것 같다가도 모를 이 대답을 끊임없이 찾고 있었다.

안쪽에 앉은 사람은 세련된 하얀 피부가 더욱 투명하게 보이는 옅은 펄 메이크업을 하고 새하얀 셔츠의 깃을 세우고 있었는데, 특징이라고 할 만한 것은 그뿐이었다. 옆얼굴이 보이던 사람은 진짜일까 싶어 뚫어지게 보았을 정도로 긴 속눈썹이 천천히 움직이고 근사하게 컬이 살짝 들어간 머리가 어깨에 얹혀져 있다. 그것뿐인데 액자에 넣고 싶은 충동에 휩싸일 만큼 두 사람의 상반신은 매력적이었다. 그것은 청결이라는 말 외에 어떤 말로도 표현할 수 없는 것이었다.

나는 까닭 없이 상쾌하고 행복한 기분이 되었다. 여자가 여자에게 반한다는 게 바로 이런 것일까? 그리고 또 하나 청결감이란 사람을 기분 좋게 만드는 것이라는 사실을 새삼 깨달았다. 생각해 보면 방이 깨끗하기만 해도 사람은 행복해 하며 침대가 청결한 것에 천국을 느낀다. 사람의 겉모습에서 뿜어 나오는 청결감이란 그런 것이다. 주위 사람을 행복하게 만들기 때문에 최고의 아름다움이다. 그때 나는 청결 캠페인을 시작해야겠다고 결심했다.

누구도 흉내내지 못하는 것

마음의 청결이 겉모습의 청결을 낳는다

몇 년 전 아오야마에서 우메미야 안나*(10~30대 여성의 패션을 리드하는 연예인. 자신의 이름을 딴 브랜드를 갖고 있다)가 되려고 애쓰는 게 틀림없는 여자 아이를 보았다. 하지만 생김새는 흉내내고 있으나 절대 우메미야 안나가 될 수 없어 보였다. 시부야에서는 아무라*(아무로 나미에를 흉내내는 10대 소녀) 군단 같은 여자 아이들을 본 적이 있다. 그 소녀들은 아무로 나미에*(아이돌 스타 출신 가수. 얼굴은 가무잡잡하고 입술은 크고 섹시해 보이는 메이크업을 유행시켰다)와 놀랄 만큼 비슷했지만, 어딘가가 전혀 달랐다. 우메미야 안나와 아무로 나미에를 다시 한 번 꼼꼼하게 보고 의외의 사실을 발견할 수 있었다.

이 두 사람은 매우 청결했다. 짙은 색 립스틱을 칠하든 갈색 머리를 하든 청결을 유지하고 있다. 그것을 알아채지 못하고 두 사람을 따라 하면 청결감을 잃어버릴 것이다. 불결한 요소만 흉내내는 것이 손쉽기 때문이다. 이 두 사람뿐 아니라 누군가를 따라 할 때 조심해야 하는 최대 포인트다. 아무튼 아슬아슬하게 청결함과 불결함의 경계선을 걸으며 청결한 데에는 두 사람에게 머리가 수그러진다. 선탠한 피부일수록 립스틱에 정성을 들인다. 헤어스타일은 멋지다. 어느 하나 흐트러지면 나락이다. 그런 의미에서는 두 사람 모두 천재다.

또 하나의 공통점은 유난스러운 스캔들 없이 한 남자를 한결같이 사랑하고 있는 것이다. 겉으로 드러나는 화려함과는 대조적이기도 한 사랑에 있어서의 청결함. 그러니 결론은 마음이다. 마음의 청결이 겉모습의 청결을 낳는다.

청결 메이크업 입문

하얀 피부를 만들고 투명 메이크업을 하는 것은 좋지만 어중간해서는 안 된다

청결감을 자아내기는 아주 간단할 듯하지만 아주 어렵다. 난이도 10의 어려움이다. 그렇다고 단순히 수수함으로 사람들을 깜짝 놀라게 한다는 것은 꿈같은 이야기다. 여기에서 말하는 청결이란 청결 자체가 빛을 발하는 것이다. 그것을 착각하지 말기 바란다.

예를 들어 속이 환히 들여다보일 것 같은 투명하고 하얀 피부를 만들기는 비교적 쉽지만, 그것으로는 눈길을 끌지 못한다. 하얀 피부를 강조하는 메이크업은 필수다. 더욱이 유행에 뒤져서는 안 된다. 이를테면 펄 메이크업을 하지 않고 투명함을 강조하는 것도 좋고 깔끔하게 리퀴드 아이라이너로 아이라인을 그리는 것도 좋다. 다만 어중간해서는 곤란하다.

그렇다고 자신에게는 천성적으로 청결함이 부족하다고 포기해서는 안 된다. 천성적으로 청결한 얼굴은 있어도 천성적으로 불결한 용모는 없다. 그러므로 열심히 스킨케어를 하자. 그리고 눈썹과 라인을 깔끔하게 그리고 블루 계통의 연한 색 아이섀도를 바르고 립스틱 또한 연한 색으로 한다. 이것이 청결 메이크업의 입문편이다.

아름다운 노화

최고의 노화 방지는 깨끗한 옷, 깨끗한 화장, 깨끗한 헤어스타일이다

'젊기만 해도 청결하다'는 만고불변의 진실이 무너지고 있으나, 사람은 세상에 나온 순간이 가장 청결하며 나이를 먹음과 더불어 청결함을 잃어버려 가는 동물이다.

최근에 나이를 먹는다는 것은 몸의 여기저기에서 청결을 잃어버려 가는 일이라는 생각을 했다. 피부가 거칠어지고 주름이 생기고 피부와 얼굴 윤곽이 흐트러진다. 머리카락에서 윤기가 사라지고 몸은 느스러지며 목소리가 탄력을 잃는 것만으로도 죽고 싶을 지경이지만, 이것들 모두는 불결의 상징이다.

그런데 무언가 희망이 보여 왔다. '아름답게 나이를 먹는다는 게 가능할까?' 하고 늘 못 미더웠지만, 그 구체적인 수단이 보인 것이다. 청결하게 보이면 된다. 나이를 먹으면 먹을수록 스스로 청결함을 만들어 내면 된다.

이를테면 깨끗한 옷을 입는다. 사이즈가 잘 맞는 옷을 깔끔하게 입는 것만으로 충분히 청결하다. 다음에는 청결한 화장에 마음을 쓴다. 그렇다고 화장에 특별히 관심을 기울이라는 이야기가 아니다. 화장이 지워지지 않도록, 그리고 진해지지 않도록 조심하는 것으로 충분하다. 하지만 파운데이션은 최고급을 사용해야 하다. 그리고 가장 중요한 것은 헤어스타일이다. 늘 말끔하게 손질한 헤어스타일로 충분히 청결을 지킬 수 있다. 이렇게 생각하고 나니 아름답게 나이를 먹는 일은 전혀 어렵지 않을 것 같다.

아름다운 남자 천재

요즘 남자들은 깨끗한 것을 좋아해서 청결에 관해서는 여자가 뒤진다. 하지만 한번 생각해 보자.

얼마 전까지 여자가 청결에 대해 까다로웠다. 이상형은 깔끔한 남자라고 서슴지 않고 입을 모았다. 아저씨 세대를 제외하고는 지저분한 남자가 줄어든 것은 오랜 세월에 걸쳐 줄기차게 여자들이 이렇게 주장해 온 탓일지 모른다. 청결해 보이는 어떤 대리점 남자에게 요즘 남자들은 어쩜 그렇게 깨끗하냐고 물었다. 명문 대학을 졸업한 사람답게 그는 이 같은 훌륭한 분석을 내놓았다.

"상대를 기분 좋게 만들기 위해서입니다. 고객이든 여자든 조금이라도 불쾌하게 만들면 앞날은 없는 셈이죠."

그렇다. 청결은 사람을 기분 좋게 만들기 때문에 대단하다. 화려함, 거드름 같은 것은 대부분 독선의 상징이지만, 청결은 세상과 사람을 위한 것이다. 결과적으로는 자신을 위한 것이지만……

역시 남자는 사회성이 뛰어나구나 싶어 남자를 다시 보았다. 사회성이 있기 때문에, 멋을 부리거나 아름다워지기 위해서가 아닌 인간관계를 원활하게 하기 위해 젊은 남성들이 청결해지기 시작한 것이다. 명문 대학 출신 남자는 여자에게 인기가 있을 뿐 아니라 남자 고객에게도 '두뇌가 예리하고 유쾌한 사람'이라는 평을 듣고 있다. 남자의 경우 '재능+청결'이 전천후 매력으로 이어진다는 사실을 그는 본능적으로 알고 있는 것이다. 이래저래 머리가 총명한 사람은 도무지 당해 낼 재주가 없다. 멍청하게 굴다가는 남자가 아름다운 시대가 오지 말라는 법도 없다. 지금 아름다운 남자 천재가 많아지고 있는 것은 확실하다.

결국은 외모

외모가 승리를 거두는 쪽으로 점점 기울어 가고 있다

어느 날 텔리비전을 켰더니 여자 출연자들이 잔뜩 나와 떠들어대는 프로그램이 방영되고 있었다. 고만고만한 프로그램들이 많아 그저 그런 것인가 보다 싶었는데, 조금 보고 있노라니 집 안의 거실을 그대로 옮겨 놓은 듯한 대단히 현대적인 프로그램이었다.

프로그램이 끝나 갈 때 이 프로그램의 제목을 알았다.

「외모가 승부?」

'그렇지. 결국은 외모지.'

나는 오랫동안 차마 입에 올리지 못하고 있던 말을 단숨에 토해 냈을 때처럼 시원하고 개운한 기분이 되었다.

이 프로그램이 어떤 의도로 만들어졌는지는 알 수 없다. 외모와 실제 성격이 크게 다른 경우가 많으며, 외모가 전부가 아닌 경우 또한 많다. 이 무렵 나는 "아무리 외모가 뛰어나도 말이야"라거나 "결국은 내면이야"라고 말하고 있는 자신에게 마음속으로 '정말이니?' 하는 반문을 하게 되었다. 실은 '외모가 승리를 거두는 것은 아닐까?' 하는 쪽으로 나날이 비중이 커져 가고 있다.

"예쁘고 봐야 해"

외모는 내면이 그대로 드러나는 것이어서 결코 속일 수 없다

외모 중시의 시대가 와버렸다. '외모만 완벽하면 그만이지' 하고 생각하는 사람이 있을지 모르지만, 이것은 나의 논지와 반대다. "뭐니 뭐니 해도 예쁘고 (잘생기고) 봐야 해"라는 이야기를 자주 듣지만, 거기에는 '내면이 사랑스럽지 않으면 여자는 예뻐 보이지 않아. 외모는 속일 수 없는 거지'라는 속뜻이 있다. 이 말은 틀리지 않다. 한번은 '왜 외모가 중요한 시대가 되었을까?' 하는 것이 화제에 올랐는데, 가지각색의 주장이 난무했다.

"물건이 풍부해져서 누더기를 입고 있어도 마음만은 비단인 사람이 없어진 것은 아닐까?" "옛날부터 그 사람의 내면은 외모에 고스란히 드러나 보인다고 했는데, 사람들이 영리해져 외모가 진짜인지, 가짜인지를 구분하게 된 것은 아닐까?" "미국 같은 나라는 꽤 오래 전부터 외모가 우선하던 사회야. 우리도 이윽고 어른스러운 사회가 된 거지" 등 제각각 의견을 내놓았으나, 아무튼 외모 중시의 시대는 사회와 문화의 성숙과 무관하지는 않은 것 같다.

속임수가 통하지 않는 외모 중시 시대를 우리는 어떻게 살아가야 할까? 그 방법은 아주 간단하다. 옷을 입을 때나 화장을 할 때 마지막에 거울 앞에 서서 자신을 보는 다른 사람의 기분이 좋아질까, 멋있다고 생각할까 하고 자문해 보는 것이다. 그뿐이냐고 묻겠지만, 이것을 소홀히 하는 사람이 많으니 다짐해 두기 위해 하는 말이다. 자신의 눈이 아닌 다른 사람의 눈으로 바라보는 것이 외모니까.

그리고 또 하나 외모는 결코 속일 수 없으며, 내면이 그대로 드러나는 것임을 분명하게 알아 두어야 한다. 마음속에 이 점을 각인해 두면 자연스럽게 외모가 다듬어진다. 내면과 외모가 함께 성장하고 있는 증거다.

외모의 힘

지금은 외모를 보고 내면을 이야기하고 외모에 힘이 실리는 시대다

그녀가 누구의 딸인지는 물론 앞으로 주목을 받게 될지도 전혀 몰랐던 때, 나는 마쓰 다카코*(「4월 이야기」의 여자 주인공. 대대로 가부키 배우를 배출한 집안 출신으로, 현재 마쓰 다카코의 아버지는 유명한 가부키 배우이고 오빠 역시 가부키 배우이자 영화배우다)를 처음 보았을 때 굉장한 신인이 등장했다며 놀랐다.

사람들에게 "있잖아" 하고 말을 꺼내면 번번이 "마쓰 다카코 얘기하려는 거지?" 하는 대꾸가 돌아왔다. 그 정도로 순식간에 만인의 주목을 한 몸에 받는 경우가 얼마나 될까? 더욱이 연기하는 모습은 제대로 보지 않은 채 외모만 보고 말이다. 하지만 그녀의 경우에는 천성적으로 뛰어난 외모를 가졌기 때문에 우수한 자질까지 세인의 입에 오르내릴 수 있었다. 나는 조금 섬뜩했다.

기무라 다쿠야는 외모를 한껏 이용해 지금의 지위를 쌓았으나, 그가 뛰어난 점은 외모의 위력을 자각하고 있다는 사실과 내면이 외모에 미치지 못하는 일이 없도록 엄청난 노력을 기울이고 있다는 사실이다. 그렇지 않으면 너무 멋있어 화가 날 것 같은 연기를 완벽하게 해낼 수 없을 터이며, 가진 게 외모뿐이라면 그 대단한 외모마저 싫증이 나 사회적 현상으로까지 일컬어지는 지금과 같은 인기를 유지할 수 없을 터이다. 외모를 보고 내면을 이야기하게 만드는 외모 중시 시대의 부산물과 같은 존재다. 바야흐로 이제는 남자도 외모가 중요한 시대일까?

어찌되었든 그 어느 때보다 외모에 힘이 실리고 있는 게 확실하다. 정말 그런 시대가 온 것이다.

화장품도 외모?

화장품도 외모가 중요하다고 말하고 싶지만, 겉보기에만 그럴듯한 것이 있게 마련이다. 하지만 '겉모양은 곧 효과'라고 늘 주장하는 책임상 그 구별법을 나름대로 펼쳐 보겠다.

'이 연출, 이 모양, 어딘가에서 본 적이 있는데' 하는 생각이 들거나 '이거 얼마 전에 유행했던 스타일 아냐?' 하고 느낄 때는 위험한 경우다. 전에 비슷한 것을 본 것 같다면 당연히 무언가를 참고로 하여 만들어진 것이며, 일률적으로 말하기는 어렵지만 효과가 썩 좋지는 않다. 그럼 왜 위험하다는 것일까? 사용하는 사람의 마음 때문이다. 다른 화장품을 모방한 것이라고 생각하는 순간, 화려함이나 겉모양의 힘은 반감한다. 처음 보았을 때의 충격이 없기 때문에 최첨단의 냄새를 느낄 수 없다. 그러므로 화장품이 효과를 발휘하는 데에 매우 중요한 역할을 하는 기대감이 작용하지 않게 되어 그다지 효과가 없다.

겉모양은 곧 효과인 화장품은 처음 본 순간 가슴이 두근거려야 한다. 두근거리게 만들지 못하는 화려함이라면 그것은 겉만 그럴싸한 것이다.

앞으로는 화장품이 좀 더 겉모양으로 시선을 끌며 다가올 것이다. 그것이 효과 있는 외모냐 효과를 발휘하지 못하는 외모냐를 정확하게 구분하기 위해서라도 화장품을 모양으로, 그림으로 있는 그대로 보자. 머리로, 피부로 효과를 확인하기 전에 감성으로 효과를 구분하는 시대가 왔다. 화장품을 잘 만드느냐 못만드느냐 하는 문제 역시 만드는 쪽에 감성이 있느냐 없느냐에 달려 있다고 한다. 따라서 그것을 구분하는 사용자에게 감성이 요구된다. 만드는 쪽과 사용하는 쪽의 감성이 만나 불꽃이 튈 때 생각지 못한 효과가 발휘되는 법이다.

색깔의 거짓말 1

자기에게 어울리는 색보다 자신을 빛나게 하는 색을 선택한다

"손님에게는 이 색이 잘 어울리시는데요" 하는 말을 듣고 선택한 색깔이 어울리지 않고, "너는 가을색이 잘 어울려"라는 말을 듣고 가을색으로 화장을 했더니 추녀가 되고 말았다. 이런 경험 때문에 어울리는 색이라거나 익숙한 색을 의심하기 시작했다.

예를 들어 어떤 천재는 파운데이션을 살 때 매장의 직원과 싸우면서까지 권하는 것이 아닌 색을 선택한다. 그녀가 고르는 색에 매장의 직원은 "손님에게는 그 색은 너무 밝은데요" "맞기는 하지만, 손님 피부색에는 이쪽이 더 나은데요" 하는 식으로 대꾸한다. 그녀는 여느 때는 피부색보다 한두 단계 밝은 색을, 여름철에는 반대로 한두 단계 어두운 색을 산다.

"어중간한 색은 예뻐 보이는 데 도움이 되지 않아. 눈두덩에 바르는 것은 익숙한 색을 사고, 눈가에 바르는 하이라이트는 액센트니까 가능한 한 어울리지 않는 색을 사. 그렇지 않으면 굳이 따로따로 살 필요가 없잖아."

납득이 간다. 그녀의 화장은 의외로 자연스럽다. 그러면서 효과가 나야 할 곳은 제대로 효과가 나 화장이 얼굴에서 빛을 발하고 있다. 어울리는 색이나 익숙한 색은 그저 피부 속에 빨려 들어 아무런 효과를 낳지 못한다. 나의 가을색 팔레트 또한 마찬가지다. 얼굴은 멍청해지고 표정에는 산뜻함이 없다. 존재를 드러내지 못하는 것이다. 여기에 뜨는 색, 어울리지 않는 색이 살짝 곁들여지면 익숙한 색까지 같이 생기를 띠게 된다.

자기에게 어울리는 색깔이 아닌 자기가 빛날 수 있는 색깔 선택을 선택하자. 그리고 색깔의 거짓말을 폭로하자.

색깔의 거짓말 2

그럼 빛날 수 있는 색이란 대체 무엇일까? 일반적으로는 피부색이 돋보이는 색을 가리키지만, 나는 여기에 다른 의견을 제시하고 싶다.

세상에는 누구나 미인으로 보이게 한다는 미인색 립스틱이 몇 개 있다. 이것들은 보통 사람의 피부색에 가장 돋보이는 색이라고 한다. 그런데 정말 그럴까? 미인색은 피부색보다 얼굴 생김새에 잘 어울려 돋보이는 것은 아닐까?

빨간색이나 어두운 색 립스틱을 거의 바르지 않기로 소문난 가수가 있다. 그녀의 얼굴은 코가 길고 입술이 도톰한 편이다. '입술이 여기에 있지' 하고 강조하는 듯한 색을 바르면 코와 입술의 특징이 강조되어 얼굴의 균형이 무너져 버린다. 그리고 한 탤런트는 빨간 립스틱을 바르면 누군지 모를 정도로 딴사람이 되는데 마찬가지 이유에서다. 반대로 코가 짧고 코와 입술 사이의 인중이 긴 사람이 옅은 색 립스틱을 바르면 코 아래가 괜스레 길어 보여 괴롭다. 미인이라도 어딘가 언밸런스한 구석이 있다면 얼굴 생김새를 돋보이게 하는 색은 자제해야 한다. 즉 색깔은 얼굴 생김새의 균형을 크게 바꾸어 놓는다. 그렇기 때문에 미인색이란, 얼굴에서 입술을 있어야 할 곳에 균형 있게 배치하는 힘을 지닌 색이라는 말이 된다.

그럼 자신의 얼굴이 돋보이는 색을 구별해 내는 방법은? 일일이 발라 보는 수밖에 다른 도리가 없다. 얼굴에 칠해진 순간 찌르르 하고 전율이 전해지며 화장이 화장이 아니라 얼굴이 된 듯한 느낌이 들고, 얼굴이 순간 탄력 있어 보이며 이목구비가 정돈되어 보이는 색이 반드시 있다. 그 색깔을 만날 때까지 열심히 이것저것 시도해 보자.

색깔의 거짓말 3

데이트할 때 처음은 핑크색, 그 다음은 빨간색 립스틱을 바르고
그 다음은 아무것도 바르지 않는다

연애를 시작하고서야 비로소 립스틱의 소중함을 절실하게 느꼈다는 여자의 이야기를 해보자.

연인이 되어가고 있는 남자와 데이트를 하고 있던 그녀는 관계가 진전될 기미가 보이지 않자 지치고 안절부절못하게 되었다. 그리고 통화를 하는 횟수마저 서서히 줄어 가고 있던 무렵, 이제 마지막인가 싶은 약속 날이었다. 그가 마침내 "오늘은 정말 예쁜데"라는 말을 하며 둘 사이가 갑자기 대약진을 이루었다. 그녀는 직감적으로 느껴지는 게 있었다. 입술이었다. 섹시하게 보이려고 안달하던 때는 퍽 의도적으로 빨간 립스틱을 선택했다. 그런데 이것이 마지막이라는 자포자기 심정이 되어 그날은 거의 립스틱을 바르지 않았던 것이다.

여자는 빨간 립스틱으로 남자의 마음을 잡아 보려고 하기 십상이지만, 남자는 빨간색에는 아무것도 느끼지 않는다. 절세 미녀가 빨간색을 바르면 가까이 하기 어렵게 느끼며, 손에 쉽게 잡힐 듯한 여자가 빨간 입술로 크게 웃으면 마음이 식는다고 한다. 무서운 착각이다. 여자의 입술은 확실히 섹스 어필 덩어리다. 그런데 거기에 섹시함을 강요하듯 빨간색을 바르면 남자는 당연히 꽁무니를 뺀다.

하나 제안하겠다. 첫 데이트는 우선 핑크색으로 가볍게 치고 나간다. 두 번째 데이트에는 의외성과 쉽게 가까워질 수 없는 여자임을 보여 주기 위해 빨간색으로 공략하고, 세 번째 데이트에는 립스틱을 아예 바르지 않는다. 이렇게 하면 둘 사이는 순조롭게 진전된다는 계산이다.

색깔의 거짓말 4

여기에서 미리 머릿속에 잘 새겨 두어야 할 것은 메이크업에서의 색깔이란 거짓말을 하기 위해 존재한다는 사실이다. 색깔 하나하나 모두 얼마간의 음모가 숨겨져 있으며 보는 쪽은 그것에 감쪽같이 속아 넘어간다. 다시 말해 눈이 착각을 하는 것이다.

어떤 천재는 검은 테의 좀 큰 듯한 안경을 쓰는 날에는 검붉은색 립스틱을 바르고, 또 아이보리색 테의 안경을 쓰는 날에는 연한 핑크색 립스틱을 바른다.

'나도 그렇게 하고 있는데, 뭐. 색을 코디네이트하는 거지.'

이렇게 생각하는 사람은 처음부터 다시 시작하자. 코디네이트가 아니라 안경과 무게 균형을 잡는 것이다. 색깔에는 무게가 있다. 같은 모양, 같은 크기로 그려진 두 개의 상자 그림이 있다고 하자. 한쪽은 진한 색, 나머지 한쪽은 연한 색이 칠해져 있다면 진한 색 상자가 훨씬 무거워 보인다. 이게 바로 색깔의 거짓말이다.

앞의 이야기로 다시 돌아가면 검은색 안경이 무거워 보여 중심이 위로 올라가지 않도록 묵직한 색의 립스틱을 발라 중심을 아래로 끌어당긴 것이다. 무게뿐 아니다. 앞으로 나와 퍼져 보이는 색, 속으로 기어들어 가 움츠러들어 보이는 색, 말라 보이는 색, 뚱뚱해 보이는 색, 너그러워 보이는 색, 엄해 보이는 색, 전부 거짓말이다.

그러니 당신도 실컷 거짓말을 하라. 화장이란 원래 솜씨 좋게 거짓말을 하는 것이다. 색깔로 거짓말을 하면 거짓말은 진짜가 된다.

향기는 곧 나

요 몇 년 사이 향기에 대한 취향이 완전히 바뀌었다는 여자가 있다. 그때까지는 '나 여기에 있어요' 하는 타입의 강한 향수가 아니면 절대로 뿌리지 않았는데, 최근에는 고요하지만 깊이가 있어 어디에서 어디까지가 자신의 향기이고 어디부터가 공기인지 알 수 없는 향기가 갑자기 좋아지더라는 말이었다.

그녀는 꼭 서른 살이 되었는데, 자신 속의 무언가가 변화한 모양이라는 말을 했다. 지금 그녀가 좋아하는 향수는 불가리 그리고 샤넬의 알뤼르다. 이 향수들의 이름을 듣자 느낌이 왔다. 스스로도 나이에 대해 말했지만, 말 그대로 그런 나이에 이른 것이다. 20대니 30대니 하는 숫자적인 나이 때문이 아니라 나이로 인해 타인과 관계를 맺는 방법이 변한 것이다. 예전에 즐겨 사용하던 주장이 강한 향수는 자신의 존재를 어딘가에 뿌리내리고 싶다는 마음과 자신의 가능성을 시험해 보고 싶다는 성취감의 표현이다. 이때 고요한 향기는 무료해 보였을 것이다.

하지만 이제 앞만 보기를 그만두고 주위를 둘러보게 되었다. 그러자 온통 사랑해야 할 사람들임을 깨달았다. 어쩌면 사람은 혼자는 살아갈 수 없다는 진리를 깨달은 것일지 모른다. 그래서 사람과 사람 사이에 감도는 향기가 필요해졌다. 자신이 타인보다 뛰어나기 위한 향기가 아니라 사람과 사람 사이의 거리를 좁히는 향기를 아주 자연스럽게 추구하게 되었다. 다른 사람과 좀 더 가까워지고 싶다, 거리를 좁히고 싶다고 생각했기 때문에 향기로 사람을 받아들인 것이다.

그때그때 선택하는 향기는 당신이 현재 사람과 어떤 관계를 맺고 싶어하는가를 숨김없이 보여 준다. 그리고 당신이 무엇을 하고 싶어하는지, 어떤 여자인지 당신에 관한 것을 하나도 빠뜨리지 않고 말해 준다.

향기의 사랑

하나의 집단은 하나의 냄새에 의해 결속이 단단해진다. 야생 동물의 무리에만 해당하는 이야기가 아니다. 인간 사회에도 통하는 이야기다. 아무튼 먼저 키우고 있던 애완동물이 나중에 데려온 애완동물을 받아들이려고 하지 않을 때 두 마리에게 같은 코롱을 뿌려 주면 금세 사이가 좋아진다고 한다.

사람과 사람 역시 향기라는 신비한 힘에 의해 서로 이해하고 신비한 힘에 의해 움직여지는 경우가 있다. 한 여자가 좋아하는 남자에게 파코라반의 남녀 공용 향수 파코를 선물한다. 그리고 자신도 같은 향수를 뿌린다. 파코 같은 시트러스 계열*(감귤계의 향기로 상큼하고 가벼운 느낌) 향수의 대부분은 남자가 뿌리면 남자답고, 여자가 뿌리면 여성다운 향기로 미묘하게 변화한다. 완전히 하나도, 완전히 둘도 아닌 향수를 뿌린 이 남녀는 어떻게 되었을까? 100퍼센트 향수 덕분이라고 단언할 수는 없지만, 두 사람은 연애중이다. 그녀는 향기의 주술이 위력을 발휘했다고 믿고 있다.

비슷한 이야기는 흔하다. 전부터 밀르를 뿌리는 여자가 좋다고 외쳐대던 남자가 맞선 파티에서 눈이 맞아 사귀기 시작한 여성은 정말 밀르만 뿌리는 여자였다는 이야기가 있는가 하면, 사귀었던 세 명의 여자 모두가 캘빈 클라인의 이터너티만 뿌렸는데 자신도 이터너티를 사용한다는 남자 이야기가 있다.

향기의 궁합은 스스로 만드는 것이다. 사랑하는 사람의 향기가 좋아지거나 자신의 향기를 좋아하게 만들어 향기를 인연으로 맺어지는 남녀의 관계는 신기할 정도로 애정이 깊다.

향기를 데리고 갈까, 향기가 따라올까

향기의 띠가 살그머니 번지면 웨딩드레스의 베일과 같이 아름답다

나는 집에 들어선 순간 "어, 이거 무슨 향기야?" 하는 질문을 받을 때마다 '또 향기를 데려왔구나' 하고 마음속으로 반성한다. 실은 요즘 향기와 나 자신의 주종관계에 아주 예민해져 향기를 절대로 데려와서는 안 된다, 멋대로 따라오게 해서는 안 된다고 굳게 마음먹고 있다. '향기를 데려온다' 와 '향기가 따라온다' 는 말이 이상하게 들릴 테지만, 내게는 그 차이가 눈에 보인다. 가끔씩 복도에서 스쳐 지나가는 한 여성은 언제나 걸어오는 저 앞에서부터 향기가 보인다. 뭐랄까, 여봐란 듯이 향기를 데리고 다니는 인상이다. 사람과 향기가 같이 시야에 들어오기 때문에 그녀는 실제 옷차림 이상으로 화려해 보인다. 모처럼 캐주얼하게 입고 있어도 한껏 꾸미고 있는 것처럼 보인다. 말하자면 정면에서 향기가 보이는 사람은 그 사람이 있는 경치가 생생하게 살아 있는 느낌이다.

반대로 향기를 참으로 멋있게 사용하여 그 자체가 인상에 남는 사람은 모두 향기가 따라오는 여자들이었다. 정면에서 보면 아무것도 보이지 않는다. 그러나 그녀의 뒷모습에는 향기가 보인다. 향기가 그 사람의 앞에 나서는 법 없이 조용히 뒤를 따라오는 정경이다. 아름답다. 그녀들의 뒤에 맑은 향기의 띠가 살그머니 번져 마치 웨딩드레스의 긴 베일과 같다. 참으로 신비롭다.

그럼 대체 어떻게 해야 향기가 뒤에서 따라오는 걸까? 그저 뿌려대기만 하면 향기는 앞장선다. 그러나 무작정 양을 줄인다고 신비한 향기의 띠가 생기는 것이 아니다. 그래서 궁리에 궁리를 거듭한 끝에 좀 이상한 방법이지만, 향수를 등 쪽에만 뿌리기로 했다. 물론 정답은 아니다. 하지만 처음에는 그것으로 충분하다. 드디어 향기가 따라오기 시작하니까.

향기를 입자

10여 년 전 '매너 이전의 문제'라고 하면 코를 찌를 듯한 강한 향기를 풍기는 것이었으나, 지금은 반대로 향기가 나지 않는 사람을 가리키는 모양이다.

향기가 가벼운 데다 혼자서 유독 향기가 날까 보아 불안해 하며 향수를 너무 조금 뿌리는 여성이 많다. 너무 많이 뿌리는 것과 달리 너무 뿌리지 않는 것은 다른 사람을 불쾌하게 만드는 일이 아니지만, 적당히 향기가 날 거라고 생각했는데 실제로는 전연 향기가 나지 않는다면 안타까운 일이다.

메이크업에 대해서도 비슷한 일이 있다. 거울 앞에서 열심히 화장을 하지만 전혀 아름다워지지 않는 여자가 늘어나고 있으며, 이것은 오랫동안 계속된 내추럴 메이크업의 후유증이라고 한다. 그럼 향수는 무엇 때문일까? 몇 해 전부터 계속되고 있는 냄새의 부정에 원인이 있는 것 같다. 몸에서 냄새를 철저하게 배제하는 결벽증이 젊은 여성의 후각을 필요 이상으로 민감하게 만들었다는 의견이다.

그러므로 여기에서 제안하려는 것은 진정한 의미에서의 TPO다. 아침은 출근을 생각하여 발밑에, 낮에는 손목에, 밤에는 목덜미나 귓불에 하는 식으로 구분하여 시간에 따라 향기를 뿌리는 신체 부위를 위로 이동해 간다. 가벼운 향기라면 그렇게 하는 것이 시간대와 잘 어울린다. 그러나 요즘에는 뿌리고 나면 향기가 갑자기 순해지는 새로운 향수가 선보이고 있으므로 이제는 민감하게 신경 쓰지 않아도 괜찮다. 남에게 불쾌감을 줄 정도가 아니라면 망설이지 말고 향기를 입자.

향기의 추억

　최근에는 향수의 라이트*(경쾌한 향기를 이르는 말. 감귤계, 과실류, 그린계 등의 작용으로 만들어진다)화와 더불어 오존계, 셰어드계, 리빙플로럴계 등 지금까지는 없던 향기의 계통이 하나 둘 나타나더니 바닐라향이 인기를 끌어 테이스티계, 즉 맛있는 향기가 하나의 주류를 이루고 있다고 한다. 어찌되었든 계통상으로는 이미 수습할 수 없는 지경이 되고 말았다. 이렇게 혼돈스러워진 것은 향수 역시 웬만큼 나올 것은 나와 한 사이클은 돌았기 때문인 것 같다.

　그 탓인지는 알 수 없지만, 요즘 들어 새로 등장하는 향수들을 보면 어쩐지 안타까운 마음이 드는 향기가 많다. 한 사이클을 돈 다음 유종의 미를 거두려는 것인지, 아니면 향기의 원점을 다시 한번 확인하려는 노스탤지어의 표현인지, 아직까지 맡아 본 적 없는 새로운 향기가 무척 반갑다. 예를 들어 지방시의 오간자가 그렇고 겔랑의 샹젤리제가 그렇고 이브 생로랑의 이브레스가, 그리고 시세이도의 보칼리스가 그렇다. 새로운 명향수의 향기를 맡으면 가슴이 죄어든다. 이채로운 향수로서 화제를 불러일으키고 있는 IPSA의 향수는 정말 안타까움이 샘솟는다. 지금의 20대에게는 기억이 없겠지만, 할머니의 장롱 속에 고이 간직되어 있던 옛날 옷의 냄새를 떠올리게 한다. 그것을 새롭게 해석하여 표현한 것이다. 그리고 20대도 그리움 같은 감정을 느낀다고 한다.

　어쩌면 향기는 하나의 결론에 이르렀을지 모른다. 자연 지향의 향기, 맛있는 향기 모두 사람들이 그동안 잊어 온 향기로움을 추억하게 하는 향기다. 가슴을 죄어 오는 안타까운 그리움. 사람의 마음을 치유할 수 있는 향기는 바로 이 안타까움 계열의 향기가 아닐까.

향기의 파트너

나는 언제부턴가 향기에 대해 자신감을 잃어버렸다. 즐겨 뿌리던 향수가 별로 좋지 않다는 말을 들은 날부터였다. 무턱대고 그 말이 맞다고 생각하고는 향수 선택의 기준이 뿌리부터 와르르 무너졌다. 단 한 사람의 의견에 불과하다고 넘기고 싶었지만, 실제 그런 말을 듣고 보니 충격은 생각보다 컸다. "그 립스틱색, 어울리지 않는데"라는 말을 들었을 때보다 훨씬 큰 괴로움이었다.

자신이 뿌린 향기가 싫다는 말을 듣는 것은 자기 자신이 생리적으로 거부당하는 것이나 마찬가지의 의미를 갖고 있으며, 그런 말을 듣고도 고집스럽게 같은 향수를 계속 뿌리면 자신이 그 사람을 거부하는 셈이다. 향기를 둘러싼 사람과 사람의 관계는 그 정도로 미묘하고 깊은 것이다.

이렇게 해서 나는 그 친구를 차라리 향기의 파트너로 삼기로 작정하고는 새로운 향수를 사용할 때마다 의견을 묻는다. 그러면 친구는 "음. 나쁘지 않아"라거나 "아주 좋은데" 하는 식의 대답을 해주고, 나는 그 말을 새겨들으며 세상 사람들의 평가로 받아들인다. 사실 그 친구가 그만큼 감정을 잘하는지는 알 수 없다. 하지만 최소한 다른 사람이 사용하는 향수에 대해 좋고 싫음을 느끼는 감수성이 있다. 그것만으로 충분하다. 한 사람의 '노'는 100명의 '노'일 수 있기 때문이다.

향기뿐 아니라 여자의 아름다움은 언제나 객관성을 갖고 있어야 하며, 독선적인 아름다움은 있을 수 없다. 특히 향기는 필연적으로 타인과 공유하는 것이므로 객관성은 필요 불가결한 조건이다. 그렇다고 어렵게 생각할 건 없다. 친구든 부모든 연인이든 남편이든 누군가에게 물으면 된다. 가능하면 당신이 멋있어지기를 마음으로부터 바라는 사람을 택하여 어떠냐고 묻기만 하면 된다.

미인의 향기

고대 인도의 경전에서는 여성의 아름다움을 네 단계로 나누고 있는데, 그것에 따르면 신체적인 아름다움과 체취의 좋고 나쁨이 완전히 일치한다. 네 단계 가운데 최고 미녀는 연꽃 향기가 나며, 그 다음 단계의 미녀는 꽃의 꿀 냄새가 난다고 씌어 있다. 매우 예민한 후각을 가졌다는 고대 인도 사람에게 있어 미인이란 용모뿐 아니라 몸에서 풍기는 냄새까지 포함한 평가였던 것이다.

이 이야기는 실감나게 다가왔다. 내가 만난 아름다운 여성들에게서는 공통된 향기로운 냄새가 났기 때문이다. 그것은 피부의 온기를 포함한 무스키*(사향노루의 분비물에서 추출하는 무스크의 향기가 강한 것으로, 육감적인 느낌이 있다) 향기였다. 처음 그 향기와 만난 것은 어린 마음에 굉장한 미인으로 여겨졌던 유치원 선생님이었고, 그 다음은 중학교 시절 모델로 활동하고 있던 동급생이었다. 이때 미인에게서는 같은 향기가 난다는 사실에 아무런 의심을 품지 않게 되었다.

나는 이 향기의 향수를 찾았지만 찾지 못했다. 그러던 어느 날 밤, 외출에서 돌아와 옷을 갈아입고 있는 내게서 그 냄새를 느꼈다. 그렇다고 내가 미인이 되었다는 말이 아니다. 잔향. 향기가 사라지기 직전까지 계속되는 라스트 노트*(향수를 사용하여 어느 정도 발향된 상태의 잔존 향기. 무스크 · 바닐라 · 우디 계열의 향기가 희미하게 풍기며 체취와 어우러져 독특한 향기가 나는 단계)의 잔향이었다.

대부분 향수의 잔향은 앰버그리스*(향유고래에게서 추출하는 천연 향료)나 무스크의 향기가 난다. 신기하게도 많은 향수가 마지막에 고대 인도 사람이 말하는 미인의 체취를 완성해 내고 있다. 그후 나는 잔향을 소중하게 여기게 되었다. 그러나 내가 만난 미인들에게 왜 그 향기가 났는지는 여전히 수수께끼로 남아 있다.

132

공존의 미

예전의 향수는 대부분 공존의 미를 테마로 하고 있었다. 그러나 19세기까지의 향수는 단순하거나 편향되어 있었고, 상반되는 두 요소의 공존의 미가 테마가 된 것은 1920년대부터의 일이다. 샤넬이 스커트 길이를 짧게 하여 여성의 의상에 혁명을 일으킨 시기와 같다. 지금 생각해 보면 제복처럼 똑같고 갑옷처럼 딱딱하던 여성의 의상이 해방되어 자유로워진 대신 여성미의 새로운 룰로서 공존의 미라는 가치관이 태어난 것이다. 규제를 벗어던진 여성들이 한쪽 방향으로 우르르 달려가지 않도록 향수가 공존의 미가 있는 여성을 만들어 내기 시작했다.

다시 말해 향수와 의상은 그 무렵부터 한 몸이 되어 하나의 미를 창조하는 관계가 되었다. 그리고 공존의 미가 극대화된 향수 보칼리스가 등장하며 20세기 향수가 목표로 삼은 테마가 완성을 보았다. 하지만 21세기를 맞아 우리는 한 단계 높은, 그리고 좀 더 아슬아슬한 공존의 미를 지향할지 모른다.

어떤 여성이 옷과 얼굴과 향수를 합해 100점이 되도록 신경 쓴다는 말을 했다. 그날 그녀는 10대 소녀의 모습에 노 메이크업이고 향수는 크리스찬 디오르의 돌체비타*(대담하고 변화무쌍하며 여성스러운 느낌의 향수)였는데, 묘하게 조화를 이루고 있었다. 관능적인 향기에 힙합 패션의 옷은 확실히 합해서 100점이다. 아무렇게나 걸친 듯한 겉모습과 여성스러운 향수를 합하면 100점이 된다. 이럴 때 CK-one을 뿌리면 너무 곧이곧대로다. 돌체비타니까 전혀 어울리지 않을 것 같으면서도 근사한 조화를 만든다. 그리고 슬릿이 허벅지까지 들어간 타이트 원피스에 불가리 푸르옴므*(엄격함과 열정, 절제와 본능의 대조적인 두 요소가 어우러져 독특한 개성을 만들어 낸다.)의 조화. 과연 합계 100점짜리 매력이다.

불을 끄고……

아로마 화장품이 정말 효과가 있는지 의문을 가진 사람이 꽤 많다. 아로마테라피를 손쉽게 이용할 수 있는 아이템이 1~2년 사이에 다양해진 탓에 효과를 느끼지 못하는 사람이 많아지고 있는 것이다. 왜 효과를 느끼지 못할까? 아로마 제품을 그저 사용하는 것만으로 뭐라 말할 수 없이 상쾌해질 거라고 확신하기 때문이다.

예를 들어 힐링 뮤직이 그렇다. 듣는 것만으로 마음이 안정되고 스트레스가 싹 날아간다고 선전하지만, 실제로 α파를 자극한다는 파의 소리나 강의 속삭임이 흐르는 CD를 듣고 있어도 전혀 기분이 나아지지 않는다고 느끼는 사람이 많다. 이 힐링 뮤직은 타히티의 모래사장에 뒹굴고 있는 자신이나 고원의 산들바람을 맞으며 시냇물을 따라 걷고 있는 자신이 되어 듣지 않으면 소용없다. 이런 이미지를 상상하며 듣지 않으면 그저 잡음으로 들릴 뿐이다. 모든 아로마 제품, 힐링 제품이 효과가 없는 이유는 바로 여기에 있다.

향기는 분명히 사람의 뇌에 전달되어 정신을 컨트롤하는 힘을 갖고 있다. 그러나 무엇보다 느끼려고 하는 마음이 필요하다. 파도 소리나 강의 속삭임은 그런 상황을 쉽게 설정해 준다.

그럼 향기는 어떻게 해야 할까? 먼저 눈을 감아 시각을 차단하자. 시각이 잠들면 잠들어 있던 후각이 깨어나 예민해진다. 여지껏 느끼지 못하던 향기까지 맡을 수 있게 된다. 그리고 향긋한 향기가 마음을 흔든다. 모든 아로마 화장품은 눈을 감고 사용하면 반드시 효과가 있다. 향수도 마찬가지다. 때로는 눈을 감고 조용히 향기를 들자. 그 순간 미처 몰랐던 향기의 표정이 보일 테니.

직감과 진짜 향기

향기에 끌려 갑자기 발길을 멈추고 충동구매하는 향수가 진짜다

나는 여러 번 향수를 충동구매했다. 한번은 외국에서 매장 앞을 가로질러 가려고 하는데 느닷없이 향기에 발목을 잡혀 다음 순간 "이거 주세요" 하고 말해버리고 말았다. 그 향수는 이터너티다. 마찬가지로 어디였는지는 생각나지 않지만 공항의 면세점을 지나가려다 불현듯 눈에 띈 것이 페리엘리스의 360도였다. 이때 역시 향기를 시험해 보지도 않고 샀다.

그러고 보니 랄프 로렌의 사파리, 에스티 로더의 스펠바운드도 충동구매한 것들이다. 하지만 전부 성공적이었다. 충분히 음미하고 깊이 생각하여 결정한 것보다 도리어 더 잘 어울린다. 어떤 브랜드인지, 어떤 향기 계열인지는 관계없이 한순간 스치는 번득임이나 직감이 맞다는 말이다. 사실 나는 향수에 관한 기사를 쓸 때 톱 노트*(향수를 사용한 직후나 병의 입구에 코를 대고 맡는 단계의 향기)는 어떻고, 미들 노트*(향수를 사용하여 알코올이 휘발되어 날아간 상태의 향기로 향수 자체의 향취를 느낄 수 있다)는 어떻고 하는 식으로 나누어 설명하는 방식을 그다지 좋아하지 않는다. 특별한 의미가 없다고 생각하기 때문이다.

향수를 기획하는 사람이 이런 말을 했다.

"요즘에는 조향 기술이 발전하여 무슨 소재를 사용했는가 하는 것은 결과론일 뿐이지 완성된 향기에는 별 관계가 없죠. 이러고저러고 설명하지 말고 우뇌로만 느꼈으면 좋겠어요. 우뇌로 직감적으로 느낄 수 있는 향기를 만들고 싶어요."

이 이야기는 충동구매야말로 진품이라는 사실을 증명해 준다. 갑자기 발길을 멈추고 직감에 따라 향수를 구입하는 스타일 말이다. 이제 진짜 향기의 시대가 오고 있다.

향기의 빈틈

"여성의 아름다움은 빈틈에 있다고 생각한다."

이렇게 말한 사람은 메이크업의 제1인자로 아름다움 창조의 정상에 있는 사람이다. 그런 사람이 빈틈이라는 눈에 보이지 않는 요소를 꼽으니 오히려 굉장한 설득력을 가진다. 패션이나 메이크업에서는 지나치게 채우지 않은 것을 빈틈이라고 한다. 여자는 자신을 너무 애써 꾸미려고 하지 않는 빈틈이 있어야 하며 그것을 적절하게 이용하는 사람이 아름답다는 말이다.

향기야말로 여자에게 있어 빈틈 그 자체다. 향수를 뿌리지 않는 여자가 경직되어 보이는 것은 아마 향기라는 빈틈이 없기 때문일 것이다. 다시 말해 향수란 몸짓을 순하고 우아해 보이게 하는 윤활유인 셈이다.

전에 이런 광경을 본 적이 있다. 레스토랑에서 테이블이 준비되기를 기다리고 있는데 고상해 보이는 여자가 남자와 함께 들어왔다. 남자가 여자와 코트의 어깨에 손을 얹자, 여자는 코트를 스르르 미끄러뜨리듯 벗었다. 그 순간 주위에 온통 에르메스의 카레슈 향기가 퍼졌다. 얼마나 멋지고 아름다운지 한숨이 나올 지경이었다. 단지 그뿐인데 그 여자의 모든 것이 빛나 보였다. 분명히 그녀는 코트의 안감에 향수를 뿌렸을 것이다.

몇 시간 후 그녀와 화장실에서 우연히 마주쳤다. 화장을 고치고 난 그녀는 화장실의 한구석으로 가더니 작은 아토마이저*(향수를 덜어 쓸 수 있는 분무기)를 꺼내더니 발 아래를 향해 쉭 하고 뿌리는 거였다. 그리고 공기를 가르듯 걸어서 화장실을 나갔다. 향기의 빈틈이란 이런 것이구나 하고 가벼운 흥분을 느꼈다.

행복 마니아

며칠 전 어떤 잡지의 미용 대담에서 이른바 자타가 공인하는 화장품 마니아를 만났다. 화장하지 않은 그녀의 맨 피부는 손끝으로 살짝 눌러 보고 싶을 만큼 탄력이 있었다. 그리고 무엇보다 웃는 얼굴이 멋있는 여배우다. 여러 타입의 화장품 마니아를 만났지만, 그녀만큼 올바른 화장품 마니아는 없다는 생각이 들어 굳이 여기에서 소개하려는 것이다.

"그저 여러 가지를 시험해 보고 싶어서……"라고 말한 순간부터 이 사람은 바른 태도를 지녔다고 생각했다. 화장품을 다양하게 써보고 싶은 마음이 들기는 모두 마찬가지다. 하지만 이 화장품 마니아 여배우는 이렇게 말할 때부터 벌써 설레는 눈치였다. 다음날 아침 거울을 보고 효과에 놀랐던 화장품에 관해 이야기할 때에는 나까지 같이 기뻐질 정도로 쾌활했다.

그리고 부정하는 마음이 없다는 것이 더욱 멋져 보였다.

'저건 안 돼. 이건 최악이야.'

결코 이런 말로 화장품을 매도하지 않는다.

언제나 적극적이고 언제나 기운차고 언제나 행복하다. 이것은 화장품을 두 배로 효과 있게 사용하는 최대의 비결이며, 이런 자세라면 마니아가 되는 게 좋다. 화장품이 마음을 감동시키게 된 시대의 올바른 마니아의 모습이다.

시간이 흐를수록 좋아지는 것

점점 깊어져 가는 인간관계는 우리의 삶을 풍요롭고 행복하게 만든다

"위축되고 있는 점포는 안 됩니다. 호조를 띠고 있는 곳에서 물건을 사세요."
어느 마케팅 전공 교수가 했던 이 말을 불현듯 떠올렸다.

내가 액세서리를 구입한 보석 가게에서는 사기로 결정하기 전과 결정한 후 태도가 완전히 달랐다. 결정하기 전에 "정말 잘 어울리세요"라고 하던 소리가 거짓처럼 느껴졌다. 마치 잡은 고기에는 먹이를 주지 않는 남자 같았다. 그 직원에게는 단골 손님은 몇 안 될 게 분명하다. 그리고 그녀는 스스로 깨닫기 전에는 일류가 될 수 없다. 만약 내가 결정하기 직전에 '아무래도 그만두어야겠어요'라고 했다면 그녀가 어떻게 했을까 하는 생각을 하니 등골이 오싹해진다. 물론 실컷 구경하다가 사지 않겠다고 해도 태도가 바뀌지 않는 사람이 있다. 이런 때는 좋은 인상을 갖게 된다. 시간이 흐를수록 더욱 기분이 좋아지는 대접을 받은 경험이 있는데, 그런 상점은 반드시 다시 찾아가게 되어 있다.

그 이후 레스토랑에서든 어디에서든 마지막 말과 표정에 이상하리만치 신경을 쓰게 되었다. 처음에 아무리 접대가 좋았어도 마지막에 그곳을 나설 때 마음으로부터 진심 어린 인사를 해주지 않는 곳에는 애정을 느끼지 못한다.

사람 사이 역시 마찬가지다. 갈수록 좋아지지 않는 만남에는 사랑을 느끼기 어렵다. 빨리 가까워졌다가 소원해지기보다는 시간이 흐를수록 깊어져 가는 인간관계가 아름답다. 헤어질 때 '또 봐요. 잘 가요' 하고 말할 수 있는 인간관계야말로 아름답다. 우리의 인생에서 끝이 좋지 못한 인간관계만큼 쓸쓸한 일도 없지만, 시간이 흐를수록 좋아지는 인간관계만큼 우리를 풍요롭고 행복하게 해주는 일도 없다.

웃는 천재

40대 후반이 되어가고 있는 어느 기업의 여성 경영인이 있다. 그녀는 정말 잘 웃는 사람인데 눈꼬리에 잔주름이 없다. 주름을 없애는 비법이라도 있느냐고 물었더니 그녀는 가운뎃손가락과 약손가락을 내밀었다.

"여러 가지를 써봤는데, 주름은 물리적으로 잡아당겨 펴는 것이 가장 좋다고 내 나름대로 결론을 내렸어요."

그녀는 이렇게 말하면서 두 손가락으로 웃으면 생기는 잔주름의 위아래를 펴 보였다. 이중턱은 엄지손가락을 이용해 살을 귀 쪽으로 힘있게 밀어 올린다고 한다.

"이렇게 되었으면 좋겠다 싶은 방향으로 길을 들이는 거예요."

그거야 그렇다. 아무튼 그녀의 젊음과 얼굴 전체의 탱탱한 생기를 달리 어떻게 설명할까? 확실히 눈과 목 주위의 관리는 필사적으로 손질을 해도 당장 효과가 실감나지 않는다. 그녀는 화장품이 효과 없다고 푸념을 늘어놓는 게 아니라 자신의 손가락으로 조금 힘을 보태 성공한 사람이다. 미용의 천재는 인력에 거스르거나 근육의 흐름에 길을 들이거나 주문을 외우는 매우 원시적인 방법을 결코 얕보지 않는다.

그리고 원시적이라고 하지만, 그것들은 가장 핵심을 찌르는 손질법이다. 천재들이 늘 자신감에 차 있고 너그러우며 조금도 늙지 않는 것은 그 때문이다.

놀라운 피부의 비밀

보통 사람보다 뛰어난 아름다움에는 보통사람보다 뛰어난 노력이 있다

피부가 놀랍도록 깨끗해진 사람이 있었다. 기미 하나, 얼룩 하나 없고 어디한 곳 흐트러진 곳이 보이지 않았다. 타고난 피부라고밖에 생각되지 않았다. 하지만 어느 날 생각지 못한 사실을 알게 되었다. 아침에 화장하는 데 걸리는 시간에 관한 이야기를 할 때, 그녀가 어떤 날이든 화장하는 데에 한 시간 이상을 투자한다고 해서 놀랐다. 게다가 그중 한 시간을 파운데이션 바르는 데 쓴다고 했다. 대체 어떻게 바르면 한 시간이 걸릴지, 도무지 알 길이 없었다. 그녀는 아무렇지 않다는 듯 이렇게 대꾸했다.

"어머, 할 게 얼마나 많은데요. 한 시간도 순식간에 지나가 버려요."

아마 기초 화장이라는 개념 자체가 나오는 다른 모양이었다.

그녀의 경우에는 베이스 메이크업이 곧 결점 제로의 피부를 만드는 것이다. 기미, 얼룩, 번짐 따위가 있어서는 안 되며 투명감이 없는 피부 또한 있을 수 없다. 그리고 그녀가 가장 공을 들이는 것은 컨실러를 바르는 일이다. 보통 있어도 그만 없어도 그만인 것이라고 생각하기 쉬운 컨실러가 그녀에게는 목숨과 같은 존재다.

다른 사람에게는 보이지 않는 작은 번짐까지 완전히 감추는 것이 가장 큰 목적이다. 컨실러를 바르지 않은 것처럼 자연스럽게 기미를 감추는 것은 프로에게도 가장 긴 시간이 걸리는 일이며, 결국 이것이 타고난 아름다운 피부로 오해하게 만드는 비밀이었다. 보통 사람보다 뛰어난 아름다움에는 보통 사람보다 뛰어난 노력이 있게 마련이다. 완전히 케이오 패를 당한 것 같기도 하고 힘을 얻은 것 같기도 하다. 자, 분발하는 수밖에 다른 도리가 없다.

불면증과 황홀한 기분

요즘에는 잠들지 못하는 밤을 보내는 사람이 생각보다 많다고 한다. 어려움 없이 잠드는 사람들은 '잠 좀 못 잔다고 뭘 그렇게 고민해?'라고 할 테지만, 불면증의 괴로움은 불면증에 걸린 사람만이 안다. 굳이 표현하자면 7전 8패의 괴로움이라고나 할까. 불면증은 여자가 아름다워지는 데에 방해가 된다. 가능하면 억지로라도 잠드는 것이 최고의 미용이 되는 셈이다.

불면은 마음에 상처를 준다. 잠들지 못하면 공연히 초조해져 신경이 곤두서 여느 때 잊고 있던 작은 기억까지 되살아난다. 그리고 아무 상관없는 하찮은 일을 끄집어내서는 '아, 안 돼' '아, 괴로워' 하느라 침대에 누운 자신이 세상에서 가장 불행한 여자가 되어 버린다. 더욱이 고민이며 걱정거리가 떠올랐다가는 사라지고 떠올랐다가는 사라지는 동안 머릿속은 온통 헝클어진 실타래가 되어 신경을 지치게 만든다. 다시 말해 아침에 일어나 보면 아무것도 아닌 사소한 일이 열 배로 부풀어 심각해지므로 불면증은 좋지 않다.

그러나 연애중의 불면증은 다르다. 좋아하는 사람과 있는 자신을 상상하고 있으면, 누구나 얼굴에 온화한 미소를 짓게 된다. 아이러니컬하지만 사랑에 빠져 행복할 때에는 잠자는 것이 아깝다고 생각할 정도이므로 잠들지 못하더라도 불면증이라고 부르지 않는다. 연인에 대해 이 생각 저 생각 하느라 꿈꾸듯 황홀한 기분이 된다.

생각대로 되지 않는 것이 잠이기 때문에 인생의 3분의 1을 지배하는 잠을 보다 유익한 것으로 만드는 길이 미용의 대전제가 된다.

구두쇠 미인

아까워하는 기색도 없이 틈만 있으면 에스테틱에 가서 값비싼 크림으로 스킨 케어를 한다. 이런 사람의 피부는 말할 것 없이 무조건 아름답다. 돈을 들인 만큼 확실하게 아름다워지는 훌륭한 산 증인이다. 그러나 이런 사람은 조금이라도 인색하게 굴면 아름다움은 급전직하 하락하고 만다. 돈을 들여 얻는 아름다움은 매우 예민하여 기분과 지출을 늘 같은 수준으로 유지하지 않으면 당장 엉망이 되어 버린다. 하물며 가끔 혹은 보너스를 받은 달에만 에스테틱에서 스킨케어를 하는 사치는 마음의 사치는 될 수 있으나 피부에는 그다지 도움이 되지 않는다.

미용은 돈을 아무리 쏟아 부어도 저축할 수 있는 게 아니라며 의외로 인색하게 구는 것이 바로 미용의 천재다.

얼굴의 스킨케어는 타월 한 장이면 충분하다는 천재가 있었다. 타월을 전자 레인지에 따뜻하게 데워 이발소에서 면도할 때처럼 얼굴 위에 얹어 두었다가 깨끗하게 잘 닦아 내는 것으로 끝이다. 이렇게 사흘에 한 번씩 한다. 1주일에 한 번 에스테틱에 다니는 것에 맞먹는 효과를 볼 수 있다고 한다. 대단한 구두쇠지만, 그녀의 피부는 한눈에 부자 같아 보인다. 돈은 있다가도 없어지는 것이다. 그러나 영원한 피부 미인으로 남고 싶다면 꼭 이 방법을 이용해 보기 바란다.

전업 주부 대 일하는 주부

자신의 일상을 사랑하게 되었을 때 모든 주부가 여자로서 빛을 발한다

전업 주부와 직장이 있는 주부 사이의 신경전은 어제오늘 시작된 것이 아니다. 양쪽의 주장은 예나 지금이나 그다지 변하지 않고 있어 전업 주부가 "아이는 세 살까지는 엄마가 곁에 있어야 한다"라고 목청 높여 말하면, 일하는 주부가 "가정에만 있으면 시야가 좁아진다"라고 받아친다. 하지만 이런 주장들은 서로의 귀에 들어오지 않을 뿐더러 누구와 마주하든 이것을 테마로 세 시간은 떠들 수 있다.

좀 쓸데없는 이야기지만, 이 싸움의 승패를 미용으로 점쳐 보자면 이렇다. 우선 일하는 주부 쪽이 평균적으로 화려한 편이나 여유가 없으며 강하고 개성이 있으나 부드러움이 없다. 매일 아침 으레 정해진 화장을 정확하게 해치우며, 경제적 여유가 있기 때문에 멋을 부릴 수는 있어도 마음의 여유가 없다. 이에 비해 전업 주부의 화장은 어디까지나 가정용일 뿐이고 옷은 평상시에 입는 트레이닝복 정도이며, 생활에 여유가 있어 표정은 상냥한 편이지만 존재감이 그다지 없다. 기본적으로는 이런 느낌이다. 재미있는 것은 일하는 주부가 가장 아름다운 때는 휴일이고 전업 주부가 가장 빛날 때는 외출하는 날이라는 사실이다. 간단히 말해 어떤 주부나 일상은 괴롭고 비일상은 즐거운 법이다.

양쪽의 대립 역시 자신의 일상이 힘겨운 나머지 상대의 일상을 부정함으로써 스스로 자신의 생활에서 위안을 얻으려는 것일지 모른다. 그러나 상대의 일상을 부정하지 말고 자신의 일상을 마음속 깊이 사랑하게 되었을 때, 비로소 모든 주부가 여자로서 빛을 발한다. 따라서 험담 전쟁은 주부의 아름다움을 앗아 가는 적이다. 모두 맞는 말이고 모두 아름답다고 생각하면 반드시 아름다움이 돌아온다.

태양의 향기 1

"당신은 태양의 향기를 맡아 본 적이 있습니까?"

내가 그 냄새를 맡은 것은 불과 몇 년 전이다. 그때까지 태양이 향기를 가졌다는 사실조차 몰랐다. 어느 중년 부부의 집에 묵었을 때의 일이다. 손님용 침실에 놓인 침대는 막 손질한 것처럼 폭신한 데다가 손을 대보니 따스했다. 침대에 들어갔더니 뭔지 모를 달콤한 향기가 아련하게 감쌌다. 향수의 향기처럼 분명하지도 꽃의 향기처럼 달콤하지도 않다. 대체 무슨 향기일까 하고 향기의 기억을 더듬다가 잠이 들고 말았다. 오랜만에 꿈을 꾸었다. 그곳은 바닷가에 있는 새하얀 호텔의 새하얀 방이었다. 바닷새 소리와 파도 소리, 그리고 산들바람이 커튼을 흔드는 소리가 들렸다. 꿈은 그뿐이었으나, 지금까지 꾼 어떤 꿈보다 아름답고 기분 좋고 향기로운 느낌이었다.

아침에 일어나자마자 주인 부부에게 아주 좋은 향기가 나던데 무슨 냄새냐고 물었다. 내가 묵을지 몰라 시트에도 담요에도 태양의 향기를 뿌려 두었다는 거였다. 그리고 부부가 입을 모아 이렇게 말했다.

"좋은 꿈을 꾸셨죠?"

지구상의 어떤 냄새든 현재의 기술로는 재현해 낼 수 있다. 하지만 태양의 향기는 상쾌함이라는 이름을 가진 꿈의 세계의 향기이므로 불가능하다.

"우리 집은 시트와 커버는 건조기에 넣지 않아요. 날씨가 좋은 날에만 빨래를 해서 햇볕에 말리죠. 그렇게 하면 꼭 좋은 꿈을 꾸거든요."

그날 나는 구름 위를 걷는 듯했다. 좋은 꿈을 꾸는 상쾌함. 그 꿈을 태양의 향기로 불러내는 사치. 꼭 한번 경험해 보라고 권하고 싶은 수면 미용이다.

태양의 향기 2

태양의 향기 이야기를 친구에게 한 적이 있다. 그녀는 태양에 향기가 있다는 사실을 모르고 있었으며, 자기도 태양의 향기의 꿈을 꾸어 보고 싶다고 말했다. 그리고 1년 반 정도 지난 후 태양의 향기를 맡았다는 이야기를 했다.

내게서 태양의 향기 이야기를 듣고 당장 시트와 파자마를 햇볕에 말려 보았지만, 전혀 향기가 나지 않았다. 그런데 한참 지나고 나서 다시 시도해 보았더니 정말로 태양의 향기가 나더라고 했다. 그러면서 그녀는 아마 처음에 시도했을 때에는 고민하던 일이 있어 마음에 여유가 없는 탓에 그 향기를 맡지 못했을 거라는 말까지 덧붙였다.

말인즉슨 이런 내용이었다. 지금까지는 집에 있는 시간이 왠지 제일 괴로웠는데 정신적으로 안정을 찾자, 이번에는 반대로 집에 있는 시간만큼은 기분이 좋아지고 오전 중에 집 안에 비쳐 들어오는 햇살의 따스함과 상쾌함을 비로소 깨달은 것도 그때였으며, 새가 지저귀는 소리가 귀에 들어온 것도 그때였다. 그랬더니 태양의 향기가 살짝 감돌게 되었다는 것이다. 태양에 향기가 있을 리 없다. 하지만 자신의 마음이 환한 때, 살아 있음을 행복하게 느끼는 때, 일상 속에서는 보이지 않고 들리지 않던 것이 비로소 모습을 드러낸다.

최고의 휴식이란 마음에 여유를 가지고 집 안에서 평소에 잊기 쉬운 상쾌함을 발견하는 것이다. 그리고 존재할 리가 없는 태양의 향기를 공기 속에서 맡아 낼 줄 아는 것일지 모른다. 태양의 냄새를 향기롭다고 느끼는 순간, 그것은 어느 때보다 행복한 순간이다.

커버마크와 감동

우울할 때, 슬플 때 화장품의 힘을 떠올리자

    여성임을 버리지 않고 포기하지 않으며 죽을 때까지 아름답고자 노력한다면 생명력은 만개하고 세포 분열은 쇠퇴하지 않게 된다. 그리고 목숨이 다할 때까지 삶을 누릴 수 있다. 어쨌든 화장품이 사람의 생명력에 힘을 불어넣으리라고는 상상조차 하지 못했던 일이다.

    여기에서 생각나는 것이 커버마크다. 반점까지 강력하게 가려 주는 파운데이션으로 등장한 지 몇십 년이 지난 지금 여전히 얼굴에 반점을 가진 사람들의 생활을 지탱해 주고 있다. 예전에 이 상품을 더 이상 생산하지 않는다는 이야기가 나왔을 때 한 애용자가 이렇게 절실한 호소를 해왔다고 한다.

    "커버마크가 없으면 저는 죽을 수밖에 없습니다. 그러니 제발 없애지 말아 주세요."

    커버마크를 취급하는 회사의 신입 사원 연수에서는 얼굴에 반점이 있는 강사가 그것을 사용하여 반점을 완벽하게 감추는 모습을 보여 준다. 젊은 신입 사원은 모두 그 광경에 감동한다고 한다.

    화장품은 사람의 목숨도 구할 수 있을 만큼 엄청난 힘을 지녔다는 사실을 명심하기 바란다. 우울할 때, 죽고 싶을 만큼 슬플 때 꼭 한 번 떠올려 보자.

양산의 부활

없어질 것 같으면서 없어지지 않는 것 가운데 하나가 양산이다. 아니, 10년 후에는 완전히 자취를 감출지 모른다. 하지만 어떻게든 남겨야 할 것 같은 느낌이 든다.

어느 여름날 푸른색 원피스에 하얀 레이스 양산을 든 20대 여성을 만났다. 젊은 여성이 양산을 들고 있다는 사실에도 놀랐지만, 나를 정말로 놀라게 한 것은 그녀의 아름다움이었다. 그때 나는 생각에 빠졌다. 사람을 잠시나마 어리둥절하게 만들 정도의 아름다움은 어디에서 왔을까? 만약 그녀가 양산을 들고 있지 않았다면 어리둥절한 기분까지는 들지 않았을 것이다. 그렇다고 양산을 든 여성이 모두 그런 기분을 느끼게 한다는 말은 아니다. 여기에서 떠오른 것이 '젊음×양산＝어리둥절'이라는 방정식이다.

양산은 여름의 잔인한 햇살 속에서 여자의 피부와 얼굴을 가장 아름다워 보이게 하는 신비한 힘을 지니고 있다. 심지어 양산은 뙤약볕이 쨍쨍 내리쬐는 해변에서 혼자 우아하게 차양 밑에 있는 것 같은, 나와는 다른 사람인 것 같은 분위기를 잉태하고 있다. 우산 속만큼이나 서늘하고 맑아 보인다. 말하자면 양산은 누구나 미인으로 보이게 하는 전무후무한 소품이다. 이토록 소중한 것을 멸종시키다니 너무나 아깝지 않은가. 그러나 이미 끝났다. 이제 양산은 '옛날 여성의 물건'이라는 꼬리표를 달고 있어 그저 낡아 빠진 실용품일 뿐이다. 그 이미지를 단숨에 불식시키려면 젊음이 필요하다.

그러므로 21세기를 맞은 지금 젊은 여성들에게 양산을 들어 아름다워지자고 호소하고 싶다. 한 차원 높은 여름의 멋내기로서의 양산 부활을 꿈꾼다.

분위기 있는 몸매

여자의 몸에는 키와 체중의 숫자로는 표현할 수 없는 아름다움이 깃든다

　같은 여자인 내가 보아도 놀랄 만큼 매력적인 몸매가 있다. 슈퍼모델를 흉내 낸 몸매가 아닌 보통의 체형을 가진 사람의 우연한 경우의 우연한 모습이 이상하리만큼 아름답게 보이는 것이다.

　차 안에서 언뜻 본 여자. 스커트에 블라우스를 받쳐 입은 평범한 옷차림의 그녀는 사실 그다지 눈길을 끄는 타입이 아닌데, 나는 숨이 멎을 것 같았다. 시선을 사로잡은 것은 가는 허리였다. 표준적인 체격에 특별히 스타일이 좋은 것이 아닌데, 두툼한 벨트로 조른 가는 허리는 그녀의 몸에서 유독 눈에 띄어 여자다워 보이고 어렴풋한 허무감마저 자아내고 있었다. 온몸이 늘씬한 것보다 여성의 연약함이 한결 풍겨 나고 매력적이었다.

　그리고 항상 민소매 원피스를 입는 여성. 겨울에는 그 위에 재킷을 걸치고 있다가 난방이 잘되는 곳에서는 살짝 벗는다. 그때의 가는 두 팔이 참으로 고와 그 모습을 볼 때마다 몸매의 아름다움은 두 팔로 결정된다는 생각까지 하게 만든다. 적당히 가는 데다가 피부가 하얘 여성의 기품을 느낄 수 있다.

　이처럼 여자의 몸에는 키나 체중 같은 숫자로는 결코 표현할 수 없는 아름다움이 깃드는 법이다. 당신도 그런 아름다움에 눈길을 빼앗긴 경험이 있을 것이다. 그런데 자신의 몸에 관해서는 숫자 중심의 발상으로 돌아가 버리는 것은 왜일까? 엄청난 노력을 기울여 날씬함을 유지하고 있는 것처럼 보인다면 늘씬한 몸매는 아무 의미가 없다. 그보다는 신체의 한 부분이라도 분위기 있는 곳이 있어야 한다. 그래야 분위기 있는 날씬함으로 거리에서 스쳐 지나가는 사람조차 매료할 수 있다.

148

꽃과 더불어 지내기

꽃은 우리의 감정을 흔들거나 진정시키는 힘을 갖고 있다

우연히 꽃의 힘에 관해 설명하고 있는 책을 발견했다. 옛날부터 있었던 꽃말이나 꽃점과는 달리 꽃에는 정신에 영향을 미치는 효과가 있다는 주장이었다.

예를 들어 스위트피에는 감정의 흔들림을 진정하는 작용이 있어 감정의 기복이 심한 사람이 가까이에 두면 효과적이지만, 반대로 감정이 좀처럼 동요하지 않는 사람이 가까이에 두면 오히려 감정이 흐트러진다는 등의 내용이 씌어 있었다. 과학적인 근거가 있는지는 확인할 도리가 없으나 어쩐지 믿고 싶다는 마음이 들었다. 왜냐하면 내가 좋아 하는 튤립은 '속마음을 숨기고 표면적으로 화합할 때 효과적'이라고 씌어 있었기 때문이다. 또 가정을 원만하게 하는 데에 가장 적합한 꽃이라는 대목에서는 과연 맞는 말이라고 생각했다.

더욱 신빙성을 느끼게 한 것은 꽃에는 나쁜 힘도 있다고 밝히고 있는 점이다. 코스모스는 사람을 초조하게 만들며, 연말연시에 집 안에 두고 장식하는 시클라멘은 사실 가족 사이에 갈등을 끌어들이는 꽃이라고 한다.

이 책을 읽고는 꽃의 기분에 신경이 쓰이기 시작했고 꽃을 보는 눈이 바뀌었는데 꽃이 나를 보고 있다고 생각하면 왠지 긴장이 된다. 이제 꽃이 결코 하나의 사물로 여겨지지 않는다. 책의 마지막에는 꽃이 시드는 모습을 보는 것이 괴로워서 꽃을 사지 않는다는 말이 있었는데, 그 말에 충분히 공감이 갔다.

여자는 꽃을 좋아한다. 꽃의 아름다움을 이용하려는 여성의 이기심에서 비롯되는 것은 아닐까? 꽃을 사는 의미를, 꽃과 더불어 지내는 의미를 다시 묻고 싶어진다.

여자는 마흔부터

죽을 때까지 아름다움을 변하지 않고 지킬 수 있다는 사실을 알고 안심한 것은 20대 중반이 조금 지난 어느 해에 잘생긴 남자 연예인들이 "여자는 마흔부터다" "예쁜 여자는 아줌마가 되어도 예쁘다"라고 하는 말을 들었을 때부터다. 그들은 또 아름답게 꾸미고 품위 있는 아줌마를 보면 대단하다 싶어 돌아보게 되고 50~60대의 멋진 할머니를 보면 말을 걸고 싶어진다는 말을 덧붙였다.

오로지 여자의 젊음에만 관심이 있는 중년 남성이 많지만, 여자를 나이로만 보지 않는 젊은 남자도 많다. 그렇기 때문에 우리 여자들은 숨을 거둘 때까지 아름다움을 지켜 나가야 한다.

그러고 보니 나는 퍽 오래 전에 아름다운 아줌마 마니아가 되었으며, 거리를 걷다가 돌아보거나 그 모습이 줄곧 머리에서 떠나지 않는 것은 젊은 여성이 아니라 대개 50대 이후의 여성이다. 나이를 먹을수록 아름다움의 충격 역시 강력해지기 때문에 하얀 머리의 미인에게 눈길을 빼앗길 확률은 당연히 높아진다. 여자의 아름다움은 나이를 먹을수록 차원이 높아지게 마련이다. 남자가 보든 동성인 여자가 보든 마찬가지다.

여자는 마흔부터 승부를 걸어야 한다.

희어야 할까, 검어야 할까?

나는 파운데이션 선택의 룰을 무시한다. 기사에서는 자신의 피부색에 어울리는 파운데이션을 선택해야 한다고 수없이 써왔으나, 지금에야 털어놓지만 나는 믿지 않는다. 화장품 메이커의 광고 담당자에게서 어울리는 색을 권유받아도 번번이 이렇게 대꾸했다.

"죄송해요. 저는 제일 밝은 색상과 제일 어두운 색상을 갖고 싶은데요."

피부색으로 눈길을 끌 만큼 충격적인 아름다움을 발산하고 싶다면 어정쩡한 피부색으로는 안 되므로 희든지 검어야 한다고 믿고 있는 나에게 내 피부색은 아무래도 상관없다. 2년 전까지 1년의 반쯤은 피부를 검게 태웠다. 이 또한 기사에서는 피부에게 자외선은 가장 해로운 존재고 스물다섯 살이 지나면 절대로 태워서는 안 된다고 떠들어대면서도, 정작 나는 아무렇게나 하고 있었다. 그리고 선탠을 하고 있는 시기에는 가장 어두운 색의 파운데이션을 바르고 태우고 있지 않을 때에는 가장 환한 파운데이션을 바르는 식으로 구분해서 사용했다.

그런데 회복력이 약해진 나머지 하얀 피부로 돌아오는 게 힘들어져 더 이상 태우지 않는다. 하지만 걱정 없다. 최근 몇 년 사이에 선탠한 피부처럼 보이게 해주는 브론즈 파운데이션이 등장했기 때문이다. 갈색 피부는 이 파운데이션에 의지하면 되므로 이제는 원래 피부를 더욱 하얗게 하려고 화이트닝에 힘쓰고 있다. 피부는 피부 자체가 아름답지 않으면 파운데이션을 발라도 소용이 없다. 그리고 맨 피부로는 만들 수 없는 아름다움을 만들어 내는 것이 파운데이션의 진짜 효과다. 피부는 희어야 할까, 검어야 할까? 오랫동안 굽히지 않아 온 나의 고집이 마침내 상품으로 나와 하얀 피부와 갈색 피부를 마음껏 표현할 수 있어 무척 기쁘다.

우리는 너무 일찍 태어났다

'올해의 메이크업 전망'이라는 테마로 여럿이서 대담을 가졌을 때, "우리는 너무 일찍 태어났다"라는 결론이 나왔다. 무슨 뜻이냐 하면 화장품은 계속해서 전 같으면 생각지 못할 정도로 좋아지고 있으며 과연 그 끝이 어디일지 모른다는 것이다. 지금까지의 화장품은 시작에 불과하다는 주장이 제기되고 있으니 바야흐로 운명의 갈림길에 있는 우리로서는 꿈의 화장품의 출현을 보지 못하고 늙어 가야 하는 운명을 원망하는 것이 당연한 일이다.

어찌되었든 이즈음 몇 년 사이에 화장품이 믿을 수 없을 만큼 좋아졌다는 것은 명백한 사실이다. 솔직히 말해 나는 화장품을 조금쯤은 가볍게 여기는 생각이 마음속 어딘가에 있어 가끔 화장품을 사용해도 별 소용이 없는 것 같은 허무감이 엄습해 올 때가 없지 않았다. 그런데 지금은 그렇지 않다. 화장품은 확실히 효과가 있다고 생각한다.

왜 이렇게 발전 속도가 빨라진 것일까? 어떤 화장품 개발 담당자가 이런 말을 했다.

"메이크업과 더불어 한 사이클을 돌았어요. 화장품은 사람을 아름답게 만들기 위한 것이니만큼 효과가 없으면 스킨케어는 말할 나위 없이 의미가 없죠. 지금까지는 새로운 것을 만드는 데에 정성을 쏟아 왔지만, 스킨케어 분야는 이제 거의 나올 만한 것은 다 나왔다고 봐요. 얼굴을 작게 만들어 준다는 화장품까지 생산되고 있으니까요. 지금 겨우 한 바퀴 돌아 원점에 돌아온 거예요."

152 평판이 좋은 여자 되기

수수한 수영복을 입어도 비키니 수영복을 입은 여자보다 눈에 띈다

사무실에서 예뻐 보이는 메이크업의 요령을 묻는 질문에 망설임 없이 "눈에 띄지 않으면서 눈에 띄는 것"이라고 대꾸했다. 색다른 것을 하면 들뜨고 아무것도 하지 않으면 묻혀 버린다. 이 점이 사무실에서 멋내기의 어려움이다. 눈에 띄지 않으면서 눈에 띈다? 모든 공간에서 평판이 좋은 여성이 되는 최고의 기술이다.

어느 기업의 채용 담당자의 이야기다.

"소위 그룹 면담을 하는 것은 여성으로서 어떤 식으로 눈에 띄는가를 보기 위해서라고 할 수 있습니다. 면담 장소에서 '저는, 저는' 하며 눈에 띄려고 애쓰는 여성은 때때로 평가가 좋지 않죠. 그렇다고 눈에 띄지 않는 여성을 뽑는다는 말은 아닙니다. 왜 그 사람을 뽑았는지 의아한 생각이 드는 사람이더라도 어딘가가 두드러지는 부분이 있게 마련입니다. 다시 말해 겉으로는 그다지 드러나지 않으면서 눈에 띄는 사람을 찾는 겁니다."

구체적으로 어떤 거냐고 다시 물었더니 이렇게 설명해 주었다. 한 번도 발언하지 않은 사람이 아직 있는데 자기만 두 번째 발언을 하려고 하는 사람은 안 된다. 반대로 아무도 발언하지 않았을 때 침묵을 깨거나 자연스럽게 자기 차례가 왔을 때 남들과는 다른 인상적인 내용을 말하는 사람이어야 한다. 말하자면 수수한 수영복을 입어도 비키니를 입은 여자보다 눈에 띄는 사람이다. 그리고 그 비결을 파악하는 데 최적의 장소가 사무실이다. 상사나 여자 선배의 눈에 드는 청결감, 또래 남녀의 흥미를 불러일으키는 화려함과 멋을 갖추어야 한다. 그것이 핵심이다. 평생 써먹을 수 있는 평판이 좋은 여자로서의 균형 감각을 쌓아 두자.

여자의 값어치

"머리끝부터 발끝까지 빈틈없이 멋을 내고 무장한 여자는 어째서 느낌이 좋지 않을까?"

쇼핑을 한 뒤 차를 마시고 있던 친구가 불쑥 이런 말을 꺼냈다.

"너무 돈을 투자해서 그런 게 아닐까?"

본디 벌거숭이였던 인간 사이에는 비싼 사람도 싼 사람도 없는 법이다. 다만 많은 것을 쏟아 부으면 확실히 누구의 눈에나 '비싼 사람처럼' 보이는 것이다. 다만 비싼 옷과 비싼 백과 비싼 구두를 몸에 걸친다 하더라도 그것으로 사람까지 비싸지지 않는다. 자칫하다가는 값비싼 물건에 짓눌려 도리어 싸구려로 보이는 일조차 있다. 말하자면 사람을 비싸 보이게 하는 것은 교양이나 식견이나 예리한 감성처럼 눈에 보이지 않는 것들이다. 그것들을 익히기 위해 쏟아 부은 돈이 어쩌면 그 사람을 비싸 보이게 하는 것일지는 모르지만 이 역시 증거가 없다. 그런데 사람들은 돈을 잔뜩 들이면 근사해지는 경향이 있다. 특히 여자는 옷의 브랜드나 화장품, 단골 레스토랑의 격으로 다른 사람보다 우위에 서는 경우가 꽤 있다.

심지어 여자 중에는 원래 심술궂은 사람이 아니었는데 자신에게 돈을 지나치게 들인 나머지 무의식적으로 오만불손해지는 사람이 심심찮게 있다. '돈은 사람을 미치게 한다'는 말이 바로 이런 것이다.

그러므로 자신에게 노력과 돈을 투자할수록 상냥한 마음을 가져야 한다. 굳이 생글거리며 다닐 것까지는 없지만, 그 정도로 의식하지 않으면 '돈이 든 여자'는 돈을 투자한 만큼 아름다워 보이지 않는다. 돈을 들일수록 잔걱정이 많아지다니 참으로 얄궂은 일이 아닐 수 없지만 말이다.

눈썹과 속마음

심술통이로 보이는 눈썹이 있다. 눈썹이 부자연스러울 정도로 끝까지 치켜 올라가 있는 경우다. 물론 하나같이 가늘다. 이런 사람은 원래 자신의 무서운 표정이나 날카로운 시선에 익숙해져 있기 때문에 무심결에 이런 눈썹을 만들고 만다. 눈썹은 자기 손으로 손질하여 만들 수 있으므로 그 사람의 본성을 엿볼 수 있는 것이다. 그래서 예전에 만났던 사람들을 떠올려 보면 심술궂어 보이는 눈썹을 가진 사람은 통계적으로 보아 다정한 사람이 아니었다.

서른을 넘기면 자신의 얼굴에 책임을 져야 한다는 말이 있지만, 여자는 자신이 하는 화장에 젊은 시절부터 책임을 져야 한다. 화장이 익숙해짐에 따라 마음이 그대로 화장에 드러나기 때문이다. 지금은 투명감을 추구하는 시대다. 연극 배우 수준의 두꺼운 화장이라면 모두 같은 성격으로 보이겠지만, 표정을 살리는 데 포인트를 두는 요즘의 화장은 내면이 고스란히 배어 나오기 십상이다. 외모 중시 시대가 도래했음을 알리는 부동의 증거다.

하지만 반대의 경우가 있다. 굉장히 심통 사나워 보이는 눈썹을 하고 있던 사람이 어느 날 갑자기 자신이 그렇게 보인다는 사실을 깨닫고 서둘러 집에 돌아와 도톰한 눈썹으로 다시 그렸다는 이야기를 들은 적이 있다. 듣고 보니 그 사람은 확실히 눈썹과 더불어 성격이 예전보다 원만하고 온화해져 있었다. 화장을 이용해 부드러운 얼굴을 계속 만들다 보면, 그 화장에 익숙해질 무렵 마음까지 부드러워지는 법이다. 화장을 가볍게 여겨서는 안 된다.

섹시한 피부

열 명이면 열 명 모두 매트한 립스틱을 바르던 시절 그녀는 유독 입술 화장을 글로시하게 했다. 거의 색이 없는 글로스만 바르는 것이었다. 그녀에게는 나름 대로의 고집이 있었다.

한번은 어떤 남성이 처음으로 피부가 섹시한 여자를 보았다는 말을 했다. 하얗고 매끄러워 손가락이 빨려 들어갈 것만 같은 피부라고 했다. 굳이 비유하자면 밀랍(蜜蠟) 같다는 뜻이다. 아름다운 피부는 한결같이 도자기에 비유하지만, 도자기에는 물기가 없다. 촉촉해서 꼭 안까지 투명하게 비쳐 보일 것 같은 느낌. 섹시함이란 촉촉하여 물방울이라도 떨어질 것만 같은 것이다.

최근에는 강조하는 부분이 아닌 피부 자체에 빛을 입히는 메이크업이 등장했는데, 혹 이것은 촉촉한 빛을 만들어 내려는 것이 아닐까? 촉촉한 입술, 촉촉한 피부, 촉촉한 눈동자도 좋고 미래에는 촉촉한 손끝이 화제를 낳을지 모른다. 메이크업으로 섹시해 보이는 방법이 꽤 별나다.

피부가 섹시한 여자를 보았다고 흥분했던 남성에게 다시 물었다.

"그럼 매력 없는 피부는 어떤 피부예요?"

그는 한참 생각하더니 이렇게 대꾸했다.

"건조한 피부, 거친 피부는 전혀 아름답지 않아요. 그래도 그건 나름대로 참을 만해요. 가장 매력 없는 것은 얼굴은 번들거리는데 앙알앙알 푸념만 늘어놓는 여자의 피부죠."

공감이 가는 이야기다. 촉촉한 피부와 번들거리는 피부, 언뜻 보면 비슷해 보이니 제발 착각하지 말기 바란다.

최고의 천재

그레이스 켈리가 살아 있다면 이런 할머니가 되었을 거라고 생각되는 기품이 흐르는 70대 할머니를 시내에서 보았다.

흰머리가 제법 많은 머리를 몽글몽글하게 부풀려 올려 검은 벨벳 리본으로 묶고 있었다. 백은 에르메스, 옷은 디오르인가? 그리고 손질이 잘된 하얀 피부에 연한 핑크색 립스틱을 살짝 발랐고 눈썹은 깔끔하게 정리되어 있으며 아이라인은 자연스럽게 그려져 있었다. 20대가 아무리 노력해도 따라가지 못할 아름다움이었다. 중년 여성이 납작 엎드릴 것 같은 우아함이 배어 있었다. 게다가 젠체하는 기색조차 없었다. 그 모습은 내면은 물론이고 생활이 아름다울 거라는 생각까지 자아내게 하기에 부족함이 없었다.

이 사람이야말로 아름다움의 천재다. 그 나이에 그렇게 청결감을 유지할 수 있는 것은 천재가 아니고서는 할 수 없는 일이다.

'나이와 더불어 젊음은 사라지지만 아름다움은 더해 간다.'

아름다움의 천재는 이 사실을 알고 있기 때문에 천재인 것이다.

그 사람은 엘리베이터 속으로 뛰어들지 말지 망설이고 있는 나를 위해 살포시 미소를 띠운 얼굴로 문을 열어 주고 있었다. 이런 때 조용히 미소지을 수 있으니 과연 천재다.

보이지 않는 화살표

"성형 수술을 하는 마음으로 화장해 보면 좋아요. 아무 생각하지 않고 오로지 바르기만 하니까 단순한 화장이 되어 버리는 것이죠. 진심으로 아름다워지고 싶다면 얼굴에 보이지 않는 화살표를 그리는 겁니다. 화장에는 반드시 옳은 방향이 있는데, 그것을 화살표로 만드는 거예요."

모 화장품 회사의 최고 이론파 아티스트는 언제나 이렇게 말한다.

어떤 얼굴이든 양쪽 관자놀이 부근에서 끌어올린다는 생각으로 메이크업을 하면 눈에 보이지 않는 화살표가 관자놀이를 가리키는 법이다.

"화장이 방향을 가지면 아주 재미있는 일이 일어나죠. 예를 들어 아이라인을 화살표를 따라 1밀리미터 더 그리면 보이지 않던 화살표가 느닷없이 나타나 관자놀이 쪽에 탄력이 생깁니다. 화장의 힘이란 정말 굉장하죠."

이 이야기를 듣고는 놀라지 않을 수 없었다. 그때부터 아이라인의 단 1밀리미터에, 눈썹의 방향 하나하나에 온 신경을 담기로 했다. 그렇게 해서 발견한 것은 고작 1밀리미터가 아래쪽으로 내려갔을 뿐인데, 무참하게도 얼굴이 통통해 보인다는 사실이다. 1밀리미터가 만드는 화살표가 성형 수술과 마찬가지 작용을 하는 것이다.

그럼 얼굴 중의 모든 포인트를 전부 아래쪽으로 그린다면 어떤 얼굴이 될까? 20대 여배우가 80대 노역을 맡으면 아래쪽으로 처져 보이는 화장을 한다. 눈꼬리나 눈썹 끝, 입꼬리 등을 보이지 않는 하향 화살표를 따라 화장하는 것이다. 그러면 객석에서 보았을 때 화장의 부자연스러운 선은 사라지고 이목구비와 얼굴 윤곽이 처져 보인다고 한다. 그러므로 방향을 염두에 두지 않는 화장은 겁난다.

바람둥이와 천재

아름다움에 대해 까다로운 바람둥이와 사귀면 여자는 아름다워진다

이탈리아에 괜찮은 여자가 많은 것은 이탈리아 남자 가운데 바람둥이가 많기 때문이라고 한다. 여자를 보는 끈적끈적하면서도 따뜻한 눈길. 흥분한 나머지 첫 만남에서 곧바로 프로포즈까지 해버리며 부지런히 칭찬의 말을 해댄다. 이런 칭찬에 면역성이 없는 순진한 여자는 당황하는 한편 기뻐서 어쩔 줄 몰라하며 호르몬 분비가 왕성해진다. 그래서 이탈리아 여행에서 돌아오는 여자는 한결같이 아름다워져 있다.

이탈리아의 바람둥이는 익숙해지면 아무 문제가 없지만, 우리의 평범한 사무실에 존재하는 웃음이 사라지지 않는 바람둥이는 금세 미움을 산다. 하지만 그들을 이용하자. 조금 사귀어 보면 에스테틱의 스킨케어 티켓 몇 장 정도의 가치는 있다.

여자의 아름다움을 볼 줄 아는 그들의 안목은 퍽 정확하다. 바람둥이에게 공통되는 점은 당장은 봉오리에 불과하지만 갈고 닦으면 빛을 발할 자질을 갖춘 여자를 노린다는 것이다. 그러므로 그들의 관심을 끌지 못하는 것은 한심한 일이다. 그리고 바람둥이는 여자의 아름다움에 대한 요구 조건이 무척 엄격하기 때문에 바람둥이와 사귀면 아름다워지고, 다른 여자에게 눈길이 가지 않도록 하기 위해 각고의 노력을 하게 되어 있다.

천재는 이런 남자들과 때로 식사를 즐기는 모양이다. 허술한 구석이 없는 천재다운 계산이다.

쇼핑의 요령

백화점 1층 화장품 코너를 돌아다니노라면 여기저기에서 "어머, ○○ 씨!" 하는 소리가 들려올 정도의 화장품 마니아인 그녀는 두말할 나위 없이 화장품 매장의 스타였다. 하지만 그녀는 C사 매장의 직원과는 인사를 나누고 S사 매장으로 발길을 옮기는 얄미운 손님이다. 그리고 자신이 지식과 정보를 잔뜩 갖고 있음을 찔끔찔끔 내보이는 교활한 타입이다. 그런 한편 상냥하게 굴기 때문에 카운슬러의 시간을 많이 빼앗고 재빨리 정보를 얻어 내거나 다른 사람은 받지 못하는 샘플을 받아 낸다. 이득은 거두지만 절대로 손해는 보지 않는다.

그 비결을 물었더니 이렇게 대답했다.

"처음 그 코너에 갔을 때 왕창 쇼핑을 하는 거야. 얼굴을 기억하게 하면 두고 두고 편해."

자주 해외 나들이를 하는 한 여성이 똑같은 말을 하는 것을 들은 적이 있다. 처음 간 매장에서는 여느 사람과 같이 보이는 게 싫어 매장의 직원이 놀랄 정도로 쇼핑을 한다. 단 한 번의 쇼핑으로 오래도록 융숭한 대접을 받는 것이다. 물론 재력이 따라 주지 않으면 불가능한 데다가 찬찬히 생각해 보면 썩 현명한 이야기가 아니지만, 얼굴을 기억해 주는 데에서 오는 이점을 고려하면 테크닉의 하나로 기억해 두는 것도 나쁘지 않을 성싶다.

다만 외국에서 점원이 놀랄 정도의 거액으로 쇼핑을 하면 그다지 존경받지 못하며 품위 있는 행동이 아니다. 좋은 기억으로 얼굴을 각인시키려면 약간의 모험이 따른다.

신이 만든 룰

어느 천재가 이런 말을 했다. 이 말은 섹시함의 핵심을 찌르는 부분이니 유심히 듣기 바란다.

"여자는 아무리 섹시한 여자를 보아도 섹시해지지 않아. 매력적인 남자를 많이 보아야 해. 섹시한 남자들을 보면 그 남자들에게서 공통점을 찾게 되거든. 그래서 깨달은 것은 그들은 언뜻 보기에는 여자의 눈을 의식하지 않는 것 같지만 실은 아주 여자를 좋아한다는 사실이지. 여자를 아주 좋아하는데 그것을 겉으로 표현하지 않기 때문에 매력이라는 공기가 되어 주위에 발산되는 거야. 따라서 여자를 좋아하지 않는 미남은 매력이 없지. 여자도 마찬가지야. 근본적으로 남자를 좋아하지 않으면 절대로 섹시해질 수 없단 말이야. 그런 거 아니겠어?"

맞는 말이다. 섹시함은 원래 이성에 대해서밖에 도움이 되지 않는 법이다. 핵심은 거기에 있다. 하지만 남자를 좋아하고 여자를 좋아하는 것이 겉으로 드러나면 상대는 수동적이 된다. 그러므로 남자를 좋아한다는 분위기만 풍기면 된다. '남자에게 애교를 부리는 건 정말 질색이야'라고 생각한다면 섹시함은커녕 여자로서의 매력마저 위태로운 사람이다. 여자가 여자로서 아름다운 것은 남자에게 사랑받고 싶다는 마음이 있기 때문이다.

남자는 여자를 좋아하고 여자는 남자를 좋아하도록 신이 만든 룰에 반발하면 인간으로서의 균형마저 잃기 쉽다. 어쨌든 남자와는 무관하게 예뻐지려고 해서는 아무 소용이 없다.

'남자를 좋아한다. 그러므로 남자를 위해 아름다워진다.'

이런 건전한 동기를 갖지 않으면 아름다움을 실현할 수 없다.

'안녕하세요'

"우선 '안녕하세요'라고 말할 것."

신입 편집자 시절, 유명 디자이너가 여는 '엘레강스 강좌'를 담당하게 되었는데 그 첫 번째 테마가 이것이었다. 처음에는 약간 위화감을 느꼈던 것을 기억하고 있는데, 그후 이 캐치프레이즈는 나의 모토가 되었다.

'안녕하세요'라고 말할 것? 예의에 관한 이야기가 아니다. 집에서, 사무실에서 매일 아침 만나는 사람에게 마음으로부터 '안녕하세요' 하는 인사말을 건넬수 있는가 없는가, 그것으로 그 사람의 본질을 알 수 있다는 뜻이다. '안녕하세요'라는 인사말을 마지못해 겨우 하는 사람이 있다. 그런 사람은 그 한마디가 그날 하루 자기 자신을 불쾌한 추녀로 전락시키고 있다는 사실을 깨닫지 못한다. 명랑한 맑은 목소리로 '안녕하세요'라고 말하면 그 소리가 온몸의 세포를 깨워그날 하루 자신을 아름다워 보이게 한다. 이렇게 간단한 미용법이 또 있을까.

어떤 모델이 이런 이야기를 했다.

"어머니가 늘 '고마워요'라는 말을 하면 미인이 될 수 있다는 말을 들려주셨어요."

고맙다는 인사말이 가진 미용 효과다. 게다가 그녀는 '미안해요'를 연신 해대니 설사 못생겼더라도 사랑스럽고 상냥해 보일 수밖에 없다.

우리의 인상은 '안녕하세요' '고마워요' 그리고 '미안해요', 가장 기본적인이 말들을 어떻게 사용하느냐에 따라 결정된다.

"당신은 이 세 가지 인사말을 하루에 몇 번이나 하시나요?"

그것으로 아름다움의 양이 결정된다.

거울의 힘

거울 한 장 없는 수도원에서 살아가는 수녀는 3년이 지나면 딴사람이 된다는 이야기를 들은 적이 있다. 좀 무서운 느낌이 들지만, 자신의 얼굴을 볼 일은 물론 의식할 일조차 없는 수도원 생활은 얼굴 생김새를 크게 바꾸어 버리는 것이다. 반대로 말하자면 거울 앞에서 자신이 가장 원하는 얼굴을 계속 지어 보이면 자연스럽게 그 얼굴이 되어간다. 그러므로 어떤 얼굴이 되고 싶다는 의식을 갖고 메이크업을 하면 서서히 그렇게 되어간다고 믿어 보자. 언제나 생글거리는 사람이 자연스럽게 미소짓는 얼굴이 되거나 언제나 화를 내는 사람이 험상궂은 얼굴이 되는 것은 틀림없이 마음이 미치는 성형의 힘이며, 화장과 거울에는 똑같은 힘이 있다고 생각한다.

대학 1학년인 사촌이 처음 화장을 하고 나타났다. 펜슬로 굵게 그린 아이라인이 마치 진짜 성형 수술이라도 한 것처럼 그애의 얼굴을 깜짝 놀랄 미인으로 바꾸어 놓고 있었다. 그후 반년 만에 만났을 때에는 화장을 하지 않은 얼굴이었는데 눈이 예전보다 커 보였다. 화장과 거울이 지닌 위력을 모르던 시절의 맨 얼굴과는 다른 사람이 되어 있었다. 이때 한 번 더 화장과 거울이 가진 성형의 힘을 확신했다.

지금부터라도 늦지 않았다. 순수한 마음으로 자신의 소중한 소망을 화장에, 그리고 거울에 걸어 보자.

물도 효과가 있네

효과가 나지 않는다면 그것은 당신의 잘못이다

"이거 효과가 뛰어나요"라고 어떤 화장품을 칭찬하는 소리를 들으며 내심 '하나도 효과가 없었는데 어째서 저 사람은 좋다고 할까?' 하는 생각을 한다. 그리고 그날 밤 다시 발라 본다. 그랬더니 이번에는 효과가 있다. 이런 일은 흔히 있다. 다른 사람에게 효과가 있었다면 내게도 효과가 있지 않을까 하는 무의식의 힘이 작용하기 때문이다. 무심결에 사용하는 양이 늘어나고 투자하는 시간이 늘어난다. 무엇보다 그 화장품이 피부에 잘 스며들게 하는 데에 온 신경을 집중하기 때문에 효과가 없는 것도 효과가 나게 된다.

'효과가 없다면, 효과가 나게 한다'는 것은 '두견새를 울게 하라'*(일본 통일을 이룬 도쿠가와 이에야스와 도요토미 히데요시를 비교할 때 이용되는 비유로, 도쿠가와 이에야스는 '두견새가 울 때까지 기다린다'는 말로 표현된다)는 도요토미 히데요시식 강요가 중요하다. 가만히 발라서 헛수고였다면 힘주어 문지르며 마사지해 보거나 듬뿍 발라 팩을 해본다. 이것저것 시도해 보면, 어느 방법인가가 효과를 발휘하게 마련이다. 그리고 그것을 깨달은 날부터 효과가 나는 것이 즐거워 금세 아름다운 피부로 변모해 간다.

물조차 효과가 있다고 말한 사람이 있었다. 산속에 있는 별장으로 여행을 갔는데 깜박하여 화장수를 잊고 온 그녀는 수돗물로 얼굴에 패팅을 했다. 시간이라도 충분히 들여 효과를 보려고 무려 20분이나 패팅을 했다. 그러자 여느 때보다 훨씬 화장이 잘 먹는 느낌이었다. 그녀는 그날부터는 무엇이든 효과가 나게 하는 마니아가 되었다.

효과가 나게 만드는 기쁨은 최첨단 기술마저 뛰어넘는 모양이다.

무의식 추녀와 우연한 추녀

누구나 일부러 거울을 마주할 때와는 다른
자기도 모르는 못생긴 얼굴을 갖고 있다

텔레비전을 보고 있던 내 앞에 느닷없이 손거울이 내밀어졌다. 거울 속 내 얼굴은 다른 사람에게는 절대로 보이고 싶지 않은 꼴사나운 표정이었다. 게다가 텔레비전에 집중하느라 찡그리고 있었는데 이렇게 못생긴 내 얼굴을 보기는 처음이었다. 그런 얼굴로 텔레비전을 보고 있는 내 모습을 그냥 보아 넘길 수 없었던 어머니가 거울을 내민 것이었다. 아직 어리던 10대 시절의 이야기다. 하지만 그때의 내 표정을 여태껏 잊을 수가 없다. 잊을 수 없다기보다 잊어서는 안 된다고 마음 깊이 새겼다.

무의식 추녀라고나 할까? 사람들은 무언가에 집중하고 있으면 도저히 상상할 수 없는 표정을 짓게 되는데, 그런 순간의 표정을 스스로 볼 수 없는 것이 불행의 시작이다. 누구나 하루에 몇 번은 그런 얼굴을 세상에 드러내고 있는데 말이다.

사람들과 차를 마시고 있을 때, 맞은편에 거울이 있어 수다를 떨고 있는 내 얼굴을 보았는데 그 얼굴 또한 굉장했다. 대화에 열중하고 있는 얼굴은 여느 때 자신이 거울에 일부러 비추어 보던 순간의 얼굴과는 달랐다. 이때 깨달은 것은 자기가 알고 있는 자신의 얼굴과 다른 사람이 보고 있는 자신의 얼굴이 전혀 다르다는 사실이다. 말하자면 우연한 추녀다. 자기가 좋아하는 표정을 미처 짓지 못할 때 우연히 들키고 마는 추녀다.

사람은 누구나 이런 무의식 추녀와 우연한 추녀를 자신의 얼굴에 갖고 있다. 괴로운 일이지만, 그 얼굴들을 알아 두어야 한다. 미리 알아 두는 것만이 가능한 한 그런 얼굴을 세상에 보이지 않는 유일한 제어 장치이므로.

위력을 발휘하는 아름다움

지성과 용기에 아름다운 외모와 섬세함을 갖춘 여자의 힘은 크다

어떤 포럼에 참석했던 친구가 강사가 여성으로서 그다지 매력이 없어 그녀의 말에 고분고분하게 수긍이 가지 않더라는 이야기를 했다. 강사가 만약 아웅산 수치 여사였다면 모두 열심히 귀를 기울였을 것이라는 말까지 곁들였다. 여성 가운데에는 존경하는 사람이 누구냐는 질문에 아웅산 수치 여사의 이름을 드는 사람이 매우 많다고 한다. 아름다운 외모 따위와는 아무 상관없는 민주화 운동의 리더가 그처럼 아름답고 우아한 데다가 꽃을 머리에 꽂는 섬세함을 잊지 않는 여성이라는 사실로 인해 세계가 받은 충격은 몇 배나 커졌을 터이다.

미얀마 사람들은 수치 여사의 아름다움과 지성, 용기와 정의감의 기적적인 조화에 박수를 보낼 여유가 없을 테지만, 같은 동양인 여성으로서 우리가 받은 영향은 이만저만한 것이 아니다.

외모를 따지지 않는 일에 몸을 바치고 있으면서도 외모의 소중함을 잊지 않는다. 그렇게 하면 그 주장은 위력을 지닌다. 이야말로 외모가 지닌 위력의 진수다. 중년 여성 사이에서는 아직 시들 줄 모른다는 하시모토 수상의 인기 역시 그런 힘이 작용하고 있지 않다고 단언할 수 있을까.

외모 하나만 내세워서는 안 된다. 그리고 외모와 아무런 관계가 없는 일에 열중할 때 비로소 외모의 힘은 활짝 꽃피우는 것이다.

립스틱색의 나이에 대해

연한 핑크색은 열여덟 살, 산호색은 스물세 살, 새빨간색은 서른 살이다

어떤 잡지에 '미세스를 위한 립스틱'이라는 특집이 있었다. 내게도 각 화장품 메이커에서 저마다 추천하는 미세스를 위한 색에 관한 취재 의뢰가 들어왔다. 그런데 담당 편집자가 전화를 걸어 와 메이커에서 추천하는 색과 내가 추천하는 색이 180도 다르다고 했다.

흔히 말하는 미세스 색은 예나 지금이나 빨간색이면서 명도가 낮고 노란색이 약간 들어간 브라운레드다. 하지만 나는 이 색을 누구도 미인으로 만들 수 없는 색이라고 생각하여 몹시 싫어한다. 어떤 색이든 소화해 내는 모델의 얼굴에서조차 아름답다고 생각한 적이 없으며, 화장품 업계에서 저지른 역사적인 착각이라고 본다. 침착한 색이기는 하다. 하지만 이미 한창때의 젊음이 사라진 얼굴을 더욱 가라앉게 하여 어쩌겠다는 것인가.

립스틱의 색에는 본디 나이가 있다. 연한 핑크색은 열여덟 살이고, 밝은 산호색은 스물세 살이고, 새빨간색은 서른 살이다. 그러므로 젊어 보이고 싶다면 립스틱색이 지닌 젊음의 힘을 빌려야 한다. 하지만 립스틱색 하나로는 결코 젊음을 만들 수 없다. 브라운레드는 나이로 말하자면 마흔다섯 살이다. 40대가 마흔다섯 살을 바르니 젊어 보일 리가 없다.

나는 브라운레드 립스틱을 바르는 어머니를 볼 때면 언제나 핑크색 립스틱으로 다시 바르게 한다. 그리고 나면 열 살은 젊어 보인다. 피부까지 한층 환해지고 맑아 보인다. 미세스 색에 관한 착각은 꼭 바로잡고 싶다.

향수에 관한 오해

  젊은 시절부터 무턱대고 여성스럽고 관능적인 향기를 뿌려대서 남자에게 호감을 사지 못하는 여자가 적잖이 있다. 한편 꽤 친해지지 않으면 향기가 별로 어울리지 않는다는 말은 하기 어렵다. 사람과 사람 사이가 본격적인 궤도에 오르기 전에 이렇다 할 특별한 일이 없는데 서서히 멀어지는 경우, 서로 눈치채지는 못하지만 냄새가 원인일 때가 퍽 있다.

  향기는 여성스럽기 때문에, 남성스럽기 때문에 이성을 유혹하는 것이 아니다. 본래 남녀가 느끼는 향기는 같다. 그래서 남녀 공용 향수가 등장했을 때 진작 그랬어야 한다고 생각했다. 인기 있는 남성용 향수 역대 1위에 빛나는 카레슈, 이터너티, 그리고 불가리 푸르옴므 같은 남성스러움이 배어 있는 향기에는 관능미를 연상시키는 파우더리 노트가 전혀 들어 있지 않다.

  반대로 많은 여자가 남성용 향수의 상징인 이발소 냄새를 좋아하지 않는다. 더구나 지금은 남녀 향수의 경향이 점점 가까워지고 있다. 플로럴 노트이면서 남성스러운 에센스가 들어간 여성용 이터너티에 비해 남성용 이터너티는 여성스러운 에센스를 갖고 있다. 이것은 의도적인 것으로 생각되는데, 마치 향수를 구태여 남녀로 나누어야겠느냐고 강력하게 항의하는 것 같다.

  정도의 차이는 있지만, 향수는 이성을 자극하고 유혹한다. 그러나 그런 성격을 노골적으로 드러내고 지나치게 관능적이면 곧 작위적인 것이 되어 버리고 만다. 향수에 이런 오해를 많이 한다는 사실을 알아 두어야 한다.

레이스 장갑

여성지 편집자로 근무하던 무렵, 패션 페이지의 촬영에는 '잘 안 될 경우 장갑 부탁'이라는 금과옥조가 있었다. 모델에게 옷을 입혀 보았는데 뭔가 부족한 듯하고 뭔가 마음에 안 든다, 이런 경우에는 장갑을 끼우거나 손에 들게 하면 어쩐 일인지 그것만으로 그럴듯해지곤 했다.

그렇지만 가을과 겨울 시즌의 가죽 장갑은 괜찮은데, 여름 의상에 레이스 장갑은 리얼리티가 부족하다. 잡지의 패션 사진은 원래 거짓말투성이인 데다가 챙이 30센티미터나 되는 모자가 눈 하나 깜짝 안 하고 등장하는 세계다. 하여튼 한여름에 레이스 장갑을 끼우는 것은 의상 디자인 학원의 학생이나 하는 짓이다. 그러나 옛날 여자들은 정말로 레이스 장갑을 끼고 다녔다. A라인 민소매 원피스에 레이스 장갑. 정말 멋쟁이였다. 나는 이 멋쟁이들이 부러워 늦게 태어난 것을 원망한 적이 있다.

여름에 레이스 장갑을 끼고 양산을 들고 핸드백을 팔에 걸던 시절의 여자는 여자 중의 여자였다. 자기를 가리킬 때 '나'라고 하지 않고 '저'라고 하고, '…… 같아요' 대신 '…… 입니다'라고 하며 '호호호' 하고 웃던 시절의 여자는 여성사상 가장 아름다웠다고 생각한다. 레이스 장갑을 꼈던 까닭은 땀에 젖은 손이 상스럽다고 여겼기 때문이지 절대로 눈에 띄기 위해서가 아니었다.

거짓 칭찬

그다지 귀엽지 않은 아기를 볼 때면 늘 긴장한다. '칭찬해야 하는데……. 칭찬해야 하는데……' 하며 초조해 하면 할수록 결국 칭찬의 말은 나오지 않는다. 그러고는 겨우 "몇 개월 됐어요?" 같은 말을 해버린다. 왜 아기를 보면 그냥 '어머, 참 귀엽네요'라는 말이 나오지 않을까? 아마 칭찬해야 하며 다른 사람을 칭찬할 때는 정직해져야 한다고 믿기 때문일 것이다. 그리고 거짓으로 칭찬하면 칭찬받는 쪽은 칭찬받지 않았을 때의 100배나 되는 상처를 입는다는 사실을 잘 알고 있기 때문에 쉽게 칭찬의 말이 나오지 않는다.

칭찬에 대해 이야기하노라니 문득 생각나는 사람이 있다. 이 사람과 만나면 늘 배가 부르도록 칭찬을 받는 기분이 되어 들뜨고 유쾌해지는데, 생각해 보면 칭찬하는 횟수는 그리 많지 않다. 상대가 진심으로 기뻐할 수 있는 핵심을 찌르는 방법을 제대로 알고 있기 때문일 것이다. 그래서인지 이 사람은 많은 팬을 거느리고 있다. 정말로 칭찬을 잘하는 사람은 사람들로부터 사랑을 받는 사람이다. 칭찬을 잘하는 것은 횟수의 문제가 아니라 질의 문제다. 그 사람은 헤어질 때면 늘 "오늘 만나서 아주 기뻤어"라는 최고의 칭찬의 말을 해준다.

전에 무슨 일이었는지는 생각나지 않지만 어떤 여성에게 칭찬을 듣고 무심코 "칭찬을 참 잘하시네요"라고 말한 적이 있다. 그러자 그녀에게서 이런 말이 돌아왔다.

"칭찬을 잘한다는 말을 듣는 칭찬은 정말 잘하는 게 아니에요."

겸손하게 말한 것일 테지만, 칭찬을 듣는 쪽도 기쁘면 정직해져야 한다.

'괜찮겠지'의 비극

스키 부츠를 사러 갔는데 썩 마음에 드는 것이 없어 맞추기로 했다. 맞춤 코너에 가자 여러 명의 남자 직원 가운데 한 사람이 이렇게 말했다.

"구두와 스타킹을 벗으시겠습니까?"

나는 허둥대며 "지금 여기에서 말이에요?" 하고 되물었다. 그랬더니 직원이 "아, 죄송합니다. 저쪽에 화장실이 있으니 그곳에서 벗고 오세요"라고 말했다.

내가 당황한 것은 그 때문이 아니었다. 그날 아침 스타킹을 신으려고 하다가 페디큐어가 벗겨져 가고 있었던 게 눈에 들어왔다. 하필 빨간색이었다. 내 눈에도 보기 흉했지만 다시 칠하고 있을 시간이 없어 사람들 앞에서 신을 벗을 일은 없을 테니 하루쯤 괜찮을 거라고 생각했다. 이런 경우에는 자기 자신에게 궁색한 변명을 하게 마련이어서 나 역시 핑계를 대며 스타킹을 신었다.

'나는 언제나 이렇게 벗겨진 채 내버려 두는 여자가 아니잖아. 오늘은 어쩌다 있는 일이야.'

하여튼 다른 사람에게 들키게 되리라고는 상상도 하지 않았다. 하지만 이런 때에는 많은 사람 앞에 매니큐어가 벗겨진 빨간색 발톱을 드러내야 하는 죽고 싶을 만큼 창피한 운명이 기다리는 법이다. 끈적끈적한 점토 위에 얹힌 내 발을 지그시 내려다보았다.

'잘 가, 내 자존심. 잘 가, 내 체면.'

나를 아름답게 꾸미기 위한 화장은 자신을 나락으로 밀어뜨리는 흉기가 될 수 있으니, '뭐, 괜찮겠지' 하는 방심을 경계해야 한다. 메이크업에 있어 '오늘은 어쩌다 잘 안 된 것일 뿐인데 뭐' 하는 방심은 있어서는 안 되는 변명일 뿐이다.

살을 빼는 게 왜 어려워?

연예계의 한 아름다움의 천재는 살을 찌우고 나서 빼고 싶은 부분만 살을 빼 균형 잡힌 몸매를 만들었다고 한다. 천재의 기술이다. 살찌는 것을 두려워하지 않는 자신감은 엄청난 힘을 주는 모양이다.

어떤 천재는 살을 빼고 싶을 때 밥의 양은 3분의 1로 줄이고 반찬은 충실하게 먹는다고 한다. 이렇게 하면 한 달에 5킬로그램은 넉넉히 뺄 수 있다. 또 어떤 사람은 뭐니 뭐니 해도 채식 위주 식사가 최고라고 한다. 통변이 좋아져 날씬해진다고 한다. 특히 얼굴살을 빼는 데에는 효과가 있다고 한다. 그리고 살을 빼고 싶을 때일수록 체중계에 올라가지 않는다. 거울로 체중을 체크하며 어느 정도 빠졌는지를 상상한다. 그렇게 하면 반드시 살이 빠진다고 한다.

또 있다. 아침에 일찍 일어나는 것이다. 그러면 자연히 저녁 식사를 가볍게 하게 되고 아침 일찍 일어나기 위해 일찍 자기 때문에 밤에 수분을 섭취하는 일이 없다. 한 여배우가 밤 아홉 시 이후에는 물 한 방울도 마시지 않는다는 말을 듣고 시작한 방법이라고 한다.

이것은 전부 내가 취재중에 수집한 천재의 다이어트법이다. 하지만 이 방법들을 들려준 천재들은 누구 한 사람 뚱뚱하지도 너무 마르지도 않은 적당하게 균형 잡힌 몸매를 자랑하고 있었다. 공통점은 더 있다. 모두 매우 건강하고 밝았다는 점, 그리고 다이어트의 성공을 굳게 믿는다는 점이다.

그래서 살이 빠진 걸까?

네일아트

달리 마음을 쏟을 대상이 없어
네일아트에 몰두하는 사람에게서는 쓸쓸한 냄새가 난다

오래 전에 네일 아티스트를 취재했는데, 그녀는 열 손가락 모두 잘 손질된 화려한 손을 반짝이면서 이렇게 말했다.

"내 고민은 말이에요. 전철의 손잡이를 잡지 못하는 거예요. 남자들이 무서운 표정으로 쳐다보거든요."

그때는 그렇기도 할 거라고 생각했다. 바야흐로 네일아트는 선풍을 일으키고 있는데 남자들은 눈이 익숙해지면 익숙해진 대로 이런 말을 한다.

"그런 손톱을 보면 저런 걸 할 시간이 있을까 하는 생각이 절로 들어."

"그런 손톱은 집안일을 하지 않는 여자라는 걸 증명하는 거지."

우리 여자들은 네일아트가 보기보다 시간이 많이 들지 않는다는 사실과 집안일을 얼마든지 할 수 있다는 사실을 이해시켜야 한다.

그런데 왜 그렇게 예전부터 여자의 손톱에 대해 고집스러운 걸까? 손톱이라는 신체 부위는 몸을 지키고 사냥감을 덮치던 무기의 흔적이어서, 그것을 두려워하는 본능을 강하게 갖고 있기 때문일 것이다. 하지만 문제는 우리 여성이 손톱이야말로 여자임을 보여 주는 물적 증거라고 생각하고 있다는 점이다. 조이너 *(서울올림픽 여자 육상 금메달리스트. 화려한 패션 감각과 15센티미터나 기른 손톱으로 화제를 모았다)가 자신이 여자임을 손톱으로 표현했던 것은 잘 알려진 일이다.

여자라는 사실을 희생하면서까지 무언가에 집중하고 그 대신 손톱으로 여자를 증명하거나 강조하는 것은 대단히 멋지다. 그러나 남자들이 말하듯 여가가 있음을 증명하는 손톱은 아름답지 못하다. 마음과 정신을 쏟을 대상이 달리 없어 네일아트에 몰두하는 사람에게서는 어쩐지 쓸쓸한 냄새마저 풍긴다.

당신은 미인?

　여배우를 발굴하는 오디션에서 "자신을 미인이라고 생각하나요?"라는 예리한 질문이 던져졌다. 이것은 대답하는 사람의 본성이 드러나는 질문이다. 긍정하기도 어렵지만, 아니라고 부정하기도 어렵다. 응시자들의 답에 순위를 매겨 보았다.

　1. "그렇게 생각하지 않습니다"라며 자연스럽게 웃는 사람은 유쾌한 느낌이다.

　2. "그렇게 생각합니다"라는 대답은 현명해 보인다.

　3. "미인은 아니지만 귀엽다고는……" 정도가 진짜 귀여운 여자일지 모른다.

　4. 딱 잘라 "아니오"라고 답한 미인. 정말 그렇게 생각할까 싶어 심술이 난다.

　5. "네"라고 차갑게 대답한 미인. 당연하다는 표정이다.

　6. "네. 그렇게 생각합니다"라고 답한 평범한 사람. 도전적인 태도가 괴롭다.

　7. "다른 사람보다는 아름답다고 생각합니다." 자신을 미인이라고 생각하는 것은 좋지만, 다른 사람과 비교해서는 안 된다. 자신은 조심스럽게 대답할 생각이었는지 모르지만, 듣기에 따라서는 비아냥거리는 대답이 된다.

　그럼 마지막 대답.

　"미인은 아니지만, 부모님과 있을 때는 아름다운 표정이 된다고 생각합니다."

　'제법이잖아' 하고 호감을 가졌는데, 동시에 좋지 못한 예감이 언뜻 스쳤다. 하지만 다음에 이어진 "사랑하는 사람이 있습니까?"라는 질문에 "네"라고 시원스럽게 대답하는 모습을 보고 괜찮은 사람이다 싶었다. 다시 질문이 이어졌다.

　"누군지 밝힐 수 있나요?"

　"네. 저희 어머니입니다."

　'너무 잘 보이려고 애쓰는 거 아니야. 이런 데까지 효심을 이용하다니.'

연인이 없으면 외롭고 있으면 괴롭다!

"연인이 없는 외로움과 연인이 있는 괴로움 중 하나를 택하라고 한다면 당신은 어느 쪽을 택하시겠습니까?"

기억을 떠올려 보면 연인이 있는 시간이 정말로 행복하기만 했을까. 좋은 시간은 눈 깜짝할 사이에 끝나고 금세 수많은 감정이 덮쳐 온다. 초조함이 있는가 하면 분노가 있다. 설레임이 있지만, 차츰 불안감이 커지고 마침내 홀가분해지고 싶어진다. 그리고 언제든 끝낼 수 있다고 생각하면서도 그 뒤에 찾아들 공허감을 생각하면 두려워져 결단을 내리지 못하고 질질 끈다. 그런데 연인이 없는 것이 쓸쓸한 공허감이 아니라 기분 좋은 공허감이라면?

절대로 혼자가 될 수 없으리라고 생각했으나 7년이나 끌어 온 연인과 전격적으로 헤어져 마침내 30대에 혼자 된 여자가 있다. 위로의 말을 건네자 그녀가 이렇게 말했다.

"그게 말이에요, 어쩐지 마음이 편하고 한구석에서는 들뜨기까지 해 나쁘지만은 않은 느낌이에요."

부드러워진 얼굴, 매니큐어가 산뜻하게 칠해진 손톱. 시간에 신경 쓰지 않고 전화를 기다리지 않는 여유. 함께 느긋하게 밥을 먹었다. 그녀는 뜻밖에 공허함이 마음에 드는 눈치였으며 매우 아름다웠다.

누군가가 헤어지지 못하고 있는 친구에게 "컵의 물을 이제 그만 버리세요"라고 충고한 말이 떠오른다. 물을 버리지 않으면 다른 것을 담을 수 없다는 의미다. 그리고 다시 물을 담기 전 비어 있는 상태일 때 그 사람의 진정한 아름다움이 얼굴을 내민다. 더 이상 미루지 말고 지금 당장 결심하라고 그녀에게 말했다.

아름다운 친구

남자와는 다른 형태의 사랑을 주는 여자 친구가 없다면 아름다워질 수 없다

나는 한 후락한 가게의 쇼윈도 앞에 못박인 채 서 있었다. 두 여인이 서로 마주보며 이야기를 나누는 모습의 자기 인형은, 무엇인지 정체는 모르지만 내가 늘 찾아오던 것 같은 느낌이 들어 도저히 그 자리를 떠날 수가 없었다. 스페인에 가면 최고급 인형 장식품이 거리 여기저기의 가게에 진열되어 있다. 동료들 때문에 하는 수 없이 발길을 돌렸지만, 결국 다시 만나지 못하고 말았다. 하지만 그 '두 여인'의 표정만은 눈 속에 깊이 새겨져 있었다.

집에 커다란 소포가 배달되었다. 포장을 풀고 그때의 두 여인이 놓여 있는 것을 보고는 운명마저 느꼈다. 인형의 표정에 마음을 빼앗기는 일은 누구에게나 있겠지만, 나는 두 여인을 매일매일 바라보았다. 왜 이토록 두 여인에게 매료되었을까?

예전에 나는 아름다운 친구를 가져야 한다는 내용의 기사를 쓴 적이 있다. 두 여자가 아름다움을 공유하고 서로 키워 가는 모습만큼 이 세상에서 아름다운 것은 없다는 게 내 생각이다. 그리고 나는 젊었을 때부터 아름다운 두 여자가 정답게 이야기를 나누고 있는 모습을 보면 기분이 좋아지곤 했다.

"여자는 혼자서는 아름다워질 수 없다."

내가 다다른 결론이다. 사랑을 주는 남자의 존재 역시 소중하지만, 다른 형태의 사랑을 주는 여자의 존재가 없다면 여자의 아름다움은 벽을 넘을 수 없다.

아름다운 여자 친구들에게 선물받은 여인들. 서로를 응시하는 표정과 두 여인 사이에 흐르는 맑은 공기. 여자로서 아름다움의 진실을 놓치지 않기 위해 이 인형을 하루도 거르지 않고 바라보고 있다.

체육 점수

체육 과목에서 늘 좋은 점수를 받았다고 해서 무조건 아름다워지는 것은 아니다. 다만 운동 신경이 둔한 나머지 아름다워질 수 없는 사람이 있는 것은 분명하다. 정확하게 말하자면 수영을 잘 못하거나 배구의 서브나 농구의 슛이 그럴듯하지 못했던 사람은 요주의 인물이다. 몸의 움직임에 센스와 리듬감이 부족하여 아름다움의 발목을 잡아끌기 때문이다.

몸매는 매력적인데 걷는 모습이 그것을 무색케 하는 사람, 담배를 피우는 몸짓이 울고 싶을 정도로 세련되지 못한 사람, 손끝의 움직임이 우아하지 못한 사람이 세상에는 아주 많다. 그리고 이런 여자는 이상한 일이지만 얼굴은 미인이더라도 아름다운 사람으로 여겨지지 않는다. 반대로 우피 골드버그가 신기할 만큼 근사해 보이는 까닭은 몸짓이나 몸의 움직임이 세련되었다는 사실로 이모든 것을 설명할 수 있다.

운동 신경은 부모님에게 물려받아야 하지만, 몸짓이나 걸음걸이는 훈련으로 만들어질 수 있다. 서구에서 아름다움을 위한 교육은 그것들로부터 시작된다고 한다. 미용 마니아가 빠지기 쉬운 함정은 꿩이 다급할 때 머리만 풀숲에 숨기듯이 결점의 일부를 눈가림하고 전부를 감춘 것으로 믿어 버린다는 것이다. 아름다움은 얼굴만의 것도, 피부만의 것도 아니라 손끝까지 포함한 온몸의 움직임을 통틀은 평가라는 점을 절대로 잊어서는 안 된다. 아름다움의 운동 신경을 단련하자. 특히 체육 점수가 평균 이하였던 사람에게는 강력하게 제안하고 싶다.

적게 먹자

살이 쪘다 빠졌다를 되풀이하는 동안 지방은 점차 끈질기고 고집스러워져 살을 빼기 어려워진다는 경고를 자주 듣는다. 아무튼 요즘에는 살을 빼고 싶을 때 마음만 먹으면 언제든지 뺄 수 있는 특기를 가진 사람이 많다. 이 사람들에게 있어서 다시 살찌는 것은 흔히 말하는 요요 현상이 아니라 단순히 살을 빼고 있지 않는 시기일 뿐이다. 이 사람들은 살을 뺄 자신이 있으므로 살찌는 것을 두려워하지 않는다. 다시 말해 살이 빠지든 찌든 개의치 않는 사람들이다.

"살을 빼는 것이 어렵다고 생각하던 시절에는 무엇을 해도 살을 뺄 수가 없었어요. 그런데 한번은 아무것도 하지 않았는데 한 달에 5킬로그램이나 빠진 거예요. 곰곰이 짚어 보았더니 아주 단순한 이유였어요. 친구들과 자주 만나지 않아 식사량이 조금 줄었을 뿐이더군요. 살을 빼는 건 정말 간단한 일이라는 사실을 깨달은 순간 어렵지 않게 날씬해질 수 있는 몸이 되었죠."

날씬해지는 것을 엄청난 중대사로 여기면 식사량을 아무리 줄인다고 한들 살이 빠지지 않는다. 참으로 이상한 일이다. 모든 것을 백지로 돌리고 '먹는 양을 줄이면 누구나 살이 빠지는 게 당연한 일이다'라는 경지에 서면 반드시 도움이 될 것이다.

요컨대 다이어트 방법이 너무 복잡해지면 그다지 좋지 않은 모양이다.

"먹지 않으면 살이 빠진다."

때로는 이 기본으로 돌아가 보기 바랄 뿐이다.

남자 하나, 여자 둘

자기의 이미지를 버리고 '그 여자'를
흉내낸다면 어떤 사람도 아름다울 수 없다

사랑을 시작한 순간 몰라보게 아름다워진 여자가 있다. 그런데 그녀는 얼마 후 분위기가 바뀌어 버리고 말았다. 머리를 둥글게 말아 업스타일로 하는 등 꼭 중년 여성 같은 인상으로 변화했는데 유감스럽게 그다지 어울리지 않았다. 그녀는 왜 변했을까? 먼저 연인의 취향에 맞춘 것으로 짐작해 볼 수 있다. 그러나 그런 경우에는 학부형 회의에 가는 어머니처럼은 되지 않는다. 그럼 대체 무엇이 그녀를 그렇게 바꾸어 놓았을까?

다른 여성의 존재에 사로잡혀 있는 것이 분명하다. 연인에게 다른 여자가 있었다는 사실을 알아 버렸거나 연인이 양다리를 걸치고 있는 것이다. 이런 경우, 총명한 여자일수록 자신은 미처 깨닫지 못하지만 '그 여자'와 경쟁하고 딱하게도 자신이 지고 있다고 생각하기 십상이다. 그러므로 무심결에 다른 여자의 스타일이나 이미지를 흉내낸다. 대부분의 경우 이렇게 해서 자신을 잃어버린다. 자기 본래의 이미지로 승부하려고 하지 않고 상대 여성의 이미지를 제 것으로 만듦으로써 연인의 마음에 들려고 노력하는 것이다

아무튼 선의가 아닌 마음에서 나온 다른 사람을 모방한 멋내기는 센스가 뛰어나더라도 결코 성공하지 못한다. 연애는 1대 2로 하는 것이 아니다. 어디까지나 남녀 한 사람씩 1대 1로 하는 것이며 그만 똑바로 쳐다보아야 한다. 말하자면 연애에서든 미용에서든 이기기 위해서는 자기 수양이 필수 조건이다.

사랑받는 아우라

상대에게 몰두하면 그것은 더욱 큰 힘으로 자신에게 돌아온다

"아우라*(고상한 분위기와 광채)를 발산한다는 것은 어떤 것인가요?"

젊은 여성에게서 진지하게 이런 질문을 받을 때가 있다. 대답하기가 곤란하다. '아우라'라는 말을 자주 하고 있지만, 막상 정의를 하려면 어렵다. 그래서 "○○ 씨는 아우라를 본 적이 있어요?" 하고 반문해 보았다. 그녀가 누군가에게 아우라를 느꼈다면 그것이 그녀에게 있어서의 아우라의 정체기 때문이다. 그녀는 한 여자 연예인의 이름을 댔는데 그만 이렇게 대꾸했다.

"남들 앞에 나서는 직업을 갖게 되면 자연스럽게 아우라가 생겨요."

연예인은 온몸으로 대중의 마음을 사로잡으려고 하므로 그들이 내뿜는 에너지는 이만저만한 것이 아닐 터이며, 매일 그렇게 하면 원하지 않아도 아우라가 나온다. 여성이든 남성이든 피부를 통해 나오는 것은 같다. 전에 골프 연습장에서 100미터나 떨어져 있는 타석의 어떤 배우에게 카메라의 렌즈처럼 내 시선의 초점이 맞더니 생김새까지 똑똑히 보여 흠칫 놀랐다.

한편 "아우라는 발산하는 것이 아니라 끌어당기는 힘이 아닐까요?"라며 내면의 아우라를 머금고 있는 사람이 주위에 있다는 말을 한 사람이 있다.

"하여튼 함께 있는 동안 절대로 내게서 눈을 떼지 않고 완전히 내 속으로 들어오는 느낌이 들 만큼 상대에게 몰두하는 사람이 있어요. 이런 사람과는 첫만남이더라도 굉장한 힘에 의해 끌려가죠."

상대에의 집중력. 이것은 상대를 감동시키는 힘이다. 그리고 상대에게 쏟은 것의 몇 배가 돌아온다. 이게 바로 사랑받는 아우라가 아닐까. 사람들에게 자신을 내보이느냐, 사람들을 보느냐? 아우라를 뿜어낸다면 이 둘 중 하나다.

단단 체조

무시무시한 약물까지 동원해 살을 빼느라 야단인 시대 탓에 다이어트 링이다, 테이프다 하는 마술 같은 다이어트 방법이 속속 선보이고 있다. 살 빼는 방법은 그야말로 100가지, 아니 1000가지도 넘기 때문에 자기에게 맞는 방법을 화장품을 선택하는 요령으로 선택하도록 하자.

사실 이렇게 말하는 나도 이것저것 여러 가지를 시도해 본 편이다. 그리고 어디까지나 개인적인 의견이지만, 여태껏 보거나 듣거나 시험해 본 중에서 가장 건전하고 손쉬우며 실패 없이 효과를 거둘 수 있었던 것은 10여 년 전에 등장한 '단단 체조'다. 이 체조는 살을 빼고 싶은 신체 부위에 힘을 넣고 단단하게 만들기만 하면 된다. 언제 어디서나 어떤 자세로나 가능하고 의외로 힘이 들지 않는다. 그런데 효과는 만점이다. 이치로 따지면 합리적인 방법은 그 밖에 얼마든지 있을 테지만, 해보면 이 체조가 좋다는 것을 금방 알 수 있다.

다음으로는 '기름기 제거 다이어트'다. 체질적으로 기름기 있는 음식을 매우 즐기는 편이라 1주일 동안 기름기 있는 음식을 될 수 있는 대로 멀리하면 금방 체중이 감소한다. 나는 이 방법으로 별로 애쓰지 않고 3킬로그램을 줄였다.

결국 자신과 궁합이 잘 맞는 것을 택해야 한다는 점은 화장품 선택과 완전히 똑같다.

아우디와 향수

아름다운 여자가 향수를 고르고 있다. 뒤에서 지켜보는 그 매장의 주인 같아 보이는 노신사의 무표정하고 거만해 보이는 자세가 향수 매장의 격조를 말해주고 있다. 그녀는 19세기 스타일의 클래식한 향수병을 손에 들고 가만히 코끝에 대보고 나서 결정한다. 그곳에서 나온 여자는 상점 앞에 세워져 있는 차에 다가가더니 차문을 여는 대신 보닛을 열더니 막 산 향수를 탱크에 가솔린을 넣듯 주르르 붓기 시작한다. 여자를 배웅하려던 노신사는 숨을 멈춘 듯하다. 여자는 무슨 짓을 하는 것일까? 그녀는 아무 일 없었다는 표정으로 차에 올라타고 나서 엔진을 건다. 다음 순간, 프론트글라스의 와이퍼가 움직이기 시작하고 그와 동시에 워셔액이 뿜어져 나와 차 주위에 물방울이 세차게 흩날린다. 노신사의 눈은 간이라도 떨어진 것처럼 휘둥그레진다. 향수가 섞인 워셔액 덕분에 여자가 탄 아우디에서 방금 산 향수의 신선하고 고상한 향기가 순식간에 퍼진다.

이것은 얼마 전에 방송되었던 아우디의 광고다. 나는 이렇게 멋지고 세련되며 드라마틱한 광고를 본 적이 없다. 자신이 향수를 뿌리듯 차에 향수를 뿌린다. 향기는 이런 세련된 행동을 할 수 있는 여자를 위해 존재하는 것이라는 생각이 새삼스레 머리를 스쳤다.

나도 예전에 아우디를 탔었다. 그리고 매일 향수를 뿌린다. 하지만 이런 발상은 꿈도 꾸지 못했다. 한 방 얻어맞은 기분이었다.

연인의 찬사

사랑을 시작한 남녀에게는 거짓말처럼 드라마틱한 사건이 일어나게 마련이다. 밤새도록 통화를 한다거나 밤 열두 시를 넘긴 시간에 느닷없이 바다를 보러 간다거나 하는 일들이 벌어지는 것이다. 하지만 1년이 지나면 '어떻게 그런 미친 짓을 할 수 있었지?' 하며 그때의 에너지를 그리워하는 것 이외에 그런 사건 자체는 도움이 되지 않는다. 그러나 그때 연인이 들려준 수많은 말들만은 소중하게 간직한다. 여자가 아름다워지는 데에 매우 유용하기 때문이다.

"나는 너를 만나기 위해 태어난 남자야" "너 이상의 여자를 본 적이 없어" "거실에 두고 하루 종일 바라보았으면 좋겠어" "너는 나의 마지막 여자야", 이것은 실제로 여자들이 연인에게서 들은 말을 모은 것이다. 정말이지 낯간지러운 말들이다. 그러나 세련되지 못하면 못할수록 미용 효과는 크다. 그런데 결정적인 대사는 바로 이것이었다.

"너를 보고 있노라면 화조풍월을 느껴."

이 말을 들은 여자는 순간 '이게 대체 무슨 소리야?' 하며 어리둥절했다고 한다. 그러나 생각해 보면 이만큼 마음을 앗아 가는 말은 없다. '화조풍월'이란 문자 그대로 꽃이 피고 새가 지저귀는 아름다운 자연의 정취다. 그러니 이 말은 그런 것을 느끼게 하는 여자라는 뜻이다. 그녀는 이 말을 듣고부터 자신의 등 뒤에는 언제나 자연이 따라다니는 것 같아 저절로 언행이 부드러워지더라고 털어놓았다.

이처럼 여자를 서서히 아름답게 변화시키는 말을 할 줄 아는 남자와 만나고 싶다. 남자의 찬사는 아름다움에 최고의 거름이 되므로.

소리 높여 울자

소리 높여 울 수 없는 슬픔이라면 당장 슬픔과 헤어져라

죽을 만큼 힘든 일은 없으나 매일 일과처럼 눈물을 흘리는 여자가 있다. 눈물을 흘리는 것은 어떤 의미에서 스트레스를 조금씩 토해 내는 셈이다. 눈물을 참는 것보다 훨씬 낫다. "눈물은 아름다운 것이며 눈물을 흘리는 자신이 아름답다고 생각해 여자들이 우는 것은 아닐까?"라는 말을 한 사람이 있었다. 하지만 이 방법은 옳지 못하다. 눈물이 마음에 젖어 들면 적극적인 힘이 나오지 않는다. 시선의 초점이 약해지고 등을 꼿꼿하게 펼 수 없을 때 실컷 울어야 한다고 생각한다. 이런 이야기를 들은 적이 있다.

"참기 힘들 만큼 괴로운 일이 있어 눈물이 마를 정도로 매일 울었죠. 어느 날 밤 집에 돌아오니 모두 외출하고 텅 비어 있는데 너무 슬퍼서 대성통곡을 했어요. 그렇게 하고 났더니 우는 일에 싫증이 나버리더라고요. 내가 왜 울고 있지 싶고, 어쩐지 바보 같다는 생각이 들었던 거죠."

통곡은 결코 아름답지 않다. 많은 여성이 소리내어 우는 일에 빠져 들지 못하는 것은 그 때문이다. 목 놓아 우는 모습을 거울로 보고 싶어하는 사람은 없을 뿐 아니라 거울에 비추어 보면 진부해 보인다. 그러나 큰 소리를 내며 울면 거기에서 일어서려는 적극적인 에너지를 얻을 수 있다. 소리 높여 울고 난 여자의 얼굴이 빛나는 경우를 여러 번 보았다.

'울고 싶으면 차라리 큰 소리로 울라.'

이것은 진실이다. 소리내어 울 수 없는 슬픔은 당장에라도 결별할 수 있는 슬픔이다. 소리내어 우는 울음은 여자를 구원한다.

184

그저 돈만 많은 여자

여자는 돈이 아름다움을 만든다고 생각하기 쉬우나 이는 비극이다

돈이 사람을 못쓰게 만든다는 말을 흔히 한다. 하지만 여자는 돈이 사람을 아름답게 만든다고 생각하기 쉽다. 어떤 의미에서 맞는 말이다. 생활고에 시달린다면 아름다워질 여유가 있을 리 없다. 그러나 여자는 돈을 손에 넣으면 이내 아름다워지려는 노력을 잊고 고상해 보이려는 노력을 게을리 한다. 돈을 물 쓰듯 하는 미용이나 값비싼 브랜드 제품에 안심한다. 거금을 손에 넣고는 일할 의욕을 잃어버리는 것과 아주 흡사하다.

어떤 파티를 취재했을 때의 일이다. 오랜만에 만난 어떤 여성은 친정도 원래 유복했지만 이른바 갑부에게 시집가 신분 상승에 성공한 사람이었다. 그 파티는 재력뿐만 아니라 얼마나 훌륭한 가문인지를 경쟁하는 곳이어서 그녀 같은 신분 상승파는 긴장하게 되는 눈치였다. 게다가 그녀는 너무 긴장한 나머지 돈을 많이 들여 자신을 꾸몄고 결국 그저 돈이 많은 여자로 보이고 말았다. 신분 상승을 이루기 전의 그녀가 훨씬 아름답고 센스도 뛰어나 풍요로움까지 느끼게 했다는 생각이 들었다.

여자의 경우, 부자임을 드러내는 표시는 여러 가지다. 자칫하면 부자 표시로 꽉 차 있어 아름다움이 비집고 들어갈 여지가 없게 된다. '부자 외모'와 '아름답다'는 완전히 다른 개념이다. 그런데 그것을 하나로 여기는 것은 비극이다.

음식을 먹을 때마다 아름다워진다

정말 맛있는 이탈리아 요리를 하는 레스토랑이 있다. 누구를 데리고 가든 이렇게 맛있는 곳은 처음이라며 즐거워하게 만들 수 있는 곳이다. 어느 날 오래된 남자 친구와 만나기로 하고 그곳에 갔다. 내가 즐겨 먹는 메뉴를 부탁했는데 그날은 늘 먹던 맛과 달랐다. 언제나처럼 감동적이 아니어서 이상했다. 그런데 다음에 그 친구와 다른 곳에서 식사를 했을 때 수수께끼가 풀렸다. 그곳은 생선구이와 생선조림이 아주 맛있고 소박하여 매우 감동적이었으며 맛있다는 말을 하지 않을 수 없는 식당이었다. 그런데 그 친구는 아무 말도 하지 않는 것이었다. 내 눈에는 고집을 부리는 것으로밖에 보이지 않았다.

친구가 잠자코 있으니 나 역시 아무 말하지 않게 되었고 어느 틈엔가 음식의 맛이 느껴지지가 않았다. 그러고 보니 이탈리아 식당에서도 그는 말 한마디 하지 않았다. 그래서 여느 때와 다른 맛이었던 것이다.

보통 별뜻 없이 내뱉는 '고마워요' '미안해요' '안녕하세요' '잘 자' 같은 일상적인 말에는 본래의 의미 외에 마음속에서 아름다움을 만들어 내는 효과가 있다. 말하는 것과 말하지 않는 것은 분명히 다르다. 부부 사이에서도 고맙다는 말을 자주 하면 자신의 몸이 따스해지는 법이다. 그리고 '맛있어요'는 '고마워요'보다 감동적이어서 더 좋은 효과를 발휘하는 말이 아닐까? 같이 식사를 하면 언제나 행복한 기분이 되는 친구가 있는데 맛있다는 말을 많이 하기 때문일지 모른다. 나도 덩달아 '맛있다'를 연발하다 보면 점점 행복해진다. 그 친구는 음식을 먹을 때마다 아름다워지는 사람이다.

아무나 입을 수 없는 옷

외국 기업에 근무, 화려하고 아름답고 웨이브진 긴 머리 혹은 하나로 묶은 헤어스타일, 크리스티앙 라크로와나 이브 생로랑의 옷. 이런 말들로 묘사할 수 있는 30대 후반의 여자와 휴일에 우연히 마주쳤다. 그런데 그녀가 입고 있는 옷은 진이었다. 하지만 그날의 그녀는 라크로와를 입던 평상시보다 한층 우아해 보였다.

이런 타입의 여자가 진을 입으면 까딱하다가는 우스꽝스러워 보이기 십상인데, 그녀는 마치 모델 같았다. 심플하고 수수한 캐주얼이 화려해 보이는 비밀은 어디에 있을까? 그 답은 진과 진을 완벽하게 소화해 내는 그녀의 보기 드문 센스에 있다. 별생각 없이 입으면 초라한 입시생처럼 되고 마는 옷이 진이다. 진을 이렇게 화사하고 우아하게 입을 수 있다면 멋쟁이가 되기 위한 좋은 훈련이 될 것이다.

진은 본래 작업복으로 출발한 옷이어서 자질구레한 세공을 가하면 지저분해지거나 천박해지거나 하는 둘 중 하나밖에 없다.

잘 생각해 보면 그녀는 비록 사소한 것들이지만 많은 계산을 하고 있었다. 노 메이크업에 매트한 느낌의 브라운 계열의 립스틱을 바르고 언제나 하던 웨이브 들어간 헤어스타일에서 웨이브를 아주 약하게 하여 의도적으로 온몸에서 아무 것도 눈에 띄지 않게 했다. 그래서 오직 그녀 자신만 눈에 들어온 것이다. 이때 나는 진은 그 사람이 가진 모든 것을 끔찍할 만큼 고스란히 보여 주는 옷이므로 진정으로 화려하고 우아한 여자만이 진을 입어도 우아해 보인다는 사실을 깨달았다.

남자의 손

손은 또 하나의 얼굴이다. 남자의 손은 얼굴 이상의 무언가를 이야기한다

남자들은 여자가 자기들의 손을 보며 여러 가지를 생각한다는 사실을 아마 모를 것이다. 얼마 전에 이런 이야기를 들었다.

"그의 손이 영 마음에 안 들어. 둔해 보이고 통통한 손을 도무지 용서할 수가 없어."

친구의 소개로 사귀기 시작한 지 얼마 안 된 남자의 손을 자세하게 보고 만 여자의 불운한 발견이다. 그녀가 유별난 게 아니다. 남자의 손에 이상하리만큼 예민한 반응을 보이는 것은 분명 여자의 본능이다.

손에는 그 사람의 얼굴이 있다고 생각한다. 사람의 손을 보고 있노라면 그 사람의 또 하나의 얼굴처럼 보이고, 그렇기 때문에 생리적으로 좋다거나 싫다거나 하는 감정이 생긴다. 손톱의 모양이 마음에 안 든다거나 손등에 털이 있어서 싫다는 등의 검열의 눈길로 샅샅이 훑어보고는 얼굴은 마음에 드는데 손이 싫어서 아무래도 안 되겠다는 결론을 내린다. 이 사실에 입각하면 남자의 손은 얼굴 이상의 무언가를 이야기하고 있는 것처럼 느껴진다. 그런데 그걸 제대로 설명할 길이 아직은 없다.

아름다워서 맛보는 괴로움

원래 아름다움은 여자에게 행복을 주지만 더러 괴로움을 주기도 한다

외국 모델의 오디션은 차라리 낫다. 그런데 일본인 모델 오디션을 맡으면 끝난 뒤 으레 우울해진다. 이른바 심사위원석이라는 곳에 앉으면 어쩐지 착한 사람이어서는 안 될 것 같은 기분이 되어 험상궂은 표정을 짓게 된다. 그런 자신이 싫어지는 시간이어서 우울해지는 것일지 모르지만, 아름다움을 과시하는 모습을 계속 지켜본 뒤의 산소 결핍 상태와 아름다움이 빚어내는 비극을 지켜본 허탈감이 하나가 되어 우울해지는 것이라고 말하는 편이 옳을 듯하다.

인기 있는 모델은 실내에 들어서는 순간 알 수 있다. 아름다움에서 나오는 자신감을 과감하게 표현하며 팽팽한 긴장감이 실내를 나설 때까지 계속된다. 이 경우, 심사하는 우리는 왠지 안심이 되어 질문을 던질 여유마저 생긴다. 한편 좀 부족하다 싶은 모델이 들어오면 이번에는 당사자는 생글거리는데 심사위원석에는 긴장감이 감돌고 공기가 가라앉으며 "지금 파운데이션을 바른 건가요?" 따위의 판에 박은 질문을 해댄다. 당사자의 얼굴은 마침내 굳어져 가고 그곳에 있는 모든 사람이 그 자리에서 빨리 벗어나고 싶어한다.

이런 순간 나는 항상 그녀들의 인생에 대해 생각하게 된다. 평범한 직장 여성이었다면 예쁜 여직원으로 사내에서 인기를 끌 그녀들이 모델을 선택한 덕분에 긴장을 감추려고 억지 웃음을 지으며 오디션을 전전해야 하는 것이다. 아름다움은 여자에게 행복을 주는데 그녀들은 왜 괴로움을 당해야 하는 것일까 하고 슬퍼진다.

먹었더니 살이 빠졌다!

연애를 시작하고 6킬로그램이나 살이 빠져 날씬해진 사람이 있다. 그러나 사랑 때문에 야윈 것이 아니다. 사랑을 하면 식욕이 사라지는 것이 보통인데, 그녀는 오히려 이전보다 식욕이 왕성해져 있었다.

그런데 왜 살이 빠졌을까? 행복하기 때문이다. 그와의 데이트가 없는 날이면 친구들에게 사랑하는 연인이 생겼다고 보고하느라 이탈리안 음식이다 불고기다 하며 부담스러운 식사를 계속한다. 그렇게 하여 매일 밤 잔뜩 먹어대는데 살이 찌지 않은 까닭은 연인과 같이 음식을 먹는 즐거움이 있고 연인 이야기를 하며 식사를 하는 즐거움이 있어 먹는 것 자체에는 몰두하지 않아서이다. 같은 음식을 먹어도 좋아하는 사람과 밀도 높은 대화를 나누면서 먹으면 그 자리에서 전부 소화가 되어 지방이 되지 않는 모양이다.

"저녁 식사는 사랑하는 사람과 즐기면서 느긋하게 먹어야 해요. 그래서 저는 무슨 일이 있어도 저녁에는 일에 관계된 사람들과는 식사하지 않죠."

한 여성 의학 박사가 한 이 말이 떠올랐다.

즐거우면 맛있다. 당연히 많이 먹힌다. 하지만 마음이 설렐 만큼 즐겁고 행복한 식사는 칼로리를 축적하는 단순한 식사가 아니다. 그렇게 말하니 오래 전에 '외로운 여자는 뚱뚱하다'라는 내용의 책이 화제를 모았던 일이 생각난다.

연한 핑크빛 여자

핑크색 아파트에 얽힌 소동이 오래 전에 화제가 되었다. 외벽을 핑크색으로 칠한 아파트가 건설되어 인근 주민이 "경관을 해친다" "안정감이 없다" "색의 공해다"라며 거세게 항의한 것이다. 사실 마치 대중 목욕탕에 있는 노을지는 후지산 그림처럼 이상하게 들떠 보였다. 이웃 주민의 입장에서 보면 정말 심각할 것이고 소송으로까지 발전하기 쉬운 마당에 이런 말을 하는 것은 신중하지 못하겠지만, 의미가 다른 핑크색으로 칠했다면 모두 행복해질 수 있었을 텐데 안타까운 마음이다.

색채심리학적으로 말하자면 산호빛이 도는 연한 핑크색은 사람의 마음을 안정시키고 순수하게 만드는 색이라고 한다. 범죄자를 자백하게 할 때 연한 핑크색으로 칠한 방에 있게 하는 신문 방법이 실제로 있다는 이야기를 들었다.

왜 그럴까? 그 색은 어머니 뱃속의 색, 모든 사람이 태아였던 시절에 계속 보았던 어머니 태내의 색이라는 것이다. 눈을 감으면 어머니의 태내가 떠오른다. 있을 수 없는 일이라고 생각하면서도 어쩐지 그때 보았던 핑크빛 세계가 되살아 온다. 범죄자에게 같은 현상이 일어나는 것일 게다. '어머니가 울고 계시다네' 같은 말은 소용이 없을망정 핑크빛을 보면 마음이 순수해져 자신이 저질렀다고 자백하게 된다고 한다.

연한 핑크색 옷을 입으면 여자는 상냥한 기분이 된다. 태아의 기억과 모성 본능이 마음에 공존하게 되기 때문이 아닐까? 그러고 보니 우리 집은 침실의 커튼뿐만 아니라 냅킨이라거나 쿠션 등이 어머니의 태내를 연상케 하는 핑크빛으로 가득차 있다. 다정하고 온화한 여자가 되고 싶다는 무의식의 표현일지 모르겠다.

멋있는 여자, 멋있는 사람

"멋있는 여자란 어떤 여자라고 생각하세요?"

어머니에게 당돌하게 이렇게 물었다. 예순을 훌쩍 넘긴 여성의 눈으로 본 멋있는 여자란 어떤 것일까 하고 궁금해졌기 때문인데, 생각지 못한 대답이 돌아왔다.

"글쎄. 전철에서 몸이 부딪혔을 때 멋있는 사람이 있지."

그게 무슨 뜻인지를 묻지 않을 수 없었다. 어머니의 설명은 대충 이랬다. 다른 사람과 몸이 부딪히면 그 사람의 본성이 나오는 법인데 어떤 상황에서 부딪혔든 어느 쪽이 잘못했든 웃는 얼굴로 '죄송합니다' 라고 말할 수 있는 사람이라면 멋있는 사람이 아니겠느냐는 것이다.

"그런 때 기분 좋게 미안하다고 말할 수 있는 사람은 가정이 원만한 사람이지. 행복한 사람은 어떤 일에든 상냥하게 대할 수 있거든."

그러고 보니 생각나는 일이 하나 있었다. 40대로 보이는 여성 서너 명이 선 채 이야기를 나누고 있었는데, 그중 한 사람이 나와 팔이 세게 부딪혔다. 그러자 그녀의 얼굴에서는 조금 전까지 보이던 미소가 사라지더니 나를 노려보았다. 미안하다고 한 내가 손해를 본 듯한 느낌이 들었다. 그녀는 자신의 불행을 낯선 사람에게 드러낸 것이라는 생각마저 들었다. 어머니는 이런 말을 덧붙였다.

"다른 사람의 험담을 하지 않는 사람도 그렇단다. 내 친구 한 사람은 말이다, 주위 사람의 험담을 절대로 하지 않는 데다가 부부 금슬이 좋아서……."

어머니의 그 친구 분은 험담은 반드시 자신에게 되돌아오는 법이라는 말을 했다고 한다. 멋있는 사람이다. 어쨌든 관점을 바꾸면 젊었을 때에는 미처 발견하지 못했던 멋있는 여성이 도처에 있다.

머리를 만져 주는 손길

오로지 미용실에서만 샴푸하는 여자가 있다. 유명 미용실의 경영자이자 잡지 촬영 등에서 활약하는 남성 헤어 아티스트에게 어떤 타입의 손님이 좋으냐고 물었을 때, 이런 여자가 있다는 사실을 처음 알았다. 이때 그의 대답은 내 질문을 잘못 이해했나 싶을 만큼 다소 엉뚱한 대답이었다.

"글쎄 자기 손으로 샴푸하지 않는 사람이 있어요. 매일 올 수 없으니까 오면 좀 지저분하지만⋯⋯."

그가 말끝을 흐려 끝까지 듣지는 못했지만, 나는 심상치 않은 것을 느끼고 그이상 캐묻지 않았다. 비로소 남성과 남성 헤어 아티스트 사이의 '정신적인 성'의 관계를 또렷하게 본 것 같은 느낌이었다. 머리를 남이 만져 주는 것은 의심할 여지없이 하나의 쾌감이다. 기분이 좋아진다는 여자가 많고 그것이 야릇한 감정으로 잘못 바뀌어 가는 경우가 없지는 않다. 그런 것을 머리를 만지는 사람이 모를 리 없을 것이며 같은 감정을 느꼈다면 좀 꺼림칙할 것이다.

남이 머리를 만져 주면 기분이 좋아지는 까닭은 그만큼 뇌에 가깝기 때문이며 마치 다정하게 마사지받고 있는 기분이 되기 때문이 아닐까? 누구도 입 밖으로 꺼내어 말하지 않지만 단골 미용실의 담당 헤어 아티스트와 손님 사이에는 특별한 연대감이 있다.

매일 샴푸하는 것을 당연하게 여기는 요즘 조금 지저분한 머리, 그리고 그 머리를 만져 주는 손길. 거기에서 상당히 차원 높은 에로티시즘이 느껴지는 것은 왜일까?

메모광

일기는 과거의 기록이지만 메모는 미래의 자신에게 보내는 메시지다

　제작진과 사전에 이야기가 된 것인지는 알 수 없으나, 어느 텔레비전 프로그램에 출연한 여자 연예인이 가방 안에 든 자질구레한 내용물을 보여 주었다. 물건들을 보니 그녀의 독특한 취향이 느껴졌다. 그중에서도 특히 눈길을 끄는 물건은 몇백 장이나 되는 색상 카드가 한 권으로 묶여 있는 작은 색견본책이었다. 네일살롱에 가서 말로는 표현하기 곤란한 색을 주문하고 싶을 때, 그것을 내보이며 '이런 색깔로 해주세요'라고 주문하는 모양이다. 여느 때에 그런 생각이 들지 않았던 것은 아니지만, 과연 아름다움의 천재다웠다. 그리고 또 하나 눈길을 끈 것이 메모첩이다. 수첩이 아니라 메모첩 말이다.

　어떤 여성과 차를 마시고 있었는데 그 사람은 느닷없이 가방 속에서 메모첩을 꺼내더니 잠깐 기다리라면서 무언가 적기 시작했다. 무얼 쓰느냐고 물었더니 "지금 하신 말씀이 좋아서요"라고 대꾸하며 손으로는 "결혼이란 그 사람과 평생 밥을 먹는 것"이라고 적었다. 같은 페이지에는 생활의 냄새가 풍기는 "오늘 장 볼 것"이 나란히 씌어 있었다. 이때 메모하는 여자는 발전하는 여자라고 생각했다.

　일기를 쓰는 사람은 메모로 바꾸자. 일기가 도움이 되는 것은 알리바이를 증명하는 정도다. 어디까지나 과거의 기록, 과거의 생각에 불과하다. 메모에는 미래가 있다. 나중에 읽으면 반드시 도움이 될 만한 것을 적기 때문이다. 일기는 다시 읽으면 퇴색한 것들이 많지만 메모를 다시 읽으면 '그래 맞아' 하는 생각이 드는 발상이 있다. 메모는 미래의 자신에게 보내는 메시지다. 적극적으로 살고 싶은 사람은 메모광이 되자.

얼굴은 만드는 것

유행 메이크업을 만들어 내는 제1인자인 케빈 오코인*(미국 출신의 메이크업 아티스트)은 모델의 관자놀이에 테이프를 붙여 눈꼬리를 당겨올린다. 그렇게 하면 눈 주위를 강조한 메이크업이 정말 근사해진다. 그렇게까지 할 필요가 있을까 하고 생각하는 사람이 있을 테지만, 케빈 오코인의 입장에서 보면 그것은 메이크업 가운데 하나이자 얼굴에 쓸데없이 덕지덕지 칠하는 것보다 상당히 효과가 큰 훌륭한 기술의 하나다. 화장품을 바르는 것만이 메이크업이 아니다. 테이프든 속눈썹이든 메이크업 도구 중의 하나임에는 변함없다. 생각을 조금 바꾸면 비약적으로 아름다워질 수 있는 수단은 얼마든지 있다.

최근에 고가의 가정용 리프트 기기가 선보여 화제가 되고 있다. 저주파를 사용한 피부 관리용 기기를 간단하게 만든 것으로, 이것을 사용하면 처진 얼굴이 눈에 띄게 달라진다고 한다. 다만 리프팅 효과는 고작 2~3일이다. 분명 조만간에 '오늘은 얼굴을 좀 리프팅하고 나서 화장을 해볼까?' 하게 될 것이다. 자신의 메이크업에 한계를 느꼈다면 도구를 사용해 보는 것도 좋다.

이제 아름다워지기 위한 수단과 방법은 전 같으면 생각지 못했던 방향으로 나아가기 시작했다. 성형 수술에 거부감을 갖지 않는 요즘 세대가 어머니가 되면 아이를 유명 진학 학원에 보내듯 대수롭지 않게 성형 수술을 시킬지 모를 일이다. 그것이 바람직하다는 말은 결코 아니지만, 무조건 거부하다 보면 혼자 뒤쳐지고 마는 시대가 되어가고 있다.

실루엣이 황홀한 여자

온통 유리로 되어 있는 카페. 창가에 앉은 여자의 머리카락이 반짝반짝 빛나고 있다. 커다란 파도 같은 웨이브가 있는 세미롱 헤어스타일. 산뜻하게 스타일링되어 있어 역광으로 보이는 실루엣이 멋있다. 나는 잠시 그 모습을 보고 황홀했다.

거리를 걷고 있으면 드물기는 하지만, 헤어스타일만으로 멀리에서부터 사람을 매혹시키는 여성이 있다. '지금 막 미용실에 다녀왔습니다' 하는 헤어스타일이 아니다. 어디까지나 손수 손질한 자연스럽고 일상적인 헤어스타일. 그 실루엣이 얼굴을 더욱 빛나게 한다. 이런 사람은 자신을 잘 알고 있고 자신을 가장 아름답게 보이게 하는 실루엣을 만들 줄 아는 여자다. 그러므로 언뜻 스치기만 해도 사람을 매료한다. 미용실에서 금방 나온 듯한 머리는 얼굴과 헤어스타일이 따로따로인 것처럼 보인다.

그리고 헤어스타일이 멋있는 사람은 옷이 당연히 멋지다. 매우 단순한 옷차림인데 전혀 수수해 보이지 않는 비장의 기술이 있다. 그녀들의 옷은 헤어스타일과 훌륭하게 조화를 이루고 있는 데다가 몸에 잘 맞기 때문이다. 그것이 참으로 인상적이다. 다시 말해 옷의 모양 자체보다 전체적인 실루엣이 중요하다. 눈길을 끄는 사람은 모두 그렇다. 어느 디자이너가 이런 말을 하는 것을 들은 적이 있다.

"옷은 말이에요. 만들어진 형태를 입는 것이 아니라 몸이 얼마나 아름다운 실루엣을 만드냐가 중요해요."

카페의 여성이 일어섰다. 사이즈가 썩 잘 맞는 느낌의 갈색 니트 원피스. 그뿐이다. 하지만 그것으로 충분하다. 머리와 니트가 비슷한 색이다. 아주 단순한 멋내기 비결이다.

아름다운 글씨

글씨가 화가 났거나 웃는 경우가 있다. 편지를 받고 읽기 전에 좋은 소식일지 나쁜 소식일지 직감적으로 알아챌 수 있다. 그리고 텔레비전의 화면에 흐르는 글씨가 울고 있는 것 같다고 느끼면 내연의 남자 집에 불을 질러 아이를 죽게 한 어떤 여성이 옥중에서 쓴 참회의 편지 따위다. 관상학뿐 아니라 필적 감정을 통해서도 그 사람에 대해 어느 정도는 알 수 있다고 하니 글씨는 마음을 비추는 거울이다.

여성지 편집부에 보내온 독자로부터의 엽서 몇백 장을 읽어 본 적이 있는데 이때 공통되는 사실을 발견했다. 글씨의 표정과 씌어져 있는 내용의 인상이 잘 어울린다는 것이다.

빈틈없는 글씨의 엽서는 "그런 기사는 이 잡지답지 않고……" 하며 논리적으로 비판하는 내용인 데 반해, 다정한 느낌에 동글동글한 글씨의 엽서는 "언제나 즐겁게 읽고 있습니다"라고 씌어 있었다. 그중에서 홀딱 반할 것 같은 예쁜 글씨가 눈에 들어왔다. 내용은 "○○ 테마의 내용에 감동하여 이 마음을 꼭 전하고 싶어 펜을 들었습니다"라고 씌어 있었고, 읽어 나가는 동안 어느새 그것은 성우가 읽어 주는 소리로 바뀌는 말도 안 되는 상상을 하게 되었다. 이 편지를 쓴 사람은 목소리도 마음도 모습도 전부 아름다운 사람임에 틀림없다.

그렇다. 글씨는 또 하나의 목소리이며 글씨의 인상은 목소리의 음색이다. 아름다운 목소리로 이야기를 걸어 오는 글씨를 쓰고 싶다. 지금부터라도 늦지 않았다. 그런 여자가 되고 싶다고 간절하게 생각했다.

여배우의 기적

아름다워지고자 하는 여자의 노력은 기적을 일으킨다

"나이는 먹고 싶지 않아."

예전에 눈부시게 아름다웠던 여배우가 지금은 믿을 수 없을 만큼 퇴색해 버린 모습을 보았을 때 한숨 섞인 이런 말을 하게 된다. 한편 자신이 늙어 가는 모습을 보면 팬들의 꿈이 깨질 것이라며 젊었을 때 은퇴한 이후 단 한 번도 세상에 모습을 보이지 않아 '전설의 미녀'라고 불리는 영화배우가 있다. 나이를 먹고 싶지 않다며 한숨을 쉬게 만든 여배우를 보면 이런 생각을 한다.

'이 사람은 이제 생명이 끝났을지 몰라. 예전에 아름다웠을수록 세상 사람들이 변한 모습을 받아들이지 않을지 모르니까.'

그리고 걱정한 대로 우리 앞에 모습을 드러내는 횟수가 점차 줄어 그 존재를 잊게 될 무렵, 다시 등장했고 미모가 거의 완벽하게 부활해 있다. 그리고 그렇게 하기를 여러 차례 반복한다. 사람들은 뭔가 특별한 수단을 썼을 거라고 쑤군대지만, 나는 목숨을 걸고 부활하려고 애쓰는 여배우들의 노력 덕분이라고 생각한다. 그녀들의 눈물겨운 노력은 인간의 기술만으로는 불가능한 것을 이루어 낼 만큼 엄청난 것이다. 더러는 '기적 같은 무슨무슨 요법이 있다'는 둥 소문이 끊이지 않고 있으나, 부활을 꿈꾸는 여배우들의 피나는 노력이 기적을 일으키는 것이다.

어떤 메이크업 아티스트에게 이런 이야기를 들었다.

"미녀 배우로 통하는 사람 가운데 무대 뒤 분장실에 들어올 때 누군지 전혀 알아보지 못할 사람이 꽤 있어요. 하지만 메이크업을 하는 순간 기적처럼 변신해 버리는 거죠. 오직 기적을 일으키는 사람만이 여배우로 살아남을 수 있어요."

감동 체질

「타이타닉」을 보며 울고, HIV*(에이즈를 발병시키는 바이러스) 이야기를 들으며 울고, 인간 승리를 일구어 낸 스포츠맨을 보고 눈물을 흘린다. 같은 시간을 거울 앞에서 스킨케어를 하며 보내기보다 사람을 아름답게 만드는 일들이다. 미인인데 매력이 없는 사람과 대체 무슨 까닭인지는 모르지만 보는 이를 매료하는 사람의 결정적인 차이는 바로 여기에 있다.

어떤 일에나 솔직하게 마음을 움직이고 감동하거나 슬퍼하고 기뻐하는 이른바 감동 체질인 사람은 아름다움의 천재다. 예를 들어 여러 해 전 전 세계 수억 명의 눈물을 자아낸 『매디슨 카운티의 다리』를 그저 단순한 이야기라고 생각하느냐, 최고의 사랑이라고 생각하느냐 하는 감성 수용력의 차이는 심신을 쉴 수 있게 해준다는 갖가지 요법들이 효과를 발휘하느냐, 발휘하지 못하느냐를 결정짓는다. 이를테면 새소리나 시냇물의 속삭임 등 자연의 소리를 담은 CD를 무심코 사고는 '이게 뭐야?' 하며 돈을 아까워하는 사람에게는 심신의 휴식을 이용한 미용법은 어울리지 않는다. 숲 속에 있는 자신을 상상하며 나무 냄새를 느끼고 거기에 빠질 수 없으면 소용없기 때문이다.

이런 사람은 진실된 사랑을 하기 바란다. 마음이 예민해졌을 때 평소에는 어리석다고 생각하던 일의 멋과 힘을 반드시 이해할 수 있을 테니까.

콤플렉스

"당신의 콤플렉스는 무엇입니까?"

얼마 전에 거리에서 젊은 여성들을 모아 놓고 이 질문을 던지며 인터뷰하는 것을 보았다. 그런데 나를 놀라게 한 것은, 굵은 다리가 날씬해졌으면 좋겠다거나 이목구비가 마음에 안 든다거나 하는 신체적인 고민을 죄다 털어놓는 사람이 있다는 사실과 "전부 싫어서 일일이 꼽을 수가 없어요. 차라리 다시 태어나고 싶다니까요"라는 어느 여성의 대답이었다. 그러나 그녀들에게는 콤플렉스가 드리운 그늘 대신 자신의 콤플렉스를 기꺼이 내보이는 순수함이 있었다. 그것이 콤플렉스로부터 그녀들을 구원하고 있다.

문제는 콤플렉스를 가지는 것 자체가 아니라 그것을 깊은 곳에 숨겨 두고는 사람들에게 들키지 않으려고 애쓰는 태도에 있다. 콤플렉스를 마음속 깊은 곳에 안고 있는 한 자신과 누군가를 끊임없이 비교할 것이다. 이 의미 없는 비교에 늘 괴로워하며 자신이 부족하다고 생각하는 것을 꽁꽁 숨기고 있으면 아무도 '당신이 훨씬 뛰어난데'라고 말해 주지 않는다. 이렇게 생각하면 콤플렉스는 남몰래 간직할수록 손해며 이보다 불행한 일은 없다는 사실을 깨닫게 된다.

그러니 가슴속에 자리잡고 있는 콤플렉스를 과감하게 털어놓자. 거울을 향해 혼잣말을 해도 좋다. 일단 입 밖에 꺼내고 나면 가벼워진다. 그러면 다른 사람에게도 말할 수 있게 되고 비로소 해방된다. 짓누르던 부정적인 힘으로부터 놓여 나는 것이다.

미용에서 최대의 적은 자외선과 건조, 그리고 콤플렉스다. 다른 사람과 자신을 비교하지 않게 되었을 때 모든 미용, 모든 화장품이 진짜 효과를 발휘한다.

유니폼을 입은 여자

같은 유니폼을 입고 있는데 세련되어 보이는 사람과 그렇지 못한 사람으로 나뉜다는 사실이 참 이상하다. 미인이냐, 스타일이 어떠냐와는 또 다른 무언가가 유니폼의 여자에게는 있는 것 같다.

한낮 오피스가에 핑크색과 회색이 섞인 유니폼을 입은 무리가 지나갔다. 그녀들 중 유독 시선을 끄는 여자가 있었다. 그때 그녀가 차를 맛있게 탈 것 같다거나 상냥할 것 같다거나 글씨가 예쁠 것 같다는 식으로 아저씨처럼 사무적인 평가를 하고 말았다. 유니폼을 입은 여성에게는 그 이외의 것을 요구하지 않기 때문이다.

유니폼을 입으면 직장 여성으로서의 기본적인 소양을 갖추고 있는지, 아닌지가 보인다. 유니폼에 그런 힘이 있다는 사실이 새삼 놀랍다. 그리고 그중에서 사람 됨됨이가 제일 먼저 눈에 띄는 게 참 신기하다.

스튜어디스 양성 학교의 강사가 유니폼이 잘 어울리는 사람은 유니폼을 동경하여 그 직업을 갖게 된 사람이라는 말을 했다. 그렇지 않으면 유니폼을 입는 것과 그 일에 저항감을 느낀다는 뜻이다. 스튜어디스가 하나로 묶어 올린 헤어스타일을 고집하는 까닭은 각자의 개성을 표현하는 일을 규제하여 유니폼의 아름다움을 해치지 않기 위해서다. 유니폼에 자부심을 갖고 있으면 자세가 좋아지고 유니폼에 어울리는 화장을 한다. 그리고 구두와 헤어스타일도 유니폼에 어울리는 것으로 한다. 자연스럽게 균형이 맞게 되고 세련되어진다.

자신이 입는 유니폼을 최악이라고 여기는 사람은 다시 한 번 깊이 생각하자. 운명에 거스르는 것은 손해다. 어차피 입을 거라면 유니폼을 좋아하자. 그러면 미래가 밝아질 것이다.

"당신은 자신의 옆얼굴을 알고 계십니까?"

옆얼굴에는 표정이 담기지 않지만 의지가 담긴다

세 살부터 발레를 시작해 청춘을 발레에 바친 친구가 있다. 친구들과 어울려 여유 있게 차 한잔 마시지 못하고 발레 스튜디오로 직행하는 모습은 애처롭기까지 했다. 이제는 만나지 않고 있지만 불현듯 그녀의 얼굴이 떠오를 때가 있다. 언제나 옆얼굴이다. 코가 오똑하다거나 이마가 예쁘다거나 하는 특징은 없는데, 그 아름다움이 잊혀지지 않는다. 하여튼 누군가를 생각할 때 옆얼굴을 떠올리는 것은 조금 희한한 일이다. 사실 다른 사람의 옆얼굴을 보는 경우는 많지만 옆얼굴과는 이야기를 나누지 않기 때문에 옆얼굴은 기억에 없다.

사람은 옆얼굴로는 표정을 만들지 않는다. 그런데 드문 일이기는 하지만 옆얼굴에 강한 의지가 담겨 있는 사람이 있다. 발레리나 친구가 그 가운데 한 사람이었다. 왜 의지가 깃들까? 발레리나는 온몸으로 마음을 표현하는 사람이다. 정면을 향한 얼굴로 슬픈 표정을 짓는 것이 아니라 옆얼굴로 슬픔과 기쁨을 표현한다. 매일 그렇게 하다 보면 옆얼굴이 아름다워지는 게 당연하다. 돌이켜 보면 발레를 하던 그 친구는 늘 바쁘고 진지하여 여러 면에서 보통 친구들과는 아이와 어른처럼 커다란 차이가 있었다. 우리가 안됐다고 생각하던 그녀는 이미 우리보다 몇 배 어른스러워져 있었다.

옆얼굴은 표정을 갖기 어렵고 의지를 나타내기 어려우므로 인간으로서의 수준이 배어난다. 그래서 '아, 좀 더 분발해야지. 열심히 해야지' 하는 생각을 할 때면 그 친구의 옆얼굴이 떠오르나 보다.

"당신은 자신의 옆얼굴을 알고 계십니까?"

화장의 의미

미인이고 화려하며 게다가 센스가 뛰어나고 잠자코 있어도 눈에 띄는 그 사람의 직업은 의사다. 나는 쑥스러운 질문 하나를 큰맘먹고 했다.

"그렇게 아름다우면 일하는 데 지장 없으세요?"

그녀는 당연하다는 듯이 이 무례한 물음을 부정했지만, 의사라는 입장이 아니고서는 이해할 수 없는 이런 이야기를 들려주었다.

"나는 멋내는 것을 좋아하지만 의사가 막 되었을 무렵 상당히 고생했어요. 환자는 몸뿐만 아니라 정신까지 병들어 있죠. 마음이 약해져 있기 때문에 화려하거나 강렬한 것은 보고 싶어하지 않아요. 그러니까 단정한 정도의 메이크업조차 부담스러워하죠. 차라리 다정하게 말 한마디 거는 게 더 나아요."

장기간 입원해 있던 여성이 비슷한 이야기를 했던 기억이 떠올랐다. 꽃을 받는 것은 기쁘지만, 병실 안이 꽃으로 가득 차면 매우 피곤하다는 말이었다. 그리고 환자의 기분을 밝게 해주기 때문에 살풍경한 병원에서 산뜻한 화장을 하는 것이 간호사의 기본적인 마음가짐이라고 한다. 환자에 대한 배려다.

병문안을 갈 때, 우리는 잠시 고민에 빠진다. 그러나 정작 중요한 점은 화장을 하느냐, 하지 않느냐가 아닌 상대의 입장이 되는 것이다. 화장은 분명히 단정한 차림새의 하나이고 화장하지 않은 맨 얼굴이 실례가 되는 곳은 많지만, 병문안 갈 때의 화장은 상대와 같은 입장이 되어 아무 꾸밈 없는 모습으로 안부를 묻는 한마디 말보다 못한 경우가 있다. 여의사의 이야기를 듣고 화장의 의미를 더 더욱 깊이 생각하지 않을 수 없었다. 우울해진 마음을 밝게 만드는 것이 화장이나, 옅은 화장조차 다른 사람에게 상처를 줄 수가 있다.

현명한 여자라면?

메이크업은 주역이 아니다. 어떤 메이크업도 사람의 표정을 이기지 못한다

지금 돌이켜 보면 과거에 유행했던 메이크업의 대부분은 사랑스럽게 보이고 싶다는 바람의 표현이었다. 예전에 크게 유행한 핑크 메이크업은 얼굴 전체에 핑크색을 사용했고, 직장 여성의 단골 메뉴던 쇼킹핑크 립스틱은 사랑스러워 보인다는 증명서나 되듯 소중한 보물로 여겨졌다.

그후 우리 여자들은 성숙해져 현명한 여자라면 사랑스러움을 그렇게 노골적으로 표현해서는 안 된다는 사실을 알게 되었다. 그래서 쇼킹핑크 립스틱 대신 베이지핑크를 선택했다. 내추럴 메이크업에도 '이렇게 하면 사랑스러워 보이겠지' 하는 의도가 숨어 있었다. 사랑스러우냐 아니냐는 어디까지나 다른 사람이 결정하는 것이다.

사랑스러움은 무언가에 의지하지 않을 때 비로소 실현된다는 점이 중요하다. 물론 메이크업에서 사랑스러운 색을 이용해서는 안 된다는 뜻이 아니다. 그것에 전적으로 의지한 나머지 표정 추녀가 되어서는 안 된다는 것이다. 사랑스러운 메이크업을 하고 있기 때문에 마음을 놓아서인지 표정이 굳어 있고 변화가 없는 사람을 자주 본다. 하지만 유감스럽게도 메이크업이 표정에 매력까지 불어넣어 주는 만능은 아니다. 메이크업은 주역이 될 수 없다. 메이크업은 그 사람이 지닌 얼굴과 표정은 당해 낼 수 없다.

크게 웃음짓는 여자가 사랑스럽다. 핑크색으로 사랑스러움을 만들 수는 없다. 마음이 사랑스럽지 않으면 여자는 무엇을 어떻게 하든 사랑스러워 보이지 않는다.

강아지와 세 살 난 아기

　강아지가 사랑스러운 까닭은 무엇일까? 강아지는 주인을 진심으로 사랑하고 거짓말을 하지 않으며 순수하다. 야단을 맞으면 기가 죽고 칭찬을 받으면 기뻐한다. 성가실 정도로 곁을 떠나지 않고 장난을 치지만 그것도 애정 표현의 하나라고 보면 세 살 난 아이다. 그게 바로 강아지이기 때문에 사랑스러운 것이다. 더욱이 강아지는 죽을 때까지 죽 세 살 난 아이며 부모에게 거스르는 일이 없고 비뚤어지지 않는다. 평생 오염되지 않고 타산 없이 살아간다. 그러므로 기르는 사람은 줄곧 같은 강도로 사랑한다.

　다만 여기에는 부모가 자녀를 사랑스러워하는 것과는 다른 점이 있다.

　강아지는 자신이 귀엽다는 사실을 모른다. 갓난아기 역시 자기가 귀엽고 사랑스럽다는 사실을 모르지만, 인간은 점차 지혜가 생겨나 무슨 말과 행동을 하면 사랑을 받을 수 있는지를 마침내 터득하게 된다. 자기가 사랑스럽다는 사실을 알아 버리면 더 이상 사랑스럽지 않은 것이 사랑스러움의 특성이다. 가끔씩 중년 아저씨가 귀엽게 보이는 것은 귀엽게 보이려는 의도를 갖고 행동하는 게 아니기 때문이다.

　사랑스러움이란 곧 건강함이다. 여자의 사랑스러움 또한 그렇다. 사랑스러워 보이려고 노력하는 순간 여자는 더 이상 사랑스럽지 않다. 그리고 아름다움은 만들 수 있지만, 사랑스러움은 만들어지는 것이 아니다. 이 사실을 깊이 명심해야 한다.

어둠과 남자의 목소리

카운터테너의 목소리는
눈과 귀와 마음이 병들어 있는 현대 여성의 몸에 들려주는 자장가다

요 몇 년 거세게 분 힐링 코스메틱*(스트레스가 심한 현대에 마음과 피부를 동시에 치유해 준다는 미용법으로 주로 천연 재료를 이용한다) 붐이 벌써 한풀 꺾인 모양이다. 왜 싫증이 났을까? 대답은 간단하다. 힐링, 즉 치유 효과가 없기 때문이다. 화장품이 나빠서가 아니다. 나쁜 것은 사용하는 쪽이다. 본디 힐링이란 사물에 의존한다고 해서 효과가 생기는 것이 아니다. 거기에 온 마음을 쏟아 스스로 효과를 내게 하지 않으면 의미가 없다.

그런데 나는 힐링 코스메틱으로 진짜 효과를 보는 방법을 발견했다. 그것은 촉각과 후각을 예민하게 하기 위해 불을 끄는 것이다. 이렇게 하면 감촉과 향기의 효과를 훨씬 잘 느낄 수 있다. 그리고 청각에도 휴식 효과를 주기 위해 쾌적하고 편안한 음악을 흐르게 하면 한결 좋다. 특별히 힐링 뮤직일 필요는 없으며 스스로 빠져 들 수 있는 음악이라면 무엇이든 상관없다.

참고로 말하자면 나는 이런 때 카운터테너의 목소리를 듣는다. 「아베마리아」로 유명해진 슬라바나 메라 요시카즈의 목소리가 권할 만하다. 이들의 목소리에는 여성에게는 없는 빼어난 평온함이 있다. 요는 미용법을 통해 피로를 치유하려고 한다면 오감을 이용하는 것이다. 우선 마음에 평화가 찾아든다. 그래서 영혼에 울림을 주는 어둠과 남자의 목소리는 소중하다.

현대를 살아가는 여성은 눈과 귀가, 그리고 마음이 병들어 있다. 어둠과 남자의 목소리는 그런 여자들의 몸에 들려주는 자장가다.

보기만 해도 알 수 있다!

어느 회사의 화장실에 가든 이런 내용의 포스터가 반드시 눈에 들어온다.

"여러분의 화장실입니다. 깨끗이 사용합시다."

이것은 그나마 상냥한 말투다. 최근에는 "다음 사람을 생각합시다!" "당신의 매너가 의심스럽습니다!" 등 거칠어지고 있다. 아마 초등학교의 교칙 같은 말투는 아무도 귀담아듣지 않나 보다. '여러분의 화장실'이 무슨 뜻인지 모르니 좀 더 알기 쉽게 말해야 한다. 그래서 '다음 사람을……' 같은 초등학생에게 이르는 메시지가 등장했다. 그리고 며칠 전에는 드디어 이런 문구를 보았다.

"화장실을 깨끗하게 사용할 수 없으면 여성으로서 실격입니다!"

어쩌다 이런 말까지 등장한 걸까? 하지만 이런 포스터가 붙어 있는 회사의 복도에는 지저분한 용모의 여성은 한 사람도 보이지 않는다. 산뜻한 여성이 많은 회사일수록 화장실 포스터의 말이 거칠어지는 걸까? 아니면 나만 깨끗하면 된다는 여자가 많기 때문일까? 모두의 화장실이지 나의 화장실이 아니기 때문에 아무렇게 사용해도 상관없고 누가 그랬는지 알 리가 없다고 생각하기 때문일까?

있을 수 없는 일이지만, '감시 카메라 설치'라고 써 붙인다면 분명 화장실이 반짝반짝해질 것이다. 이것은 매너 이전 반사 신경의 문제다. 특별히 신경 쓰지 않고도 깨끗히 사용할 수 없다면 여자로서 실격이다. 남이 볼까 봐 깨끗하게 해야 한다고 생각한다면 실격이다. 그리고 이런 반사 신경이 있는지, 없는지는 외모에 씌어 있는 법이다. 뭐라 말로 설명하기는 어렵지만 아무튼 알 수 있다.

그러니 기업의 총무부에 이렇게 쓰라고 가르쳐 주고 싶다.

"화장실을 더럽히는 사람이 누군지 보기만 해도 알 수 있다!"

거울의 거짓말

"나 예쁘지?"

누구에게나 거울 속의 자신을 보고 황홀할 때가 있다. 하지만 그것은 반쯤은 진심이지만 반쯤은 거짓말이다. 거울은 거짓말쟁이다. 예를 들어 피부가 유난히 예뻐 보이는 날, "왜 그래? 피곤해 보이는데"라는 말을 듣는 경우가 있다. 반대로 '오늘은 안 되겠어. 이 얼굴로는 사람들과 만날 수 없겠어'라고 생각하면 "어머 오늘 좋아 보인다" 하는 이야기를 듣는다. 이런 일이 내게는 심심찮게 있다. 그래서 거울을 의심하기 시작했다. 그 결과 얻은 결론은 진짜 자신은 거울에 비추지 않는다는 것이며, 그 까닭은 이렇다.

첫째, 거울 앞에서 사람은 가장 예쁜 표정을 짓게 마련이다. 하지만 다른 사람 앞에서는 만든 표정을 짓고 있을 수 없다는 사실을 깨닫지 못하는 사람이 많다는 것이 불행의 시작이다.

둘째, 진짜 피부는 거울에 보이지 않는다. 더욱이 결점은 잘 보이지 않는다. 옅은 기미 등 피부 속에서 일어나고 있는 피부의 결점, 그리고 처짐에 붓기 같은 것들은 거울을 들여다보아도 절대로 정확하게 보이지 않는다는 점을 명심하자. 또 밝은 빛 속에서가 아니면 거칠어진 피부는 눈에 띄지 않는다.

당신이 언제나 눈에 익어 친숙해진 얼굴은 자만심을 담아 만든 얼굴이다. 그렇다고 거울을 싫어해서는 안 된다. 진실을 깨닫는 것이 중요하다. 자신의 거울은 자신에게 이로운 것밖에 보여 주지 않는다는 사실을 알아 두면 된다. 자신이 좋아하는 얼굴을 매일 보고 자신을 더욱더 사랑하고 자신에게서 눈을 떼지 말자.

거울이란 그러기 위해 있는 물건이라는 사실을 늘 염두에 두자.

어차피 볼 거울이라면

그녀의 하루는 손거울을 든 채 침대에 누워 자기 얼굴을 질리도록 바라보는 것으로 끝난다. 그리고 그녀의 하루는 아침에 눈뜨자마자 자기 얼굴에게 인사를 하면서 시작된다. 피치 못할 때를 제외하고는 항상 거울을 보고 있고 일할 때조차 수없이 거울을 들여다본다.

글자 그대로 자나 깨나 거울을 보고 있는 그녀의 직업은 모델이다. 따라서 거울을 보는 것은 일 가운데 하나지만, 그렇다 하더라도 상식을 벗어나 있다. 하지만 그만큼 그녀의 눈은 예리하다. 틈을 놓치는 법이 없고 빈틈이 없다. 언제 만나도 완벽하게 아름답다. 그것은 그녀가 하루 종일 쳐다보고 있는 것은 '자만심 거울'이 아니기 때문이다. 칠칠치 못한 얼굴도, 외면하고 싶은 얼굴도, 누구에게나 있는 못생긴 얼굴도 빠뜨리지 않고 보겠다는 집념이 그녀를 그토록 아름답게 만드는 것이다.

거울 앞에 서면 모든 사람이 무의식적으로 가장 예쁜 얼굴이 되고 만다. 그래서 어정쩡한 미용 마니아는 절대로 아름다워질 수 없는 것이다. 자신의 아름다운 얼굴만 보면 여자로서 성장할 수 없다. 어차피 거울을 볼 거라면 될 수 있으면 나쁜 조건에 놓인 자신을 보자. 자신 없는 각도에서 자기를 보자. 그 모습이 다른 사람의 눈으로 본 당신일 테니까.

보물 세 가지

화장품을 사기 전에 거울 세 장을 사러 가자

    미용=거울. 이렇게 잘라 말해도 지나친 표현이 아니다. 미용은 거울에서 시작되어 거울에서 끝난다. 다만 한쪽으로 치우친 아름다움을 만들어 버리는 것 역시 거울이다. 단 한 장의 거울로 모두 해결하려고 하면 미용은 우리를 엉뚱한 방향으로 끌어간다. 그러므로 천재는 반드시 세 장의 거울을 사용한다. 용도가 완전히 다른 거울을 제대로 준비해야 비로소 자신이 똑바로 보인다는 말을 했다.

    예를 들어 영원한 숙제인 눈썹 그리기의 최대 요령은 거울을 두 장 준비하는 것이다. 눈썹 하나하나는 손거울로 정확하게 그려야 하지만, 눈썹의 모양이나 진한 정도는 전신 거울로밖에 체크할 수 없기 때문이다. 메이크업은 아무리 가까이에서 보아도 결점이 없어야 할 것, 뒤로 물러서서 보았을 때 전신에 조화가 흐트러진 곳이 없을 것, 이 두 가지가 생명이다. 한편 거무칙칙하거나 처지는 것 등 피부 속의 변화는 눈에 잘 띄지 않지만 전신 거울이라면 어지간히 보인다. 표면과 속, 둘 다 보기 위해서는 두 장이 필요하다.

    그리고 또 하나 반드시 매일 점검해야 하는 것이 옆얼굴과 비스듬한 얼굴이다. 늘 정면에서 사람을 말끄러미 볼 수는 없는 일이므로 옆얼굴에는 타인의 시선이 오래도록 머문다. 그런데 일반 가정에서 삼면경이 자취를 감추고 나서 옆얼굴에 신경을 쓰지 않는 옆얼굴 추녀가 급증했다.

    거울이 한 장뿐이면 위험하고 두 장이면 안심할 수준, 세 장이 아니면 아름다움은 절대로 완성되지 않는다. 화장품을 사기에 앞서 우선 세 장의 거울을 사러 가야 한다. 미용은 그 다음에 시작할 일이다.

바비 인형

얼마 전에 몇십 년 만인지 모르지만 리카짱*(1967년에 처음 선보인 인형으로 박물관이 있을 정도로 아직까지 인기가 높다)을 샀다. 집에서 기르고 있는 애완견이 헝겊 인형을 엉망으로 만들어 사람처럼 생긴 인형을 주면 귀여워하지 않을까 생각해서 샀는데, 과연 효과가 있었다. 자기야 쓰다듬는다고 하는 행동이겠지만 지그시 쳐다보다가는 핥거나 했다. 이때 오랜만에 리카짱을 찬찬히 뜯어보았다.

얄미울 만큼 귀엽다. 그러고 보니 몇십 년 전에도 똑같은 생각을 했던 것 같다. 그때까지는 인형처럼 생긴 인형과 놀았기 때문에 리카짱과 처음 만났을 때 마치 살아 있는 계집아이 같은 귀여움에 난생처음 여자로서 질투의 감정을 느꼈다. 그리고 크면 리카짱처럼 귀엽고 사랑스러워지고 싶다는 소망을 품었다. 여자는 어떤 인형을 갖고 있었느냐에 따라 스타일이 달라진다는 말을 들은 적이 있는데, 그 말에 공감이 갔다. 좀 우스운 이야기지만 나는 리카짱을 목표로 하여 성장한 여자일지 모른다.

생각이 여기까지 미치니 느닷없이 바비 인형이 갖고 싶어진다. 어린 시절에는 전혀 귀엽지 않다고 무시했던 바비 인형이 아주 위대한 존재로 여겨지는 것이다. 그 자태, 그 매력, 그 우아함. 지금부터라도 그리 늦지는 않았다. 한 번 더 바비 인형을 목표로 삼아 새출발을 해볼까 하는 생각을 해본다.

인형에는 반드시 영혼이 있고 주인에게 옮아간다고 믿는다. 나오미 인형이든 클라우디아 인형*(세계적 모델 나오미 캠벨과 클라우디아 쉬퍼를 가리킨다)이든 좋다. 갖고 있는 것만으로 아름다워지는 미용법이 하나쯤 있으면 좋지 않을까?

서른 살

요즘의 내 눈에는 서른 살이 참을 수 없을 만큼 눈부시다. 단순히 나보다 젊어서가 아니다. 10년 전에는 '아, 이제 드디어 서른 살이 되었구나' 하고 우울해지는 나이였다. 하지만 이제 서른 살은 새로운 의미를 가진다.

"어머, 서른 살이라니. 아직 어리잖아."

꼭 서른 살이 되었던 무렵, 50대 여성 앞에서 그만 "드디어 서른 살이 되었으니 어쩌지……" 하는 말을 뱉었더니 이 말로 반격을 해왔던 것이다. 열여덟 살 정도의 아이가 벌써 다 큰 성인인 양 굴어 벌컥 화가 날 때처럼 이 말을 듣고 기분 좋지는 않았으나, 지금은 이해할 수 있다. 30대는 성인이 되는 첫 단추이며, 서른 살은 막 첫울음을 우는 갓난아기라는 것을. 하지만 그때는 깨닫지 못한 것이 당연하다. 당시의 서른 살은 누구나 깨닫지 못했을 테니까.

시대가 바뀌어 여자에게는 절정기가 한 번 더 생겼다. 이전에는 커다란 산 하나가 버티고 있어 모두에게 여유가 없었다. 절정기 앞에서 불안해 하고 절정기를 지나고 나면 여자의 인생이 끝난 것처럼 생각했다. 그런 생각을 하지 않는 사람만이 나이를 먹어도 빛을 발했다. 그러나 지금은 다르다. 스물 살 전후의 여성들이 엄청난 힘을 갖고 절정기를 창조해 내고 있다. 진정한 성인 여성이 되기 전의 새로운 절정기를 만든다. 그러므로 진짜 여자가 되기 위한 성장은, 아름다움의 절정은 첫 번째 절정을 끝낸 뒤 찾아온다. 이것이 또 하나의 절정기다.

서른 살은 말하자면 제2의 절정을 향해 달리기 시작하여 절정을 맞이하기 전의 싱싱함으로 가득 차 있는 나이다. 서른 살이 지닌 눈부심은 그것임에 틀림없다. 앞으로 서른 살이 될 모든 여성에게 말하고 싶다. 절정은 이제부터라고.

계절마다 꽃피는 여자

아는 여자 가운데 여름에는 눈이 부실 지경인데 겨울이 되면 마치 동면에 들어가듯 생기를 잃어버리는 사람이 있다. 도무지 이유를 알 수가 없다. 그런데 언젠가 그녀가 목이 짧다고 푸념하는 소리를 들었다. 그때 퍼뜩 생각났다. 확실히 여름에는 칼라가 크게 벌어진 옷을 입고 있지만, 겨울에는 옷매무시가 어색한 데다가 사람들의 눈을 피하는 것처럼 보였던 것이다. 반대로 겨울에는 아름답고 여름에는 어쩐지 우울해 보이는 사람이 있다. 이 경우의 원인은 두 팔에 있는 눈치다. 그녀의 팔과 어깨를 본 적이 없기 때문이다. 이처럼 내면에 꿈틀거리고 있는 하찮은 콤플렉스가 한 계절을 통째로 포기하게 만든다면 슬픈 일이다.

내게도 실은 계절 콤플렉스가 있었다. 중학교 시절, 어떤 어른에게 말라깽이여서 여름에는 좀 어울리지 않겠다는 말을 들었던 것이다. 그후 10년 동안 살이 쪘는데도 나는 여름에는 어울리지 않는다는 강박관념을 여전히 갖고 있었다. 그런데 거기로부터 벗어나 여름을 더 이상 꺼리지 않게 된 순간 세상이 완전히 달라진 느낌이었다.

인간에게 있어 사계절이란 신비로운 것이며 한 계절이 시작되는가 하면 끝나게 되어 있어 싫어하는 계절이 오면 어떻게든 빨리 지나갔으면 하는 자포자기의 심정이 된다. 그러다 보면 1년이 너무 빨리 지나간다. 인생은 짧다. 네 번의 계절마다 열심히 보내면 살아 있는 충실감은 분명히 세 배, 네 배가 된다.

당신의 계절 콤플렉스를 다른 사람은 전혀 눈치채지 못하고 있다. 그러니 싫어하는 계절을 없애 버리자. 여자의 아름다움이 꽃피는 것은 바로 그때다. 아름다움은 사계절 내내 쉼 없이 채워 가지 않으면 성장하지 못한다.

시 계

시계는 그 사람과 그 사람의 인생을 말해 준다

　20대에는 보는 시계마다 갖고 싶어져 옷을 갈아입듯 시계를 바꿨다. 그런데 언제부턴가 단 하나의 시계를 찾기 시작했다. 그 시계를 찾을 때까지 시계 없이 지냈기 때문에 전철에서, 거리에서 다른 사람의 시계를 훔쳐보는 일이 최대의 특기가 되었다. 그렇게 하여 만난 단 하나의 시계를 6~7년이나 찼다. '언제부턴가'라고 했지만, 사실은 어떤 칵테일 바에서 바텐더의 이야기를 들었을 때다.

　그는 시계를 보면 그 사람과 그 사람의 인생이 보인다는 지론을 갖고 있었다. 바텐더 경력이 수십 년이나 되는 그는 카운터 너머로 보아 온 손님이 족히 수십만 명에 이르는 사람이다. 손님이 술을 마시는 상황에 언제나 주의를 기울이기 때문에 딱히 보려고 한 것은 아니지만 술잔과 함께 보아 온 시계 역시 수십만 개다. 그리고 들려오는 대화의 앞뒤를 꿰맞추는 동안 시계가 그 사람의 내면과 생활을 말해 주더라는 이야기였다.

　이때부터 나에게 있어 시계는 액세서리가 아닌 분신이 되었다. 그런데 시간이 한참 흐른 뒤 바텐더의 이야기를 증명해 주는 사건이 일어났다. 오랫동안 애지중지하던 시계를 잃어버렸다. 똑같은 것을 찾아 헤맸지만 이미 생산이 중지된 모델이었다. 다른 시계를 찾았지만, 마땅한 것을 발견하지 못하고 있었다. 다른 사람의 시계를 훔쳐보면서 3년이 넘도록 찾다가 이윽고 다음 시계를 찾아냈을 때 깜짝 놀랐다. 그전에 여러 번 보았던 시계였다. 시계를 찾던 3년 동안 마음에 드는 시계가 없었던 것이 아니라 내 자신의 인생을 잃어버리고 있었던 것은 아닐까 하는 생각이 들었다. 그리고 사실 그 기간은 꽤 혼란스러운 시간들이었다.

　어떻게 살아갈지를 결정하지 않으면 시계를 선택할 수 없다. 시계는 인생이다.

클레오파트라의 욕실

최근 향기 입욕제가 선풍적인 인기를 모으고 있지만 욕조에 세면대, 샴푸, 린스 따위가 복작거리는 욕실에서 느긋하게 향기를 즐길 수 없는 사람에게 좋은 방법을 가르쳐 주고 싶다.

우선 욕실의 불을 끈다. 아주 신기하게 이렇게 하면 들리지 않던 물소리가 갑자기 들려온다. 청각을 기분 좋게 자극하는 것이다. 원래 물소리는 사람의 마음을 온화하게 누그러뜨려 준다. 더구나 욕실의 물소리는 어머니의 태내에 머물 때 듣던 소리와 비슷하여 인간에게 있어 가장 안락한 음색이라고 한다.

이때 후각은 예민해진다. 입욕제의 향기가 천국의 꽃밭 가운데에 있는 듯한 황홀한 기분을 만들어 주는 것은 시야가 차단되었기 때문이다. 그리고 촉감. 물이 아니라 포근한 실크 이부자리에 싸여 있는 것처럼 느껴진다. 더욱이 불을 껐으니 시각 또한 민감해진다. 문틈으로 새어 들어오는 희미한 불빛을 받아 욕조의 물이 반짝이는 것을 발견하게 된다. 차가운 주스라도 한잔 있으면 오감이 완벽하게 작용한다. 클레오파트라의 욕실이 되는 것이다.

사람에게는 훌륭한 오감이 있는데 많은 사람이 그 사실을 까맣게 잊고 지낸다. 너무나 많은 것이 눈에 들어와 무심이 지나치기 때문일 것이다. 시각은 무엇보다 강력하다. 눈으로 보는 것은 다른 모든 감각을 지배한다. 실제로는 폭신한 것이라도 겉보기에 뻣뻣해 보이면 만져 보고 싶은 마음이 생기지 않는다. 그래서 시각을 닫는 것이다. 시각을 닫으면 여느 때에 보이지 않던 것까지 보여온다. 다시 말해 상상력이 풍부해져 아름다운 세계가 몸을 감싸는 것이다. 그러니 눈을 감자. 하루에 한 번 불을 끄자.

무서운 젊음

일류 기업의 엘리트 사원들이 여고생과 미팅한 것을 자랑으로 여긴다는 이야기를 들었다. 요즘 같아서는 이런 이야기를 듣고 새삼 놀라는 사람이 없겠지만, 그래도 어른으로서 한마디 하지 않을 수 없다.

'다시는 돌아오지 않을 10대라는 젊음을 그토록 존중하다니.'

사물의 이치를 깨우친, 소위 지식인이라는 남자들이 마음을 고쳐먹기 바랄 뿐이다. 세상을 맛보지 않은 어린 여자가 좋다는 마음이야 굴뚝같겠지만 말이다.

하지만 바로 며칠 전 불현듯 마음을 바꾸게 하기는 어려울 거라는 생각이 들었다. 그리고 성인 여자는 점점 힘들어질지 모른다고 말이다.

가끔 남자 고등학생을 대상으로 하는 무슨 콘테스트 같은 것을 보면 예쁜 남자가 많아지고 있다는 사실을 알 수 있다. 무서울 정도다. 일요일 이른 아침에 방송되는 어느 텔레비전 프로그램에서 대단한 테크닉으로 자작곡을 연주하는 초등학생을 보고 감동한 것처럼, 남자 고등학생들의 세련된 외모에 감동마저 느꼈다. 게다가 그들은 젊음을 갖추고 있어 성인 남성을 훌쩍 뛰어넘는 남자다움까지 지니고 있었다. 인간적으로는 미숙할지라도 그것을 극복할 수 있는 외모가 그들에게는 있었다.

그렇다면 우리 성인 여성이 두려우리만큼 조숙한 여고생을 이길 수 있는 무언가를 갖추지 못하면 단순히 어린 여자가 좋다는 남성들의 편견은 한층 더 활개를 칠 것이다. 그것만은 피하고 싶다.

연인의 눈

입으로는 화장하지 않은 얼굴이 좋다고 말하면서 속으로는 야한 여자를 찾는 남자가 적잖다. 그런데 이런 남자는 실제로 사귀기 시작하면 그 순간부터 말도 안 되는 푸념을 늘어놓기 시작한다.

아래 눈꺼풀의 아이라인이나 속눈썹을 예로 들어 보자. 그런 부분까지 볼까 의심하는 사람이 있을 테지만, 여자의 얼굴을 가장 가까이에서 보는 것은 여자 친구나 부모가 아닌 연인이다. 요즘에는 아랫눈의 아이라인을 시커멓게 그리는 사람도 직각으로 뷰러를 하는 사람도 없을 텐데, 남자들은 아랫눈의 아이라인을 짙게 그리거나 뷰러를 너무 세게 한 속눈썹은 꼭 가짜 같아 보인다고 입을 모은다. 말하자면 그것들은 진한 화장이나 야한 화장의 상징인 것이다.

여자의 입장에서 보면 진한 화장을 구별하는 포인트는 얼마든지 있지만, 그 것은 어디까지나 남자의 시선이다. 남자들이 바라보는 것은 여자의 의도와는 상당히 어긋난다.

남자가 냉정해지면, 여자의 화장은 대개 무의식적으로 진해지는 법이므로 문제는 거기에 있다. 평소에는 아랫눈에 아이라인을 그리지 않는다. 그리고 속눈썹에 뷰러를 세게 하지 않는다. 그런데도 그만 힘이 들어간다. 그저 그뿐인데 남자는 여기에 생리적인 거부 반응을 보인다. 이것이 무섭다.

'가까운 거리에서 보는 연인의 불평을 최우선으로 여긴다.'

메이크업의 철칙이다.

파운데이션 혁명

최고급으로 관리된 피부처럼 표현해 줄 파운데이션이 등장하고 있다

　분체*(미세한 가루가 모인 고체) 기술이 끝간 데 없이 진화하고 있다. 파운데이션은 분체의 집합체이다. 리퀴드도 크림 타입도 모두 같다. 아이섀도와 가루분 역시이 분체 기술과 관계가 있으며 아이섀도의 투명감 있는 발색이나 윤기 등 전부 분체 기술의 진화가 가져온 아름다움이다. 아울러 파운데이션의 번들거림을 방지하거나 투명감을 오래 지속시키는 것 또한 특수한 분체의 작용에 의한 것이다.

　이것이 파운데이션 혁명으로 이어졌다. 예를 들어 얼마 전에 선보인 파운데이션은 땀을 흘릴수록, 피지가 나올수록 반대로 피부가 밝고 하얘져 가는 신기한 기능을 갖고 있는데, 외부의 캡슐층이 땀에 젖으면 투명해져 안에 싸여 있는 하얀 색소 분체의 모습이 드러나는 특수한 기술 덕분에 가능해진 것이다. 그리고 최근에 등장한 피부결과 모공을 완전히 커버해 주는 파운데이션은 피부 위에 반투명의 얇고 균일한 막을 만드는 특수 분체가 있어 가능한 것이다. 투명한 느낌이면서 자그마한 결점은 반투명 분체가 감추어 주기 때문에 피부 자체가 정말 아름다워 보여 눈이 휘둥그레진다.

　이런 분체 기술이 목표로 삼는 것은 납인형과 같은 피부다. 매우 아름다운 피부를 보고 납인형의 피부와 닮았다는 말을 하나, 요즘의 위대한 분체를 페이스트 형태로 만든 것을 피부에 바르면 이것이 훌륭하게 납인형의 피부가 된다.

　나는 데비 수카르노*(인도네시아의 수카르노 전 대통령의 부인) 부인을 보았던 사람이 피부가 꼭 납인형 같았다고 중얼거리는 것을 들은 적이 있다. 최고급의 생활과 최대한의 투자에 의해 관리된 피부. 이것이 파운데이션으로 실현될 날이 머잖아 올 것이다.

실크 엑스터시

우아하고 관능미를 갖춘 여성스러운 피부를 위해 실크 속옷을 입는다

실크 포대기에 싸여 자란 아이는 옥 같은 피부가 된다는 말을 한다. 부잣집에 태어났으니 당연하지 않느냐고 생각할 수 있다. 하지만 성인이 되고 나서 입는 속옷은 부잣집에 태어나는 것보다 중요하며 실크 속옷은 여러모로 이득이다. 화학 섬유와 달리 실크는 촉촉한 소리를 내며 피부 위를 미끄러진다. 그 소리와 실크 특유의 간질이는 듯한 매끄러움이 한데 섞여 피부가 녹아 버릴 것 같다. 누군가가 이 현상을 실크 엑스터시라고 불렀다. 매일 엑스터시를 느끼면 피부에 윤기가 돌고 여성스러운 피부가 된다. 사랑을 하면 아름다워지는 것과 마찬가지다. 간단히 말해 여성 호르몬의 분비가 활발해지는 모양이다.

이것은 속옷에만 한정되는 이야기가 아니다. 이를테면 시세이도의 립스틱이나 클라란스의 리프팅 화장품, 크리스찬 디오르의 페이스브러시를 사용했더니 피부가 녹는 것 같았다는 화장품 엑스터시를 인정하는 소리가 여기저기에서 들려온다. 한번 엑스터시를 느끼기 시작하면 좀처럼 멈출 수 없다.

나는 또다시 데비 수카르노 부인의 전설적인 피부를 떠올렸다. 그녀와 인터뷰했던 기자가 "아무튼 피부가 너무 고와서 마치 납 같더라고" 하며 감탄하는 것이었다. 그저 돈을 물 쓰듯 투자하여 만든 피부가 아니라 실크 속옷은 물론 이브닝 드레스를 매일 밤 입기 때문에 이 세상 사람이라고 믿기지 않을 만큼 우아하고 관능미까지 갖춘 여성스러운 피부를 갖게 된 것일 게다.

피부에는 깨끗하고 지저분하고와는 다른 차원의 여성스러움이 있다. 여성스러움을 키운다면 역시 실크 속옷부터 시작하고 싶다. 그리고 이때에는 값비싼 실크일수록 효과가 좋은 법이다.

남자와 여자가 서로 속고 속이는 것

정도의 차이는 있지만, 유행에는 사람을 아름다워 보이게 하는 힘이 있다

　　남자들 사이에서 가끔씩 '헤어스타일 추녀'라는 표현이 쓰이고 있다. 거기에는 언뜻 보면 귀여워 보이지만 사실은 대수롭지 않다는 뜻이 담겨 있다. 그들은 아마 여자들이 아름다워지기 위해 믿고 의지하는 수단 가운데 하나인 헤어스타일에 숨겨진 비법을 간파하고 있는 모양이다. 여하튼 그들의 말에 따르면, 앞머리를 내린 데다가 얼굴 윤곽을 구불구불한 웨이브로 감추고 있는 세미롱 헤어스타일이나 오래 전부터 있어 온 단발머리형 헤어스타일을 하고 있는 여자는 요주의 인물이라는 것이다.

　　하지만 상관없다. 헤어스타일의 숨은 비법은 진화하게 마련이다. 눈썹 위 일자형 헤어스타일, 귀를 드러내고 밖으로 컬을 주어 어깨에 늘어뜨리는 세미롱, 가르마를 가운데로 한 스트레이트, 머리의 길이를 얼굴 길이의 두 배로 하는 예전의 아무로 나미에 식 헤어스타일, 풀어진 듯한 퍼머를 한 헤어스타일은 웬만하면 누구나 귀여워 보이게 한다.

　　벌써 눈치챘겠지만, 목표는 유행하는 스타일이다. 신기하게 유행하는 헤어스타일을 하면 모든 사람이 아름다워 보인다. 그런데 남자들은 1~2년이 지나야 비로소 알아챈다. 지금이다. 모두 똑같은 헤어스타일을 하기 전에 한 발 앞서 활용해 두자. 다시 한 번 말하지만, 유행이라는 것은 정도의 차이는 있으나 사람을 아름다워 보이게 하는 힘을 갖고 있다. 이 사실을 알고 있기 때문에 천재는 무엇에든 재빠르다.

분위기 미인

우리는 '저 사람, 분위기 있지'라거나 '분위기 있는 사람이야'라는 표현을 별 뜻 없이 사용한다. 이 말은 사람에는 분위기가 있는 사람과 없는 사람, 두 종류가 있다는 사실을 의미한다. 물론 분위기에 형태는 없다. 하지만 무엇인가가 보이기 때문에 있고 없고를 한순간에 판단할 수 있으며, 분위기란 소유하는 것이다.

내면의 아름다움이라고 정의하면 이야기는 간단하다. 하지만 그런 것은 한순간에 판단할 수 있는 것이 아니다. 그럼 분위기란 대체 무엇일까? 분위기를 작은 아우라라고 정의한 사람이 있었다. 오래 전 어느 여자 탤런트가 머리를 싹뚝 잘랐을 때, 아우라를 뿜어내는 듯했다. 갑자기 분위기가 생겼다고 말한 사람도 있었다.

"저 여자 분위기 있네."

함께 차를 마시고 있던 친구가 밖을 걸어가고 있는 여자를 보고 그렇게 말했다. 그녀는 파도가 일렁이듯 조용히 물결치는 시폰 스카프를 목에 두르고 있었다. 분위기를 만들어 내는 것이 그 스카프라는 사실을 한눈에 알 수 있었다. 스카프 이용법을 멋지게 소화해 내는 그녀의 센스가 우리의 시선을 사로잡은 것이지만, 첫 번째 계기는 100퍼센트 그 스카프에 있다. 작은 아우라란 바로 이런 것이다. 그리고 이때 우리가 발견한 또 한 가지는 우리의 눈길을 잡아끄는 미인이 아니라도 미인의 분위기는 자아낼 수 있다는 사실이다. 그리고 분위기 미인이 갖고 있는 아름다운 공기는 진짜 미인마저 쉽게 뛰어넘을 수 있다는 사실이다. 이것들을 확신했다.

3초 동안 분위기 만들기

처음 1초는 실루엣을, 다음 1초는 얼굴을, 다음 1초는 몸짓을 본다

그 사람은 호텔의 넓은 로비에서 몇십 미터나 멀리 서 있었다. 처음 1초 만에 나는 그녀의 실루엣을 보았다. 프랑스 여배우 같았다. 그 순간 그녀에게 단번에 빨려 들어가 다음 1초 만에 얼굴을 또렷하게 보았다. 신기하게 사람의 시각은 무언가를 자세히 보려고 마음을 먹으면 여느 때에는 보이지 않던 것도 보게 된다. 나는 그때까지 아련하게밖에 보이지 않던 그녀의 생김새에 품위가 감돌고 있음을 보았다. 그래서 그녀는 나를 더욱 강렬하게 잡아끌었고, 다음 1초 만에 머리를 쓸어 올리는 몸짓이 무척 멋있다는 사실을 발견했다. 그리고 나는 그녀에게 완전히 매료되어 아우라가 있는 사람이라고 생각했다.

말하자면 나의 시선을 붙든 것은 첫째 온몸, 둘째 얼굴, 셋째 몸짓이라는 이야기다. 그런데 그중 어느 하나라도 사람을 매혹할 만하지 못했다면 아우라가 있는 사람이라고 생각하지 않았을 것이다. 센스 있는 옷이나 한껏 멋을 부린 헤어스타일은 사람을 잡아끄는 계기가 되기는 하지만, 결정적이 될 수는 없다. 그러나 그것들이 없었다면 그녀의 존재를 알아채지 못했을 것이다. 그리고 3초라는 시간도 필수적이다.

최소한 3초 동안 다른 사람의 시선을 자신에게 끌어당길 수 있는 분위기 만들기의 첫걸음이다.

분위기에 나이는 없다

'분위기 미인'이라는 수식어가 따라다니는 마쓰 다카코는 아직 20대다. 단순히 안정감에서 나오는 것이 아닌 향기를 뿜어내고 있다. 이것은 분위기 있는 사람에게 공통되는 하나의 특징인 모양이다. 물론 나이가 든 것과는 종류가 다르다. 나이보다 연상인 듯한 이미지. 본디 그 나이에는 가질 수 없는, 어딘가 세상을 알아 버린 것 같은 면을 갖고 있는 것일까? 인간으로서의 깊이를 갖추고 있는 여자는 대부분 제 나이보다 연상으로 보이며, 그런 것이 분위기를 만드는 것임에 분명하다.

한편 분위기 있는 사람은 30대 중반을 넘기면 180도 달라져 더 이상 나이보다 연상으로는 보이지 않게 될 뿐 아니라 나이를 알 수 없게 되어간다. 노화가 그 사람의 나이를 외치기 시작하는 무렵이 되면 분위기가 그 사람을 둘러싸 나이를 알 수 없게 만들기 때문이다. 분위기에 나이는 없다. 그러므로 나이를 지나치게 의식하면 분위기는 깃들지 않는다.

젊게 보이려고 치장하는 사람, 반대로 어른스러워 보이려고 애쓰는 고등학생, 그리고 '아, 이 사람은 스물여덟' 하고 한눈에 알아볼 수 있도록 나이가 얼굴에 씌어 있는 여자. 그런 사람들에게서는 절대로 분위기가 풍기지 않는다. 타인이 그 사람의 나이를 의식한 순간 분위기는 사라지는 법이다. 어쩌면 분위기란 생활의 냄새가 전혀 감돌지 않는 것일지 모른다. 그 사람이 어디에서 무엇을 하며 어떻게 살고 있는지, 그런 것들이 보이지 않는 곳에 분위기는 머문다. 이상해 보이지 않는 신비로움, 분위기는 그렇게 정의할 수 있다.

"당신의 피부에는 향기가 나나요?"

분위기를 사전에서 찾으면 "그 자리를 채우고 있는 기분 또는 공기"라고 씌어 있다. 그 사람을 둘러싸는 공기에서 향기가 날 것처럼 아름답다면 그 사람은 틀림없이 분위기 있는 사람이라는 말을 들을 것이다.

양귀비는 몸에서 향기가 감돌도록 하기 위해 당시 매우 귀했다는 여지°(중국이 원산지로 꽃잎이 없는 작은 꽃이 피며 열매는 식용으로 사용한다)를 매일 산더미처럼 먹어 치웠다는 이야기가 생각났다. 자신의 몸에서 향기를 나게 하는 것은 자태의 아름다움을 초월하는, 여자에게 있어 최고의 아름다움이었음에 확실하다. 그리고 그것은 피부를 통해 발산되는 향긋함이다. '향기가 풍기는 듯한 아름다운 피부'라는 표현은 여기에서 온 것 같다.

속이 환히 비쳐 보일 듯한 투명한 피부를 보면 늘 향기를 느낀다. 달콤하고 맑은 향기가 갑자기 퍼져 온다. 향긋한 냄새가 나는 과일이 거기에 있는 것처럼 주위의 공기까지 깨끗해지기 때문이다. 그런 피부는 아름답게 메이크업한 피부가 아니다. 그렇다고 해서 갓 딴 목화같이 여린 피부는 더 더욱 아니다. 손가락이 달라붙을 것처럼 윤이 나고 싱싱한 핑크색으로 무르익은 성인의 피부라고나 할까. 아름다운 피부는 그것만으로도 충분히 분위기라는 공기를 낳는다.

"당신의 피부에는 향기가 감돌고 있나요?"

오늘부터 향기가 나는 스킨케어를 시작하자.

분위기는 무슨 색일까?

분위기가 있는 색, 없는 색은 따로 없다.
어떤 색이든 사람이 감정을 불어넣어 분위기를 만드는 것이다

분위기는 무슨 색깔을 띠고 있을까? 대답은 이렇다. 분위기가 없는 색이 없
듯이 그 색을 입거나 단다고 저절로 분위기가 가득 퍼지는 편리한 색 또한 없
다. 모든 색이 원래 갖고 있는 분위기를 살리는 것이나 죽이는 것은 다름 아닌
사람이라는 뜻이다. 상복을 입은 여자는 분위기 있다는 말을 자주 듣는데, 그것
은 여자가 평소와 달리 온 마음을 담아 검은색 옷을 입기 때문이다. 웨딩드레스
의 순백색이 향기를 풍기는 듯한 것은 같은 이유에서다. 어떤 색이든 사람이 감
정을 불어넣고 분위기를 낳는 것이다.

예를 들어 파란색 옷을 입는다고 하자. 아무 생각 없이 입으면 파란색은 그저
파란색일 뿐이다. 하지만 '시원하다' 혹은 '쿨하다' 같은 파란색에 어울리는 형
용사를 머리에 떠올리면서 입으면 파란색에서는 상쾌한 공기가 두둥실 피어오
른다. 핑크색 옷을 입는 날은 '귀엽다' '상냥하다' 따위의 핑크색에 대한 자신
의 생각을 담으면 된다.

어쨌든 왜 파란색을 입는지, 왜 핑크색을 입는지, 그 이유를 자신 속에서 명
확하게 해둔다. 그러면 그날의 메이크업 색조차 저절로 분위기를 자아낸다. 우
선 립스틱을 선택하고 나서 거기에 마음을 불어넣는 것도 괜찮다. 색은 전부 살
아 있기 때문에.

분위기의 소리

아름다운 목소리는 나이와 외모를 초월하여 영원한 아름다움을 약속한다

이른바 세련됨이나 품위를 형태로 표현해 내는 테크닉은 확실하게 몸에 익혔는데 분위기가 생기지 않는 사람은 십중팔구 목소리와 말투에 원인이 있다. 좀 극단적인 표현이긴 하지만 목소리와 말은 입 밖으로 나오지 않아도 들린다. 목소리와 언어는 그 사람의 내면을 있는 그대로 보여 주며, 그 사람에게서 풍겨 나오는 공기 자체기 때문이다. 만약 목소리와 말투가 품격 있고 아름답다면 잠자코 있어도 주변에는 그런 분위기가 떠돈다. 그러므로 외모는 평범한데 목소리와 말투로 분위기를 만들어 내는 사람은 많다.

같은 얼굴, 같은 헤어스타일, 같은 옷인데 목소리만 다른 경우, 사람에 대한 평가는 달라진다. 사랑스러운 목소리와 고운 가성과 콧소리는 때로 유형의 아름다움을 뛰어넘는다. 아름다운 목소리는 평생의 재산이다. 외모가 변해도 목소리만은 변하지 않으며 평생 그 사람을 아름다운 사람으로 머물 수 있도록 도와준다.

학창 시절 아르바이트를 했던 회사의 사장 비서는 한번 들으면 절대로 잊혀지지 않는 아름다운 목소리의 소유자였다. 농담을 해도 목소리 덕분에 품위가 감도는 것이었다. 그 사람을 20여년 만에 만났다. 그 시절에 40대 전후였으니 이제 60대다. 그런데 도저히 60대라고는 생각되지 않을 만큼 아름다운 분위기가 그대로 남아 있었다. 전혀 달라지지 않은 목소리 덕분이다. 오히려 긴장감이 실린 목소리와 연륜에서 오는 안정감이 더해져 20년 전보다 더 멋진 여성으로 보였다. 목소리야말로 나이와 외모를 초월하여 여자에게 영원한 아름다움을 약속하는 것이라고 새삼 확인했다. 그리고 분위기 미인은 영원하다는 사실을 이때 깨달았다.

분위기는 헤어스타일에 산다

헤어스타일은 그 사람이 어떤 타입의 여자인지를 말해 준다

메이크업이나 피부로 분위기가 만들어지기는 퍽 어렵지만, 헤어스타일이라면 누구나 시도해 볼 만하다. 흉내내고 싶은 헤어스타일이 있다고 하자. 다른 사람으로 하여금 그런 생각을 품게 하는 것으로도 이미 그 사람은 헤어스타일로 약간의 분위기를 빚어내고 있는 셈이다. 이번에는 하나의 헤어스타일을 고집하여 그 헤어스타일이 그 사람의 것이 되고 만 사람이 있다고 하자. 그 사람역시 이미 헤어스타일의 분위기 미인이다. 솜씨 좋게 머리 손질을 할 수 있거나헤어스타일을 좀 더 비중 있게 생각하는 사람은 분위기 미인이 되기 쉽다.

따라서 분위기 만들기를 처음 시작하는 사람은 헤어스타일 흉내내기부터 시작하자. 헤어스타일은 어떤 타입의 여자인지, 얼마나 능력 있는 여자인지를 말해 준다. 그리고 자신감을 단숨에 만들어 낼 수 있는 것은 헤어스타일뿐이다.

그러고 보니 나카야마 미호가 생각난다. 젊은 여성의 동경을 한몸에 받고 있는 그녀의 매력은 쉬워 보이지만 도무지 흉내낼 수 없는 헤어스타일에 있다. 퍼머를 한 것인지, 드라이를 한 것인지, 손질하지 않은 것 같지만 분명히 손질했을 자연스러운 헤어스타일이다. 나카야마 미호의 묘한 분위기는 바로 그 헤어스타일에서 나오고 있다. 그녀의 분위기를 그대로 흉내내 보는 것은 어떨까. 특별히 꾸미지 않은 것 같아 보여도 따라 하기는 대단히 까다로울 테지만, 과연애써 꾸민 헤어스타일보다는 아름다운 분위기가 배어 나오기 쉽다.

분위기와 브랜드

옷보다 자기 자신이 우선되어야 하고 브랜드보다 자기 자신이 우선되어야 한다

여기에서 한 번 더 분위기 미인을 정의하자. 만약 사물로 사람들의 눈길을 끌었다고 하더라도 상대의 인상에 남는 것은 그 사람 자신이어야 한다. '그 사람의 옷이 멋있었다' 식의 인상을 남겨서는 안 된다. 하나하나 뜯어보면 튀는 것은 아무것도 없어 그 사람 자체가 눈에 띈다. 그것이 분위기 미인의 올바른 자세다.

20대 초반까지 마음껏 화려하고 눈에 띄는 화장과 옷으로 꾸미던 여자가 20대 후반에 갑자기 확 바뀌어 수수한 옷을 조심스럽게 입기 시작했다. 그리고 그무렵부터 그녀에게는 분위기 있는 사람이라는 평판이 따라다니게 되었다. 사물의 화려함은 단순히 화려한 사람이라는 인상밖에 남기지 못한다. 그녀는 그 점을 깨달아 사물의 화려함만 눈에 띄는 일이 없도록 신경을 썼을 것이다. 그것을 깨닫고 실행할 수 있는 감성과 뛰어난 두뇌가 있었기 때문에 평범한 옷을 솜씨 좋게 입을 수 있으며, 그런 그녀의 모든 것을 아우른 곳에서 비로소 분위기가 생겨난 것임에 틀림없다.

한편 요즘 가방은 프라다, 구두는 구치, 옷은 펜디 하는 식으로 치장하는 여자가 흔한데 이런 경우에는 한 가지를 실수하면 분위기가 도망가 버린다. 원래 브랜드의 옷과 가방 따위는 튀는 것의 상징이며, 그렇기 때문에 분위기가 깨지기십상이다. 물론 일류 브랜드 제품은 특유의 분위기를 갖고 있다. 하지만 그 분위기가 입는 사람, 드는 사람, 신는 사람의 이미지에 잘 덧씌워지지 않으면, 브랜드의 이름만 남아 모처럼의 소중한 분위기가 사라진다. 그러므로 브랜드 물건으로 분위기를 내기란 매우 어려운 일이다. 옷보다 자기 자신이 우선되어야 한다. 브랜드보다 자기 자신이 우선되어야 한다. 분위기 만들기는 거기에서 시작된다.

분위기 미인의 조건

아주 캐주얼하고 심플한 옷차림에 파스텔톤 아이섀도를 살짝 바른 산뜻한 메이크업, 거기에 검은색 켈리백*(1956년 모나코의 왕비 그레이스 켈리가 임신한 배를 가리기 위해 든 에르메스의 백. 『라이프』지의 표지에 이 백을 든 그레이스 켈리의 사진이 실리면서 켈리백이라고 불리게 되었다)과 쇼파르 시계로 무장한 여자가 있었다. 그녀에게는 확실히 분위기가 감돌았다. 한편 흰색과 검은색과 빛을 풍부하게 사용한 메이크업, 그리고 볼륨 있는 헤어스타일, 거기에 장식이 생략된 단순한 투피스를 코디네이트한 여자도 멀리에서 분위기를 풍기고 있었다.

이때 지나치게 꾸미는 것은 분위기 만들기의 적이라는 생각이 들었다. 유행하는 스타일을 뒤죽박죽 섞으면 곧 촌스러워지지만, 하나의 테마로 고정해 버리면 그 사람 자체가 눈에 띄지 않는 것 또한 분명한 사실이다. 그래서 지나치게 멋을 부린 차림새가 되지 않기 위해 마지막에 떼어 내거나 변형한다. 이것이 메이크업이나 옷을 통해 사람들의 관심을 자신에게 돌리는 요령이다.

바꾸어 말하면 솜씨 좋게 떼어 내고 아름답게 변형할 수 있는 이 사람은 대체 어떤 여성일까 하는 생각이 들게 만드는 것이 분위기 미인의 절대 조건이다. 남들도 할 수 있는 패션에는 분위기가 머물지 않는다. 누구나 금방 이해하고 알아볼 수 있는 여자에게서는 분위기가 나오지 않는다. 그러므로 일단 이렇게 하자. 보수적이라거나 하는 식으로 이름을 붙일 수 있는 스타일을 그만두는 것이다. 그것이 첫걸음이다.

분위기는 어디에서 올까?

찻집에서 차를 마시고 있는 모습이 빛나 보이는 여성이 꽤 있다. 그런데 아이돌 스타 지망생의 프로모션 비디오 속에서는 배경 음악에 따라 같은 장면이 흘러 나와도 빛을 찾아볼 수 없다. 분위기나 아우라는 만든다고 만들어지는 것이 아니라는 점은 명백한 사실이지만, 남에게 보이려고 애쓰는 순간 그 효력을 잃어버리고 만다는 점을 기억해 두어야 한다.

굵은 아이라인은 일종의 아우라를 낳는다. 긴 속눈썹이나 수면처럼 반짝이는 입술도 작은 아우라를 만들 수는 있다. 하지만 아침에 그런 의도를 갖고 메이크업을 하고 하루 종일 아이라인과 속눈썹과 입술을 의식하면 아우라는 나오지 않는다. 그것들이 메이크업으로 만들어진 것이라는 사실을 잊어야 한다. 메이크업이 아닌 자기 자신이 아름답다고 생각해야 한다. 메이크업은 아우라를 만들어 내는 소도구에 불과하다는 사실을 분명하게 인식하도록 한다. 거기에서 빚어진 아름다움에 대한 자신감을 갖고 외출해야 한다. 아우라는 자신감에 깃들기 때문이다.

자기 자신만이 아니다. 자부심이나 행복감, 때로는 고민 따위에도 분위기는 담긴다. 요컨대 인간의 모든 강한 의식이야말로 분위기의 원천일지 모른다.

분위기는 배경이다?

  분위기는 몸 앞에 달고 다니는 것이 아니라 싫든 좋든, 원하든 원하지 않든 뒤에서 따라오는 것이다. 그림에 그려진 아우라는 이른바 후광이다. 어쨌든 분위기란 결국 배경이다. 부모의 지위나 출신 학교 등의 배경을 가리키는 것이 아니다. 배경이란 어떤 가정교육을 받고, 어떤 생활을 하고, 어떤 사고방식을 갖고 있느냐 하는 것들을 전부 통틀은 것이다.

  여자의 경우, 집 안이 얼마나 센스 있고 깨끗한가, 어떤 속옷을 입고 있느냐, 어떤 친구가 있느냐, 그런 것이 전부 분위기에 배어 나온다. 그중에서 유독 깊이 있는 아름다운 생활을 하고 있는 사람의 분위기만이 혜성처럼 꼬리를 끌며 등 뒤에 따라오는 것이다.

  먼저 집 안팎을 대청소하고 가구 위치를 바꾸어 보는 일로 시작해 보자. 다음 날 아침 문득 깨닫게 될 것이다. 자신의 뒤에 아름다움이 따라와 반짝이며 빛나고 있음을. 이것은 아름다움에 대한 자신감이다. 눈에는 보이지 않지만 자신을 둘러싸고 있는 모든 공기가 청결하다. 그것을 여봐란 듯이 몸 앞에 달고 걸어가는 것이 아니라 뒤에서 은은한 빛을 내도록 한다. 이것이 분위기를 만드는 올바른 방법이다.

작은 얼굴 열망

지금은 커다란 얼굴을 그냥 둘 수 없는 시대다

멍하니 텔레비전을 보고 있었다. 미인으로 통하는 가수 K가 노래하고 있다. 피부가 구멍이 날 정도로 하얗고 입매가 유난히 아름다웠다. "과연 미인이야"라는 말을 하려는 순간 깜짝 놀랐다. K 옆에 아무로 나미에가 서 있었다. 아무로 나미에는 뭐니 뭐니 해도 '작은 얼굴의 심볼'이라고 일컬어질 만큼 얼굴이 작다. 안됐지만 K의 얼굴은 아무로 나미에의 두 배는 됨 직했다. 얼굴만 보면 마치 어른과 아이 같았고 보면 볼수록 그 차이는 점점 두드러졌다. 작은 얼굴이 이렇게 아름다운가 하고 망연자실하지 않을 수 없었다.

아무로 나미에와 함께 노래해야 하는 희한한 기획이 아니었다면 이런 비극은 일어나지 않았을 텐데. K의 얼굴은 결정적으로 커 보여 그녀가 오랫동안 유지해 온 미녀 가수의 이미지는 산산조각이 났다.

작은 얼굴이 되고 싶어하는 열망은 어제오늘 시작된 일이 아니지만, 그것이 요즘처럼 심각하게 이야기된 적은 없었다. 몇 년 전 '요즘 아이들은 정말 팔다리가 길어' 하는 감탄의 대상이 되었던 어린이들이 성장하여 지금은 작은 얼굴 인종이 되어 큰 힘을 발휘하고 있기 때문이다.

하여튼 지금은 커다란 얼굴을 그냥 내버려 두어서는 안 되는 시대다.

큰 귀고리의 교훈

짐을 정리하다가 20대에 달고 다녔던 액세서리가 한 뭉치 나왔다. 그런데 귀고리의 크기에 기겁을 했다. 직경이 10센티미터나 되는 링 귀고리, 동전만한 것이 매달려 있는 귀고리, 귓불의 다섯 배는 됨직한 반원 귀고리. 거대한 귀고리들이 줄줄이 나와 예전의 내 모습을 떠올리고는 다시 한 번 흠칫 놀랐다. 그때는 귀고리를 달지 않고 외출하면 벌거벗고 있는 것 같은 불안감에 휩싸였고 더욱이 작은 것은 귀고리를 할 의미가 없다고 믿어 지금 같으면 부끄러워서 하지 못할 엄청난 크기의 귀고리를 매일 달고 다녔다.

대체 무슨 불안감에 휩싸여, 무엇을 믿고 그랬을까? 당시는 지금처럼 피어싱이 흔한 시절이 아니었다. 멋쟁이라면 누구나 귀고리에 이상한 고집을 갖고 있었다. 하지만 이것은 단순히 유행 때문이 아니라 작은 얼굴을 위해서였다.

한번은 터무니없이 큰 귀고리를 달고 온 친구를 보고 또 다른 친구가 "이상해. 균형이 안 맞아"라며 웃었다. 그러자 그중 한 친구가 "그래도 얼굴이 작아 보이잖아"라는 말을 해 모두 고개를 끄덕였다. 그후 우리의 귀고리는 더욱 커져 갔다. 아무튼 큰 귀고리는 요즘의 작은 얼굴 만들기 케어나 메이크업보다 퍽 효과가 있었다.

몸의 어딘가를 커 보이게 하거나 작아 보이게 하기란 아주 간단한 일이다. 모든 것은 그 곁에 있는 무언가와의 대비로 결정된다. 그 같은 요령을 알면 메이크업도 패션도 논리적인 것이 된다. 그것을 처음으로 가르쳐 준 큰 귀고리를 새삼스럽게 달아 보았다. 역시 얼굴은 훌륭하게 갸름해 보였다.

작은 얼굴 전설 1

스벨테가 한창 붐이었을 때 스벨테를 몸에 발라 날씬해진다면 얼굴에도 쓸모가 있을 거라며 부지런히 얼굴에 바른 사람이 있을지 모를 일이다. 그후 대망의 얼굴살 빼기 화장품인 시세이도의 로스터롯트가 예상을 뛰어넘는 일대 유행을 일으킨 것은 기억에 새롭다. 시세이도 측에서는 역작이라고 떠들어대고 한 달만에 눈에 띄게 얼굴살이 빠지거나 이중턱이 없어졌다는 모니터 보고가 여기저기에서 들려왔다. 물론 거짓말이라고 격분하는 사람도 있었다.

얼굴을 작게 만들어 준다는 화장품이란 본디 효과 있는 사람에게는 효과 있고 효과 없는 사람에게는 효과 없는 것이다. 하지만 작은 얼굴 만들기는 스킨케어의 단골 아이템으로 의외로 단단히 뿌리내리고 있다.

그리고 여느 사람들이 '좀 더 작아져야지' 라고 생각하며 바른다면, 천재는 마음속으로 '작아져라, 작아져라' 라고 주문을 외며 크림을 바른 뒤 얼굴의 모든 근육에 기를 넣을 것이다. 이렇게 하여 다른 사람의 두 배는 빨리 작아지고 턱이 날씬해진다. 몸의 다른 부분보다 의식을 집중시키기 쉬운 얼굴은 기합을 넣으면 효과가 정말 빨리 나타난다.

사람들이 착각하는 점이 한 가지 있다. 그것은 얼굴이 작아지기만 하면 미인이 될 수 있다고 굳게 믿고 있다는 것이다. 자, 지금 위를 향한 채 거울을 보자. 작은 얼굴 만들기가 성공한 날 당신은 거울 속의 얼굴이 될 것이다. 그 이상 아름다워지는 일은 없을 테니 확인삼아 미리 말해 두는 것이다. 그리고 얼굴을 아무리 작게 만들어도 넉살 좋은 표정을 짓고 있으면 전보다 커 보인다. 노파심에서 미리 말해 두는 것이다.

작은 얼굴 전설 2

머리 손질을 할 때, 귀고리를 살 때, 눈썹을 그릴 때
거울과 멀찍이 떨어져서 본다

얼굴에는 정면과 측면이 있으며 그것이 없다면 그저 평면이라는 이야기가 된다. 예를 들어 정사각형의 종이를 옆을 조금 뒤로 말아 넣으면 폭이 좁아진다. 이 같은 요령으로 의식적으로 얼굴에 측면을 만들면 얼굴이 작아 보인다는 계산이 나온다. 천재가 눈썹산 그리기를 빠뜨리지 않는 것 또한 얼굴에 측면을 만들기 위한 작업이다. 눈썹산 뒤는 전부 측면이 되기 때문에 당연히 그들은 눈썹산을 되도록 얼굴의 안쪽에 그린다.

천재들은 귀고리에도 이런 계산을 한다. 그래서 크거나 흔들리는 귀고리를 선택하여 귀고리가 시선을 끌어 얼굴이 작아 보이게 한다. 비스듬한 앞머리는 자칫하면 얼굴을 빈약해 보이게 하긴 하나 갸름해 보이게 하는 데에는 아주 훌륭한 방법이다. 그리고 그들은 멀찍이 떨어져서 거울을 보며 이것들을 발견한다. 머리 손질을 할 때, 귀고리를 살 때, 눈썹을 그릴 때에는 거울로부터 몸을 뗀다. 가까이에서 거울을 보면 얼굴이 작아졌는지 어떤지 알 수가 없다. 그렇다고 정말 작아지는 것은 아니다. 하여튼 이런 방법으로 얼굴의 크기를 조정한다. 아마 천재의 얼굴은 자유자재로 커졌다 작아졌다 하는 모양이다.

립스틱의 색으로 얼마든지 얼굴이 작아진다

립스틱의 색에 따라 얼굴의 크기가 달라진다고 오래 전부터 믿어 왔다. 나는 얼굴이 잘 붓는 체질이어서 사흘에 한 번은 얼굴이 커지는데, 이런 날에는 절대 바르지 않는 립스틱색이 있다.

노르스름한 기를 띤 붉은색 계열은 안 되고 붉은 기가 도는 갈색 계열도 안 되고 핑크색도 안 된다. 법칙이 있는 건 아니지만, 확실히 얼굴이 커 보이는 색 이 있으며 반대로 바른 순간 얼굴에 탄력이 생기는 립스틱이 있다.

모 메이커가 '립스틱을 바꾸었다. 얼굴이 작아 보였다'라는 내용의 광고를 내 보냈을 때에는 "맞아. 맞아" 하며 흥분했다. 또한 아름답게 도드라지는 색일수 록 얼굴이 작아 보인다는 주장에 공감했다. 예를 들어 1960년대풍 빛 바랜 듯한 핑크색이나 오렌지색은 입술이 쏙 앞으로 나와 보일 정도로 뜨는 대신 자연히 얼굴이 뒤로 물러나 작아 보인다. 이것이 바로 멀리에 있는 것은 작아 보이고 가까이에 있는 것은 커 보이는 원근법이다. 뜨는 색을 이용해 얼굴이 뒤로 물러 나 보이게 한다. 바보 같은 짓이라고 생각된다면 뜨는 색 립스틱을 발라 보자. 분명히 그런 느낌이 들 것이다.

보이는 사람에게만 보이는 것이 작은 얼굴의 신비다.

작은 얼굴 전설 4

아름다움에 절대 기준은 없다. '이 클래스에서 가장 미인은 누구냐?' 처럼 결국은 비교의 문제인 것이다. 간단히 말해 작은 얼굴 인종 옆에는 절대로 나란히 있지 않으면 일단 얼굴이 크다는 게 들통나지 않는다. 회의나 술자리에서 얼굴이 작은 동료 옆에 가지 않는 것은 물론, 얼굴이 작은 여자 친구는 두지 않는다. 그리고 자기보다 얼굴이 작은 남자와는 사귀지 않는다. 이렇게 결정적으로 비교될 만한 일을 피하는 방법은 얼마든지 있다. 얼굴이 큰 어떤 천재는 누군가와 나란히 앉을 때 의자를 뒤로 물려 상반신을 작게 보이는 버릇이 있다.

실제보다 키가 커 보이는 사람은 다른 사람보다 얼굴이 약간 크고 작아 보이는 사람은 얼굴이 작은 경우가 많다. 나란히 서서 키를 정확하게 비교하지 않는 한 이 인상은 지워지지 않고 계속된다. 얼굴만 보고 전체 키를 상상한다. 인간의 눈이란 그런 것이다. 그러므로 얼마든지 속일 수 있다. 더욱이 다행스럽게 인상과 실제 키의 차이가 얼굴 크기와 관계 있다는 사실을 알고 있는 사람은 몇 안 된다.

"어머, 보기보다 키가 작네. 더 큰 줄 알았는데."

이런 말을 듣는 사람은 주의해야 한다. 그런 말을 듣는 것은 얼굴이 크다는 증거인데, 상대는 아직 그 점을 눈치채지 못하고 있다. 다음은 삼십육계다. 얼굴이 작은 사람이 다가오지 못하도록 철저히 마크한다. 그렇게 하면 평생 도망다닐 수 있다. 승리를 굳히기 위해서는 손톱을 기르거나 커다란 안경을 쓰거나 하여 비교를 역으로 이용하는 것도 좋은 방법이다. 그런 사소한 일로 얼굴이 작아 보일 정도로 사람의 눈은 엉터리다.

작은 얼굴 전설 5

어떤 천재는 앞머리를 한 가닥 이마에 내려뜨리는가 하면 다른 천재는 굽의 굵기가 3센티미터이고 높이는 8센티미터 이상인 구두만 신는다. 또 어떤 사람은 숄더백은 절대로 들지 않고 늘 손에 드는 백만 갖고 다닌다.

이 모든 게 얼굴을 작아 보이게 하는 기술이다. 나는 백을 살 때 반드시 온몸이 보이는 거울에서 얼굴을 점검한다. 묘하게 얼굴이 커 보이는 백이 있는데, 어깨의 벨트 부분이 긴 듯한 백은 위험하다. 그리고 겨드랑이 밑에 겨우 올 정도로 짧은 체인이 달린 숄더백은 작은 얼굴이 되는 훌륭한 도구 가운데 하나다. 백의 크기가 문제가 아니라 몸에 놓였을 때의 균형이 문제다. 한편 얼굴이 크기 때문에 목소리를 귀엽게 내려고 노력하고 유행하는 향수는 절대로 뿌리지 않는다는 천재가 있었다. 물론 그렇게 한다고 얼굴이 작아지는 건 아니지만 얼굴이 커서 답답해 보이거나 억세 보이는 단점이 사라지는 기적이 일어난다.

얼굴의 크기야 날 때부터 정해지게 마련이어서 평생 변함이 없으며 작은 얼굴과 나란히 있으면 비교되는 건 어쩔 수 없다. 그러나 커다란 얼굴은 박력에서는 결코 뒤지지 않기 때문에 그저 얼굴이 작다는 것밖에 다른 무기가 없는 사람에게는 얼마든지 이길 수 있다.

왜 이렇게까지 작은 얼굴이 되지 못해 안달을 하고 안간힘을 쓰게 되었을까? 현재 초등학생 세대는 당연히 얼굴이 작다. 요즘은 전환기다. 서구에서 작은 얼굴 붐이 일지 않는 것은 모두 얼굴이 작기 때문이다. 10년쯤 후에는 작은 얼굴을 만들려고 모두 안달이었다는 것 자체가 우스갯소리가 될지 모를 일이다. 그리고 반대로 커다란 얼굴이 개성 있다며 부러움을 사는 일이 있을지 누가 알겠는가.

실연 미용

느닷없는 이야기지만 로만 폴란스키 감독의 「비터문」이라는 영화를 꼭 보기 바란다. 돈 많은 중년 남자와 댄서는 격렬한 사랑을 한다. 여자는 남자를 깊이 사랑하게 되지만, 남자는 여자에게 이내 싫증을 느낀다. 이 영화는 이때 여자가 어떻게 변해 가는가를 여실히 보여 준다. 사랑해 주지 않아도 좋으니 곁에 있게 해달라고 매달리는 여자는 같은 여자로서 차마 바라볼 수 없을 만큼 나날이 추해져 간다. 그러나 남자는 냉정하게 뿌리친다. 그러나 드라마는 여기에서 끝나지 않고 여자의 복수가 시작되는데, 여자는 더욱더 아름다워져 간다.

문제는 여기에 있다. 더블 캐스팅인가 하고 의아할 정도로 극적으로 변화하며 그녀의 아름다움은 완벽한 복수의 도구가 된다. "반드시 아름다워지고 말 거야"라는 어느 광고 문구가 마음에 묘한 울림을 가지는 것은 이 영화에서와 같은 진리를 말해 준다. 그렇다. 연애보다 실연이 여자를 훨씬 아름답게 만든다.

아무리 뜨겁게 사랑해도 호르몬이 나오는 시기는 아주 잠깐이다. 그런데 실연했을 때에는 심하게 앓고 난 뒤처럼 살짝 야위고 투명해 보여 여자를 한층 아름답게 해준다. 연인과 헤어져 아름다움의 질이 크게 변화하는 경우는 상당히 많고, 그 대부분의 경우 아름다움의 질을 끌어올린다. 헤어지고 한참은 에너지가 더욱 활발하게 솟기 때문이다.

'넌 얼굴이 예쁜 게 아니야'

사람보다 향수와 백이 먼저 시야에 들어온다면 아무런 의미가 없다

전에 취재했던 메이크업 마니아는 메이크업을 잘하고 싶어 화장법을 다룬 책을 몽땅 뒤지고 메이크업 학원에 다니며 프로 못잖은 기술을 익혔지만, 회사의 선배들에게 "너 메이크업을 아주 잘하는구나. 프로 같아" 하고 칭찬의 말을 들었을 때 조금도 기쁘지 않았다고 한다. 그것은 일종의 따돌림이었다. 메이크업을 잘한다는 소리를 들을 때마다 '넌 얼굴이 예쁜 게 아니야'라고 강조하는 것처럼 들리는 거였다. 그후 그녀는 칭찬을 받지 않도록 화장했다. 내추럴 메이크업처럼 맨 얼굴을 가장한 것이 아니라 메이크업은 빈틈없이 하지만, 메이크업이 눈에 띄지 않아 얼굴 자체가 아름다워 보이도록 신경을 썼다. 메이크업의 원점은 바로 거기에 있다.

향기도 마찬가지다. 스쳐 갔을 때 향수 이름이나 브랜드 이름이 튀어나온다면 아무 의미가 없다. 좋은 냄새가 나는 사람이라고 생각되어야 한다. 그러므로 그 사람의 분위기가 될 수 있는 향기가 최고다.

사람보다 물건이 먼저 시야에 들어오고 느껴져서는 아무런 의미가 없다는 사실을 모두가 겨우 이해하기 시작한 모양이다.

몸짓과 두뇌

이미 20여 년이 더 된 영화 「보디 히트」의 캐서린 터너는 그 시절 여자들 사이에서 대단한 센세이션을 일으켰다. 난생처음 같은 여자에게서 섬뜩한 느낌을 받았기 때문이다. 그녀의 각선미야 유명하지만, 지금에 비하면 그다지 노출 신이 많았던 것도 몸매가 뛰어난 것도 아니었다. 그녀의 몸짓 자체가 섬뜩했다. 또 하나의 이유는 그녀가 결코 미인이 아니었던 점이다. 그때의 나는 여성이라는 존재를 아주 단순하게 보아 미인이 아닌 여성에게 깃드는 매력이랄까 미인이 아니기 때문에 깃드는 힘이랄까, 아무튼 그런 것을 알지 못했다.

그런데 캐서린 터너는 그것을 단번에 가르쳐 주었다. 분명 보통 미녀 여배우에게서는 그런 몸짓이 나오지 않는다. 엘리트 남자를 파멸시키는 흔한 팜므파탈 역할을 맡고 연기파 배우인 그녀는 몸짓에 승부를 걸어야 한다고 생각했을 것이다. 그리고 그녀는 그렇게 하면 여자까지 오싹하게 만들 수 있으나 미모나 여성스러움으로는 남자를 파멸시킬 수 없다는 사실을 깨닫게 했다.

만약 여성스러운 미모와 몸짓을 갖추고 있다면 어떻게 될까? 샤론 스톤은 두 가지를 모두 갖고 있어 화제가 되었지만, 이 경우 자칫하면 불쾌감을 주게 된다. 너무 약삭빨라 보여 여자는 물론 남자조차 생각처럼 소름이 끼치지 않을 것이다.

왜 그럴까? 여성스러운 몸짓이란 의식적으로 표현하려고 해서는 안 되는 것이기 때문이다. 특히 미모보다는 뛰어난 두뇌로 이기려고 하는 것이 여성의 특권이다. 상대의 상상력을 부추기는 뛰어난 두뇌가 없다면 여성스러운 몸짓은 아무 소용없다.

일하는 여성이 동경하는 전업 주부

객관적 관점을 갖고 보상 없는 일을 할 줄 아는 전업 주부가 되고 싶다

내가 지금 가장 동경하는 것은 전업 주부다. 그럼 일을 그만두면 되지 않느냐고 하겠지만, 솔직하게 말해 성실한 전업 주부가 될 자신이 없다. 쉬지 않고 줄곧 일해 온 여성이 집에 들어앉으면 그 여유가 고통이 된다는 말을 하지만, 그게 아니다. 아무튼 나는 전업 주부가 되면 같은 주부 친구들과 두 시간 정도 들여 느긋하게 점심 식사를 하고 나서 네일살롱에 가는 게 꿈이다. 두려운 것은 여가 시간이 아니라 시야가 좁아지는 것이다. 본디 게으르기 이를 데 없는 나는 집에 들어선 순간 시야가 가정 안으로 한정되지나 않을까 걱정스러운 것이다.

내가 아는 한 전업 주부는 일을 가진 어떤 여성보다 훨씬 사회성이 있다. 이야기를 나누어 보면 그녀의 시야가 넓다는 사실을 금방 알 수 있다. 아들에 관한 이야기를 할 때조차 객관성을 지니며, 다른 여성의 불륜에 관한 이야기를 할 때도 주부의 눈이 아닌 여성이나 세상 혹은 남성의 눈으로 판단한다.

그런데 그녀에게는 동남 아시아에 아이가 하나 더 있다. 부모 없는 아이가 성인이 될 때까지 만나지 않고 그저 후원금만 보내는 후원자다. 아무런 보상이 따르지 않는 일이다. 그런 가치관을 가질 수 있는 전업 주부라면 나도 기꺼이 되고 싶다. 하지만 아직은 무리이기 때문에 좀 더 나 자신이 어른스러워질 때까지 일을 하려고 한다.

여자에게 있어 일은 사회라는 거울에 자신을 비추면서 자기 자신을 정돈해 가는 가장 효과적인 미용법이다. 그리고 돈까지 벌 수 있기 때문에 이보다 이로운 일은 없다. 그렇게 생각하면 일하는 것이 즐겁다. 웃는 얼굴로 일하는 여성이야말로 여성의 천재다.

여자의 운명의 갈림길

남자는 직업을 선택한 시점에서 인생의 80퍼센트가 결정된다고 한다. 그리고 직업을 택할 때 실수했다고 말하는 남자가 상당히 많다. 물론 여자에게도 계산 미스는 있다. 소망하던 직업을 갖지 못한 경우, 해보니 맞지 않았던 경우에는 불평을 늘어놓게 되므로 절대로 아름다워질 수 없다. 요는 그 직업에 종사하는 것이 즐거운가 괴로운가이며, 이에 따라 미용 효과가 결정된다. 아름다워지는 직종이란 따로 없다고 말하고 싶지만 사실은 있다.

학창 시절 친구는 스튜어디스가 되었다. 그리고 나는 편집자가 되었다. 둘 다 희망이 이루진 결과였다. 그러나 운명의 갈림길이었다. 친구는 날마다 아름다워지고 나는 순식간에 형편없어졌다. 게다가 학창 시절 성실하게 공부밖에 모르는 아이였던 그녀에게 자주 남자 친구를 소개한 사람은 나였는데, 졸업 후에는 입장이 역전되어 그녀가 나에게 남자 친구를 소개했다. 더욱이 의사, 변호사 등 흔히 말하는 '사' 자가 들어가는 남자들만. 그런데 여성 편집자라는 직업을 기꺼워하는 남자가 있을 리 없었다. 그리고 그녀는 인기가 있고 나는 전혀 없었다.

마침내 그녀는 늘 선글라스를 쓰는 연예인처럼 되었고 나는 그녀를 따라다니는 수행원처럼 되었다. 직업이 여자의 명암을 이토록 확연하게 갈라놓는다는 사실을 절실하게 깨달았다. 남자와는 다른 의미에서 직업은 여자의 운명을 바꾸어 버린다.

'아름다워지는 데 도움이 되지 않는 직업을 갖고 있음에도 불구하고 아름답다면 그야말로 최고다.'

그렇게 생각을 고쳐먹고 나 스스로 격려했다.

여자가 본받아야 할 여자

세상에는 위대한 여성이 있다. 아흔 살이 가까운데 그 나이의 어떤 정치가보다 파워풀하고 명쾌한 말솜씨로 사회의 부조리를 꾸짖는 여성. 그리고 여든 살을 넘겼으나 여전히 우아하고 신념을 굽히지 않고 여성의 지위 향상에 평생을 바치는 여성. 집 없는 노동자에게 식사를 제공하고 의복을 주고 격려하는 서민의 어머니 마더 데레사.

얼마 전에 퍼뜩 이런 생각이 머리를 스쳤다. 본인들은 달가워하지 않겠지만, 이런 여성들의 존재를 아는 것 자체가 아름다워지는 데 큰 도움이 된다는 사실이다.

여자는 젊음과 아름다움이 서서히 사라져 감에 따라, 쉽게 말해 나이를 먹음에 따라 오로지 포기하는 일밖에 남지 않는다. 그리고 '이미'라거나 '새삼스럽게'라는 말을 자주 입에 올리게 된다. 하지만 세상에는 포기하기는커녕 커리어를 쌓을수록 강인하고 고상해지며 꿈을 실현해 가는 여성이 있다는 사실을 알면 단념하기 시작한 여성의 몸에는 불길이 붙을 것이다.

동시 통역사라는 엘리트 직업을 갖고 있으면서 캐스터로 변신하더니 또다시 여배우로 변신한 미인 이시이 미쓰코가 토크쇼에서 이런 말을 했는데, 여기에 용기백배한 사람이 있을 터이다.

"쉰 살까지 정신 분석의가 될 수 있으면 좋겠다는 생각이 들어 다시 학교에 다니기 시작했어요."

이런 여성들의 꿈은 으레 다른 사람에게 도움이 되는 일이다. 결국 자신의 발전은 커다란 사랑이며, 다른 사람에게 도움이 되는 것이다. 그러므로 젊음과 아름다움과 힘이 결코 사라지지 않는다.

실패하자!

어떤 잡지의 기획에 독자의 질문에 내가 답하는 것이 있었는데, 질문의 내용은 이런 것이었다.

"화장품은 점점 많아지는데 화장품 선택 방법을 잘 몰라 좀처럼 마음에 드는 것이 없습니다. 어떻게 하면 좋을까요?"

흔히 있을 수 있는 소박한 영원불변의 의문이다. 나는 답하는 데에 매우 망설였다. '그것을 안다면 고생하는 사람이 없을 것입니다'라고 할 수도 없고, '모두 그렇습니다'라고 할 수도 없는 노릇이었다. 그리고 그 문제는 나 자신도 아직 해결하지 못한 미용의 핵심이다. 나는 결국 이렇게 답했다.

"자꾸 실패하세요. 처음에는 자신에게 무엇이 필요한지 알 수 없습니다. 값비싼 공부를 위한 투자라고 생각하세요. 하지만 그것을 언제까지나 되풀이해서는 절대로 안 됩니다. 실패하면 왜 실패했는지를 반드시 짚어 보세요. 이유가 있는 법이니까요. 이유를 찾아내는 것에 의의가 있습니다. 그리고 같은 실패는 두 번다시 하지 마세요. 갈색 아이섀도는 붉은 기가 강한 것을 선택하지 않는다거나 빨간 립스틱은 노란 기가 있는 색은 안 된다거나 하는 식으로 말이에요. 그렇게하며 하나하나 ×표를 해나가는 것이 화장품의 올바른 선택법입니다."

미용의 천재라도 처음에는 닥치는 대로 사들이는 것에서 시작하기는 마찬가지다. 하지만 실패할 때마다 ×표가 많아지고 선택하는 범위를 좁혀 간다. 즉 화장품 선택에 있어서 천재의 비법은 분석력이다. '여성은 돈을 들인 만큼 아름다워진다'는 것은 하나의 진실이다. 하지만 미용의 천재는 아름다움은 돈으로 살 수 있는 것이 아니라고 생각한다. 돈을 들여도 기본은 알고 있다.

아름다운 프로

　괜찮은 여자다 싶으면 말을 걸어야만 할 것 같다는 남자와 해외 출장에 나섰다. 각오는 하고 있었지만, 기내에서의 긴장감은 심상치 않았다. 이때 인기 최고의 직업 나름대로의 비애를 목격했다. 그는 비행기에 오르자마자 기내 안을 돌아다니며 스튜어디스 전원을 점검하고는 자리에 앉더니 "저 여자 괜찮지. 그 다음은 저 여자고"라고 했다. 이런 노골적인 순위 매김을 당하는 것쯤은 분명 이골이 났을 터이다.

　그런데 그가 어느 스튜어디스를 붙잡고 느닷없이 "저어, 저기에 있는 저 분은 이름이 뭐예요? 몇 살이에요?" 하는 거였다.

　나는 자리에 돌아온 그에게 이렇게 타박을 했다.

　"여자를 그렇게 좋아하면서 여자의 마음은 하나도 모르네. 본인에게 직접 물어 봐. 질문을 받은 사람은 상처를 입잖아."

　그랬더니 사과하러 가는 그는 착한 사람이다. 스튜어디스는 인간성이 좋은 사람이 아니면 할 수 없는 직업이다. 동경의 대상이 되는 직업은 뒤집어 보면 자신감과 긍지를 지닌 미녀들의 집단이다. 그 속에서 살아갈 각오를 해야 한다. 그리고 질문을 받은 그녀는 웃는 얼굴로 상냥하게 응하고 있었다. 역시 프로답다.

　여자는 여자가 키운다는 말은 이미 여러 번 했을 것이다. 스튜어디스만큼 여자를 키우는 강력한 집단은 없다. 여자의 아름다움은 반드시 전염된다. 본인은 깨닫지 못하지만 옆에 있는 아름다운 여자에게서 아름다움을 전해 받는다. 자신의 아름다움 또한 누군가에게 전해 준다. 그러므로 나는 스튜어디스가 되어 한층 더 아름다워지지 않은 사람을 보지 못했다.

문화 차이로 보는 편집자

가장 인기 없는 직업. 나 자신은 편집자에 대해 그렇게 통감했다. 내가 신참 편집자이던 시절에는 아무렇게나 빗은 머리에 화장하지 않은 얼굴, 검은색 옷이나 청바지에 셔츠 차림으로 책상에 코를 박고 종일 앉아 있는 게 여성 편집자의 일반적인 이미지였으며, 그런 데다가 건방지기까지 하면 인기가 있을 리 없었다. 그러나 지금은 예쁘고 우아한 편집자가 많다. 정확하게 말하면 그렇게 된 것은 최근의 일이다.

서구에서 잡지 편집자는 각광받는 여성의 직업이다. 파리콜렉션에 참석하는 패션 담당 편집자는 모델이나 여배우 같다는 말을 듣는가 하면, 미용 담당 편집자의 지위는 퍽 높아져 한 사람 한 사람이 권위를 갖고 있다. 잡지의 수가 많지는 않지만 잡지마다 영향력이 다르며 어쨌든 괜찮은 여자가 많다. 문화의 차이일지 모른다. 문화 수준이 높은 나라일수록 편집에 괜찮은 여자가 종사하는가 보다.

프랑스의 여성 편집자가 이런 질문을 해왔다.

"일본의 편집자들은 왜 철야를 해요?"

그녀들은 정시에 퇴근한다. 그러니 예쁜 게 당연하다. 차이가 있다면 바로 거기에 있다. 문화 수준이 올라가도 노동 조건이 나아지지 않는 한 서구의 편집자에게는 이길 수 없다.

"여자로 태어나 행복하지 않으세요?"

나약해져 있을 때의 다정함만큼 커다란 위안은 없다

　어린 시절 크면 무엇이 되고 싶으냐는 질문을 받으면 언제나 간호사라고 대답했다. 하지만 결국 되지 못했다. 되지 못했지만, 지금은 또 다른 마음으로 간호사라는 직업을 뜨거운 시선으로 바라보고 있다.

　입원해 본 경험이 없으면 아마 모를 것이고, 가까운 사람이 생사를 헤매는 투병 생활을 했던 경험이 없으면 이해하지 못할 것이다. 나도 그런 경험을 할 때까지는 간호사라는 직업에 좀 다른 이미지를 갖고 있었다. 퇴근 후의 간호사는 화려할 것 같다는 이야기를 들었을 때, 어린 마음에 동경했던 백의의 천사와 너무 달라 이미지가 하나로 정리되지 않았기 때문이다. 하지만 흰 유니폼을 입었을 때의 간호사는 나와 같은 사람이 아니다. 아버지가 암으로 돌아가신 여자가 눈물을 흘리며 이런 말을 했다.

　"간호사들은 천사예요. 사람의 생명에 관계되는 일을 하는 사람은 여느 사람과는 달라요. 간호사 덕분에 버틸 수 있었거든요. 신에게 봉사하는 사람 같아요."

　하지만 아직은 간호사라는 직업의 지위가 낮은 것 같다. 그녀들의 지위와 보수는 향상되어야 한다.

　"사이토 씨, 어떠세요?"

　아직 학생이던 무렵이니까 20년도 더 된 일이지만, 2주일 정도 입원한 적이 있다. 그때의 다정하고 아름답던 간호사의 목소리의 울림이 아직껏 귓가에 남아 있다. 나약해져 있을 때의 다정함, 사람에게 그 이상의 위안은 없다. 고작 2주일이었지만, 매일 들었던 그 목소리는 내 속에서 평생 지워지지 않을 것이다.

　"여자로 태어나서 더 없이 행복하다고 생각하는데, 당신은 어떻습니까?"

좇으면 도망간다

여자가 생각하는 사랑스러움과 남자가 생각하는 사랑스러움은 다르다고 믿어 왔다. 확실히 얼마 전까지는 달랐다. 하지만 최근 쉽게 속아 넘어가는 남자가 많아진 건지 인식의 차이가 사라진 느낌이 든다.

여자는 동성의 에로틱한 사랑스러움을 용서하지 않는다. 예전부터 좀 싱거운 본래 그대로의 사랑스러움을 가진 동성을 사랑스럽다고 평가해 왔다. 그런데 요즘 들어 남자들도 같은 기준을 갖기 시작했다. 남자는 보는 눈이 없다고 믿어 오던 여자들이 그 변화를 알아채지 못했을 뿐이다. 사랑스러움은 이제 분명히 남성용·여성용이 없이 하나다.

싱거운 사랑스러움이란 어떤 것일까? 그것은 표정이 순수하다는 뜻일 게다. 희로애락이 꾸밈 없이 드러나고 사랑스러운 표정이 사람들의 마음을 빼앗는 것임에 틀림없다. 그리고 표정에는 자신의 존재감이 배어 있다. 그런데 괜스레 사랑스러움을 잔뜩 꾸미는 바람에 표정이 지닌 사랑스러움이 사라진 것은 아닐까?

그러니 선(線)의 메이크업을 시작하자. 표정이 돋보이게 하는 결정적인 방법은 눈을 강조하는 것이다. 그러기 위해서는 아이라인과 마스카라를 잘 이용한다. 눈꼬리가 조금 올라간 것처럼 그린 아이라인은 강인함과 명랑함이 되고 충분히 칠한 마스카라는 다정함과 슬픔이 되어 표정을 있는 그대로 드러내 준다. 나머지는 마음을 표정으로 표현하면 된다. 그 이상의 사랑스러움은 없다.

좇으면 도망가는 게 남녀 사이다. 인위적으로 만들면 들키는 것은 남녀 사이의 새로운 상식이다. 자, 떳떳하고 깨끗한 페어플레이를 시작하자.

맨 얼굴에 대한 오해

있는 그대로 자연스러운 얼굴과 화장하지 않은 얼굴은 분명 다르다

있는 그대로의 아름다움이야말로 새로운 시대의 사랑스러움이라는 이야기를 했다. 단, 여기에서 오해하지 말기 바라는 것은 '그대로'와 '맨 얼굴'은 별개라는 사실이다. 나무랄 데 없이 아름다운 사람 외에는 일부러 화장하지 않은 맨 얼굴이 사랑스러워 보이기를 바라는 것은 일종의 착각이다.

피부를 아름답게 가꾸려는 것은 여자에게 매우 자연스러운 생각이다. 무엇보다 표정을 드러내려고 할 때 피부가 아름다운 사람의 표정이 눈에 띄게 마련이며, 아름다운 피부는 그것만으로도 다른 사람을 기분 좋게 만든다. 사랑스러움은 어디까지나 다른 사람이 결정하는 것이다. 하지만 인위적인 사랑스러움에 거부감을 갖는 것은 일방적인 사랑스러움에서는 상쾌함을 느낄 수 없기 때문이다. 갓난아기나 애완동물이 사랑스러운 것은 존재만으로도 기분이 좋아지기 때문이다. 사랑스러움의 감동은 바로 그 상쾌함에서 생겨난다는 점을 기억하기 바란다. 그러므로 파운데이션은 반드시 발라야 한다.

화장한 여자보다 화장하지 않은 여자에게서 오히려 여성스러움을 느낀다고 한 사람이 있다. 여자가 화장하도록 만드는 것은 여자 속에 잠재해 있는 남성적인 의식이며, 화장하지 않은 여자는 그 같은 남성스러움이 전혀 없기 때문이라는 것이다. 맞는 말인 것 같다. 여자의 머리만으로 살아가는 여자는 균형이 깨질지 모른다. 그러나 화장하지 않는 것은 자칫하면 지나치게 여자임을 호소하여 자연스럽게 보이지 않기도 한다.

아름다움의 시침질

"아름다움에 요요 현상이 있다는 사실을 아십니까?"

이것은 다이어트 후에 찾아오는 요요 현상보다 심각하다. 아름다움에는 체중계가 없기 때문이다.

도무지 외모에 무신경하던 사람이 연인이라도 생긴 것인지 돌연 온몸에 신경을 써 주위를 놀라게 하고 아름다워져 이제 주위 사람들이 거기에 익숙해질 무렵, 어느 틈엔가 다시 예전으로 돌아가 있다. 차라리 원래대로 돌아가면 다행이다. 다이어트를 하여 60킬로그램에서 50킬로그램이 되었다가 요요 현상으로 인해 65킬로그램으로 살이 더 찌듯 이전보다 더욱 생기가 없어진다.

애초에 무리한 구석이 있었기 때문에 이런 일이 벌어진다. 아름다움의 요요 현상이 생기는 사람은 아름다움을 너무 쉽게 여긴 탓이다. 예쁜 옷을 가볍게 한 벌 걸치는 정도로 생각한 것이다. 그러나 사이즈도 맞지 않고 어울리지도 않는다, 그래서 어쩌는 수 없이 벗어야 한다.

여자의 몸에서 아름다움이 도망치는 것은 상상 이상의 에너지가 빠져나가는 것으로, 원래 지니고 있던 빛까지 잃어버려 메마르게 된다. 다이어트와 달리 아름다움의 요요 현상은 자신의 힘으로 피할 수 있다. 사이즈가 맞지 않는 옷을 입는 것처럼 갑작스럽게 아름다워지는 방법은 좋지 못하다. 아름다움은 몸의 구석구석까지 잘 맞도록 여러 번 시침바느질을 해야 하는 것이다.

천재의 돈 씀씀이

이른바 일류 브랜드를 선호하는 경향이 화장품에도 적용된다는 것은 알고 있지만, '내 피부에는 샤넬밖에 안 맞아'라는 말은 사리에 맞지 않는다. 반대로 널리 알려져 있지 않은 브랜드를 무조건 좋아하는 사람이 있는데, 그것도 생각해 보면 이상하다.

천재는 브랜드 이름에 얽매이지 않는다고 입 모아 말한다. 하지만 세안은 어느 브랜드 제품, 화장수는 어느 브랜드 제품, 크림은 어느 브랜드 제품, 집중 케어는 어느 브랜드 제품 하는 식으로 각각 골라 사용한다. 어떤 결과를 보고 판단한 이유 있는 고집, 이유 있는 브랜드 선호라면 이치에 맞는다. 한편 돈을 들여야만 좋은 것이 아니다. 그렇다고 해서 무조건 저렴한 화장품을 써야 한다는 것도 물론 아니다.

존슨앤드존슨의 베이비 로션과 겔랑의 크림을 둘 다 사용할 줄 아는 사람이 천재다. 아무 때나 자주 사용할 로션은 피부에 부담이 없고 저렴하다면 오케이다. 대신 피부에 충분히 효과를 발휘해야 할 용도의 로션이라면 돈을 충분히 투자한다. 들일 곳에 들이고, 쥘 곳에 쥔다. 이게 천재다.

미인과 천재의 차이

단순한 미인과 아름다움의 천재는 다르다. 그 증거로 최고의 동경의 대상 클라우디아 쉬퍼 같은 천재가 있다. 그녀는 슈퍼모델 중에서도 사람의 마음을 움직이는 아름다움을 특별히 많이 갖고 있다. 아름다운 몸, 빛나는 표정, 멋진 헤어라인, 게다가 사랑스러운 웃음을 띤 얼굴. 쉼 없이 쏟아지는 아름다움의 맹공이 그녀의 매력이다. 천성적인 그녀의 아름다움의 감성은 보는 사람을 사로잡는다. 미인이 반드시 아름다움의 천재가 되는 것은 아니라는 사실을 어떻게 받아들이면 좋을까?

미인이라고 하면 브룩 실즈가 먼저 떠오른다. 그녀는 데뷔했을 때에는 꼬마였음에도 불구하고 훌륭한 아름다움의 천재였다. 하이틴 시절의 미녀다운 면모는 이미 세계 최고 수준이었다. 그런데 지금 세상 사람들은 이렇게 말한다.

"브룩 실즈는 왜 그렇게 평범해졌지?"

대답은 간단하다. 자각을 버렸기 때문이다. '나는 누구보다 아름답다'는 자각을 버리면 어떤 미녀나 거기에서 끝이다. 미인이 자각을 가지면 그 위력은 굉장하다. 결국 단순한 미인과 천재의 차이는 자각과 마음에서 생긴다.

메이크업의 힘

이것은 어느 메이크업 아티스트의 이야기다. 이 사람은 노인 가정을 방문하며 반점이나 상처가 있는 사람에게 최고의 커버 메이크업을 해주는 이색 아티스트다. 그리고 재활 메이크업을 확립했다.

노인 가정을 방문하여 몇십 년 동안 화장을 한 적이 없는 노인의 얼굴에 파운데이션을 바르고 립스틱을 발라 주었다. 누구나 놀랄 만큼 생기 있고 밝은 표정이 되었다. 특히 알츠하이머병에 걸린 여성에게 립스틱을 발라 준 순간 빛나듯 환하게 웃음짓는 모습을 본 경험은 감동적이었다. 이것이 바로 메이크업에 의한 재활 치료다. 정신과의 치료법에 립스틱이 사용된다는 말을 듣기는 했지만, 병든 여성의 마음에 메이크업만큼 효과가 있는 것은 없을 것 같다.

한편 반점이나 상처를 감추는 경우, 더러는 성형외과의 의사의 도움을 받아 그야말로 흔적조차 찾아볼 수 없을 정도로 자연스럽고 완벽하게 재활 메이크업을 한다. 남 앞에 나서기를 꺼리던 사람이 금방 적극적이 되고 행복한 표정을 짓는다. 이 사람은 사실 툭하면 검붉어지는 피부색 때문에 고민하다가 '사람은 외모가 아니라 마음이 중요하다는 것은 거짓말'이라고 생각하고 메이크업 아티스트의 길을 택했다고 한다.

메이크업의 힘은 위대하지만, 메이크업으로 사람들에게 힘을 주고 사회에 복귀시키는 것을 보람으로 여긴다는 이 여성 아티스트는 더 한층 위대하다.

천재와 유행

입소문에 따라 스킨케어를 선택하는 사람이 점차 많아지고 있다. 하지만 입소문에 휘둘리다 보면 결국 스스로는 아무것도 결정하지 못하게 된다. 평생 입소문에 의지할 생각이라면 상관없지만 말이다. 다른 사람의 피부가 선택한 것이라고 내게도 맞으라는 법은 없다. 요는 입소문의 발신지가 되어야 한다. 아무튼 나 같은 전문가가 추천했다 하면 다음날 매장에 장사진을 이룬다는 이야기를 듣고는 등줄기가 오싹해졌다.

스킨케어에는 분명 유행이 있다. 유행을 좇기 때문에 아름다워진다고는 할 수 없으나, 최첨단 성분이 들어 있는 화장품이 유행을 일으키는 경우가 많아 유행에 휘둘리고 있는 동안만큼은 아름다워지는 것이다.

그러면 천재들은 어떨까?

"스킨케어의 유행은 절대로 무시할 수 없다고 생각합니다. 그러나 자신이 하고 있는 것이 유행에 뒤졌다고 생각하는 순간 그것은 효력이 사라지게 마련이죠."

다른 사람보다 뒤지고 있다는 두려움이 효과를 떨어뜨린다? 스킨케어란 그런 것이다. 유행은 유행으로 명쾌하게 결론짓고 적절하게 따른다. 그것을 되풀이하는 동안 다음에는 어떤 것이 등장할지를 짐작할 수 있게 된다. 유행이란 사람의 머리에서 나오는 것이다. 과거의 흐름을 훑어보면 거기에 몇 가지 법칙이 있고 그것에서 크게 벗어나는 경우는 흔하지 않다. 그 원리를 깨달을 때 유행 따위는 별 것이 아니라고 생각하게 된다.

천재는 유행에 압도되지 않으므로 어떤 유행이 와도 빛을 발한다.

행복해질 수 없을지도 ……

화장품 마니아 가운데 20대의 비율은 비정상적이리만큼 크다. 일반적으로 생각할 때 20대가 예뻐지고 싶어하는 적령기인 것은 당연하다. 하지만 혈안이 되어 화장품을 찾아다니는 모습에서 20대 여성의 병든 마음을 엿볼 수 있다.

언뜻 커다란 혜택을 받고 있고 행복한 듯이 보여도 대부분의 20대 여성은 잠재적으로 '어쩌면 나는 행복해질 수 없을지 모른다'는 고민을 안고 있다. 이것은 '나는 결혼할 수 없을지 모른다'는 생각을 하는 것과 같은 의미며, 30대가 되어감에 따라 '행복해질 수 없을지 모른다 증후군'의 여성이 증가한다. 그리고 화장품이 그런 불안을 메워 주지 않을까 하고 생각한다. 그만큼 여자에게 있어 화장품은 감정적인 것이다.

예전부터 30대 주부는 자녀 교육에 바쁘고 생활에 쫓기기 때문에 화장품을 사지 않는 계층이라고 불리고 있지만, 사실은 결혼했다는 안도감이 화장품에 의존하는 마음을 사라지게 하는 것은 아닐까. 40대가 되면 또다시 화장품 구매 욕구가 높아지는 까닭은 자녀의 진학, 남편의 출세 등으로 인해 불안을 느끼기 때문이라고 한다.

당신이 과거에 화장품에 열중했거나 화장품을 갖고 싶어졌을 때 어떤 마음이 었는지 돌이켜 보자. 그리고 어쩐지 불안하고 어쩐지 걱정스러울 때, 그런 그림자가 마음을 어둡게 하고 있지는 않았는지 돌이켜 보자. 화장품이 불안의 씨앗까지는 없애 주지 못하지만, 어둠 속 촛불처럼 빛을 밝혀 주는 것만은 확실하다. 행복해질 수 없을지도 모른다는 생각이 들 때 화장품을 산다. 작은 불빛 하나가 켜지는 느낌을 가질 수 있을 것이다.

직장 여성을 꿈꾸는 모델

직장 여성 생활의 모든 것은 최고의 여자가 되기 위한 수업이다

모델로서 성공을 거두고 있는 여성이 뜻밖의 말을 했다.

"직업을 잘못 택한 건 아닐까 하는 생각을 해요. 직장 여성이라면 언제나 보수적인 옷을 입고 단정하게 화장할 텐데 말이에요. 저는 그런 걸 동경하거든요."

그녀는 모델에게는 모델다운 복장의 틀이라는 것이 있어 만약 직장 여성처럼 했다가는 이 업계에서는 이상한 사람으로 여겨질 거라는 말을 덧붙였다. 그리고 자신의 타입은 넥타이 맨 남자라고도 했다. 그런 사람이 주위에 없으면 긴장감이 유지되지 못한다는 것이다. 그녀의 말에 이렇게 대꾸했다.

"당신 몸 속에는 직장 여성의 피가 흐르고 있나 봐요."

그녀는 고개를 크게 끄덕이며 지금 하는 일로는 더 이상 성장할 수 없을 것 같다며 조금 심각해졌다.

상사가 있고 고객이 있으며 언제나 경어를 사용하고 차대접을 하고 청소를 한다. 규칙적인 생활의 깨끗한 느낌. 여자라면 이런 것을 이상으로 품고 있어야 한다는 것이다. 이 말에는 전적으로 납득이 갔다. 직장 여성에 대해 생각해 보면 생활의 모든 것이 최고의 여자가 되기 위한 수업이다.

최근에는 직장 여성에 대한 기업의 인식이 변화하고 있다고 한다. 젊은 사원들을 관찰해 보면 남성보다 여성이 일을 잘하고 유능하며 배짱이 있다는 사실을 최고 경영자들이 깨닫기 시작한 모양이다. 21세기에는 다른 직업들을 누르고 직장 여성이 최고의 사회적 지위를 차지할 것 같은 기세다. 그러니 지금부터 직장 여성으로서의 재능을 기르자. 직장 여성의 피가 끓을 때, 직장 여성은 최강의 여자가 될 수 있다.

내레이터 모델

  스스로 자신은 아름답고 스타일이 좋고 두뇌가 뛰어나다고 생각하는 사람은 '나는 무엇이 될까?' 하고 자신의 가치를 제대로 평가한다. 그때 제3의 희망에 내레이터 모델을 떠올리는 사람이 많다고 한다. 우선 가능하면 텔레비전 방송국의 아나운서가 되고 싶어한다. 그 다음으로 생각하는 것이 여배우고 그 다음이 내레이터 모델이라고 한다. 내가 생각하기에 내레이터 모델만큼 여자로 태어나서 행복한 일은 없다.

  내레이터 모델은 온몸을 철저히 내보이는 것이 의무다. 얼굴은 아나운서나 여배우보다 아름답지 않으면 곤란하다. 때로 행사 장소에서는 숨결이 닿을 듯한 가까운 거리에서 몸과 얼굴로부터 눈길을 거둘 줄 모르는 지저분한 손님의 시선이 엉겨 붙는다. 곤혹스러운 이런 상황 자체가 여자를 아름답게 단련시키지만, 남들 앞에서 말을 해야 하는 초긴장 상태는 조연 여배우보다 더욱 단련시키는 효과가 있다.

  무엇보다 항상 아름다운 옷차림으로 100퍼센트 여자로 머물러야 한다. 예쁘게 말을 해야 하고 늘 100퍼센트 여자이기를 요구받으며 모든 방향에서 자신을 내보이는 일이 달리 있을까? 생각보다 즐거운 일도 돈이 잘 벌리는 일도 아닌 모양이지만, 여자임을 키운다면 내레이터 모델이 최고다.

아름다운 50대가 많아진다!

내게는 하나의 불만이 있었다. 다름 아니라 50대 이후 세대를 위한 것이라고 명백하게 밝히는 화장품이 없다는 사실이다. 50대는 고사하고 40대의 화장품이라고 확실하게 주장하는 것조차 없다.

원래 화장품이 나이를 이야기하는 경우는 매우 적고, 하물며 40대니 50대니 하는 것은 금기시되어 왔다. 그러나 정작 화장품의 힘이 필요해지는 것은 40대 이후인데 지금으로서는 미용에서 50~60대가 주역이 되는 일은 있을 수 없다. 40대 이후는 이제 더 이상 아름다워지지 않아도 좋다는 말일까? 그러나 1990년대 후반에 들어서 드디어 이 세대를 주역으로 한 화장품이 데뷔했다. 갱년기를 맞아 생리가 끝남과 동시에 저하하는 여성 호르몬의 작용을 보완하는 스킨케어 제품이다. 무엇보다 그 메시지가 감동적이다.

"아름다운 쉰 살이 많아지면 일본은 변화한다."

정말 맞는 말이다.

사용 설명서 글씨는 크고 용기는 쥐기 쉽고 미끄러지지 않도록 되어 있다. 고마운 한편 서글퍼지며 복잡한 감정이 들지만, 우리에게는 나이 먹는 것이 두렵지 않게 만드는 화장품이다. 그리고 젊은 세대에게는 '아직 멀었다. 이 세상을 떠날 때까지 아름다울 수 있다'고 가르치는 의미에서 그 탄생은 의미 있다.

40~50대 세대는 곧 새로운 주역으로 부상할 터이며, 우리의 미래는 아주 밝다. 아름다운 쉰 살이 많아지면 남성이든 여성이든 이제 마냥 느슨해질 수는 없다. 그러므로 사회는 반드시 변화할 것이다.

안내 데스크의 여자가 아름다운 이유는 시선이 뜨겁기 때문이다

'도대체 사회인이 된 지 어언 몇 년이 됐는데……' 하며 자신이 한심해지는 경우는 거래처를 방문하여 안내 데스크 앞에 설 때다. 사회생활 경력이 몇 년이든 그 앞에 서면 얼어 버린다.

"저, 사, 사이토라고 합니다만……."

고작 이름을 말하고 나서 '○○부의 ○○○ 씨 부탁합니다'라고 해야 할 단계가 되면 머릿속이 새하얗게 되어 이름이 떠오르지 않는다. 순간 '누구를 만나러 왔더라?' 하고 아예 멍청이가 되고 만다.

이렇게 완전히 아마추어가 되는 까닭은 안내 데스크에 있는 여자에게 있다. 일류 기업일수록 괜찮은 여자가 있다. 이 여자 때문에 얼어붙는다. 내가 남자였다면 자기 이름조차 입 밖으로 깨내지 못했을 것이다. 아니, 남자라면 안내 데스크 앞에 설 때마다 매번 한순간의 사랑에 빠질지도 모를 일이다.

안내 담당자와 손님의 한순간의 만남은 다른 곳에서는 그다지 경험할 수 없는 매우 조심스러운 것으로 두 사람 모두 완벽하게 상대에게 집중한다. 훌륭한 안내 담당자일수록 그 순간의 집중력이 대단하여 상대의 눈 깊은 곳까지 응시한다. 남자라면 한순간 사랑에 빠지지 않을 수가 없다. 그렇게 하여 하루에 100명이 넘는 남자에게 사랑을 받는다면 아름다워지는 것이 당연하다. 뛰어난 안내 담당자일수록 아름다운 이유는 시선이 뜨겁기 때문이다.

매일 행복을 파는 여자

우리가 평소 자주 접하는 사람 가운데 의류 매장의 여자들이 있다. 나는 내가 찾은 매장의 여자가 좋은 사람이고 지적이며 센스가 뛰어나고 멋있으면 어느 틈엔가 쇼핑을 하고 만다. 더구나 예산했던 것보다 많은 지출을 하는데 그 매장에서 나서는 발걸음은 가볍다. 그리고 그날 하루를 행복한 기분으로 보낸다. 누군가 그게 바로 여자의 쇼핑이라고 말한 적 있다. 그건 그렇지만, 나는 그 행복의 의미를 조금 다르게 해석한다.

일반적으로 간토˚(도쿄 지방) 쪽에서는 어울리지 않아도 '어머 잘 어울리시네요'라고 하며, 간사이˚(교토와 오사카를 중심으로 한 지방) 쪽에서는 '그건 좀 덜 어울리시는데 이것으로 하시면 어떨까요?'라고 한다. 그런데 도쿄 시내에 있는 한 부티크의 여성 오너는 꼭 그 중간이면서 아주 설득력 있게 어드바이스해 준다. 그러면 마치 자신이 센스 있어진 것 같은 착각에 빠진다. 게다가 돌연 아름다워진 듯한 착각까지 든다.

결국 여자는 매장의 직원이 진심으로 자신을 아름답게 만들어 주려는 마음을 갖고 있는지를 본능으로 알아채게 되고 직원으로서는 장사를 하는 것뿐인데 뭐라 말할 수 없이 고마움을 느낀다. 이렇게 매일 행복을 파는 데다가 감사까지 받으니 참으로 좋은 직업이다. 전에 이 일을 했던 여자가 이런 이야기를 들려주었다.

"여자가 아주 좋아지거나 아주 싫어지거나 둘 중 하나죠. 옷을 파는 가게에서는 손님만 여자이어야 해요. 그때 손님이 싫다는 생각이 들면 곤란해요. 마음 깊은 곳에서부터 여자로서 여자를 아름답게 만들어 주고 싶다고 생각을 가져야 잘 해 낼 수 있는 직업 세계거든요. 그리고 그런 사람은 자신도 점점 아름다워지죠."

비쌀수록 효과 있는 시대

엄청난 고가의 가격을 붙이는 것은 자신감의 표현이다

화장품 업계에 일어나고 있는 하나의 이변은 고급 화장품이 유례없는 파워를 갖기 시작했다는 사실이다. 하지만 어떤 사람들은 고급 화장품이란 본디부터 파워가 있었기 때문에 고급이라고 하는 것이 아니냐고 말할 것이다. 그렇기도 한 일면이 있다. 그러나 오래 전부터 비쌀수록 효과가 좋은 법이라는 선입견 때문에 가격 설정에 거품이 한몫 거들어 고가의 고급 화장품이 줄줄이 등장했다. 그러자 무엇이 고급 화장품인지를 잘 구분할 수 없게 되어 비싸기 때문에 효과가 있다고 단언할 수 없는 상황이 벌어졌다.

그후 화장품에는 할인 판매의 파도가 거세게 밀어닥쳐 그저 비싸기만 해서는 팔리지 않는 시대가 온 것처럼 보였다. 하지만 할인 판매 시대에 당당하게 살아남은 고급 화장품이 잇달아 재개발되고 있다.

한번 생각해 보자. 요즘 시대에 엄청난 고가의 가격을 붙이는 것은 내용물에 대한 자신감의 표현이다. 각 화장품 회사의 연구 개발력을 결집하여 만들어 낸 것이 지금의 고급 화장품이라고 말할 수 있다. 비로소 비쌀수록 효과가 있다고 말할 수 있는 시대가 왔으며, 실제로 거금을 지불할망정 충분한 보상이 있다고 소문난 고급 화장품에는 저렴한 화장품을 30번 살 것을 참았다가 구입할 만한 가치가 있다. 화장품의 가격에 이변이 일어나고 있고 효력의 가격에도 커다란 이변이 일어나고 있는 것이다.

아침과 밤의 명암

같은 시간이라도 밤과 아침에는 의미가 달라지고 마음이 달라진다

나는 몇 년째 아침형 생활을 하고 있다. 매일같이 새벽 4~5시에는 일어나고 느긋하게 잤다 싶은 날이라도 여섯 시를 넘기지 않는다. 예전에는 완전히 반대였다. 대개 아침 일찍 일어나는 체질의 편집자는 드문 편이고 나 역시 예외가 아니어서 밤늦게까지 일하고 으레 늦잠을 잤다. 그런 내가 왜 아침을 택했을까?

한번은 아무리 빨리 처리해도 여섯 시간은 걸리는 원고를 안고 있었다. 마감은 아침 열 시. 전날 일을 마치고 집에 돌아오니 이미 밤 아홉 시, 저녁 식사를 하고 샤워를 하고 나니 가볍게 열한 시가 넘어 버렸다. 열두 시에 책상 앞에 앉는다고 치면 다음날 아침 여섯 시는 넘어야 마칠 수 있다는 계산이었다. 이때 나는 생각했다. 마감 시간에 대기 위해서는 새벽 네 시부터 시작해도 된다. 한밤중 열두 시부터 아침 여섯 시까지의 여섯 시간과 새벽 네 시부터 아침 열 시까지의 여섯 시간. 계산상으로는 같은 여섯 시간이지만, 전혀 의미가 다른 여섯 시간이다. 아주 위대한 발견을 한 듯했다.

'다른 사람들은 놀거나 마음 편하게 자고 있는 시간에 왜 나만 이렇게 일을 해야 할까? 불행하군.'

한밤의 여섯 시간은 이런 기분에 싸인다. 그런데 이른 아침부터의 여섯 시간은 '다른 사람들보다 이렇게 일찍 일어나다니 굉장히 이득을 보는 기분인데! 나는 행복해' 하는 마음이 된다. 일하는 것은 똑같은데 마음은 반대다. 전형적인 소극적 사고와 적극적 사고다. 밤에 쓴 편지는 우울해지게 마련이어서 아침에 다시 한 번 편지를 읽듯이, 누구나 밤에는 소극적이 되고 아침에는 적극적이 된다. 하물며 밤에는 일을 하지 않으니 저녁 식사도 샤워도 즐겁다. 아무튼 좋은 점뿐이다.

순수하고 넓은 마음

이번에는 낯선 사람에게서 도움을 받도록 해보자. 우선 거리에 나서 마음에 드는 이성을 찾듯, 스카우트하듯 닥치는 대로 여자를 마구 훑어본다. 단번에 눈길을 끄는 여자를 발견하면 눈길을 끄는 것이 무엇인지 생각해 보자. 한순간에 판단해야 하니 정신없이 쳐다보고 있어서는 안 된다.

이런 일이 있었다. 아주 멋있는 여자가 지나갔다. 그녀를 본 순간 가슴이 덜컥 내려앉았는데 흔히 말하는 미녀 타입이 아니라는 사실을 곧 깨달았다. 그럼 그녀의 무엇이 그렇게 눈길을 끌었을까? 세미쇼트에 컬이 들어간 헤어스타일. 바로 그 컬이 심장이 멈추는 것처럼 놀라게 했던 것이다. 또 이런 일이 있었다. 멀리서부터 시선을 끈 화려한 여자가 있었는데, 자세히 보니 수수한 생김새였다. 그럼 그토록 그녀가 눈에 띄었던 까닭은 무엇일까? 한 번 더 보니 금방 알 수 있었다. 코트와 같은 색으로 눈화장을 했던 것이다. 그뿐이지만 나름대로 힘이 있었다.

이런 발견을 하면 흥분이 식기 전에 꼭 그대로 흉내를 낸다. 그러면 다른 사람의 눈길을 끄는 기술을 금방 익히게 된다. 이렇게 간단한 일은 없다. 다만 아름다운 사람에게 놀랄 줄 아는 감성과 다른 사람을 아름답다고 생각할 줄 아는 순수하고 넓은 마음이 있어야 한다. 이 두 가지가 없으면 아무 소용이 없다.

사람은 누군가의 도움 없이는 아름다워질 수 없다. 그런데 여자들은 때때로 착각을 하여 '나는 누구보다 아름답다'라고 생각하여 멋있는 여자를 발견하면 일단 부정하고 본다. 그렇게 하는 동안 무엇이 아름다운지, 무엇이 멋있는지 보지 못하게 되어 마침내 자신의 아름다움까지 망가뜨린다. 그러니 겸손해지자. 있는 그대로 순수하게 칭찬하자. 그러면 아름다움이 자신의 몸 속으로 불쑥 들어온다.

여자와 육상 선수의 공통점

거울은 거짓말쟁이므로 나는 다른 사람의 힘을 빌리기로 했다. 거리낌 없이 "왜 그래, 피곤해 보여" 하고 말하는 친구는 내게 나쁜 감정이 있거나 정직하거나 둘 중의 하나지만, 오랫동안 이어질 만남을 생각하여 후자 쪽으로 생각한다. 그리고 "오늘은 어때?" 하고 내가 먼저 묻는다. 그러면 친구는 진담 반 농담 반으로 "오늘은 깔끔해 보이는데" 하거나 "오늘 립스틱은 좀 무리인데" 하고 생각나는 대로 이야기한다. 아주 고마운 일이다.

당신도 지금 당장 주위를 둘러보라. 가리지 않고 말하고 정직한 사람, 그리고 센스가 뛰어난 사람을 찾는다. 무엇이 어떻게 좋은지 않은지를 서슴없이 지적할 수 있는 것은 역시 같은 여자가 좋다. 서로 점검해 주면 마음의 빚을 질 필요가 없다. 특히 점검이 필요한 때는 파운데이션을 바꾼 날, 립스틱색을 바꾼 날, 스킨케어 제품을 바꾸고 며칠 후, 실연한 뒤 등이다.

아무튼 자신에게 어울리지 않는 색, 해서는 안 되는 것, 그다지 예쁘지 않은 날의 패턴 등에 관한 이야기를 들으면 혼자라면 미처 깨닫지 못할 것, 모르는 척 눈감고 있었던 것을 죄다 알 수 있다. 그렇게 하다 보면 두 사람이 같이 아름다워진다. 여자는 좋은 친구가 없으면 아름다워질 수 없다.

여자는 정말 이상하다. 친구가 아름답지 않은 것은 용서할 수 없다. 그리고 친구만 아름다워지는 것 또한 용서할 수 없기 때문에 자신도 분발한다. 말하자면 앞서거니 뒤서거니 하고 조마조마해 하며 더불어 아름다워지는 것이다. 육상 선수가 혼자서는 기록을 갱신하지 못하듯, 여자는 혼자서는 성장하지 못한다.

어떤 여성의 기적

아름다워지기 위한 어떤 것도 해본 경험이 없는 사람이 최단 시간에 미용의 천재의 지위에까지 오른 엄청난 예가 있다. 내가 연재 칼럼을 쓰던 잡지의 담당자다. 자기가 왜 미용 페이지의 담당자가 되었는지 고민하며 밤새 잠들지 못했을 만큼 미용 알레르기가 있고 화이트닝이 무엇인지조차 모르는 사람이었다.

그런데 한 달쯤 지나자 그녀는 갑자기 이것저것 바르기 시작했다. 화장품 메이커에서 보내오는 화장품을 모조리 사용해 보는 게 분명했다. 충고 한마디 할까 하고 망설이고 있었는데, 그녀의 화장은 다시 조금 옅어지고 그 다음달에는 오랫동안 지켜 온 생머리가 댕강 잘려 나가고 멋진 쇼트커트가 되었다. 화장은 더 옅어졌고 리퀴드 아이라인까지 예쁘게 하고 있었다. 직접 했느냐고 물을 정도였다.

처음에는 의무감에서 화장품을 사용했고 그 효과에 매료되어 금세 화장품 마니아가 되었으며, 얼굴보다 헤어스타일이 중요하다는 사실을 알아채고는 메이크업의 낭비를 없앴다. 대단한 발전이다. 어떻게 이런 초인적인 기술이 생겼을까? 첫째 고지식함, 둘째 우수한 두뇌, 셋째 뛰어난 직감, 이 삼박자가 맞았을 때에만 일어나는 기적이다. 그동안에는 다른 일에 관심을 쏟느라 미용의 의미를 몰랐을 뿐이다. 뒤늦게 피어나는 천재는 한번 기세가 오르면 좀처럼 멈추지 않는다. 급속도로 아름다워지고 모델 같아진다.

미용의 천재, 아름다움의 천재는 한곳에 머물지 않는다. 예리한 감성이 그렇게 내버려 두지 않는다. 두뇌가 뛰어난 사람에게는 미용조차 당해 내지 못한다.

"남자들은 왜 저 여자를 좋아할까?"

자신이 모르는 빈틈이 있어야 한다

"남자들이 좋아하는 여자 중에 왜 좋아하는지 도무지 이해가 안 가는 여자가 있어요. 대체 왜 그럴까요?"

미용 세미나에서 어떤 내용이든 좋으니까 질문하라고 했더니 이런 질문이 튀어나왔다. 물론 그런 경우가 있다. 누구나 가져 봄 직한 의문이다. 내가 알고 있는 답은 이렇다. 묘한 섹시함이다. 그런데 이것의 정체를 도무지 알 수가 없다. 내가 '묘한'이라는 표현을 쓴 것을 보면, 화장이 짙고 관능미가 있다거나 가슴이 깊게 파인 야한 옷을 입는다거나 하는 겉모양에 관한 이야기가 아니라는 것쯤은 짐작할 것이다.

어떤 사람은 '여간한 일로는 웃지 않는 여자'라고 하고 어떤 사람은 '나이보다 어려 보이기도 하고 더 들어 보이기도 하는 여자'라고 하며, 또 어떤 사람은 '어린아이의 얼굴에 성인의 몸을 가진 여자'라고 표현했다. 점점 미궁에 빠지는 것 같지만, 한편 '모든 것을 갖추고 있지 않은 여자' '어딘가 허점이 있는 여자'라는 의견도 있다. 과연 그럴까? 너무 단정지어서는 안 된다. 한구석이 빈 듯하기란 무척 어려운 일이니 기뻐할 수만은 없다. 여기에서 말하는 빈 듯하다는 것은 무엇일까? 앞에서 여러 번 말했지만 빈틈이다. 언뜻 보기에는 평범한데 인기만점인 직장 여성에 대해 남자 동료가 이런 말을 했다.

"그녀는 남자가 보면 빈틈투성이인데 자신은 그렇게 생각하지 않아서 좋아요."

'자신은 모르는 빈틈', 이것이 영원한 의문에 대한 대답이다. 하지만 만들려고 애쓴다고 만들어지는 것이 아니라는 사실은 벌써 깨달았을 것이다. 이제 대답은 나왔으나 의문은 영원히 남는다.

현대인의 휴식

  아침을 예로 들겠다. 회사에 가는 것이 즐거워 기운이 솟아 일어나는 사람은 열혈 신입 사원이나 사내 연애를 하고 있는 사람 정도다. 그래도 변비약 광고에서처럼 아침 창가에 서서 햇살을 받으며 크게 기지개를 켜보자. 그러면 왠지 모르지만, '자, 오늘도 열심히!' 같은 말이 얼떨결에 입에서 나온다. 인간은 그런 존재다. 수영장이 딸린 호화 저택에서 하녀가 시중을 드는 생활을 하고 있는 사람이라면 다르지만, 일상생활에서 휴식이란 기다리고 있다고 주어지는 것이 아니다. 스스로 그런 시간을 만들어 자신에게 주지 않는 한 휴식은 없다.

  밤에는 늘 촛불로 지친 마음을 풀어 준다는 휴식의 천재가 있다. 흔들리는 불빛은 그것만으로 마음을 치유하는 데에 효과가 있는 모양이다. 여느 때와 같은 식탁에 촛불을 준비하고 식사를 마친 뒤에는 작아진 초에 빛이 새어 나오는 바구니를 씌운 다음 조용한 클래식 음악을 듣는다. 흔들리는 빛이 벽과 천장에 신비로운 조명을 만들어 주어 방 전체가 금세 환상의 세계가 되어 버린다. 휴식하기 위해 굳이 다른 장소를 찾아갈 기운과 여유가 없는 사람에게 이처럼 간단하고 저렴한 최고의 휴식은 없다.

  현대인은 지쳐 있다. 그리고 휴식이 필요하고 피곤하다는 말을 되풀이할 뿐 지친 자신을 그냥 내버려 두어 점차 피로가 쌓여 간다. 자기 자신에게 '아, 피곤해'가 아닌 '수고했어'라고 말할 것, 그리고 자신을 편안하게 해줄 것, 이 두 가지를 잊어서는 곤란하다.

벌거벗은 몸과 미니스커트

미니스커트를 입으면 다리가 예뻐지듯 온몸을 항상 전신 거울에 비춘다

　우연히 좋은 여자들을 전전한 건지, 아니면 사랑하는 여자마다 모두 훌륭한 여자로 키워 내는 천재인지 진실을 알 길은 없지만, 어쨌든 자신의 연인을 집에서는 반드시 벌거벗고 지내게 했다는 전설은 그가 그 방면의 천재였음을 말해준다. 브리지트 바르도, 카드린느 드느브, 제인 폰다……. 영화감독 로제 바딤은 당대의 으뜸가는 멋진 여성들을 차례로 연인으로 삼고, 그녀들을 일상생활 속에서 벌거숭이로 만들었다. 아름다움을 자각하게 하기 위해서였다고 한다.

　미니스커트를 입으면 다리가 예뻐지는 것과 같은 원리지만, 이 비유는 차라리 애교스럽다. 연인의 눈앞에 항상 벌거벗은 몸으로 한순간도 마음을 놓지 않고 신경을 온몸에 둘러친다. 어떤 여자라도 추해질 수 없을 것이다. 그야말로 머리카락 한 올 한 올부터 발끝까지 가장 아름다운 자신으로 있어야 한다. 처음에는 괴로울 테지만 인간의 몸은 무엇에든 곧 익숙해진다. 그렇게 지내는 동안 몸은 자연히 아름다운 포즈를 만들어 낸다. 아름다워지는 호르몬은 왕성하게 분비되고 아름다움에 대한 감각이 길러진다. 한마디 덧붙이자면 이런 훈련은 로제 바딤이 없더라도 집 안 곳곳에 온몸이 보이는 전신 거울을 붙여 놓으면 누구나 가능하다.

　헐렁헐렁한 파자마를 벗어던진 알몸은 의외로 강한 긴장감을 주는 법이다. 우선 허리가 잘록해진다. 다음에 허벅지와 팔뚝처럼 살찌기 쉬운 부분이 날씬해진다. 어느 날 벌거벗은 자신을 거울 속에서 보는 것이 기쁨임을 깨닫는다. 살이 빠지는 것이 아니라 다른 사람에게 보이는 몸매가 완성되는 것이다.

향기로 거짓말을 하자

향수를 뿌린 순간 이름을 가진 향수가 아니라 '나의 냄새'가 되어야 한다

"아, 냄새 좋은데요. 무슨 향수예요?"

"아무것도 뿌리지 않았어요."

거짓말이라고 생각했다. 에스티 로더의 플레저인 게 확실한데 그저 확인삼아 무슨 향수냐고 물어 보았기 때문이다. 그런데 그녀는 아무것도 뿌리지 않았다고 태연하게 대꾸했다. 지금 여기에서 거짓말은 나쁘다는 말을 하려는 게 아니라 오히려 그녀의 거짓말은 근사했다는 설명을 하려는 것이다.

메이크업을 잘했다고 칭찬받는 것은 소용없다. 당신 자신이 아름답다는 칭찬을 듣지 못한다면 아무 의미가 없다. 향수 역시 마찬가지다. 향수는 병에 들어 있을 때에는 이름을 가진 향수지만, 뿌려지는 순간 '그 사람의 냄새'가 된다. 그렇게 되지 않으면 안 된다. 그런데 많은 사람이 플레저는 어디까지나 플레저라는 이름의 향수로 생각하지 '나의 향기'라고 생각하지 않는다. 그렇게 하면 시간이 흘러도 플레저는 향수일 뿐 당신 자신의 향기가 풍기지 않는다.

그녀는 이 사실을 깨닫고 향기를 통해 자기를 알릴 수 있는 향수를 선택하고 어디에, 얼마나 뿌릴지에 대해서 궁리했음에 분명하다. 그래서 거짓말을 한 것이다. 그리고 그렇게 '자신의 향기'에 자신감을 갖고 있어 멋지다. 사람과 향기를 떼어 놓고 무슨 향수를 뿌렸느냐고 물은 내 질문이 무신경하고 무례한 행동이었다. '당신에게서 좋은 냄새가 납니다'라고 말해야 했는데…….

하지만 향기는 원래 거짓말을 하기 위한 것이다. 모처럼의 거짓말을 굳이 진실을 파헤치려고 들어서는 안 된다. 이 또한 향수의 새로운 매너다.

어렴풋한 향기

"러브 신 촬영이 있을 때 향수를 뿌리십니까?"

이 질문에 여배우는 이렇게 대답했다.

"네, 살짝……."

이 한마디에 흠칫 놀랐다. 얼마나 신선한 울림인가. 생각해 보면 아련하게 향기가 풍기는 섬세한 향수 사용법 자체를 잊고 있었다. 그런 발상조차 없었던 것을 깨달았다. 향기들이 너무 가벼워진 탓이다. 전에 향기는 좋은 의미에서 사람을 긴장시켰다. 향기가 가볍지 않아 사용할 때 마음을 써야 했기 때문이다. 지나치게 뿌려서는 안 되지만 주뼛거려서도 안 된다. 향기의 주장을 깨지 않아야 하고, 항상 때와 장소를 고려하고, 경우에 따라서는 아련한 향기를 위해 신중하게 사용해야 한다.

하지만 향기가 가벼워짐에 따라 손쉽고 자유롭게 거리낌 없이 사용할 수 있게 되었다. 반면 향기에 위엄이 사라졌다고 하는 사람이 있다. 향수 사용에 대해 점점 소홀해지고 있다. 이대로 계속 가면 향기의 진정한 가치가 사라지지 않을까?

바야흐로 새로운 향수가 꼬리에 꼬리를 물고 등장했다가는 사라지고 있으며, 우리는 향수를 소비하는 데 주저하지 않는다. 본래 사람과 향기의 만남은 신성한 것이었을 게다. 향수에 대해 더욱 신중해져야 한다. 그렇지 않으면 향수는 거친 향기밖에 풍기지 않을 것이다. 좋은 의미에서의 긴장이 보다 아름다운 향기를 창조하는 것이라면 긴장을 만들어 낼 사람은 당신 자신뿐이다.

내 안에 여자가 들어온다

최근의 영화에서는 찾아볼 수 없는 장면이 되었지만, 젊은 시절의 오드리 헵번이나 그레이스 켈리가 출연하던 영화에는 외출에 앞서 향수를 뿌리는 모습을 흔히 볼 수 있었다. 이런 장면에서 여주인공은 데이트 전에 들떠서 향수병의 뚜껑 부분을 귀 뒤에 대거나 커다란 분무기를 누른다. 매우 우아하고 사랑스러운 데다가 세련되어 보여 그런 장면을 볼 때마다 향수는 저렇게 뿌려야 한다고 생각하며 반성하게 된다.

하지만 더 중요한 것은 예전 영화의 히로인들은 모두 거울을 똑바로 쳐다보면서 자신의 모습에 넋을 잃은 채 향수를 뿌린다는 점이다. 사실 향수를 뿌릴 때 거울은 필요 없다. 어디에서 뿌리느냐는 상관없기 때문이다. 하지만 거울 속 자신을 똑바로 응시하면서 향수 방울이 피부에 스며들게 했다면 향기가 눈에 보인다는 사실을 알 것이다. 거울에는 대체 무엇이 보일까? 그것은 자신의 변화다. 향수를 뿌리고 있지 않은 자신과 향수를 뿌린 자신의 차이, 그 차이를 자신의 눈으로 확인해 보자.

'눈에 보일 정도의 차이가 있을까?'라고 의심이 든다면 여기에서 한번 떠올려 보자. 평소에는 향수를 뿌리지 않던 사람이 뿌렸을 때, 향수를 뿌린 것 이외에는 달라진 게 없는데 어딘가 다른 사람처럼 보인다. 여자임이, 그리고 깊이와 어른스러움이 느껴진다. 당신도 분명히 달라진다. 그리고 그 변화를, 변화해 가는 순간을 매일 지켜보는 것이 거울 앞에서의 향수 뿌리기다. 어떤 사람은 '그 순간 내 안에 여자가 들어온다'라는 말로 표현했다. 이런 변화가 없다면 향수를 매일 뿌릴 의미가 없다.

향수의 체온, 향수의 습기

대기의 온도와 습도는 향기를 크게 변화시킨다. 그리고 여기에서는 향수가 온도와 습도를 갖고 있다는 이야기를 하고 싶다.

그 무렵 나는 매일 랑콤의 포엠을 뿌리고 있었다. 그리고 겨울이 깊어진 어느 날 라리크의 닐랑을 처음 시도해 보았다. 그러자 아침 공기가 차갑게 느껴졌다. 기분 때문이 아니었다. 웃음을 살지 모르겠지만, 그후 감기 기운이 있었다. 내게는 그것이 향기가 갖고 있는 온도 탓으로 여겨졌다. 며칠 후 이번에는 잇세이 미야케의 로두잇세이 오드퍼퓸으로 바꾸어 보았다. 로두잇세이는 물을 컨셉으로 한 향수인데, 오드퍼퓸은 여기에 따스함을 더한 것으로 알려져 있다. 그날 하루는 어쩐지 포근하고 따스했다.

향수 하나하나에 온도가 있다는 것이 의심의 여지가 없는 사실로 여겨져 향수를 뿌릴 때 오늘은 따스한 향기로 할까, 시원한 향기로 할까 하는 식으로 생각하는 버릇이 붙었다. '여름에 어울리는 향수'나 '시원한 느낌의 향기' '온기가 있는 향기'라는 따위의 분류는 단순한 이미지가 아니라 진짜 온도차라고 믿는다.

그리고 향기의 습기는 온도만큼 단순하지 않지만 느낄 수 있다. 지방시의 아마리지는 진하지 않으면서 촉촉하며 안젤리크는 오리엔탈 계열*(동양의 신비로움을 간직한 것으로 식물 수지나 동물에서 얻어지는 매우 달콤한 향. 화려하고 세련된 느낌)의 깊이를 지니면서 어딘가 건조하다. 이를테면 한결같은 사랑이냐 깨끗이 잊을 수 있는 사랑이냐의 차이, 즉 마음의 습도의 차이를 절묘하게 표현하고 있는 것 같다. 그러므로 상쾌하고 싶은 날은 건조한 느낌의 향기를, 생각에 푹 잠기고 싶은 날은 촉촉한 느낌의 향기를 선택하면 딱 들어맞는다. 절대 기분 탓이 아니다.

공기 속 향기

향기는 생활을 생생하게 보여 주는 두려운 존재다

하와이의 호놀룰루 공항에 도착하면 코코넛 냄새가 난다. 스페인 공항은 쉐리 냄새가, 발리 공항은 발리 연초 냄새가 난다고 한다. 어떤 공기든 이렇게 냄새를 잉태하고 있는 법이다. 그런데 우리는 공기의 향기에 너무 둔감한 것이 아닐까? 몸에 걸치는 향기는 제쳐 두고 우선 자신을 감싸고 있는 향기에 더욱 신경을 써야 하는 것은 아닐까?

내 사무실을 찾아오는 사람들은 엘리베이터를 타고 올라올 때부터 화장품 냄새가 풍긴다는 말을 한다. 화장품은 좁은 공간에 놓여 있지만, 전부 단단히 봉해져 있어 우리에게는 그런 냄새가 전혀 느껴지지 않는다. 그러나 오랜 출장에서 돌아와 사무실 문을 여는 순간, 화장품 향기가 풍기는 것을 또렷하게 느끼고는 한다.

그럼 집은 어떨까? 세 달 정도 집을 비우지 않으면 깨닫지 못할 만큼 익숙해져 있는 집의 냄새가 궁금해진다. 화분이 많은 집은 흙과 비료 냄새가 나고, 갓난아기가 있는 집은 젖 냄새가 난다. 그 안에 살고 있으면 알 수 없는 그 집의 냄새에는 저마다 이유가 있다. 우리 집 냄새는 어떤지 물어 보았다. '커피 냄새'라는 대답에 안심했지만, 냄새가 표현해 주는 대로 우리 집은 커피가 떨어질 새가 없는 집이다. 생활을 생생하게 말해 주기 때문에 향기는 두려운 존재다.

나는 현관 곁에 콘솔을 두고 그곳에 그동안 모아 온 향수를 놓아 두었다. 그곳에서 아침에 향수를 뿌리면 집에 돌아온 나를 아침에 뿌린 '나의 향기'가 맞아 준다. 그때마다 놀란다. 그리고 안심한다. 나의 향기를 객관적으로 알고 집 냄새의 소중함을 잊지 않으려고 찾아낸 방법이다.

머리카락은 유혹한다

향수를 머리에 뿌리면 진짜다. 이것은 내가 고집하고 있는 아주 독단적인 법칙이다. 어쨌든 투왈렛*(향수의 종류 가운데 농도가 10∼15퍼센트인 것으로 향이 부드럽다)은 반드시 머리카락에 뿌린다. 머리카락에 직접 뿌린다기보다는 머리카락과 머리카락 사이의 공기에 향기를 휘감기게 하는 느낌으로 뿌린다. 그렇게 하면 움직일 때마다 바람에 나부끼는 머리카락에서 향기가 퍼진다. 그만큼 상큼한 공기는 없다. 하지만 머리카락에 뿌리는 진짜 이유는 다른 데에 있다.

정원을 초과할 듯이 혼잡한 엘리베이터 안. 구석을 확보할 수 있으면 그나마 다행이지만, 사람과 사람 사이에 끼게 되면 불안하기 짝이 없다. 숨이 멈출 것 같다. 그런데 이 괴로운 공간에서 나는 한 사람의 향기 미인과 만났다. 그녀가 내 코앞에 서 있어 그녀의 세미롱 헤어스타일을 지그시 응시하는 꼴이 되었다. 그녀의 머리는 잘 손질되어 있었는데, 나를 사로잡은 것은 머리카락 사이에서 아련하면서도 향긋하게 풍기는 향기였다. 엘리베이터가 설 때마다 사람들이 움직이고 그때마다 그녀의 주위에서 향긋함이 퍼졌다.

그것은 바로 페로몬이었다. 향기가 머리카락에서 나지 않았다면 그저 향수려니 했을 것이다. 그러나 분명히 머리카락에서 향기가 났다. 그러면 향기는 곧 생명을 갖게 되고 페로몬으로 여겨지는 것이다. 마지막까지 그녀의 얼굴은 볼 수 없었지만, 잊혀지지 않는 여자가 되었다. 나중에 곰곰이 짚어 보니 그것은 아뤼르의 향기였으나, 그때는 이름 없는 그녀의 향기였다. 모든 향수는 머리카락에 뿌리면 생명을 머금는다. 머리카락을 살짝 들었다가 떨어뜨리면서 향수를 뿌린다. 나의 일과다.

향기 나는 얼굴

영화나 텔레비전을 보고 있다가 좋은 향기가 풍겨 올 듯한 장면과 맞닥뜨릴 때가 있다. 향기가 느껴졌던 영화 가운데 잊혀지지 않는 것은 비비안 리의 「애수」가 있고 위노나 라이더와 우마 서먼에게서도 향기가 난다. 영화를 통해서 향기가 풍겨 오는 이유는 무엇일까?

이들에 공통되는 것은 우선 눈물 혹은 눈이 빛난다는 점이다. 위노나 라이더의 커다란 눈동자 속에는 무수한 빛이 어려 있다. 우마 서먼의 눈은 굳이 말하자면 삼백안인데 항상 우울하게 빛나고 있다. 아름다운 눈이 빛나는 모습을 볼 때 우리는 쾌감을 맛본다. 향긋한 향기가 코끝을 간지를 때의 쾌감과 비슷하다. 그렇지 않으면 이 신기한 현상을 설명할 길이 없다. 그러나 그녀들에게는 공통점이 또 하나 있다. 피부가 투명하고 하얘서 무척 아름답다는 것이다. 영상으로도 충분히 전달되는 아름다운 피부는 향기를 감지하는 우리의 신경을 자극한다. 그리고 보니 우리는 아름다운 그림을 볼 때 향기를 느낀다. 특히 여성의 피부에 빛을 그려 넣으려 했던 르노와르 등 인상파 화가의 그림 속 여자들은 향그러운 향기를 뿜어내고 있는 듯한 느낌이다.

피부가 아름답고 빛나는 것처럼 투명하면 향기가 난다. 빛나는 눈동자와 아름다운 피부, 정말로 사람의 몸에서 향기가 풍길 수 있다면 그것은 아마 얼굴에서 날 것이다. 그리고 얼굴에서 향기가 나는 데에는 이 두 가지가 절대 조건이다.

향수의 달인

평소에 그다지 향기를 이용하지 않는 사람마저 파티라고 하면 망설이지 않고 향수를 뿌리고 간다. 그리고 익숙하지 않은 일이기 때문에 너무 많이 뿌리게 된다. 파티니까 우아한 향기여야 한다는 생각을 한다. 그래서 여자들이 모이는 파티는 향수 냄새로 숨이 막힐 듯하다. 온갖 향기가 뒤섞여 톤이 강한 알데히드계 향기가 큰 파도를 이루고 파티장의 체감 온도를 2~3도나 높게 느끼게 되고 피부가 번들거리게 만든다. 피지는 덥다고 느끼기만 해도 자연스럽게 나오는 것으로, 이 경우 실제로는 덥지 않지만 피부는 번들거린다. 그러면 여느 때보다 진하게 한 화장이 미워지고 음식은 맛없게 느껴진다.

두 여성에게서 파티의 향수에 대한 이야기를 들은 적이 있다. 화려한 분위기를 지닌 한 여성은 의외로 이렇게 말했다.

"저는 파티에 갈 때 향수를 뿌리지 않아요. 다른 사람들이 많이 뿌리기 때문에 나라도 참아야지 싶어서요."

속시원한 대답이다. 다른 여성의 말은 이랬다.

"인구 밀도가 높은 날은 귓불에 아주 조금만 뿌리죠. 떠들썩하니까 귓속말로 이야기하게 되잖아요. 아무튼 사람이 많은 자리에는 향수를 삼가는 편이에요."

향수를 뿌리지 않는 것이 뛰어난 센스가 될 수 있음을 이때 처음 깨달았다. 향수는 1인칭으로 생각하기 쉽다. 다른 사람을 불쾌하게 해서는 안 된다는 것은 잘 알고 있으면서도 자신이 어떻게 해야 할지를 객관적으로 판단하는 사람은 적다. 향수를 뿌리는 절호의 기회에 향수를 뿌리지 않고 외출하는 용기를 지닌 사람이야말로 진짜 향수의 달인이다.

향기와 더불어 살아가는 여자

사랑이 끝나면 불가리옴므나 아쿠아디지오를,
새로운 사랑이 시작되면 트루러브를 뿌린다

향수는 사랑하기 위한 무기라고 일컬어졌다. 물론 향기는 사랑에 효과적이다. 그러나 연애를 위해 향수를 사용하는 것은 좀 케케묵은 방법 아니냐는 목소리가 있다. 섹시한 향기보다 쿨하고 에로틱하지 않은 향기가 인기를 끌기도 한다.

그런데 한편으로는 연인과 헤어졌을 때 향수를 이용하는 사람이 있다. 예전에는 실연하면 머리를 잘랐지만, 지금은 이사가 가장 좋다고 한다. 전직도 효과가 있다. 여자가 다시 일어서게 해준다. 요는 생활을 바꾸는 것이 포인트다. 이사는 너무 큰일이니까 가구의 위치를 바꾸는 정도로 얼마든지 효과를 본다. 이런 식의 산뜻하고 적극적인 방법이 요즘 여성들의 기질에는 잘 맞는가 보다.

그리고 이 방법들과 더불어 향수를 바꾸면 다시 일어설 수 있다는 이야기를 들었다. 퍽 이치에 맞는 이야기다. 왜냐하면 향수는 우리가 생각하는 만큼 고분고분한 것이 아니다. 향수를 뿌린 사람에게 맞는 향기가 나는 것이 아니라 오히려 향기가 지닌 이미지로 사람을 끌어당기는 힘이 있어 향기는 은밀하게 여자를 컨트롤한다.

그렇기 때문에 향수를 바꾸는 것이다. 불가리옴므*(클래식과 모던의 조화라는 컨셉의 남성용 향수로 다즐링차의 신선한 향이 독특한 시트러스 아쿠아 계열의 향기가 난다)나 아쿠아디지오, 솔로*(신선한 자연 향취를 지닌 남녀 공용 향수) 정도가 적당하다. 이 향수들은 남자라는 고집스러움이 없는 유연하고 시원스러운 느낌이 좋다. 하지만 다음 사랑을 만나면 곧 순애의 향기 트루러브*(흔들림 없이 영원히 지속되는 사랑을 컨셉으로 한 향수. 프리지아, 백합, 자스민과 조화된 머스크향이 부드러움과 신선함을 표현한다)로 바꾼다. 이렇게 향기와 더불어 살아가는 여자는 멋진 여자다.

'들어가라, 들어가라'

어떤 화장품 회사의 미용부장 T씨가 진지한 얼굴로 이런 말을 했다.

"여러분은 크림을 바르는 방법이 제대로 되어 있지 않아요. 크림은 말이죠. '들어가라, 들어가라' 하며 바르지 않으면 피부 속에 스며들지 않거든요."

웃음이 터질 것 같은 한편 뭔가 느낌이 왔다. 화장품을 생명이 있는 것으로 다루는 한결같은 자세에 감동받았다.

그래서 나는 그날 당장 '들어가라, 들어가라'를 했다. 신기한 일이지만, 크림이 감쪽같이 스며들어 피부 속 어디까지 들어가고 있는지를 알 것만 같았다. 그리고 다음날 아침 피부가 완전히 달랐다. 아무리 손놀림이나 손가락 놀림이 능숙하더라도 그것으로는 부족하다. 화장품을 생명이 있는 것으로 생각하여 그 존재를 손과 손가락, 피부로 끊임없이 의식하고 인정하면서 스며들 때까지 지켜본다. 그러면 화장품은 기분이 좋아져 열심히 피부 속으로 들어간다.

다른 회사의 강사에게서도 비슷한 주문을 배웠다.

"크림은 손바닥으로 밀어 넣으세요. 그러면 천천히 들어가죠. 그리고 나서 처진 곳이 걱정이 되면 무엇을 바르든 밑에서 위로 손질을 하세요. '올라간다. 올라간다' 하고 마음속으로 되뇌면서 피부를 들어올리듯 바르면, 웬만한 리프팅 제품보다 상당히 효과가 있을 거예요."

화장품을 완전히 이해하는 사람들의 피부 관리법인 주문을 외는 스킨케어는 퍽 효과가 있다.

얼굴에 힘을!

10초 동안 눈가와 입가에 힘을 넣어 돈 안 드는 내추럴 리프팅을 한다

젊은 사람은 얼굴에 힘이 있다. 웃고 있든 말하고 있든, 심지어 무표정할 때조차 그렇다. 지금 당장 한번 눈가와 입가에 힘을 넣어 보자. 마치 사진을 찍을 때처럼 눈을 크게 뜨고 입가에 힘을 준다. 보는 사람이 없으니 긴장은 하지 않도록 한다. 힘을 너무 주지 말고 당신의 가장 보기 좋은 표정을 만드는 것이다. 보는 사람이 없는 평소의 표정과는 다를 것이다. 10초 동안 그렇게 하고 있으면 피로가 느껴진다. 이것이 화장품의 도움 없이 할 수 있는 내추럴 리프팅이다.

이렇게 하고 나면 평소 당신의 얼굴이 얼마나 단정치 못하고 풀어져 있는지를 깨닫게 된다. 힘이 들어간 얼굴과 힘이 빠진 얼굴의 차이는 굳이 거울을 보지 않아도 알 수 있다. 하루 종일 누구와도 만나지 않는 날은 피부가 다른 날보다 빨리 처진다. 몸의 곡선이 드러나지 않는 편안한 옷을 입고 있으면 체형이 흐트러지므로 때로는 몸매가 드러나는 옷을 입어야 한다는 말을 자주 하는데, 얼굴 또한 마찬가지다. 거울을 많이 보는 것은 관심을 기울이지 않고 내버려 둔 얼굴에 긴장감을 주기 위해서다. 거울을 보지 않고 의식적으로 얼굴을 긴장시키면 더욱 위력을 발휘한다.

한동안 계속하면 얼굴에 힘이 생긴다. 웃고 있을 때, 이야기하고 있을 때, 무표정할 때조차 얼굴에 생기가 돌게 된다. 이윽고 당신의 얼굴은 언제나 아우라를 뿜어내게 될 뿐 아니라 당연히 탄력이 붙고 나이보다 훨씬 젊어 보이게 된다.

여배우나 모델이 일반 여성보다 한결 젊어 보이는 까닭은 그녀들은 직업상 무심결에 내추럴 리프팅을 하고 있기 때문이다.

스킨케어는 게임이다

화장품 포장에 반드시 딸려 오는 것이 사용 설명서다. 사실 그다지 중요한 내용이 씌어 있지는 않지만, 처음 사용하는 날은 무슨 일이 있어도 그것을 읽고 씌어 있는 사용법대로 실천하려고 한다.

우선 사용 설명서를 읽으면 왠지 긴장하게 된다. 그리고 설명서대로 화장품을 사용하면 새로운 화장품을 사용할 때의 기대감 때문에 아드레날린이 듬뿍 나온다. 따라서 처음부터 화장품에 배신당하는 일 따위는 없다. 새로운 화장품이 피부에 효과를 발휘하도록 하는 중요하고 소중한 의식이다. 효과가 나게 하는 마니아일수록 일단 처음에는 지나치리만큼 기본에 충실하다. 그러다 마침내 사용량이나 바르는 방법을 나름대로 개발해 마지막까지 잘 활용한다. 기본에 충실했던 것은 이를 위한 중요한 과정이다.

하지만 정작 중요한 것은 이제부터인데, 천재들은 드디어 사용 설명서를 뛰어넘는다. 그렇게 하기 위해 처음에는 사용 설명서에 철저히 따른다. 설명서대로 손질하지 않는다고 큰일이 나지는 않는다. 그것을 어떻게 뛰어넘느냐가 진정한 천재로서의 솜씨를 선보이는 부분이다.

효과가 떨어지면 양을 충분히 늘린다거나 가끔은 많은 양을 사용해 팩을 해버리거나 혹은 갑자기 사용을 중단한다. 화장품 사용은 게임이다. 사용 설명서는 게임 조작법이다. 게임 공략법은 다른 곳에 있다. 그러므로 조작법을 완벽하게 익히고 나서 공략에 나서는 것이다. 화장품을 사용하는 재미는 이 수준까지 이르고 나야 더욱 커진다. 스킨케어의 달인은 게임의 달인이다.

백과 여자는 한 몸

　한번은 쇼핑을 하러 갔는데 나와 가까이에서 두 사람이 백을 고르고 있었다. 이게 괜찮다느니 저게 귀엽다느니 하면서 백을 고르느라 정신이 없었다. 한 사람이 "이거 한번 들어 봐"라고 하면 다른 한 사람이 들어 보고 했다. 그런데 이상하게 보통 백을 메거나 들고 걷는 것처럼 포즈를 취하는 게 아니라 마치 백과 함께 기념 사진이라도 찍듯이 두 손으로 가슴 앞에 백을 드는 것이었다. 이상하다고 생각하면서 나는 백을 어깨에 메고 걸어 다닐 때의 모습으로 전신 거울 앞에 섰다. 마음에 쏙 드는 백을 찾지 못해 이것저것을 바꾸어 메며 전신 거울에 비추어 보았다. 그런데 두 사람이 소곤소곤 이야기를 나누는 품이 어쩐지 '저 여자 이상해'라는 뉘앙스의 말을 하는 것 같았다. 두 사람은 기념 사진 스타일로 고르더니 마침내 하나를 사갔다.

　백을 살 때에는 모양과 소재와 기능이 중요하다. 하지만 뒤따라오는 수행원이 들어 줄 처지가 아니라면 백은 항상 자신의 몸에 붙이고 다니는 것이다. 그러므로 온몸에 아름답게 머물러야 하는 것이 여자의 백이다. 여자가 맨손으로 다니면 어색해 보이는 까닭은 백을 포함한 것이 여자의 몸이기 때문이다. 내가 본 두 사람처럼 백을 선택해서는 안 된다. 모자를 직접 써보지 않고 사는 것과 마찬가지다.

　여러 가지 백을 번갈아 메며 자신을 바라보자. 한 몸처럼 꼭 어울리는 모습과 물과 기름 같은 모습, 둘 중 하나일 것이다. 그것을 점검하지 않고 사다니 정말 이상하다.

자신만의 컵

"어떻게 하면 센스를 기를 수 있을까요?"

멋내기든 미용이든 인간관계든 결국은 센스가 중요하다고 이야기를 마무리하는 경우가 많은 나는 자주 이 당황스러운 질문을 받는다. 나의 결론은 "좋은 것을 끊임없이 보는 수밖에 없다"이다. 그럼 '좋은 것이란 무엇일까?' 하는 문제에 부딪히게 되는데 센스 있는 여성이나 센스 있는 영화, 센스 있는 거리에 가서 센스 있는 곳에 머문다는 말은 모두 신물이 나도록 들었을 터이고 '그런 것은 실컷 보았는데' 하는 사람이 많을 것이다. 그때도 센스에 관해 이런저런 이야기를 나누던 중이었다. 문득 테이블 위에 놓인 큼직한 컵이 눈에 들어왔다.

학창 시절 대기업에서 잠깐 일했던 적이 있다. 내가 일한 부서의 전원이 각자 개인 컵을 사용하고 있어 차를 나를 때 '이게 누구 거더라' 하고 기억을 더듬는 일부터 아르바이트 생활은 시작되었다. 그러는 동안 컵들이 각각 주인의 얼굴로 보이게 되었다. 일부러 그렇게 생각한 게 아니라 정말 컵과 주인의 얼굴은 서로 닮아 있었다. 구운 경단 같은 차장님의 컵은 이가 빠진 곳에 찻물이 들어 거무스름하고 땅딸막한 데다가 투박한 민속풍이었다.

그 부서에는 멋진 여자 선배가 있었는데, 그녀는 자기 컵이 없이 사무실에 있는 아무 컵이나 사용했다. 그런데 얼마 후 드디어 자기 컵을 회사에 가져왔다. 지금 생각하면 그것은 당시에는 보기 힘들었던 근사한 컵이었다. 그녀가 그 컵을 가져온 게 수긍이 갔다. 항상 가까이에 있는 분신이며 가장 자주 눈길이 가고 손길이 닿는 자기 컵이 세련되지 못하다면 그 사람은 그 이상의 존재가 될 수 없다.

"당신의 컵은 당신의 센스를 높여 주고 있습니까?"

절약 정신과 스타킹

값비싼 스타킹의 올이 나갈까 조심하느라 살이 내리고 다리가 날씬해졌다

인간의 몸이란 놀라우리만큼 자주 변화한다. 이 말이 이해가 안 가는 사람은 지금까지 자신의 몸에 관심이 없었거나 변화를 미처 발견하지 못했을 뿐이다. 물론 다른 사람이 보고 알아챌 정도의 변화는 아니지만, 조금만 의식하면 자신에게는 반드시 보이는 법이다. 그리고 다리를 날씬하게 하려고 마사지다 뭐다 하며 필사적으로 애쓸 때에는 어쩐지 다리가 더 늠름해지는 것처럼 느껴지고 아무것도 하지 않을 때에는 오히려 갑자기 가늘어진다. 정말 아무것도 하지 않은 걸까? 나중에 살펴보면 날씬해진 이유가 있게 마련이다.

늘 미니스커트를 입고 다리를 드러내면 남에게 보여진다는 긴장감 때문에 다리가 날씬해진다는 이야기는 오래 전부터 들어 왔다. 하지만 남에게 보여지고 보여지지 않고와는 다른 좀 더 강렬한 자의식, 이를테면 강박관념이 무척 효과적이다.

한번은 아무 노력도 하지 않았는데 다리가 날씬해졌다. 한참 고심한 끝에 고급 스타킹을 신었던 것이 원인임을 알아냈다. 한 켤레에 무려 1만 엔이나 하는 스타킹은 고작 한 켤레에 1000엔짜리를 신던 내게는 온몸의 털이 곤두설 정도로 사치스러운 것이었다. 사흘에 한 번은 올이 나가는 칠칠맞은 성격까지 한몫 거들어 고통스러울 만큼 신경을 쓰느라 하루만 신으면 녹초가 되어 살이 내리는 것 같고 덩달아 다리가 날씬해졌다. 그렇게 조심했지만 몇 번 신고는 어이없이 올이 나가 고급 스타킹 신기를 포기했다. 그래서 비싸 보이는 다리 만들기에는 실패했으나, 비싼 스타킹에 벌벌 떤 조심성이 내 다리를 늘씬하게 만들어 주었다. 절약 정신이 도움이 된 경우다.

생리 추녀

개인차가 있을 테지만, 적잖은 여성이 생리 전의 다양한 변화에 힘들어한다. 나 역시 생리 전에는 자포자기의 기분마저 든다. 언제부터인지 생리 전이 되면 반드시라고 해도 과언이 아닐 정도로 피부가 거칠어진다. 생리가 가까워지면 황체 호르몬의 분비가 증가해 그 때문에 피지 분비가 과잉이 되는 것은 잘 알려진 이야기다. 내 경우에는 백발백중 이 시기에 여드름이 난다. 하지만 여드름뿐이라면 그런대로 용서하겠다. 문제는 피부가 칙칙해지고 거칠어지는 것이다. 이때는 어떤 파운데이션을 사용한들 메이크업이 산뜻하게 되지 않는다. 피부가 최악의 상태로 변하는 것이다.

생리 전에 화장품을 바꾸어서는 안 된다는 미신 같은 이야기가 있지만, 피부가 불안정한 데다가 무엇을 사용하든 아름다워지지 않아 효능이 뛰어난 화장품을 버리고 마는 경우가 있기 때문이라고 나름대로 결론을 내렸다. 그런데 생리가 시작된 순간 마치 출산 직후처럼 한 꺼풀 벗은 듯 피부가 고와진다. 그래서 생리 전 하루, 이틀은 포기하기로 결심했다.

그리고 이런 날에는 집에 있어도 전구가 끊어져서 화가 나고 내가 사온 주스를 남편이 마셔서 부부 싸움을 하기 십상이다. 생리중에 도벽이 생기는 여성의 생태가 화제가 되었던 적이 있는데, 생리는 정도의 차이는 있지만 여자를 변화시킨다. 몸과 마음이 추녀가 된다. 그런 때에는 미인이 되기 위해 가능한 한 참고 견디자. 여성이 이토록 자궁에 지배받고 있다는 사실이 새삼 놀랍다.

몸짓 미인

하품도 기지개도 빗질도 아름답게 하자. 미인은 몸짓으로 태어난다

한도 다마사부로*(일본의 전통극 가부키에서는 남자 배우가 여자 역할을 하는데 한도 다마사부로는 여자 역할을 하는 가부키 배우다)의 무대를 볼 때마다 여자인 자신이 부끄러워지는 것은 나만이 아닐 게다. 춤추고 있는 것은 아닌데 쉴 새 없이 흐르는 몸의 움직임은 마치 관절이 하나도 없는 사람처럼 보인다.

바로 이거라고 생각했다. 아름다워지는 새로운 방법을 찾아냈다는 생각에 기뻤다. 내 자리는 뒤쪽이어서 얼굴은 전혀 보이지 않았지만, 세상에 이토록 '아름다운 여성'이 있을까 싶은 강렬한 아름다움이 있었다. 몸짓으로 얼마든지 절세의 미녀가 될 수 있다는 확신에 몸을 떨었다.

미리 말해 두지만, 다마사부로의 몸짓 연구는 집요한 구석이 있는 것 같다. 손끝, 머리카락 끝 하나하나에까지 온통 신경을 쓰며 맹훈련을 한다고 한다. 요즘 그런 몸짓을 할 줄 아는 여성이 없어 모델로 삼고 있는 여성은 당연히 없을 테니 이미지 속의 몸짓을 완벽한 형태로 만들어 내고 있는 셈이다. 어떻게 하면 가장 아름다운 형태가 될지, 하나의 동작을 수없이 반복한다.

아침에 침대에서 내려서는 순간부터 훈련은 시작된다. 두 발을 가지런히 하고 미끄러지듯 내려와 보자. 하품을 하든 기지개를 켜든 아름답게 하자. 머리를 빗는 모습도 스타킹을 신는 모습도 아름답게 하자. 처음에는 죽을 맛이다. 여하튼 의식하는 것이 곧 훈련이다. 그러는 동안 커피잔을 드는 손가락 끝이 어느새 신기하게 아름다워진다. 그때 당신은 모든 사람에게 아름다운 사람으로 비칠 것이다. 얼굴 생김새는 상관없다. 미인은 몸짓으로 태어난다.

역시 헤어스타일!

젊은 사람이 윗부분을 부풀리면 금세 나이 먹어 보이고, 40대가 유행하는 헤어스타일을 하면 금세 젊어진다. 다시 말해 나이를 가장 강력하게 말해 주는 것은 헤어스타일이다. 왜 그럴까? 많은 여자가 머리를 자기 자신보다 더 나이 들어 보이는 헤어스타일로 한다. 헤어스타일을 바꾸면 열 살은 젊어 보일 텐데 싶은 사람이 얼마든지 있다. 안타까운 이야기다.

오랜만에 어떤 여성과 만났다. 지금은 아마 40대 후반이 되었을 것이다. 그런데 그녀는 단번에 열 살 이상 젊어 보여 완전히 딴사람이 되어 있었다. 마치 성형 수술이라도 한 양 젊어 보이는 얼굴에 눈이 휘둥그레질 지경이었다. 그녀가 젊어진 진짜 이유는 명백했다. 지금까지 고집해 오던 어정쩡한 세미롱 헤어스타일을 과감하게 바꾸어 앞머리를 싹뚝 자르고 안쪽으로 컬을 넣은 헤어스타일을 하고 있었다. 얼굴 윤곽을 감쪽같이 감추고 있을 뿐 아니라 눈 바로 위까지 내려온 앞머리 덕분에 눈매가 야무져 보였다. 훌륭한 변화라고 감탄했다.

하지만 미처 눈치채지 못했지만, 사실 그것은 가발이었으며 윤기 도는 머릿결이 그녀의 피부까지 탄력 있어 보이게 했던 것이다. 역시 여자는 헤어스타일이 중요하다.

어떤 30대 천재는 드라이를 미용실에서만 한다. 특별한 일이 아니면 샴푸조차 스스로 하지 않는다. 자신은 손수 머리를 만지지 않는 셈이다. 다른 사람에게 머리를 만지게 하면 여성 호르몬 분비가 원활해져 늙지 않는다는 것이 그 이유였다. 그녀를 보고 헤어스타일이 여자의 인생을 결정짓는다는 생각이 들었다.

여자끼리 하는 이야기 1

"자주 찾아오는 단골일수록 수수한 분이 많습니다."

모 메이커의 전직 판매 사원이 살짝 가르쳐 준 뜻밖의 이야기다. '수수한 분'이란 화장기 없는 얼굴에 언뜻 보면 화장품을 그다지 좋아할 것 같지 않아 도대체 어디에 화장품을 바르고 있는지 알 수가 없는 사람이라고 했다. 그런데 수수한 분은 스킨케어 제품뿐 아니라 아이라인이니 볼터치니 메이크업 제품까지 사들인다. 그리고 다음에 매장에 왔을 때에는 그 화장품들을 사용한 흔적이 없다.

또 다른 메이커의 전직 판매 사원은 "저희는 자주 찾아오는 단골일수록 화려해요"라고 했다.

천연 재료 화장품을 팔고 있는 메이커에는 옅은 화장의 손님이 모이고, 고급 브랜드 이미지의 메이커에는 사치스러운 손님이 모인다고 결론지으면 간단하다. 그러나 문제는 '자주 찾아오는 단골일수록'이라는 데에 있다. 두 사람은 완전히 같은 종류의 놀라운 이야기를 해주었다. 그것은 바로 수수한 분은 일에 대한 푸념을, 화려한 분은 남편에 대한 푸념을 무심결에 늘어놓는다는 것이었다.

일률적으로 말할 수는 없겠지만, 일에 관한 고민이 있으면 여자는 점점 수수해지며, 부부간에 문제가 있으면 화장이 점점 진해지고 화려해진다. 그리고 뻔질나게 화장품 매장에 가서는 화장품을 산다. 그녀들은 마음의 스트레스를 풀기 위해 그곳을 찾고 마음의 공허를 화장품으로 메우는 것은 아닐까? 아름답게 화장하는 것만이 화장품을 사용하는 길이 아니다. 두 사람의 전직 판매 사원은 마치 약속이라도 한 것처럼 이렇게 말했다.

"그런 식으로나마 화장품과 우리가 도움이 되었다면 기쁜 일이죠."

웃는 얼굴 만들기

'나가노 장애인 올림픽'에서 메달을 딴 여자 선수들의 아름다움에 많은 사람이 깜짝 놀랐을 것이다. 특히 웃는 얼굴이 매혹적이었다. 메달을 딴 한 여자 선수가 이런 말을 했다.

"주위 사람들이 왜 그렇게 언제나 웃는 얼굴이냐고 묻고는 합니다. 그러면 저는 이렇게 대꾸하죠. '그럼 항상 괴로운 얼굴을 하고 있어야 해요?' 하고요."

그녀는 불과 몇 년 전에 교통사고를 당해 어쩔 수 없이 휠체어 생활을 하게 되었다고 한다. 휠체어 생활을 하게 되고 나서 곧 스포츠를 시작한 모양이다. 물론 그때의 괴로움은 상상도 할 수 없지만, 그런 불행을 당하고 금방 목표를 발견하여 자신을 다시 일으켜 세우는 강인함과 적극성은 더 더욱 상상이 가지 않는다. 그런 에너지가 내 속에도 있으리라고는 도저히 믿기지 않는다. 그러니 나 역시 그녀의 주위에 있었다면 '어쩜 그렇게 늘 웃을 수 있어요?' 하고 물을 것이다. 자신의 두 다리로 걸으면서도 항상 밝게 웃고 있는 사람은 의외로 드물다.

목표를 갖고 앞으로 나아가는 일은 웃음을 가져다 주며, 웃음 띤 그 얼굴은 즐거워서 싱글거리는 얼굴과는 비교할 수 없을 정도로 사람들의 마음에 강렬한 인상을 준다는 점을 배웠다. 사실 대부분의 사람이 이것을 알고는 있다. 하지만 누군가 그것을 몸소 보여 주었을 때 비로소 실감한다.

여자는 언제나 생글생글 웃어야 한다고 떠들어 보았자 아무 의미가 없으며 목표를 가져야 비로소 얼굴이 빛나게 된다는 사실을 뼛속 깊이 이해하게 되었다.

여자끼리 하는 이야기 2

화장품은 약과는 달리 효과가 일정 범위를 넘어서는 안 된다?

　여기에서 문제 하나를 내보겠다.

　"헬레나 루빈스타인의 포스C에 배합되어 있는 C는 무슨 C일까요?"

　'그런 간단한 문제를 내다니!' 하는 소리가 들리는 것 같은데, 아마 99퍼센트의 사람이 정답이라고 생각할 비타민 C라는 글씨는 사용 설명서든 팸플릿이든 광고든 어디를 뒤져도 보이지 않는다. 알다시피 약사법에 저촉되기 때문이다. 화장품은 약이 아니기 때문에 효과가 일정 범위를 넘어서는 안 된다는 희한한 규제 사항이 있어, 그것을 어기는 말은 설사 사실일망정 사용해서는 안 된다. 구태여 그렇게 해야 할 의미가 있는지 없는지는 잘 모르겠지만, 다른 말로 바꾸어 표현한다.

　기미에 관해서는 '사라진다'는 물론 '옅어진다'는 표현 역시 사용해서는 안 되기 때문에 전부 '방지한다'라고 표현해야 하며, 잔주름에 관해서는 '잔주름을 방지한다'는 캐치프레이즈 자체를 내세워서는 안 되므로 '잔주름이 염려되는 부분에'라거나 '잔주름의 원인이 되는 건조를 방지한다'는 식으로 에두른 간접적인 표현을 이용한다. 잔주름이나 처짐 따위의 말은 반대말을 이용하여 '잔주름을 방지한다'라는 말 대신 '생기가 생긴다' 내지 '탄력이 생긴다'라고 한다. 앞에서 예로 든 슬리밍 코스메틱 또한 '슬리밍'이라는 말이 금지되어 있다.

　화장품 메이커가 스스로 자신들의 제품은 이러이러한 효과가 있다고 직접적으로 주장하지 못하는 대신 나처럼 기사를 쓰는 사람들이 '살이 빠진다' '잔주름을 제거해 준다' '이 메이커의 제품은 어디어디에 효과가 있다'고 하는 것은 자유다. 그러니 당연히 막중한 책임감을 느끼게 된다.

빨간색 공포

'절대색' '여자에게 생기가 돌게 하는 색' '여자의 생명에 채색이 허락된 유일한 색'이라는 식으로 빨간 립스틱에 관한 글을 쓸 때면 늘 묘하게 힘이 들어간다. 그런데 정작 나는 빨간색 립스틱을 바르지 않는다. 아마 평생 바를 수 없을 것이다. 이유는 간단하다. 전혀 어울리지 않기 때문이다. 나는 어울리지 않는 색이 있는 이유는 피부색이 아닌 얼굴 생김새에 있다고 믿고 있는데, 내 경우 빨간색은 얼굴을 커 보이게 한다. 그런 얼굴을 가진 사람은 나뿐 일 거라고 지레짐작하고 있었더니 평생 빨간색 립스틱을 바를 수 없는 여자라고 자처하는 사람이 꽤 있다는 사실을 알았다. 코 아래가 짧고 입술이 도톰한 얼굴이나 반대로 코 아래가 길고 작게 오므린 입술 등 여러 가지 경우였지만, 공통점은 어딘가 균형이 맞지 않는 얼굴이라는 것이다. 빨간색은 얼굴의 사소한 언밸런스를 허용하지 않는 색이다.

그런데 나는 한 가지 사실을 더 깨달았다. 빨간색을 바를 수 없는 몇몇 여자들과 이야기를 하다 놀란 것은 대부분이 화장에 무지하던 무렵, 매일 빨간 립스틱만 발랐다는 사실이다. 무엇을 숨기려고 그랬는지 나 또한 매일 빨간색을 발랐다. 매일 빨간색 립스틱을 바르다 보니 빠뜨리면 바보 같은 얼굴이 되었다. 그래서 항상 빨간색을 발랐다. 아무튼 어느 날 갑자기 얼굴 위에서 압도적인 존재라는 빨간색의 위력을 알게 되었고 그후 빨간색을 바를 수 없었다.

어울리면 금상첨화다. 하지만 어울리지 않으면 어울리지 않는 대로 고집스레 계속 바르면 얼굴에 변화가 생긴다. 정말 무서운 빨간색의 힘이다. 내가 '절대색'이라고 앞에서 표현한 것은 빨간색에 대한 외경심에서 나온 말이다.

글로스와 남자의 영혼

남자들은 여자의 촉촉한 입술에 까닭 없이 영혼을 빼앗긴다

중학생 시절 좋아하는 남자 아이가 있었는데 섬머 캠프에 참가했을 때 처음 말을 하게 되었다. 아니, 말을 했다기보다 친구 여러 명과 이야기를 하는 자리에 그 아이가 있었다.

여름 방학중인 데다가 캠프를 가서 모두 마음이 풀어져 있어 누가 누구를 좋아한다느니 하는 이야기가 화제에 올랐다. 그리고 그 아이가 좋아하는 게 누군지 가슴을 두근거리며 이름을 들었다. 그 아이의 마음속에 있는 사람은 마돈나라는 별명으로 불리는 1년 선배 K였다. 모두 놀라서 "뭐라고? 누구라고?" 하고 되묻는데 그 아이는 연상의 미인을 동경해도 이상할 거 없지 않느냐는 표정이었다. 그 아이의 뭐가 문제냐는 듯한 당당한 태도에 눌려 좋아하는 이유를 캐묻는 아이조차 없었다. 그런데 그 아이가 스스로 밝힌 이유는 생각지 못한 뜻밖의 것이었다.

"입술이 언제나 촉촉하고 예쁘잖아."

나는 왜 그런 걸 좋아하는지 납득이 가지 않았다.

새 학기가 되었다. 스쳐 지나가는 K의 입술을 처음으로 말끄러미 쳐다보았다. 각질이 얇은 듯한 핑크빛 입술은 매끄럽고 반짝반짝했다. 말라서 가슬가슬한 입술보다는 예뻤지만 그 아이를 사로잡은 이유까지는 끝내 알 수 없었다.

대학 시절 똑같은 일이 있었다. 내가 마음에 들어하던 남자는 자기의 관심을 끄는 여자가 있는데 입술이 늘 촉촉하다고 말하는 것이었다. 이때 남자들은 촉촉한 입술을 좋아한다는 사실을 깨달았다. 마음만 먹으면 얼마든지 촉촉해 보일 수 있는데 남자들은 그런 것에 영혼을 빼앗긴다. 글로스 하나로 영혼을 살 수 있다면 얼마나 저렴한 방법인가. 화장의 신비로운 힘에 흥미를 느낀 것이 이때다.

여자들이여, 수영복을 입자

수영복은 여자의 몸에 있어 깁스나 운동 기구와 같다

여자는 3년만 수영복을 입지 않으면 영원히 수영복이 어울리지 않게 된다고한다. 사실이다. 첫해에는 '아, 올해는 수영복을 한번도 입지 않았구나' 하고 단순히 사실로 받아들일 뿐이지만, 2년째가 되면 '어, 올해도 결국 입지 못했네'하고 슬슬 불안한 감정이 고개를 쳐든다. 그리고 3년째에 접어들면 수영복에 대해 떠올리는 것조차 싫어진다. 어쩌다 백화점 수영복 매장에 발을 들여놓으면패자처럼 도망치고 싶어지는 것이다. 이렇게 되면 재기는 서서히 멀어지고 수영복 매장을 태연하게 걸어갈 수 있게 되기까지 최소 2년은 걸리며, 한참은 수영복만 보면 우울해지는 후유증이 남는다.

이런 일이 벌어지는 까닭은 여자에게 있어 수영복이 갖고 있는 신비한 힘 때문이다. 예를 들어 수영복을 살 때 피팅룸에서 자신의 모습을 보면 쇼크와 놀람, 안도감 등 갖가지 감정을 경험하게 되는데, 아마 여자의 인생에서 이런 복잡한 감정을 맛보는 경우가 그리 많지 않을 것이다. 또 그해 처음 수영복을 입고 수영장으로 들어설 때 불안이나 두려움, 초조감을 느끼지만 이윽고 익숙해지고 나면 갑자기 자신감이 생긴다. 이때 몸 속에서는 아드레날린이 분비되는데, 여자는 수영복을 입는 횟수만큼 훈련된다.

즉 수영복은 여자의 몸에 있어 깁스나 운동 기구와 같다. 겨우내 온몸의 여기저기가 늘어지고 느슨해지는 것은 이 혹독한 시련으로부터 해방되기 때문이다. 그런데 3년이나 공백이 있으면 그 시련을 견뎌 낼 힘을 잃어버린다. 2년 이상공백을 가져서는 안 된다. 여자들이여, 이를 악물고 꾸준히 수영복을 입자.

'여보세요'

"사람이란 '여보세요'의 한마디로 전부 표현되는 존재다."

전에 이것을 화제로 이야기를 나눈 적이 있다.·어떤 직장 여성이 " '여보세요'를 너무 매끄럽게 말하면 어쩐지 신용할 수 없는 사람이라는 느낌이 들어요"라고 했던 것에서 발단이 되었다. 그러자 그 자리에 있던 모든 사람이 "맞아, 맞아. 그런 적 있어"라고 공감을 하고 고개를 끄덕이며 순식간에 '여보세요 이야기'로 꽃을 피웠다.

'여보세요' 하는 말소리가 아름다운 여자는 외모에 청결감이 배어 있다, '여보세요' 네 글자에 우울한 성격이 스며 나오는 여자가 있다, 친구에게 전화했을 때 '여보세요' 하는 말소리가 '이 시간에 귀찮게 무슨 일이야?' 하는 뉘앙스로 들리는 경우가 있다, '여보세요' 하는 연인의 목소리 톤으로 자신을 얼마나 사랑하는지를 알 수 있다는 이야기가 나왔다.

그러면 나는 어떨까 하고 생각해 보았다. 그리고 조금 오싹했다. '여보세요' 하는 내 목소리에는 마음이 담기지 않는 것 같았다. 그리고 힘이 없을 바에 나른하고 숨소리가 섞인 듯하면 차라리 매력적일 테지만, 그저 힘이 없을 뿐이다. 이때 나는 '여보세요' 하는 한마디로 친구를 잃을 수도 있다는 것을 알았다. 하지만 이렇게 된 데에는 이유가 있다. 예전에 한동안 영문 모를 장난 전화에 시달려 전화를 받으면 경계심과 불안을 그대로 드러내게 된 것이다. 말하자면 '여보세요'에는 그 사람의 일상이 어떤지, 평소 어떤 인간관계를 갖고 있는지 하는 것들이 배어 있다. '여보세요'는 현재 당신의 생활 자체다.

파운데이션의 변화

1998년은 파운데이션에 있어 '풍년의 해'였다. 이 말에 어울릴 만한 획기적인 파운데이션들이 속속 등장했으며, 그것들은 '손거울 속 아름다움'의 범주를 뛰어넘는 수준이었다. 왜냐하면 지금까지의 파운데이션이 '어머, 파운데이션 바꿨어?' 하는 말을 듣는 정도였다면 새로 나온 파운데이션은 '어머, 예뻐졌네'라는 말을 듣게 해주었기 때문이다. 아름다워졌다는 말을 듣게 해주는 파운데이션이란 어떤 것일까?

그것은 단순히 피부를 아름답게 표현하는 것이 아니라 인상까지 바꾸어 주는 것이다. 피부뿐만 아니라 사람 자체가 빛나 보이게 하므로 누가 언제 어디에서 보더라도 아름다워 보인다.

몇 년 전 폴라에서 하이비전 파우더라는 것이 나왔는데 이것은 이른바 하이비전 화면으로 보아도 결점이 보이지 않는다는 것으로, 화장품이 비로소 제3의 매체를 통해 보았을 때의 아름다움을 실현했다고 해서 관심을 모았다. 이 하이비전 파우더가 등장하기 전까지는 아름다움의 완성이란 자신의 눈으로 보아 아름다운 것이 기준이었는데, 다른 매체의 눈을 통해 보게 된 것은 과연 세기의 진보다.

아름다움의 연쇄 반응

전에 살던 아파트 관리인의 부인은 50대 중반이었다. 매일 아침 얼굴을 마주치는 그 부인은 친절하지만 언제나 우울해 보였다. 그리고 화장기는 거의 없고 흰머리가 군데군데 눈에 띄어 실제보다 나이 들어 보였다. 언젠가 짐을 맡아 주었던 인사로 화장품을 선물했는데, 화장을 하지 않는 것 같아 에센스와 팩을 골랐다. 다음날 아침 그 부인은 피부가 매끌매끌해 보였을 뿐 아니라 몇 번이나 인사치레를 하는 거였다.

너무 기뻐하길래 며칠 후 마음먹고 로즈 계열 립스틱을 다시 선물했다. 립스틱을 바른 모습은 한 번도 본 적이 없었기 때문에 쓰지 않을지 모른다고 생각했다. 하지만 다음날 아침 부인은 그 립스틱을 옅게 바르고 있었다. 그리고 먼젓번보다 더 기뻐하고 수줍어하며 몇 번이나 인사말을 했다. 내가 잘 어울린다고 말을 건네자 "정말요? 정말 그래요?" 하며 처음으로 환하게 웃는 얼굴을 보여 주었다. 나는 그후 그 부인에게 파운데이션이며 볼터치 따위를 주었다. 만면에 웃음을 띠우는 얼굴을 보는 것이 즐거웠다. 다만 화장이 너무 진해져 책임을 조금 느끼기는 했다.

그러나 어느 시점이 지나고 나니 매일 아침 파운데이션이 조금씩 연해지더니 그때까지는 해본 적 없는 아이섀도와 볼터치를 마침내 사용하게 되었다. 그리고 가장 기뻤던 일은 한 달 정도 지난 무렵, 흰머리가 희끗희끗 섞여 있던 머리를 염색한 것이다. 완전히 딴사람이 되었다. 화장 덕분인지, 아름다운 머리 색깔 덕분인지는 알 수 없지만 표정이 놀랄 만큼 밝아졌다. 아름다움의 연쇄 반응. 립스틱 하나로 시작된 여자의 변화를 지켜보는 동안 행복했다.

라면 전문가

치밀함과 감성, 풍부한 표현력을 라면 전문가에게 배워야 한다

모든 사물에는 전문가가 존재하는 법이다. 일본인의 80퍼센트는 라면을 좋아하므로 라면통으로 불리는 인구층이 상당히 두터우며, 그 방면의 챔피언이 되면 흥미의 영역을 뛰어넘어 라면에 대한 통찰력과 깊은 조예는 '기껏 라면 따위에……'라며 우습게 볼 수 없는 경지에 이른다.

역대 라면통 챔피언이 일본 제일의 라면을 뽑기 위해 전국을 여행하는 프로그램을 보았는데, 그들은 라면을 앞에 놓고 가장 먼저 마치 향수의 향기를 맡아 볼 때처럼 손을 저으며 냄새를 끌어와 라면의 냄새를 시험하는 것이었다. 자못 진지하다. 다음은 국물을 조금 마셔 보고 한마디 한다. 꼭 와인의 소믈리에 같다. 그리고 무사히 한 그릇을 먹어 치운 다음은 국물과 면과 그 밖의 재료에 대해, 또 그 균형에 대해, 식당의 분위기부터 청결도에 이르기까지 이론적이면서 문학적인 평가를 거침없이 펼친다.

그 치밀함과 감성, 무엇보다 풍부한 표현력과 논리정연한 해설은 미술 평론의 영역을 초월할 지경이었다. 완전히 혀를 내둘렀다. 그럭저럭 미용 저널리스트라는 것을 직업으로 삼고 있는 자신이 부끄러웠다. 화장품통이 라면통에게 수준 면에서는 뒤질 것이다. 그 이유를 생각해 보았다. 우리 여자에게 있어 화장품은 살아가기 위한 하나의 양식이다. 하지만 같은 양식이더라도 라면은 어디까지나 먹는 것으로, 젠체하지도 않고 꾸미지도 않는 소박하고 훌륭한 요리다. 나 자신 화장품 전문가로 자처하려면 화장품을 읽어 내는 능력 면에서든 표현력 면에서든 아직 멀었다. 더욱 분발해야겠다고 맹세했다.

눈이 나쁜 여자들에게!

잔인한 진실이지만 눈이 나쁜 사람은 아름다워지기가 어렵다

의학적 근거는 전무하지만, 시력과 아름다움에는 깊은 관계가 있다. 시력이 어중간하게 나빠 콘택트렌즈를 할 정도는 아닌 사람의 피부는 그다지 곱지 않다. 좀 더 정확하게 말하면 화장 솜씨가 서툴고 아름다움의 성장이 정지해 있는 사람이 많다.

여러 해 전 근시가 심해져 드디어 렌즈를 끼게 된 날, 나 자신의 진짜 피부결을 보고 아연실색했다. 그런대로 괜찮다고 생각하던 피부는 모공이 눈에 띄고 칙칙하며 문제투성이였다. 0.4밖에 안 되는 시력을 가진 눈에는 여드름 흔적 같은 큰 결점만 보인다. 비극이다. 게다가 눈썹과 아이라인은 가까이에서밖에 볼 수 없다. 얼굴과의 조화를 고려하고 점검해야 한다는 말을 늘어놓고 있으면서 정작 나는 엉터리 화장을 하고 있었던 것이다. 사람들의 시선은 고사하고 거리에서는 지금 어떤 아름다움이 유행인가 하는 것조차 제대로 보지 못하고 있었던 셈이다. 가능하기만 하다면 지금까지의 인생을 돌이키고 싶을 정도였다.

이것은 잔인한 진실이다. 눈이 나쁜 사람은 아름다워지기가 어렵다. 이것은 감성 이전의 심각한 문제다.

천박함의 발견

"파우치 안에 뭐가 들었는지 볼 수 있을까요?"

내 질문에 그녀는 그런 걸 뭐 하러 보느냐는 표정을 지었다. 화장품에 관한 이야기를 하던 중이어서 신이나 무심결에 이렇게 물었지만, 많은 여자의 파우치를 들여다보아 온 나의 경험으로 미루어 그런 반응을 보인 여자는 그녀가 처음이었다. 그 반응이 너무 이례적이어서 나는 내용물보다 그녀의 파우치에 대한 특별한 생각에 흥미를 느껴 다른 사람에게 파우치를 보이고 싶어하지 않는 이유 쪽으로 화제를 돌렸다. 그러자 그녀는 의외로 순순히 재미있는 이야기를 해주었다.

"어머니는 화장품을 절대로 남의 눈에 띄는 곳에 두지 않으셨어요. 심지어 제가 화장대 같은 곳에 화장품을 꺼내 둘라치면 야단을 치셨죠. 화장품은 자신의 얼굴이나 몸에 사용하는 것이지 남들에게 보이는 것이 아니며 다른 사람의 눈에 띄게 하는 것은 천박하다는 말씀이었죠. 속옷을 다른 사람에게 보이는 것과 같은 일이라면서요. 어머니는 다른 사람 앞에서는 절대로 화장을 고치는 일이 없었어요. 화장실의 칸막이 안에서 할 정도였거든요. 저는 그 정도까지는 아니지만, 남자 분에게는 화장품을 보여 드릴 수 없어요."

그 자리에는 남자 카메라맨이 있었던 것이다. 지나치다 싶은 구석이 없는 건 아니지만 멋있는 여자다. 바야흐로 노출이 심한 어떤 차림도 꺼리지 않는 시대다. 그런 와중에 화장하는 모습을 보이는 것을 부끄러워하는 사람이 고리타분하다기보다는 아름답게 보였다. 화장품은 사용하는 사람과 친밀한 관계를 가지는 것이지 남에게 보이는 것이 아니다. 그리고 이제는 사어가 된 '천박함'이란 무엇인지 알게 되었다.

이상형 남자와 파자마

남자는 파자마를 입혀야 알 수 있지만, 여자는 이미 훤히 들여다보인다

양복을 말쑥하게 차려입은 남자를 보고 관심을 느끼면 으레 떠올리는 광경이 있다. 왜 그런지는 모르지만, 그가 집에서 파자마를 입고 이를 닦는 모습이다. 아무리 근사해 보이는 남자라도 집에 돌아가면 파자마를 입고 이를 닦는다. 그 모습이 '윽. 차라리 보지 말걸' 하는 생각이 들 것이라면 나의 흥미는 끝날 테지만, 머리가 뻗쳐도 사랑스럽다고 생각하는 순간 관심과 흥미는 한껏 커지게 마련이다.

모든 것은 상상이다. 어디를 보고 파자마 입은 모습을 연상하는 것인지 나 자신 알 수 없다. 아마 그것은 생리적으로 받아들일 수 있는지 여부를 결정짓는 무의식의 점검일 것이다. 제아무리 이상형의 남자라도 '생리적으로 받아들일 수 있을까?' 하는 문제에 이르면 '노'라는 답이 나오는 경우가 여자에게는 있다. 남자들 역시 무의식적으로 생리적으로 체크하는 경우가 있지 않을까? 남자들은 어떤 모습으로 점검할까? 속옷을 입은 모습일까? 음식을 먹는 모습일까? 도무지 짐작이 안 가 주위의 남자들에게 물어 보았다. 그러자 무서운 대답이 돌아왔다.

"남자는 '저 여자 집에서 어떤 모습일까?' 따위의 상상은 하지 않아요. 여자들은 모두 '나는 이런 여자입니다' 라는 표시를 몸에 달고 있으니까요. 얼굴을 보고 머리를 보고 피부를 보고 옷을 보고 몸매를 보고, 그리고 손톱을 보고 한마디 나누어 보면 몽땅 알 수 있는걸요. 남자는 징그럽기 때문에 여자를 핥듯이 훑어본다고 생각하고 있죠? 그렇지 않아요. 우리는 외모를 보면서 죄다 꿰뚫어 보고 있는 거예요."

넥타이를 매고 머리를 단정하게 빗어 넘긴 남자는 모두 파자마를 갈아입혀야 한다. 하지만 여자는 무엇을 입고 있든 입지 않고 있든 이미 훤히 들여다보인다.

아름다운 사람

외모와 내면이 모두 아름다운 사람만큼 감동을 주는 존재는 없다

어떤 잡지의 연재에서 '외모가 나무랄 데 없이 아름다운 동시에 마음도 아름다운 사람'이라는 조건으로 인터뷰를 하고 있다. 사실은 외모로 판단하여 어쩐지 좋은 사람일 것 같다는 인상에 모든 것을 의지한다. 그래서 인터뷰 대상을 만나기까지는 두렵다. 그리고 예상과 다를 경우에는 '인터뷰를 마치고'라는 칼럼을 쓰기가 어렵다. 그런데 참으로 신기한 일이지만, 거의 모두 멋지고 좋은 사람으로 아름다움과 지성과 인품이라는 삼박자를 고루 갖춘 사람이라는 데에는 놀라지 않을 수 없었다.

텔레비전이나 영화에서 연기하는 모습을 보았을 뿐, 토크쇼 프로그램에서 이야기하는 장면은 보지 못한 사람이 대부분이었기 때문에 그 사람들과 만난 순간 눈을 빛내며 만면에 웃음을 띄워 줄 때마다 감동을 느꼈다. '좋은 사람이구나' 하는 기쁨과 겉으로 보여지는 모습이 결국 들어맞았다고 확인하는 데에서 보람을 느끼며 다시 한 번 감동한다.

그리고 칼럼은 언제나 그 사람을 칭찬하는 내용으로 흐른다. 마음으로부터 우러나오는 칭찬이다. 외모가 아름다운 사람이 직접 만나 보니 아주 괜찮은 사람이었을 때, 우리는 까닭 없이 감동한다. 외모와 내면이 모두 아름다운 사람만큼 우리에게 감동을 안겨 주는 존재는 없다.

화장하지 않는 화장

가끔 어느 날 갑자기 아름다워지기를 그만두어 버리는 사람이 있다. 그때까지는 남들보다 정성들여 화장하던 사람인데 대체 어찌된 영문일까? 왜 느닷없이 그런 결심을 했을까? 나는 뻔뻔함을 무릅쓰고 그 이유를 물었던 적이 있다. 2주 전까지는 세심하고 빈틈없이 화장하던 그녀는 돌연 전혀 화장을 하지 않더니 그후 한 번도 화장한 얼굴을 보지 못했다. 무슨 일이 있는 게 분명했다.

"무슨 일이 있었다고 하면 있었고, 없었다고 하면 없었고……. 그냥 모두 싫어져서 그래요. 그저 화장이 귀찮아졌을 뿐이에요."

다시 말해 모든 것이 싫어져서 그 여파로 화장을 하고 있을 마음의 여유가 깨끗이 사라진 모양이었다. 당연히 그녀는 단번에 열 살, 스무 살은 더 먹은 것처럼 까칠해 보였다. 하지만 약 1년 후 그녀의 화장한 얼굴을 다시 볼 수 있었다.

"역시 화장을 한 얼굴이 생기 있어 보여 좋아요."

나는 아무 생각 없이 무심코 말했는데, 그녀는 뜻밖의 대꾸를 했다.

"저도 잘 알고 있어요. 그런데 화장을 하고 있으면 사람들이 지금까지와 똑같은 사람이라고 생각하고 다가오거든요. 그게 싫었어요. 갑자기 화장을 하지 않았더니 과연 사람들이 멀어지던걸요. 잘됐다고 생각했죠."

대단한 여자다. 평범한 여자는 화장을 아름다워지기 위한 수단으로만 본다. 그런데 이 여자는 자신의 마음을 분명하게 표현하기 위해, 그리고 다른 사람이 다가오지 못하도록 하기 위해 화장을 그만두었다. 그리고 화장으로 다시 사람을 다가오게 했다. 화장을 하지 않는 것이 그녀에게는 훌륭한 화장이 된 셈이다. 화장을 마음대로 다룰 수 있는 그녀야말로 화장의 천재다.

흰색의 위력

들떠 보이지만 않으면 흰색은 모든 색과 모든 화려함과 단순함을 뛰어넘는다

"특별한 일이 있는 날은 어떤 옷을 입습니까?"

이 질문에 나도 모르게 흰색 투피스라고 대답했다. 좀 더 그럴듯한 대답을 할 수 없었을까 하고 자문했으나, 실제로 나는 그런 때 흰색 투피스를 꺼내 입는 버릇이 있고 깔끔한 옷을 입는다는 대답보다는 낫다고 생각했다.

처음으로 파티에 참석했을 때, 온통 아름다운 여자들뿐이어서 기겁을 한 적이 있다. 한데 냉정을 되찾자 모두 한껏 멋을 내고 있고 자신만만해 하며 서로 견제하고 있는 것처럼 보였다. 그래서 관객의 입장이 된 나는 누구의 승리인가를 실례를 무릅쓰고 몰래 마음속으로 심사해 보았다.

휘황찬란한 소재의 드레스부터 마돈나처럼 앞가슴이 훤히 드러난 꽃무늬 실크 드레스까지 한 발도 물러서지 않을 기세였다. 이런 장소에서 가장 눈길을 끄는 것은 수수한 화려함이다. 예를 들어 매우 심플한 검정색 슬릿 드레스에 스트레이트 퍼머를 한 자연스러운 헤어스타일, 액세서리를 하지 않은 차림이다. 전혀 꾸미지 않고 단순함으로 일관함으로써 태어나는 화려함은 직설적인 화려함을 뛰어넘는 법이다.

이때 수수한 화려함을 그림으로 그린 것 같은 여성이 둘 있었는데, 천만뜻밖에 검은색 대 흰색의 대결이었다. 두 절대색의 싸움에서 나는 주저하지 않고 흰색 여성을 으뜸으로 뽑았다. 같은 절대색이라도 검은색은 실패가 없을 만큼 무난한 색이지만, 흰색은 조금만 방심하면 신부처럼 들떠 보이기 일보 직전인 색이다. 그래서 진정시킬 기술이 있어야 흰색은 모든 색과 모든 화려함과 단순함을 제압한다. 내가 흰색의 위력으로 도박을 하기로 마음먹은 것은 바로 이때다.

손끝의 표정

우리의 몸에서 가장 풍요로운 표정을 가진
손가락은 모양보다 움직임이 중요하다

    손끝에도 운동 신경이 있는 모양인지, 어쩐지 손가락의 움직임이 촌스러워 손해를 보는 사람이 있다. 그리고 담배를 피거나 커피잔을 들거나 할 때 아름다움을 엉망으로 만들어 버리는 일이 있어 안타깝다. 이런 사람은 매니큐어 컬러에 신경을 쓰면 극복할 수 있다고 가르쳐 주고 싶다.

    어떤 천재는 항상 일부러 눈에 띄는 색을 바른다. 그러면 신기하게 손가락에 적당한 긴장감이 더해져 손가락의 움직임이 저절로 우아해지기 때문이라고 한다. 시대에 뒤떨어지거나 어울리지 않는 매니큐어를 바르면 손가락이 위축되어 오히려 움직임이 미워지므로 매니큐어만은 유행을 앞질러 여봐란 듯이 손끝을 움직여야 하는 것이라는 말을 곁들였다. 하지만 이제는 검은색이든 파란색이든 원하는 것을 바를 수 있는, 유행이 따로 없는 시대가 되어 그렇게 하기가 힘들어졌다. 그녀는 네일 아티스트에게 달려간다.

    게다가 손끝의 움직임을 멋지게 유지하는 최대의 비결은 마치 판토마임에서처럼 손끝이 아니라 손가락의 바닥 쪽으로 물건을 드는 것이다. 누구나 실제보다 30퍼센트 정도는 길고 가늘어 보여 손모델의 손가락이 된다. 우리의 몸에서 가장 풍요로운 표정을 가진 손가락은 모양보다 움직임이 중요하다.

손톱의 마법

여자는 그날 바르고 있는 매니큐어색의 지배를 받는다. 검은색이나 노란색을 바른 날은 자기도 모르는 사이에 행동거지가 대담해지고, 담홍색이나 베이지색을 바른 날은 말과 행동이 우아해지고, 핑크색과 오렌지색을 바른 날은 모든 게 귀여워진다. 긴 손톱은 답답할 정도로 몸짓이 우아해지고 짧은 손톱은 움직임이 민첩해진다. 너무 단편적인 이야기를 늘어놓았지만, 실제로 손톱만큼 능숙하게 여자를 조종하는 것은 없다.

왜 하필 손톱색일까? 립스틱색이라고 그런 관리 능력이 없는 것은 아니지만 그 힘은 손톱색에 못 미친다. 그 차이가 어디에 있는지 생각해 보았다.

자신의 시야에 들어오느냐, 들어오지 않느냐이다. 즉 손은 언제 어디에서나 자신의 시야에 들어오지만, 입술은 거울을 보지 않는 한 보이지 않는다. 특히 손은 무엇을 하든 자연스럽게 시야에 들어온다. 손톱색은 좋든 싫든 자각의 근거가 된다. 자신이 누구인지, 무슨 색의 여자인지를 가르는 결정적인 재료가 되는 것이다. 만약 손톱색이 새까맣다면 시야가 뇌에 지령을 내려 검은 손톱의 여자에게로 이끌어 가버린다.

자신을 컨트롤해 주는 손톱색은 훌륭한 마음의 미용이 될 수 있다. 마음의 여유를 가질 수 없어 딱딱한 여자가 되기 쉽다면 다정한 핑크색 매니큐어를 바르자. 그리고 자신이 그 다정한 색을 계속 보게 하는 것이다. 의욕과 기운을 상실했다면 불타는 듯한 빨간색 매니큐어를 발라 자신을 격려하는 것도 좋은 방법이다. 매니큐어를 그런 식으로 사용하면 화장 효과는 열 배나 커진다.

맛있는 색

식탁 위에 신선한 레몬색이 도는 샐러드 볼이 놓였다. 그 안에는 꼭 프릴처럼 보이는 양상치와 꼬마토마토가 담겨 있었다. 그 자리에 있는 모든 이가 탄성을 질렀다. 어디에나 있는 특별할 것 없는 샐러드인데 말이다. 그 볼이 놓이기 전까지는 전혀 눈치채지 못했으나, 테이블클로스의 색은 깔끔한 로열블루였다. 냅킨이 모스그린인 것도 그때 비로소 알았다. 노란색 샐러드 볼이 테이블 위의 모든 것에 생명을 불어넣은 순간이다.

어떤 사람의 집에 초대받았을 때 경험한 일이다. "요리를 잘 못해서……"라고 그녀가 말한 대로 그다지 새로울 것 없는 음식이었지만, 샐러드가 나오자 우리의 뇌는 완전히 놀랐다. 어떤 유명 레스토랑에서도 이런 흥분은 맛본 적이 없다. 색깔이 사람에게 행복을 준다는 사실을 처음으로 알게 되었다. 생활 속에서 맞닥뜨리는 세련된 색깔, 예사롭지 않은 아름다움은 머리로는 절대로 이해할 수 없는 특별한 행복을 맛보게 해준다. 그리고 이때 한층 기뻤던 것은 함께 초대되어 갔던 친구들이 나와 마찬가지로 노란색 볼에 감탄하고, 샐러드 볼이 만들어 낸 생각지 못한 맛있는 아름다움에 감동하고, 나와 같은 행복을 느꼈다는 사실이다. 그 특별한 행복감을 그곳에 있는 모든 사람이 공유했다.

그때 우리의 삶에 필요한 것은 이런 식사의 이런 순간이라는 점을 명확하게 깨달았다. 이런 행복감을 다른 누군가와 공유할 수 있다는 것 이상의 행복이 있을까.

이렇게 생각하게 된 까닭은 무심한 일상생활 속에서 샐러드 볼의 색깔 하나에 예상치 못한 감동과 만날 수 있었던 일 자체가 우리에게 최고의 감동이었기 때문임에 분명하다. 나는 돌아오는 길에 당장 노란색 샐러드 볼을 사러 갔다.

아첨쟁이 거울

'자만의 거울'이 아니라면 거울의 꾐에 넘어가 멋을 내는 것은 좋은 일이다

부티크의 피팅룸에 달린 거울은 누구나 스타일이 좋아 보이게 하는 거짓말쟁이 거울이라는 것은 알만한 사람은 다 아는 사실이다. 예전에 그것을 눈치챘을 때 차라리 평생 모른 채 있고 싶다고 생각했다. 확실히 팔다리가 길어 보이고 어울리지 않을 거라고 생각했던 옷조차 60퍼센트 정도는 어울린다.

나는 옷이 든 쇼핑백을 축 늘어뜨리고 돌아오는 길이면 언제나 이렇게 중얼거린다.

"이 옷이 어울려 보여 나도 행복하고 부티크의 사람도 행복하니 거울이 거짓말쟁이라는 것은 좋은 일이야."

실은 요즘 정직한 전신 거울을 찾아보기가 힘들다. 집에 있는 전신 거울마저 의심스럽다. 어차피 그렇다면 평생 속아 넘어가 옷을 사는 기쁨에 젖을 수 있다면 그 편이 더욱 이로울지 모른다는 생각을 해본다. '자만의 거울'은 안 되지만, '아첨쟁이 거울'의 꾐에 넘어가 멋을 내는 것은 좋은 일이다. 마음에 드는 옷이 많아지면 그것을 입는 기쁨이 커지고, 그러면 외출하고 싶어지는 날이 많아지고, 만나는 사람이 많아지면 그만큼 아름다움이 커질 테니.

효과적인 수면법

수면법을 바꾸면 상쾌하고 개운하게 하루를 보낼 수 있다

　잠자고 있는 시간이 아깝다고 할 만큼 깨어 있는 시간을 좋아하는 사람은 내 이야기를 유심히 들어 주기 바란다. 내가 존경하는 과학자는 잠자는 시간이 아까울 만큼 하고 싶은 일이 많아 낮에는 화장품 회사의 컴퓨터를, 밤에는 집의 컴퓨터를 마주하고 언제나 무언가를 연구한다. 그는 저녁 식사를 마치고 아홉 시에는 어김없이 자리에 든다. 그리고 세 시간 후인 열두 시에 일어난다. 그러고 나서 출근할 때까지 연구에 몰두한다.

　이 세 시간의 수면은 '올바른 수면 1.5시간'에 근거한 것이다. 수면에는 렘(REM, 급속 안구 운동) 수면과 논렘 수면의 두 종류가 있는데 렘은 얕은 잠, 논렘은 깊은 잠이다. 사람은 자리에 든 뒤 렘과 논렘을 되풀이한다. 그리고 상쾌하고 개운하기 위해서는 렘 수면일 때 일어나야 한다. 잠잘 때 갑자기 누군가에 의해 잠을 깼을 때 가슴이 두근거리거나 머리가 빙빙 도는 경우가 있다. 한창 깊은 논렘 수면일 때 깬 쇼크에서 오는 것이다. 준비가 되어 있지 않은 각성은 그날 하루 두통이 있는 등 불쾌감을 가져온다. 반대로 잠이 가장 깊어졌을 때, 즉 1.5시간의 한 사이클의 타이밍에서 깨면 그날 하루는 상쾌하고 모든 일이 잘된다. 두 사이클 세 시간이든 세 사이클 4.5시간이든 상관없다. 한 사이클 1.5시간 동안 몸은 충분한 휴식을 취할 수 없지만, 뇌는 휴식을 취할 수 있다고 한다.

　이 효율적인 수면법에 감탄한 나는 당장 1.5×3 = 4.5시간 수면에 도전했다. 다섯 시간, 일곱 시간 자는 것보다 컨디션이 좋다. 잠들기 전에 정확하게 4시간 30분 후로 자명종을 맞추어 놓는다. 개운하게 눈을 뜰 수 있고 하루가 상쾌하다. 어중간한 수면 부족이 계속되던 내게는 열 살쯤은 젊어진 것 같은 보람이 있었다.

여자의 적

20대 후반 어느 날 얼굴에서 처음으로 주름을 발견했을 때의 쇼크는 누구에게 나 엄청난 것이다. 거울을 들여다보면 언제나 그 주름이 가장 먼저 눈에 뛰어들어 온다. 실제보다 커 보이고 그때마다 우리를 불행의 구렁텅이로 끌어내린다. 하지 만 처음 얼마 동안은 얼굴에서 제일 먼저 눈에 띄던 주름도 차츰 익숙해진다.

피부의 모든 트러블은 자신이 생각하는 만큼 다른 사람에게는 두드러지게 보 이지 않는다. 특히 여드름이나 기미, 잔주름 등 부분적인 트러블은 자신에게는 실제보다 세 배 정도 크게 보이지만, 다른 사람은 '어, 그런 게 있었어?' 하는 식이다. 그리고 시간이 흐르면 점차 익숙해져 결국 고민은 시들어 간다.

하지만 슬프게도 노화는 나날이 진행해 간다. 주름 쇼크에서 몇 년이 지나면 피부의 처짐 쇼크가 찾아든다. 처짐 역시 어느 날 갑자기 모습을 드러낸다. 이 미 어느 정도 진행되어 있지만, 본인은 어느 날 갑자기 비극적 발견을 한다. 주 름 따위는 차라리 귀엽다. 사람에 따라서는 주름의 존재는 전혀 눈에 들어오지 않게 되고, 적은 얼굴선과 피부의 처짐으로 바뀐다. 그러나 눈은 또 익숙해진 다. 그 몇 년 후 이번에는 피부색이 거무칙칙해지는 변화가 드디어 심각한 문제 가 되고, 별안간 피부 전체를 뒤덮고 있는 것처럼 느끼는 날이 온다. 그러면 피 부가 처지는 것보다 거무칙칙해지는 것이 한층 무서워진다.

새로운 적을 발견하면 그때까지의 적에 대한 미움을 잊고, 다시 새로운 적이 출현하면 그쪽을 더욱 미워하고 전의 적은 차라리 귀엽게 여겨진다. 어쩐지 인 간관계와 비슷하지 않은가. 적과는 될 수 있는 한 냉정하게 싸우되 필요 이상으 로 미워하지 않는 것이 미용에서든, 인간관계에서든 비책이다.

천재 아저씨

반드시 천재가 있을 거라고 짐작이 가는 메이커의 사람을 만나면 어떤 사람이 화장품을 만들고 있느냐고 물어 보는 것이 새로 생긴 취미다. 그런데 의외로 그들 가운데에는 평범한 아저씨들이 많다. 평범하다고 하지만 그들은 사내에서 감촉 오타쿠*(특정 분야에 몰두하여 대인 관계 공포증과 같은 증세가 나타나는 광적인 마니아를 가리킨다)라거나 분체 오타쿠라고 불리는 사람들이다.

그중 몇 명의 아저씨와는 직접 만났지만, 주변의 중년 남성과는 다른 구석이 있는 데다가 미안한 말이지만 모두 귀여운 면이 있었다. 어떤 외국 자본 계열 회사의 아저씨는 웃는 얼굴이 천진난만했는데, 화려함과 귀여움으로 경쟁하는 크리스마스에 판매하는 화장품 세트를 만들기를 아주 좋아한다는 말을 듣고 충분히 납득이 갔다.

'나는 남자여서 화장품은 잘 모르는데……'라며 머리를 긁적이는 중년 남성이 많은데 그들은 어떻게 화장품을 시험할까? 답은 손등이다. 역시 감촉 오타쿠다. 우리 여자들은 여러 가지 감촉에 피부를 길들여 좀 더 피부의 감성을 길러야겠다.

메이커의 불행은 여자의 행복

"파우치 마니아를 알고 있습니까?"

파우치 마니아란 화장품 메이커가 때때로 한정품으로 판매하는 파우치가 딸린 화장품 세트를 닥치는 대로 모조리 사들이는 사람들을 가리키는 말인데, 그녀들에게 내용물이 중요한 건지 귀여운 파우치가 갖고 싶은 건지는 알 도리가 없다. 하지만 각 메이커가 파우치의 디자인이나 호화로움에 점점 심혈을 기울이는 것을 보면 파우치를 노리는 것일 가능성이 어느 정도 있다.

그리고 각 브랜드가 일제히 한정품을 만들어 1년에 한 번 파우치 전쟁을 벌이는 때가 바로 크리스마스 시즌이다. 그중에는 파우치가 아닌 주얼리나 소품과 세트를 맞추어 고급스러워 보이려고 애쓰는 메이커가 있다.

그렇다면 이 세트를 사는 것이 이득일까, 손해일까? 결론부터 말하자면 이득이다. 본디 이 상품은 신규 고객을 확보하는 것이 목적이어서 채산성은 아예 외면하기 때문에 파우치나 주얼리를 곁들인다. 그런데 앞에서 말한 파우치 마니아나 득을 보는 절호의 기회를 놓치지 않는 소비자가 사 모으는 바람에 금방 품절된다. 메이커에는 진퇴양난의 미묘한 문제다.

하지만 메이커의 비극은 곧 소비자의 행복이다. 크리스마스 선물 세트는 사는 게 좋다. 군이 돈으로 따지면 그리 큰돈을 절약하는 이득은 아니다. 그러나 복권에 당첨된 듯한 행복을 느낄 수 있다. 아마 이것이 메이커가 노리는 것일 게다. 말하자면 '우리 화장품을 사서 여성들이 행복해진다면 팔 걷고 돕겠다'는 의도다. 거기에서 메이커에 감사하는 마음이 솟아나 여성은 더욱더 아름다워진다는 계산이다. 이 세트를 사려는 여성들의 행렬을 남자는 영원히 이해할 수 없을 것이다.

거리로 나가자

남들의 시선 덕분에 몰라보게 아름다워진 사람을 알고 있다. 어느 날 그녀는 재미삼아 사본 부분 속눈썹을 붙이고 평일 오후에 시내로 외출했다. 빠르게 걸음을 옮기던 양복 차림의 두 젊은 남자가 우뚝 멈추어 선 채 그녀를 쳐다보았다. 타인의 시선이 점차 쾌감으로 여겨짐과 동시에 눈에 띌 만큼 아름답다는 것이 어떤 것인지를 알게 된 듯한 기분이었다. 그때부터 아름다움을 거리에서 확인하는 나날이 시작되었다.

자신은 어디까지나 보여지는 입장이므로 사람들의 시선을 훔쳐본다. 남자들의 시선은 정직하다. 그러나 여자들은 '저 여자, 이상해'라고 생각할 때만 고개까지 돌리며 쳐다보지 아름다운 여자에게는 순간적으로 눈을 흘끔거릴 뿐이다. 그녀는 남자와 여자의 시선의 차이를 정확하게 읽을 줄 알아야 한다는 말을 했다. 입술 라인을 제 입술보다 크게 그린 날과 리퀴드 아이라인을 사용한 날은 재미있을 정도로 시선이 집중된다는 결론을 내릴 무렵, 멀리 떨어진 곳에서 시선이 날아오는 것을 그녀는 느꼈다.

무엇을 어떻게 바르고 무엇을 입으면 시선이 모이느냐 하는 거리에서의 임상 실험이야말로 소중하다. 다른 사람의 눈길을 끌 만큼 아름다워지고 싶다면 거리로 나가야 한다.

팔레트 립스틱

1980년대에 크게 유행했던 팔레트는 립스틱이나 아이섀도를 모자이크처럼 나열하여 콤팩트에 담은 다색 화장품인데, 어쩐 일인지 1990년대에 들어 서서히 모습을 감추더니 낱개로 된 화장품이 주류를 이루게 되었다. 하지만 단색에 싫증이 나면 다시 다색으로 돌아갈 수밖에 없으므로 1998년에는 립스틱 팔레트와 다색 아이섀도뿐 아니라 볼터치와 아이라이너, 파우더까지 모두 하나에 담긴 팔레트가 부활했다. 역사는 되풀이된다고 말하면 그뿐이지만, 거기에는 깊은 사정이 있음을 알아 두자.

나는 예전에 300엔 정도 하는 팔레트 케이스를 사서는 열두 개로 나뉘어 있는 칸에 갖고 있던 립스틱을 몽땅 잘라 채워 넣고 매일같이 갖고 다녔다. 마침내 팔레트가 아니면 립스틱을 바를 수 없을 지경이 되어 스틱 상태의 립스틱으로는 불안했다. 팔레트로 완성된 입술은 자신의 입술인데, 스틱으로 완성되었을 때에는 다른 사람의 입술처럼 보였기 때문이다. 팔레트라면 당연히 색을 섞거나 여러 색을 덧바른다. 거울 앞에서 이것저것 덧바르고 더하는 사이에 원하는 색이 생겨난다. 그것에 익숙해지면 스틱 립스틱 그대로 바르면 색이 떠 보이고 그것을 용납할 수가 없다.

그렇지만 이것은 피부에 친근한 색만 사용하는 내추럴 메이크업 전성기 시절의 이야기다. 입술이 얼굴 속으로 녹아들지 않아도 좋은 시절에는 팔레트가 필요 없어진다. 다시 말해 팔레트가 시중에 모습을 드러내면 이윽고 내추럴 메이크업 붐이 다가오고 있다는 말이 된다. 하지만 팔레트 립스틱에도 결점이 하나 있다. 그것은 두 번 다시 영원히 같은 색을 만들 수 없다는 점이다.

그러나 여자는 더욱 강하다

어머니와의 관계가 여자가 아름다워지는 데에 하나의 열쇠가 된다

거식증은 어머니와의 관계에 원인이 있다는 말을 자주 듣는다. 최근 원조 교제로 치닫는 여자 아이들은 아버지와의 관계에 문제가 있는 아이들이라는 주장이 등장하고 있다. 여하튼 요즘 사회 문제가 되는 청소년 비행은 전부 어린 시절의 가정 환경, 특히 부모와의 관계에 원인이 있다는 이야기에 마음이 무거워진다.

하지만 이 같은 비행뿐이 아니라 여자가 아름다워지는 데에도 어머니와의 관계가 하나의 열쇠가 되는 것은 확실하다. 예를 들어 어린 시절부터 어머니가 매일 다른 모양으로 머리를 빗겨 준 여자 아이는 당연히 멋쟁이가 되고 화장품을 좋아하며 자신을 갈고 닦아 착실하게 아름다워져 간다. 한편 어머니 자신에게 강한 콤플렉스가 있거나 아이가 귀엽게 생기면 '너는 정말 예뻐'라는 말을 끊임없이 해 마침내 아이의 머릿속에는 '나는 미인이야'라는 생각이 주입이 되고 그 자신감으로 인해 예뻐진다.

그리고 재미있는 것은 어머니가 대단한 미인인 경우다. "너는 왜 나를 닮지 않았니?" 하는 말을 들으며 자란 여자가 어엿한 미녀 탤런트로 활약하고 있다는 이야기를 들은 적이 있다. '나는 이렇게 미인인데'라는 말을 입에 올리지 않아도 딸에게는 은연중에 미인에 대한 콤플렉스가 생긴다. 그래서 어린 시절부터 '꼭 예뻐지고 말 거야' 하는 생각을 품게 된다.

어린 시절은 평범했으나 성인이 되어 미녀라는 소리를 듣고 그후 점점 아름다워지는 타입의 미인 가운데에는 어머니가 미인인 경우가 아주 많다. '어머니는 강하다. 그러나 여자는 더욱 강하다'가 되는 셈이다.

천재들의 또 다른 습관

"요즘 파우더나 젤 크림 같은 건 시세이도가 좋은 것 같고 파우더 파운데이션은 가네보가 절대로 물러설 것 같지 않지?"

"그래도 파운데이션이나 마스카라는 랑콤, 헬레나 루빈스타인 같은 로레알 계통이 최고야."

천재들 사이에서는 이런 대화가 일상적으로 오간다. 상품 하나하나를 모조리 사용해 볼 시간적·경제적 여유가 없기 때문에 각 메이커의 장단점을 파악해 두는 것이 천재들에게는 습관이 되어 있다.

같은 메이커의 제품이라도 크림은 잘 만들지만, 액체 제품은 뒤떨어지는 미묘한 차이가 있어 참으로 흥미롭다. 모든 제품이 완벽한 메이커가 없는 대신 모든 제품이 형편없어 영 도움이 안 되는 메이커는 없다. 그렇다면 메이커의 제품 가운데 어떤 부문이 뛰어난지를 파악하는 것이야말로 화장품 선택의 묘미다. 미용 기사를 읽다 보면 장단점은 저절로 알게 된다. 시간과 돈을 낭비하는 일이 없도록 명품을 야무지게 파악해 두어야 한다.

와인과 미용

어떤 사회학 교수가 유례없는 와인 붐을 이렇게 분석했다.

"중산층이 더 높은 계층으로 오를 가능성을 보기 시작하는 시기에 반드시 와인 붐이 일어난다. 지금 불고 있는 와인 붐은 계층 의식의 고조를 대변한다."

와인 애호는 곧 강한 상승 지향이라고밖에 해석할 수 없는 내용이다. 그렇다면 실제로는 어떨까?

"처음에는 레스토랑에 가서 와인의 이름을 줄줄이 대는 우월감에서 입문했어요. 하지만 어느 날 내가 와인에 완전히 빠졌다는 걸 깨달았죠. 와인을 알아 가는 나 자신이 대견해서 이제는 그만둘 수가 없어요."

이 사람은 유행 때문이 아니라 와인을 정말 좋아하기 때문에 소믈리에 학교에 다니려고 한다는 와인 애호가였다. 내가 보기에 그녀는 상승 지향이 강하다고는 여겨지지 않는, 어디까지나 자연미가 넘치는 멋진 여성이다. 그런데 와인을 알아 가는 자신이 대견하다는 말은 무슨 뜻일까? 와인은 그 맛을 표현하기 위해 눈을 감고 생각에 잠기면 상상조차 못했던 언어와 풍경이 떠오른다. 그것에 빠져 들면 자신의 내면에 잠들어 있던 감성이 빛을 발하기 시작하는 것을 느낄 수 있다. 그것만이 아니다. 그때 요리와 와인이 잘 어울리면 순간 머리가 맑아진다. 정신과 육체 둘 다 한 단계 올라가는 듯한 느낌이라고나 할까.

과장이 아니냐고 생각하는 사람이 있을 것이다. 물론 와인 애호는 상승 지향이 강하다고 말할 수 있을지 모른다. 그러나 계층 상승이 아닌 인간으로서의 질을 한 단계 상승시킨다는 의미에서의 상승 지향이다. 이 경지에 이르면 와인은 최고의 미용법이 된다.

헤어스타일과 성격

어깨에 놓인 머리가 마음까지 무겁게 만든다?

긴 털을 항상 예쁘게 빗질해 주는 몰티즈는 털이 짧은 몰티즈보다 자존심이 센 것 같다. 그것은 여자가 롱 드레스 등을 입었을 때 한껏 뽐내는 것과 같은 이 치일지 모른다. 애완견이 털에 정신을 통제받을 정도인데 하물며 여자가 옷이 나 헤어스타일에 마음을 조종당한들 조금도 이상할 것이 없다.

머리를 자르고 성격이 바뀌었다는 여자가 꽤 있다. 오랫동안 기르던 머리를 싹둑 자른 순간 소극적이던 성격이 소탈하고 적극적으로 변한 20대 후반의 여자 가 있다. 나는 머리가 길었던 때의 그녀를 모르는데, 긴 머리의 그녀가 상상이 가지 않을 만큼 짧은 머리가 잘 어울린다. 관상에 대한 지식은 없지만, 그녀의 생김새는 아무리 보아도 긴 머리로는 운이 열릴 것 같지 않다. 사실 그녀의 운은 머리를 자른 순간 열려 매사가 순조로워졌으나, 여러 해 동안 연락이 끊겼던 첫 사랑의 연인과 재회하여 결혼한 것이 가장 큰 행운이다. 그녀는 이런 말을 했다.

"예전과 지금 무엇이 다른가 생각해 보았는데, 그저 어깨에 머리가 있느냐 없 느냐 정도의 차이가 있을 뿐이에요. 그런데 그게 굉장히 큰 차이인가 봐요."

돌이켜 보면 어려움에 직면하여 고민할 때에는 언제나 어깨 근처에 머리의 무게를 묵직하게 느꼈다고 한다. 더구나 뒤에서 뭔가가 잡아당기는 것 같아 결 단을 내리지 못하고 포기하는 경우가 많았다고 한다.

오랫동안 길러 온 머리를 자르지 않고 우물쭈물하고 있는 나는 그녀의 그런 기분을 너무나 잘 이해한다. 무슨 일이든 망설여질 때, 무심코 머리를 만지작거 리는 나를 발견하기 때문이다. 만질 머리가 없으면 단념을 하게 된다. 여자의 머 리에는 그런 물리적 작용이 있는 것 같다는 생각이 드는 것 또한 어쩔 수 없다.

피부가 안 돼면 안 돼

남자들이 여자에게서 가장 먼저 보는 것이 눈에서 다리로,
다리에서 피부로 바뀌었다

아름다운 피부의 대표로 불리는 어떤 여자 연예인의 세련된 피부는 얼굴 생김새까지 한층 돋보이게 하여 신비한 매력을 만들어 낸다.

이런 말을 한 남자가 있다.

"전에는 피부 자체에는 그렇게 신경 쓰지 않고 눈이나 입술 등 이목구비를 먼저 보았는데, 요즘에는 이상하게 피부에 시선이 가서 피부가 좋지 않으면 어떤 여자도 예뻐 보이지 않아요."

예전에는 여자를 볼 때 어디부터 보느냐고 물으면 대부분의 남성이 눈이라고 대답했다. 그러다 몇 년 전부터 대답은 다리로 바뀌더니 지금은 피부가 되었다.

"확실히 요즘 남자들은 피부를 보고 마음에 드는 여자인가 아닌가를 판단하는 편이에요."

말하자면 남자들은 세련된 피부를 통해 여자의 매력과 센스와 품격까지 꿰뚫어 보는 모양이다. 다리를 먼저 보던 시절과 비교하면 상당한 진화다. 남자의 눈으로 보아도 이제 주연은 피부다. 우리가 미처 알아채지 못하는 사이에 아름다움의 가치관은 그렇게 변화하고 있다. 매력 있는 세련된 피부 만들기를 서둘러야 할 때를 맞이한 모양이다.

화장솜인가, 손인가

정답이 없으니 자신의 화장품에 맞는 방법을 찾아내야 한다

"화장수는 화장솜으로 바르는 게 좋아요, 손으로 바르는 게 좋아요?"

정말 자주 대하는 질문이다. 정직하게 말하면 나에게도 이것은 의문으로 남아 있으며 정답을 모른다. 사실 전문가의 대답은 제각각이므로 어느 대답에 납득이 가느냐에 달려 있다. 심지어 영원히 정답을 구할 수 없을 거라는 생각이 든다.

"비밀인데요, 화장솜을 사용하는 편이 화장수를 많이 쓰게 되죠. 그래서 우리 회사에서는 화장솜을 사용하도록 권하고 있어요."

내가 가장 공감을 한 답은 어떤 화장품 회사의 홍보 담당자가 귓속말로 해준 이 이야기다. 요는 어느 쪽을 사용해도 상관없다는 것이다. 그러므로 구두쇠인 나는 그후 손으로 발랐는데, 가끔은 사용 설명서에 반드시 화장솜을 사용하라고 씌어 있어 그 지시대로 화장수를 듬뿍 머금은 화장솜으로 피부를 닦아 냈다. 그것은 눈을 가리고 있던 막이 떨어져 나간 듯한 발견이었다. 화장솜 사용의 묘미는 닦아 내는 데에 있다는 사실을 깨달은 것이다. 화장솜으로 닦았더니 피부결이 고와져 한동안은 화장솜에 열중했다. 하지만 또다시 화장솜으로 닦아 낸다고 모두 좋은 것은 아니라는 사실을 깨달았다. 손끝으로 조심스레 문지르는 편이 훨씬 피부가 고와지는 경우가 있기 때문이다.

10여 년 전에 이랬다저랬다 하며 얻은 교훈은 '화장솜이냐, 손이냐'의 문제가 아니라 화장수 각각에 적합한 사용법을 스스로 찾아내야 한다는 것이다. 설명서에는 화장솜을 사용하라고 씌어 있어도 손으로 바르는 편이 침투력이 좋은 경우가 적잖다. 결국 자신의 피부로 시험하는 수밖에 없다. 그러므로 여전히 화장솜과 손 사이를 오가고 있다. 아마 끊임없이 이 두 방법 사이를 오갈 것 같다.

용기 있는 여자가 아름답다

아름다워지기 위해서는 아무도 해보지 않은 것을 시도하는 용기가 필요하다

　화장품 만들기 역시 다른 분야처럼 발상의 전환이 대단히 중요하다. 옵튠˚(시세이도의 브랜드)의 원투피니시는 발상의 전환이 낳은 전형적인 예이다. 스펀지를 퍼프로 바꾸었더니 아주 좋다. 확실히 파우더 파운데이션의 질이 다르지만, 그것만으로는 사람을 감동시키기에 부족하다. 원투피니시야말로 퍼프로 한 번 두들기면 20분 정도 투자한 것처럼 메이크업이 아름답게 완성되기 때문이다.

　전부터 파우더 파운데이션을 브러시나 퍼프로 발라 보기는 했으나, 그것을 상품화한 용기에는 감탄했다. 감탄의 원조는 시밤오프다. 미용 사원들 사이에서 이미 상식처럼 자리잡은 에센스를 바르고 나서 필름팩을 해 모공에 있는 잡티를 제거하는 방법을 상품화한 화장품 회사는 물론 훌륭하지만, 처음으로 이 방법을 궁리해 낸 미용 사원이야말로 천재다. 아름다워지기 위해서는 뭐니 뭐니 해도 용기가 필요하다. 아무도 하지 않았던 것을 처음으로 실천해 보는 용기. 스펀지를 퍼프로 바꾸거나 브러시로 바꾸는 용기. 천재와 천재가 아닌 사람을 가르는 기준은 용기가 있느냐, 없느냐 하는 것뿐이다.

아름다움의 정체

많은 사람이 실수를 저지르는 이유는 그저 무턱대고 아름다워지려고 한다는 데에 있다. 차라리 매일 아침 아름다움을 한 무더기씩 갖고 외출하는 기분이 되는 편이 낫다. 천재의 몸에는 아름다움의 이유가 반드시 한 움큼 붙어 있다. 그 것을 찾는 훈련부터 시작하자.

이를테면 사무실에서 가장 눈에 띄는 여직원을 찾아내고 그녀가 아름다운 이 유를 파헤쳐 본다. 그녀는 피부가 하얀 데다가 촉촉한 베이지 립스틱을 정성스 럽게 바르고 있다. 또는 갈색 눈동자를 과시하듯이 그다지 길지 않은 속눈썹에 컬이 들어가 있거나 머리를 깔끔하게 뒤로 빗어 넘겨 하나로 묶고는 큼지막한 귀고리를 하는 것을 잊지 않고 있다. 아무튼 주된 아름다움이 있고 그것을 돋보 이게 하는 보조적인 역할을 하는 아름다움이 있다. 긴 팔다리와 그것을 더욱 돋 보이게 하는 긴 머리, 영원불멸의 짝이다.

이런 것들은 하나씩 따로따로 있을 때에는 특별한 것이 아니지만 더불어 있 으면 갑자기 위력을 발휘한다. 이 비밀을 잘 아는 아름다운 여자는 두 가지를 모두 갖고 매일 아침 집을 나서지만, 어쩌다 깜박 잊으면 당장에 평범한 여자로 전락하고 만다. 아름다움의 정체란 알고 보면 그런 것이다.

핑크색

핑크색을 여자의 색이라고 언제 어디에서 누가 결정한 것일까? 어린 시절 누구에게서 배운 것도 아닌데 여자는 핑크색 물건에, 남자는 파란색 물건에 손이 간다. 왜 그럴까? 그런 유전자가 성에 따라 사전에 짜여져 있는 것일까? 장난감 또한 마찬가지다. 누가 가르쳐 주지 않았는데 계집아이는 인형을, 사내아이는 차를 갖고 싶어한다. 이것을 유전자 때문이라고 설명한 사람이 있었다. 어찌되었든 핑크색은 오래 전부터 여자색이며, 어쩌면 이 규칙은 영원히 바뀌는 일이 없을 것 같다. 하지만 핑크색을 걸치면 여자는 누구나 사랑스러워 보인다. 이것만은 부인할 수 없는 사실이다.

여자와 핑크색의 끊을래야 끊을 수 없는 관계를 과학적으로 증명하기는 어렵지만, 핑크색의 기원을 더듬어 가면 꽃이다. 일본에서는 복숭아, 서양에서는 장미다. 어쨌든 핑크색은 꽃이다. 핑크색은 단순히 색깔에 불과한 것이 아니라 자신을 꽃으로 장식하는 것과 같은 의도적인 여자색이다. '봐, 나는 사랑스러운 여자야'라고 호소하는 듯한 색이다. 옷이든 메이크업이든 핑크색을 전면에 내세우면 어쩐지 뻔뻔한 느낌이 드는 것은 그 때문이다.

핑크색의 정체가 밝혀짐에 따라 핑크색은 여자임을 내세워 애교 부리는 색, 한 발 잘못 디디면 위험한 색으로 립스틱의 유행색에서 멋지게 제외되고 있다. 핑크색 립스틱을 바를 경우, 핑크색의 이 정체를 잊지 말기 바란다. 여자가 여자색을 바르고 자신을 꽃으로 장식하는 나르시시즘. 핑크색에는 이런 것들이 반드시 뒤따른다는 사실을 잊어서는 안 된다.

완벽한 패배

여러 해 동안 다도를 배웠다. 배우면 배울수록 다도의 깊이를 알게 되어 평생 계속하고 싶다고 생각했다. 하지만 나는 도중에 멈추어 서고 말았다. 아무리 다도를 계속해도 진짜가 될 수 없을 거라는 생각이 고개를 들었던 것이다.

이 무렵 정례 다회에 전통 의상을 제대로 갖추어 입고 나타난 남자 선배의 모습은 눈부실 정도로 늠름하여 그만 압도당하고 말았다. 그리고 본격적인 다도의 예법이 시작되자마자 숨이 멎는 듯했다. 물을 끼얹은 듯 정숙한 가운데 물이 끓는 운치 있는 소리는 물론 그의 몸짓에 맞추어 정확하게 만들어지는 옷자락 스치는 소리까지 소름이 돋을 만큼 아름다웠다. 그리고 그 선배의 몸짓 하나하나는 참으로 가슴이 뻐근할 정도로 멋있었다. 차는 이처럼 사람을 감동시키는 것이다. 사람과의 만남에서 이토록 감동했던 적은 없었다.

그런데 그 모습을 보고 나도 그렇게 되겠다고 생각하기는커녕 왜 단념했을까? 다도는 남자의 것이라는 확신이 들었기 때문이다. 남자가 아니면 팽팽하게 긴장되던 그 공기를 절대 만들지 못한다. 그러므로 사람의 마음을 감동시키는 일 또한 불가능하다는 확신이 들었다.

이날 화장만 고치고 있던 나는 차의 마음에게서 멀어졌다. 여자가 남자에게 아름다움으로 완벽하게 패배하는 일을 경험한 나는 여자로서 한층 원숙해질 때까지는 다도를 쉬어야겠다고 결심했다.

화장 = 바꾸고 치장하는 기술

사물을 곧이곧대로 보는 사람은 아름다움의 천재가 될 수 없다

얼굴에 있는 색만 사용한다는 것은 내추럴 메이크업의 원칙 가운데 하나지만, 실은 작은 속임수가 있다.

아이라인의 대부분은 검은색인데 검은색 펜슬은 속눈썹의 검은색보다 진하고 검은색 리퀴드 아이라이너는 라인만 도드라진다. 속눈썹이 있는 눈가는 엄밀히 말해 검은색이 아니다. 그래서 펜슬은 모스그린, 리퀴드는 진한 갈색으로 하기에 이르렀다. 모두 블랙 베이스지만, 검은색은 아니다. 그리고 피부에서는 별 저항감 없이 검은색으로 보인다.

또 있다. 속눈썹은 검은색 마스카라보다 블랙 베이스의 진한 감색 마스카라로 하는 편이 효과적이다. 푸른 기가 약간 감도는 것이 흰자위를 파르스름하게 보이도록 하여 눈매를 더욱 매혹적으로 만들어 준다. 속눈썹은 검고 흰자위는 하얗다는 식으로 곧이곧대로 사물을 보는 사람은 결코 천재가 될 수 없다. 검게 보이지만 검은색이 아니다. 윤곽만 있는 그림 같은 얼굴이 아니라 생명이 있는 사람의 얼굴이므로 단순한 검은색으로 충분하지 않다고 의심하는 것이 천재다. 어쨌든 화장이란 문자 그대로 바꾸고[化] 치장하는[粧] 속임수의 기술이다.

고상한 피부색

회색이 감도는 파운데이션이 표현해 내는 품격이 있는 피부색

단번에 시선을 끄는 아름다운 색일수록 위험하다는 말은 내추럴 메이크업 시대에 흔히 듣던 말이다. 산뜻한 색이 주역인 메이크업의 유행으로 사정은 상당히 달라졌다. 하지만 이 원칙을 파운데이션의 색상 선택에 그대로 적용해 보자.

소니아의 파우더 파운데이션 01번을 처음 보았을 때다. 의외라고 생각하며 놀랐다. 칙칙하고 생기가 없을 뿐더러 회색이 감도는 것 같았다. '왜 이런 색을 내놓았을까?' 하고 생각했지만, 다음 순간 그 이유를 알 수 있었다. 피부색에서 생기가 싹 사라지는 것이다. 다른 말로 하자면 피부색이 고상해진다. 지금까지의 파운데이션에는 없었던 것이어서 매우 신기하기까지 했다. 인간의 피부색만큼 표현하기 어려운 색이 없다고 하는데, 그림을 그리는 사람에게 물었더니 밝은 피부색에 검은색 물감을 아주 조금 섞는다고 한다. 곧 탁해지므로 아주 소량이 되도록 조심해야 한다. 이것이 그림의 품격이 된다.

본디 얼굴에서는 채도가 높은 색은 고상해지기 어려우며, 소위 중간색일수록 얼굴에 품격을 준다는 것은 이미 널리 알려진 사실이다. 피부색 또한 마찬가지다. 최근 유행한 메이크업은 피부색에서 생기를 가시게 하는 것이 포인트다. 한편 내추럴 메이크업은 얼마나 거짓 없는 피부색을 만드느냐가 관건이다.

얼굴이 하야면 결점 일곱 가지는 감춘다

실제 피부색보다 조금만 하얗게 메이크업을 하면
당신의 가장 아름다운 얼굴이 된다

하얗게 두드러져 보인다는 것은 말할 나위 없이 얼굴이 하얘서 눈에 띄는 화장을 가리킨다. 이것은 미용에서 하나의 금기 사항이어서 누구나 하얗게 뜨는 건 싫어한다. 파운데이션을 선택할 때 한때는 하얗게 뜨지 않는 색상 선택에 주의했다. 이 덕분에 파운데이션의 투명도는 비약적으로 향상했고 이제는 하얗게 뜨는 화장을 한 사람을 찾아보기 힘들다.

그런데 미용 상담을 하고 있는 여성은 이런 말을 했다.

"입으로는 하얗게 떠서는 절대로 안 된다고 하지만, 실제로 하얘 보이면 기뻐하는 손님이 뜻밖에 많아요."

이 말에는 열렬하게 찬성한다. 사실 여자들은 이러니저러니 해도 피부가 실제보다 하얘 보이기를 간절하게 원한다. 그리고 다른 사람에게서 하얗게 떠 보인다는 말을 듣지 않는 한도 내에서 하얘 보이는 것이 아름답다고 믿는다. 어떤 의미에서 맞는 말이다. 하얗다는 것은 그만큼 여성을 아름다워 보이게 하는 마력을 지녔으며, 여자는 그것을 본능적으로 알고 있다. 미용 상담을 하는 여성은 또 이런 말을 덧붙였다.

"실제 피부색보다 한 단계 정도 밝은 색을 보여 주며 '손님 피부색은 이거예요' 하면 모두 기뻐하거든요."

더 이상 두려워하지 말고 조금만 하얗게 보이도록 메이크업을 하자. 그것이 당신의 가장 아름다운 얼굴이다. 조금 하얗게 뜨는 것은 곧 피부에 하얀 아우라를 갖는 것이기 때문이다. 솜씨 좋게 하얗게 뜨게 하면 결점 일곱 가지쯤은 감출 수 있다.

결점 감추기

산뜻하게 화장하고 있는 것 같아서 유심히 들여다보니 화장을 하지 않은 것 같은데, 무척 아름다운 사람을 만났다. 화장에 대해 물으니 이렇게 대꾸했다.

"저는 결점을 감추는 정도로만 화장해요."

결점 감추기, 그것은 최고의 메이크업이다. 많은 여자들은 결점을 감추는 것을 덤 정도로밖에 여기지 않는다. 하지만 완전한 결점 감추기는 완벽한 메이크업을 뛰어넘는다. 반대로 말하면 그만큼 어려운 일이라는 뜻이다.

이를테면 기미를 가린다는 말을 쉽게 하지만, 모든 타입의 기미를 완전히 감추기란 그야말로 말처럼 쉬운 일이 아니다. 컨실러로도 무리다. 그래서 고세의 쉬르화이트 컨실러는 유일한 실용 명품이다. 눈가의 다크서클을 감추는 데에는 아유라'(일본의 화장품 메이커)의 제로클리어 베이스만이 합격이다. 특수한 막이 지금까지는 숨길 수 없었던 부분까지 거의 완벽하게 감추어 주며 게다가 하루 종일 유지된다. 대단한 쾌거다.

그리고 또 하나, 여드름 흔적을 감쪽같이 커버하는 부분 파운데이션이 나왔다. 이것은 피부색이 아니라 황록색이 약간 감도는 신비한 색이다. 여드름 흔적이 사라질 수 있는 것은 피부색의 색다른 표현 덕분이다. 여드름 흔적은 불그레하므로 피부색 제 색으로는 불가능하다. 그 진실을 알아내다니 대단한 진전이다. 그리고 피부색을 감추는 것은 피부색이 아니라는 사실을 발견했다.

혼자 걷는 여자

한 여자와 스쳐 지나갔다. 저편에서 걸어올 때 유난히 눈에 띄어 나는 순간적으로 무엇 때문에 그럴까 생각하며 그녀에게서 눈을 뗄 수가 없었다.

여자는 때로 아름다움이 아닌 다른 것으로 시선을 끄는 경우가 있다. 몹시 화려해 눈에 띄는 것은 그래도 나은 편으로 좋지 못한 분위기가 눈길을 끌 때는 곤란하다. 아무도 지적해 주지 않기 때문에 좋지 않은 공기는 그 사람의 몸 속에서 자라고 아름다움이 조금씩 깎여 나간다.

나는 그녀와 스쳐 지나간 순간 그 정체를 보았다. 또각또각 힐 소리를 내며 걸어가는 그녀는 한눈을 팔지 않고 오로지 곧장 앞만 바라보고 걸었다. 그리고 그런 자세로 다가와 마치 내 존재 따위는 전혀 안중에 없다는 듯이 몸이 부딪칠 것처럼 내 곁을 지나갔다. 급한 일이 있어 서두를 때와는 달랐다. 오직 앞만 보고 걸을 뿐이다. 거기에 사람이 쓰러져 있든 미소를 짓게 하는 흐뭇한 광경이 있든 그녀는 그저 앞을 향해 걷는 것이다.

그리고 마침내 좀 더 중요한 사실을 발견했다. 그녀와 함께 걸어온 파우더리 계열의 향기는 코를 찌를 만큼 강렬했고, 미안한 말이지만 스쳐 지나가며 훔쳐 본 그녀의 피부는 아주 꺼칠했다. 주위를 돌아보지 않는 여성, 그저 자신이 갈 길에만 관심이 있는 여성은 조화로워 보이지 않는다. 나는 씁쓸함을 느꼈다. 곧이어 나 역시 혼자 걸을 때에는 그랬을지 모른다는 생각이 들어 가슴이 철렁했다. 주위가 보이지 않는 여자, 주위를 보지 않는 여자에게서는 아름다움이 도망가 버린다. 조심해야 할 일이다.

1년에 단 하루 혼자 있고 싶지 않은 날

크리스마스가 있으면 굳이 연인을 찾지 않아도
자신이 여자임을 상기하고 사랑에 적극적이 된다

1년 중 가장 혼자 지내고 싶지 않은 날이 크리스마스라는 사실은 모든 사람이 인정할 것이다. 연인이 없는 여성은 크리스마스를 위해 여름부터 움직인다. 그리고 가을에는 초조해지기 시작한다. 단 하루를 위해 사랑을 찾아다니니…… 냉정을 찾으면 바보 같은 짓이라는 생각이 드는 건 당연하다. 하지만 여자의 입장에서 그것은 의식과 같다. 연인 없이 이날을 보내면, 몸에서 여자가 빠져나가는 듯한 느낌이 든다. 그런데 그날이 지나면 '자, 슬슬 연말 준비나 해볼까?' 하는 기분이 되고 만다. 마치 졸업식에서 눈물을 줄줄 흘리던 사람이 다음날 아무 일 없었다는 듯 천연덕스럽고 쾌활해지는 것과 마찬가지다. 그러니 사실 크리스마스에 연인이 있든 없든 그다지 차이는 없다.

이 크리스마스 의식이 있다는 게 때로 화가 치밀기는 하지만 소중한 행사다. 아마 크리스마스가 없다면 연인 따위는 필요 없다며 무료하게 일상을 보내는 여자가 훨씬 많아질 게다.

그러나 크리스마스가 있으면 마감 날짜를 받아 놓고 일단 노력을 기울인다. 굳이 행동으로 옮기지는 않을망정 그런 마음을 먹는다. 당장 연인이 없음을 슬퍼하는 것이 아니라 그날을 목표로 행동하며 자기 자신이 여자임을 잊고 않으려 애쓴다. 여자에게는 이 같은 사랑에 대한 적극성이 중요하다. 연인이 생기든 생기지 않든 자신이 여자임을 잊지 않아야 한다. 여하튼 1년에 한 번 여자들이 여자를 키우고 도전하는 크리스마스는 앞으로도 지금까지처럼 '혼자이면 시시한 날' '연인과 보내지 않으면 근사해 보이지 않는 날'로 남으면 좋겠다.

램프와 쿠션이 주는 힌트

평범한 여자가 어느 날 갑자기 멋있어질 때에는
실용성을 갖춘 낭비가 되는 아이템이 있게 마련이다

　인테리어에 대한 전문 지식은 없지만, 인테리어에서 절대로 양보하지 않는 신념이 두세 가지 있다. 하나는 방은 램프로 만든다는 점이다. 조명 하나로 방의 분위기가 크게 달라진다는 누구나 아는 이야기를 하는 게 아니다. 내가 램프에 매달리는 이유는 램프가 실용성 있는 낭비기 때문이다. 램프는 조명의 하나이므로 쓸모가 있다. 이것이 램프가 가진 실용성이다. 하지만 없어도 아무 불편 없이 생활할 수 있는 물건이다. 그러므로 낭비는 낭비다. 램프가 실용성만 갖춘 물건이라면 인테리어에는 방해가 된다. 그렇다고 단순한 장식품이라면 상당히 계산된 것이 아니고서는 지나치게 꾸민 냄새가 나거나 촌스러워진다. 따라서 실용성과 낭비, 둘 다 있어야 한다. 이 차이를 이해할 수 있을까?

　같은 의미에서 쿠션 역시 방을 만드는 중요한 아이템이다. 소파가 약간 어색해 보일 경우 쿠션이 세련된 것이면 방이 완전히 살아난다. 그리고 쿠션 또한 실용성을 지니고 있으나 반드시 필요한 것은 아니니 낭비는 낭비다.

　여기에서 내가 말하려는 것은 멋을 내는 데에도 마찬가지 원리가 있다는 점이다. 나는 브로치는 달지 않는 대신 스카프를 자주 한다. 브로치는 장신구로서 계산된 코디네이트가 아니면 실패하기 십상이지만, 원래 방한용인 스카프는 램프나 쿠션과 같은 구실을 한다. 실용성이 있으나 없어도 아무 지장 없이 다닐 수 있는 것이다. 실용성 있는 낭비다. 그러므로 브로치만큼 기술을 요하지는 않는다.

　다시 말해 평범한 여자가 어느 날 멋있어지거나 큰돈을 들인 것 같지 않은 집이 근사해 보일 때에는 언제나 실용성을 갖춘 낭비가 있는 법이다. 이 점을 반드시 기억해 두기 바란다.

청결한 마음

'어떻게 하면 청결해 보일까?'

매일 아침 이것을 염두에 두고 메이크업을 하고 몸단장을 하기 바란다. 처음에는 '오늘은 머리부터 발끝까지 하얀색이다' 하는 식의 안이한 방법밖에 생각나지 않을 테지만, 매일 아침 계속 생각하다 보면 자연스럽게 청결하지 않은 것을 용납할 수 없게 된다. 점차 청결에 대한 감각이 몸에 배어 마침내 청결에 대해 엄격해지며, 그러면 진짜가 된 것이다. 몸단장이 사람을 변화시키는 일은 얼마든지 있을 수 있는 일로서 그 사람은 벌써 마음속까지 청결해져 있는 셈이다.

좀 미안한 비유지만 성묘를 한 뒤나 봉사를 하고 났을 때 신기할 만큼 마음이 안정되고 산뜻하고 상쾌해진다. 외모를 청결하게 하면 마찬가지로 그날 하루 마음이 안정되고 상쾌하다. 조용한 행복이 느껴진다. 이렇게 되풀이하는 동안 정말로 마음에 평화가 찾아온다. 그리고 썩 괜찮은 사람이 된다.

청결한 자신을 만들면 마음까지 온화하고 너그러워진다. 청결함은 마음에도 효과를 미치기 때문이다. 이것은 외모가 중시되는 시대의 최대 수확이다. 외모가 우선되어도 좋다. 외모부터 다듬고 나서 내면을 가꾸어도 좋다.

'좋은 사람이 되기 위해 아름다워진다.'

이것은 최고의 미용이다.

미완성의 행복

삶이든 아름다움이든 완성하고 나면 시시해진다.
그러므로 여자의 아름다움에 완성이란 없다

「장미의 전쟁」이라는 영화를 보았을 때, 그 영화는 인생의 수수께끼 같은 진실을 노골적일 만큼 선명하게 그리고 있다고 느꼈다. 평범한 과정을 거쳐 결혼한 두 사람은 성실하게 생활하여 마침내 집을 장만한다. 두 부부는 손수 집을 가꾼다. 그것이 부부에게 삶의 보람이다. 그리고 마침내 흠잡을 데 없이 완벽한 집이 완성된다.

하지만 그들의 집에서 그 순간부터 전쟁이 시작된다. 그 집을 완성시키는 일이 부부 사이를 단단히 이어 주는 역할을 하고 있었으나, 집이 완성되자 둘이서 할 일이 없어지고 갑자기 시작된 부부 싸움은 매일 정도가 심해지고 멈출 줄을 모르고 계속되다 결국 서로를 죽인다. 그러나 두 사람이 정말 죽었는지는 확실히 밝히지 않은 채 끝을 맺는다. 즉 영화는 부부가 서로를 죽이는 비극을 이야기하려는 것이 아니라 두 사람의 꿈이 이루어지고 났을 때 둘을 이어 주던 끈마저 끊어져 모든 것이 끝장난다는 사실을 말하고 싶었던 것이다.

그러고 보니 인테리어는 완성시켜서는 안 된다는 인테리어 전문가의 말이 떠오른다. 무엇이든 뺄 수도 더할 수도 없는 완벽한 집이 완성되면, 행복을 맛보는 건 고작 며칠일 뿐 금세 집에 대한 관심이 사라져 버린다. 지나치게 안정감 있는 레이아웃과 완결된 인테리어 속에서는 편히 쉴 수 없고 일찍 싫증이 난다.

우리의 삶 역시 그렇다. 예를 들어 20대에 일찌감치 모든 것을 이루어 낸 인생은 그것을 무너뜨리는 일만 남아 더 이상의 행복을 기대할 수 없다. 여자의 아름다움 또한 마찬가지다. 완성하고 나면 시시해지고 진력이 난다. 바꾸어 말하면 여자의 아름다움에 완성이란 없다.

여자는 꿈꾸어야 한다

"지금 이대로는 절대 끝나고 싶지 않아. 그렇다고 이 나이에 유명해지고 싶다는 뜻이 아니라 무언가 보람이 있는 일을 해보고 싶다는 거지."

최근 이런 말을 하는 주부가 굉장히 많아졌다. 아이를 돌보는 일이 어느 정도 일단락된 후를 생각하는 것이다. 하지만 내게 이런 말을 한 사람은 예순 살을 훌쩍 넘긴 여성이었다. 이 나이의 여성이 유명해지고 싶은 것이 아니라고 덧붙인 것 자체에 깜짝 놀랐다. 이 세상에는 멋진 여성이 많다는 생각을 다시 한 번 했다. 사람들의 눈길이 미치는 곳에는 멋진 여성이 얼마든지 있으나, 남들의 눈에 띄지 않고 직책도 사회적 명성도 변변한 명함도 갖고 있지 않지만 정신적으로 멋있고 훌륭한 여성이 있다는 사실에 깊이 감동했다.

나이와 더불어 이루어야 하는 일들이 있다. 몇 살까지 결혼해야 하며, 몇 살까지는 직업적 성공을 거두어야 한다는 식이다. 그래서 그 나이를 넘기고 나면 유감스럽지만 자신을 타이르며 단념한다. 하지만 그 나이를 지켰다고 칭찬을 받는 건 아니다. 내게 보람 있는 일을 하고 싶다고 말한 여성은 어쩌면 이 세상을 떠날 때까지 아무것도 할 수 없을지 모른다. 세상 물정에 어두워 보이는 면이 그 사람에게는 에너지가 되고 있다. 이런 이야기를 할 줄 안다는 사실만으로 사람들은 그 사람을 인정하고 존경하며 멋있는 현역 여성으로 대우할 것이다.

멋진 정신을 지닌 여성은 그것을 말로 표현함으로써 외적으로도 멋진 여성으로 보인다. '벌써 이만큼이나 나이를 먹었는데' '나는 안 돼' 하는 생각을 품어 미래의 꿈을 자신 속에 가두면 사람은 거기에서 끝이다. 비록 이룰 수 없을망정 여자는 눈감을 때까지 끊임없이 꿈꾸어야 한다고 절실하게 느꼈다.

하루도 같은 날이 없는 1년

어제와 같은 날이 하루도 없으면 무료한 시간이 없고 성장하는 1년이 된다

젊은 시절에는 하루가 짧고 1년이 길다. 그런데 나이를 먹으면 하루가 길고 1년이 짧게 느껴진다. 치열하게 매일을 보내는 사람의 1년은 풍요로우며, 지루하고 무료한 나날을 보내는 사람의 1년은 얼마나 빈약한지 알 수 있다. 요즘 세상에는 젊은이의 매일만 눈부시게 아름다우라는 법이 없기 때문에 하루나 1년의 길이는 나이와 그다지 관계없다. 그러고 보니 어떤 30대 여성이 한 말이 생각난다.

"저는 하루도 길고 1년도 길어요. 집안일을 하지만 이제는 내 시간이 많죠. 조금 긴장을 늦추면 대체 무엇을 위해 살고 있을까 하는 생각을 하게 되고 그러면 괜히 나이만 먹게 되죠. 그러므로 내 자신을 다시 세우고 아름다워지기 위해 1년 365일 매일 다른 일을 하자, 어제와 같은 날을 하루도 만들지 말자고 결심했어요. 그랬더니 하루하루가 소중해지고 1년이 충실해졌어요."

어제와 같은 날을 만들지 않는다. 말처럼 간단한 일이 아니다.

"전에 했던 것 같은 대화는 하지 않아요. 전에 보았던 것 같은 편지는 다시는 쓰지 않아요. 전에 보았던 것 같은 텔레비전 프로그램은 보지 않고, 전에 했던 것 같은 차림은 하지 않아요."

이것은 쉽게 말해 스스로 자신의 감성을 지루하지 않게 하는, 자신이 자신에게 싫증나는 일이 없도록 하는 비결이다. 매일 같은 일을 해도 똑같이 하지 않는다. 그것만으로 세포 하나조차 한가함을 느끼지 않는다. 한가한 여자는 미워진다고 말하지만, 언뜻 한가해 보이는 그녀가 볼 때마다 아름다움의 빛을 더해 가는 데에는 이런 이유가 있었던 것이다. 어느 것 하나 똑같지 않은 1년, 나이를 먹게 하는 1년이 아니라 영원히 성장시키는 1년이 된다.

누구보다 빛나는 사람

천재가 흔해 빠졌다면 천재라고 부르지 않을 것이다. 하지만 수많은 여성을 만나 온 지금 여성이라면 누구나 천재의 기술을 하나쯤은 갖고 있다고 믿는다. 그러나 대부분의 사람이 그 사실을 깨닫지 못하고 있으며, 깨달은 사람만이 그 기술을 점차 발전시켜 천재의 자리에 오른다. 그것은 영감과 같은 것이다. 누구에게 배운 것도 아닌데 저절로 몸이 움직이거나 진실을 깨닫는다. 만약 이 책에 소개한 천재와 같은 미용을 한 적이 있다면 틀림없이 당신은 천재다. 여자로 태어난 이상 그 재능을 좀 더 성장시켜 결실을 맺기 바란다.

그러나 '천재는 99퍼센트의 땀과 1퍼센트의 영감이다'라는 말이 있듯이, 천재는 어떤 영감이 떠오르면 그것을 단서로 열심히 생각하고 연구와 노력을 게을리 하지 않는다는 점을 잊어서는 안 된다. 천성적인 천재도 천성적인 미인도 없다는 뜻이다.

그리고 또 한 가지 남보다 큰 효과를 발휘하도록 화장품을 쓸 줄 아는 천재, 잠자코 있어도 시선을 모으는 천재, 무엇을 하든 청결함을 잃지 않는 천재, 한시도 멈추는 일 없이 아름다움이 성장해 가는 천재 등 다양한 천재 기술을 가진 여러 타입의 천재가 있었지만, 그녀들이 이른 곳은 모두 같다. 바로 이 점을 착각해서는 안 되는데, 그 최종 목적지는 아름다워지는 것이 아니다. 그 사람이 존재하는 것 자체로 다른 사람을 매료하거나 감동시키거나 기분 좋게 만들거나 행복하게 만든다. 즉 주위 사람들에게 멋진 선물을 하는 사람이다. 그러므로 천재의 아름다움은 한곳에 머물지 않는다. 앞으로 어떻게 변화할지 짐작조차 할 수 없는 가능성을 갖고 있기 때문에 천재는 누구보다 빛나는 사람이다.

아름다워지고 행복해지기를 소망하는 여자를 위해

요즘 새로이 등장한 루키즘이라는 말이 있는데, 남자든 여자든 외모가 곧 능력이 되고 경쟁력이 되고 있는 현재의 흐름을 여실히 반영하는 말이다. 루키즘이란 look과 ism이 더해진 것으로 우리말로 하자면 외모지상주의다. 모든 사람이 자기는 외모지상주의자라고 밝히기를 꺼려하지만, 성형 수술의 열풍이 불고 새로운 다이어트법이 등장할 때마다 한바탕 야단법석이 벌어지는 것은 우리가 얼마나 외모에 얽매이고 있는가를 보여 주는 증거다. 그렇다면 차라리 외모를 아름답게 가꾸고 그에 걸맞는 내면을 가꾸도록 하자.

이 책『매일 아침 cool한 미인이 되자』는 바로 이를 위한 책이다. 여태껏 우리나라에서는 미용에 관한 책이라고는 한결같이 화장법이 어떻고, 스킨케어가 어떻고 하는 이야기들뿐이었다. 말하자면 외모에만 치중하고 있다. 그러나 아름다운 여자가 어찌 외모만 아름다운 여자이겠는가.

저자 사이토 가오루는 이 책에서 아름다움 생활이야말로 아름다운 여자가 되는 길이라고 강조하고 있다. 그리고 아름다운 여자란, 외모가 아름다운 것은 물론 그 사람이 있음으로 해서 주위가 행복해지고 즐거워지는 사람이고 매일 조금씩 예뻐지고 현명해지는 사람이라고 한다. 이 책은 이처럼 외모의 아름다움으로부터 내면의 아름다움에 이르기까지 여자라면 갖추어야 할 모든 아름다움에 대하여 아우르고 있다. 겉과 속이 모두 아름답고 행복하고 현명해지기를 소망하는 여자라면 이 글 속에서 그 길을 찾을 수 있으리라 믿는다.

김기연

아주 오래 전 일이다. 내가 어렸을 때 우리 집에 계시던 가정교사 선생님께서 어쩌다 어린 내게 그런 말씀을 하게 되었는지는 생각나지 않지만, '예쁘다'와 '아름답다'는 다른 것이라며 아름다운 사람이 되라는 내용의 이야기를 하신 것만은 또렷하게 기억하고 있다. 그후 나는 내가 예쁘지 않다는 사실은 일찌감치 깨달은 편이라 예뻐지는 것보다는 아름다운 사람이 되는 일에 늘 관심을 가져왔다. 결국에는 아름다운 여자도 아름다운 사람도 되지는 못했지만 말이다.

이 책에서 저자는 일본의 미용계를 이끌고 있다는 평가를 받는 저널리스트답게 새로운 미의식을 제시하며 인형 같은 외모의 예쁜 여자가 아닌 아름다운 생활이 만들어 내는 아름다운 내면을 통해 아름다운 외모를 갖춘 여자가 되자고 한다. 그래서 더욱 마음에 든다.

누구나 알다시피 어른이고 아이고 할 것 없이 외모에 온통 신경을 쓰는 외모 중시의 시대는 이미 막이 올랐다. 그렇지만 여전히 말로는 외모보다는 내면이 중요하며 마음이 고와야 여자라고는 한다. 하지만 정작 결정적인 순간이 되면 많은 사람이 끝까지 외모를 포기하지 못하며, 이런 세태를 비난하는 한편 누구나 동조하고 있다. 이럴 바에는 외모 중시의 흐름을 탓하지만 말고 외모와 아울러 내면이 아름다워지면 그만이 아닐까.

이 책을 번역하며 때로는 즐겁고 때로는 괴로웠다. 사실인즉슨 미용과는 거의 담을 쌓고 지내 온 터라 책 속에 수없이 나오는 각종 화장품, 메이크업 용어, 향수 이름 가운데 아는 것이라고는 고작 마스카라, 립스틱, 글로스쯤이어서 일일이 찾고 확인하는 일은 정말 발등을 찍고 싶을 정도로 인내를 요구했다.

그러나 같은 여자면서 무심히 지나쳐 온 이야기들, 어렴풋하게는 느꼈지만 딱히 이렇다 하게 표현하지 못하고 있던 이야기들을 볼 때면 '맞아, 맞아' 하며 컴퓨터와 마주한 채 감탄하지 않을 수 없었다. 이를테면 여자의 시선은 아름다운 여자에게는 인색하다, 여자는 친구가 아름답지 못한 것을 싫어하지만 친구가 혼자 아름다워지는 것도 참지 못한다, 괜찮겠지 하고 방심했다가는 망신살이 뻗치는 일이 있다, 외모보다 마음이라는 말은 거짓말이다 등. 특히 거울에서 보는 자신의 얼굴은 만드는 표정이므로 남들이 보는 얼굴은 무의식의 추녀 같은 얼굴이라는 말에는 뼈저리게 실감했다. 자기 목소리가 녹음된 메시지를 듣고는 생소하게 느끼듯 누구에게나 사진 속의 자기 얼굴을 보고 '이게 나였어?' 하고 놀란 적이 있을 것이고 나 역시 그런 경험이 있기 때문이다.

아무튼 이 책의 작업을 마친 나의 결론은 '아름다운 여자가 되는 일은 더 나은 사람이 되고 행복해지고 현명해지는 것이니 아름다워지는 일에 다시 한 번 도전하자'였다.

내가 이 책을 처음 만난 것은 초봄이었다. 초봄에 시작하여 무더운 여름에 끝내기까지 많은 시간 기다려 주신 임용호 사장님께 감사드린다. 그리고 올해가 마악 시작되던 무렵 세상을 떠나 지금은 나지막한 산자락에 누워 계신 아버지께 바치고 싶다.

민성원

(종문화사의 세계문학시리즈)

세계문학 01 괴테의 여우 라이네케 (제41회 한국간행물윤리위원회 추천도서)

우리 나라에서 최초로 번역된 괴테의 우화소설이며, 여우가 의인화되어 주인공으로 등장하는 동물설화이다. 이 설화는 그리스 · 로마 시대와 중세를 거치면서 유럽 여러 나라의 언어로 조금씩 내용과 형식을 달리하며 바뀌어 대중들의 호평을 받았던 민중 시가이다. 이것을 자료로 하여 괴테가 다시 집필한 이 작품을 통해 우리는 위대한 문호 괴테의 또 다른 면을 이해할 수 있다.

볼프강 폰 괴테 지음 / 윤용호(문학박사, 고려대학교 교수) 옮김 / 값 8,800원

세계문학 02 샘솟는 분수 (독일평화상 수상작품)

독일의 1932~1933년, 1938년 그리고 1944~1945년에 해당하는 독일의 역사를 시대적 배경으로 저자의 유년시절과 청년시절을 승화시킨 문학작품이다. 국가사회주의당이 지배하는 제3제국(히틀러 정권) 없이는 오늘날의 독일을 생각할 수 없는 것과 마찬가지로 현재와의 연관 없이 이 작품을 완전히 이해할 수 없다. 역사적 배경을 어떤 부담감이나 합리화 과정 없이 독자들에게 담담하게 제시하고 있다.

마틴 발저 지음 / 구승모(문학박사, 경동대학교 교수) 옮김 / 값 20,000원

세계문학 03 유년시절의 정체성 (노벨문학상 후보작품. 제8회 한·독문학번역상 수상작품)

주인공 알프레드 도른은 현재와 미래에 대한 유년시절의 정체성을 찾고자 한다. 가장 독일적인 정서와 독일인의 위대한 사랑을 서술한 이 소설은 1929년에서 1987년까지, 독일의 역사적인 배경으로 동독과 서독을 넘나들면서 펼쳐지지만 세상은 위대한 사랑을 받아들일 준비가 되어 있지 않다.

마틴 발저 지음 / 권선형(문학박사, 연세대학교 강사) 옮김 / 값 20,000원

세계문학 04 어머니와 아들

『어머니와 아들』은 역사적인 시련과 운명의 시대에 대한 소설이다. 작가는 스웨덴의 한 가족의 역사를 놀랍고도 감각적인 방법으로 묘사하고 있다. 인간 각자는 그 자신의 깊은 영혼 속에서 선과 악의 문제로 필사적으로 싸워야만 한다는 것이다. 그리고 어머니와 아들의 사랑이 진지하고 엄숙하게 교감하고 있다.

마리안네 프리드릭쏜 지음 / 공경희 옮김 / 값 15,000원

세계문학 05 헤세의 이야기꾼

이 책은 1904~1927년 사이에 집필된 단편들을 엮어 놓은 것으로, 성자 전설과 동화와 일화 그리고 자서전적 성격을 강하게 나타낸다. 이 단편집은 부분적으로 우화라는 문학적 표현 형식을 받아들이면서 비합리적인 요소를 지니며, 알레고리라는 수사학적인 표현으로 의인화되어 도덕적이며 교육적인 성격을 띤다. 더 나아가 헤세의 종교적 경건성 또는 세계관과 예술가적인 대립상을 보여 준다.

헤르만 헤세 지음 / 피종호(문학박사, 한양대학교 교수) 옮김 / 값 9,800원

세계문학 06 동방박사와 헤로데 대왕

작가는 자신의 기독교 교육과 동방박사의 경배에서 받은 영감을 매우 아름다운 성화에 바탕을 두고 주인공들의 운명과 성격을 자유롭게 창작한 것이다.

미셸 뚜르니에 지음 / 이원복(문학박사, 원광대학교 초빙교수) 옮김 / 값 9,800원

세계문학 07 니벨룽의 대서사시

봉건 사회의 최전성기를 누리고 있던 12~13세기 서유럽에서는 성실과 명예, 경건, 부인에 대한 봉사 등을 덕목으로 삼는 기사도 정신이 꽃을 피워 사회 구석구석을 지배하는 윤리로 군림했다. 그리고 비슷한 시기에 이 기사도 정신과 귀부인 숭배를 주제로 한 기사 문학이라는 문학 장르가 등장하기에 이르렀는데, 이 「니벨룽의 대서사시」는 기사 문학의 최고 걸작으로 꼽히는 작품이다.

저자 미상 / 임용호(문학박사) 옮김 / 값 15,000원

세계문학 08 마왕과 황금별

프랑스 문단의 현존하는 최고 지성인 작가의 두 번째 작품이자 1970년 공쿠르상 수상작인 이 작품은 괴테의 담시 「마왕」과 게르만 신화를 바탕으로 환상소설과 전쟁소설의 경계를 넘나들며 인간과 광기, 전쟁과 폭력의 밑바닥을 들여다본다.

그의 작품 세계는 신화적 상상력을 동원하여 현대 사회의 여러 면모를 재조명하고 재해석한다는 면에서 볼 때 철학자이자 종교적이며, 잘 알려진 신화와 전설을 토대로 기상천외한 아이디어에 깊이 있는 철학적 통찰을 더한 현대의 우화를 제시한다는 면에서 볼 때 동화적이자 악마주의적이라는 평가를 받고 있다.

미셸 뚜르니에 / 이원복(원광대교수, 문학박사) 옮김 / 값 20,000원

세계문학 09 시와 진실

「시와 진실」은 괴테의 자서전일 뿐만 아니라 소설이기도 하다. 그렇지만 자서전을 염두에 두고 읽다 보면 소설로 읽히고 소설로 읽다보면 자서전의 골격을 형성하고 있음을 알 수 있다. 일반적으로 학자들이 이 작품을 '자서전적 소설'이라고 명명하는 것도 이러한 의미에서다.

요한 볼프강 폰 괴테/ 윤용호(고려대 교수, 문학박사) 옮김 / 값 56,000원

세계문학 10 반복 (근간) 페터 한트케 / 윤용호(고려대교수, 문학박사) 옮김

(종문화사의 좋은 책)

어머니가 변해야 가족이 행복하다
사이토 사토루(의학박사) 지음 / 송진섭 옮김 / 값 8,000원

아버지가 변해야 가족이 행복하다
사이토 사토루(의학박사) 지음 / 이규은 옮김 / 값 8,000원

생명의 신비 호르몬
데무라 히로시 지음 / 송진섭 옮김 / 이종석(의학박사) 감수 / 값 9,800원

꼭꼭 씹어먹는 영양이야기
정종호(한국경제신문 기자) 지음 / 허갑범(연세대 의대 교수) 감수 / 값 15,000원

환자의 눈으로 쓴 약 이야기 1
정종호(한국경제신문 건강전문기자) 지음 / 값 12.000원

환자의 눈으로 쓴 약 이야기 2
정종호(한국경제신문 건강전문기자) 지음/ 값 16.000원

환자의 눈으로 쓴 약 이야기 3 ~ 5 (근간)
정종호(한국경제신문 건강전문기자) 지음

삶과 비즈니스를 성공시키는 인간관계의 기술
아케가미 겐지 지음 / 민성원 옮김 / 값 9.000원

(새로운 편집과 번역의 헤르만 헤세 선집)

행복

헤세는 이 책에서 지극히 일상적인 일들, 너무나 일상적이어서 아무도 주목하지 않는 일들을 말한다.
그의 수필을 읽다보면 어느덧 마음이 편안해지고 입가에 엷은 미소를 머금게 된다.

헤르만 헤세 지음 / 오희천(한국신학대학 교수, 철학박사) 옮김 / 값 12,000원

환상 단편집 1

헤르만 헤세 지음 / 피종호(한양대 교수, 문학박사) 옮김 / 값 9,800원

환상 단편집 2

헤르만 헤세 지음 / 김양훈(인하대 교수, 문학박사) 옮김 / 값 9,800원

사랑할 수 있는 사람은 행복하다

헤르만 헤세 지음 / 임용호(문학박사) 옮김 / 값 7,800원

괴테의 예술동화

요한 볼프강 괴테 지음 / 임용호(문학박사) 옮김 / 값 9,800원

매일 아침 cool한 미인이 되자 1

초판 7쇄 2009년 8월 30일 | 개정 1쇄 2010년 2월 10일 | 지은이 사이토 가오루 | 펴낸이 임용호 | 펴낸곳 도서
출판 종문화사 | 편집 임윤빈 · 김연수 | 영업 이동호 이사 | 인쇄 한영문화사 | 제본 한영문화사 | 출판 등록
1997년 4월 1일 제22-392 | 주소 서울시 마포구 서교동 474-27 2층 | 전화 (02) 735-6893 팩스 (02)
735-6892 | E-mail jongmhs@hanmail.net | 값 11,000원 | ⓒ 2010, Jong Munhwasa printed in
Korea | ISBN 978-89-87444-82-6 03830 | 잘못된 책은 바꾸어 드립니다.